L'AFFAIRE ISOBEL VINE

Tony Cavanaugh

L'AFFAIRE
ISOBEL VINE

Traduit de l'anglais (Australie)
par Fabrice Pointeau

Directeur de collection : Arnaud Hofmarcher
Coordination éditoriale : Marie Misandeau et Hubert Robin

Titre original : *Kingdom of the Strong*
Éditeur original : Hachette Australia
© Tony Cavanaugh, 2015

© Sonatine Éditions, 2017, pour la traduction française
Sonatine Éditions
32, rue Washington
75008 Paris
www.sonatine-editions.fr

L'Affaire Isobel Vine a paru pour la première fois en Australie en 2015
chez Hachette Australia Pty Ltd et la traduction française est publiée
en accord avec Hachette Australia Pty Ltd.

pour Matt Ford

PREMIÈRE PARTIE

LES SUSPECTS

Le mal réunit les hommes.

Aristote

L'homme qui voulut être roi

Je coule.

Tout autour de moi, la pression et les remous de l'eau. Au-dessus de moi, une surface chatoyante, l'éclat tacheté du soleil. Je ne peux pas remonter vers lui. Je n'entends rien hormis le rugissement dans mes oreilles. Je coule. Sous moi, je ne vois aucune forme, tout est sombre. Je descends vers le fond de l'océan. Si je l'atteins vivant, j'entendrai probablement un bruit sourd en le heurtant. Mes bras s'agitent, mes jambes se débattent, j'essaie de trouver quelque chose de ferme pour y poser les pieds, pour rebondir dessus vers la surface, mais il n'y a rien, juste l'écrasement de l'eau. D'après ce qu'on m'a dit, la noyade est censée être une mort agréable. Vraiment ? Plus agréable que s'endormir et ne jamais se réveiller ? Si j'ouvre la bouche et inhale, de l'eau froide emplira soudainement mes poumons et je coulerai encore plus vite. Est-ce qu'elle m'apportera la béatitude, cette eau froide ? Je ne crois pas ; je crois qu'elle provoquera la panique, une crise de panique plus grande encore que celle que j'éprouve en ce moment même.

Avant de couler, je commençais à avoir peur – peur de nous voir si loin du rivage, comme dans *Le Vieil Homme et la Mer*, ce livre que mon père m'a lu un jour que j'étais au lit et qu'il avait renoncé à l'alcool, la dernière fois promis juré, quand j'étais allongé sur l'oreiller frais qui sentait le citron et que la brise arrivait des champs, agitant les rideaux, quand il était entré dans ma chambre, s'était assis sur mon lit et avait dit : « Fils, c'est un livre magnifique. »

Mon cœur est en train d'être écrasé. Je ne connais pas grand-chose à la science, mais je crois que c'est ce qui se produit quand on coule : vos entrailles sont comprimées.

Pourquoi est-ce que je ne flotte pas ? Pourquoi est-ce que je ne remonte pas vers la surface ? Pourquoi est-ce que je coule ? Ça va à l'encontre des lois de la nature, non ? Je suis déboussolé. Une aberration.

Je crois voir le fond. Est-ce que j'entendrai un bruit sourd ? Peut-être pas. Il n'y a pas de sons ici. Tout est très silencieux. Je ne distingue pas la silhouette de notre petit bateau de pêche. Qu'est-ce qui se passe à la fin du *Vieil Homme et la Mer*? L'homme meurt-il ? Ramène-t-il ce poisson à terre ? J'étais peut-être endormi à la dernière page.

Je déteste l'eau. Pas le truc qui coule des robinets – ça, ça va. Je déteste être dedans. Les océans. Les lacs. Les piscines. Les rivières. J'ai failli me noyer à onze ans. Mon père, dans une furieuse crise de je-ne-sais-quoi, après de trop nombreuses bières et voyant mes regards inquiets, m'a soulevé du sol de notre petite embarcation de location et balancé dans la mer. J'ai coulé. Dans ce qui était je suppose un soudain accès de culpabilité, il a plongé à ma suite et m'a attrapé alors que j'étais en train de boire la tasse, puis a remonté mon corps inerte jusqu'à la surface. Il ne s'est pas excusé, il n'a rien dit, il m'a juste jeté dans le bateau, a redémarré le moteur, puis il a repris la direction de la maison. Depuis ce jour, il y a quelque trente-cinq ans de ça, je me suis arrangé pour éviter tout contact physique avec l'eau, hormis les douches et les bains. Les gens se foutent de moi quand je dis ça. « Oh, mais Darian, nager dans l'océan est la chose la plus enivrante qui soit. » Ce genre de trucs. Mais non, ça ne l'est pas. Donnez-moi un trottoir, donnez-moi du béton, donnez-moi un endroit où mes pieds seront sur la terre ferme.

Ce n'était certainement pas la nostalgie qui m'avait mené jusqu'à une cabane au bord d'un lac, un lieu d'hibernation où j'étais depuis près d'un mois, où je restais assis sur le balcon fixant l'étendue d'eau anthracite ; où, presque chaque jour, je tirais jusqu'au lac la petite embarcation en bois qui venait avec la location de la cabane, avant de sauter dedans et de gagner le milieu du lac, où je lançais ma ligne et passais des heures à pêcher sans succès tout en regardant les montagnes au loin, dont les cimes étaient toujours enveloppées de couches de brume hivernale.

J'étais le seul touriste dans le district des Grands Lacs, sur la côte de la Nouvelle-Galles du Sud. J'avais quitté l'autoroute à la recherche d'un motel et m'étais perdu tandis que je roulais sur les routes tortueuses qui s'accrochaient aux reliefs de la chaîne de montagne accidentée qui flottait au-dessus d'une série de lacs interconnectés à proximité de l'océan Pacifique. Je conduisais vite, m'éloignant des échecs. Rose, la femme que j'aimais, et le Tueur du Train, un meurtrier que j'avais traqué, leurs mondes s'unissant dans une spirale de plus en plus sombre que je n'avais pas pu contrôler, étaient désormais derrière moi.

Rose, je l'avais laissée à Byron Bay, à un jour de route du lac. Quant au Tueur du Train, un homme dont les meurtres en série pervers avaient fini par me définir, il était dans la nature. Est-ce que je recroiserais un jour le chemin de l'un d'eux ? Je n'en savais rien. J'étais moi aussi dans la nature.

Assis dans un bateau en bois au milieu d'un lac au plus sombre de l'hiver, je faisais tout mon possible pour ne pas me demander où j'irais ensuite. Une retraite anticipée chez moi, au bord de la rivière Noosa, dans l'ensoleillé Queensland, ma terre de sarongs et de hamacs, ne me semblait pas encore envisageable. Ma maison au bord de la rivière – oui, encore de l'eau, mais je ne fais que la regarder – était un sombre rappel de ces échecs. Peu de temps auparavant, Rose s'y était installée, et son parfum imprégnerait encore les murs, même si elle n'y était plus. Le Tueur du Train m'avait suivi depuis Melbourne, il avait infiltré toute la région, de Noosa à Nambour, en passant par Gympie et Tewantin, des villes éparpillées dans les terres et sur la côte. Pour autant que nous sachions, il avait quitté le pays. J'avais tenté de ne pas penser à lui, ce qui revenait à essayer de ne pas remarquer que le jour suivait la nuit. J'allais rester là, au bord du lac, jusqu'à ce que les touristes et le soleil reviennent – c'était mon plan. Et après ça, je n'en avais pas. Peut-être un voyage en Thaïlande pour aller voir certains des repaires de mon défunt père, histoire d'apprendre à le connaître, les bars et les bordels où il avait passé ses deux dernières décennies en l'absence du fils qu'il avait balancé dans la mer dans une explosion de rage alcoolisée une semaine avant de fermer la porte derrière lui, de traverser les champs jusqu'à l'autoroute, et de ne jamais revenir.

J'ai tiré mon bateau hors de l'eau, l'ai hissé sur le sable, et j'ai jeté l'ancre dans le lac. J'ai enroulé une autre corde à la base d'un arbre sur la rive et commencé à marcher d'un pas lourd vers ma cabane. Une fois encore, sans poisson. J'ai fermement resserré mon épaisse veste en laine noire autour de moi. La lumière diminuait et la froideur de la nuit arrivait vite, descendant des montagnes.

Une Toyota Camry blanche, de modèle récent, était garée devant ma cabane, à côté de ma Studebaker rouge vif qui datait du milieu des années 1960. Clairement une voiture de location. Peut-être un autre touriste en quête d'activités sur le lac au beau milieu de l'hiver, ai-je tout d'abord pensé. Puis, en m'approchant, j'ai vu que la porte de ma bicoque était grande ouverte. J'avais un visiteur.

« C'est vous, Darian? ai-je entendu quelqu'un lancer depuis l'intérieur tandis que je marchais vers les marches qui menaient au porche.

– Oui, patron, c'est moi. »

Je suis entré.

Il y a trois espèces très différentes de commissaires. La première est le type – toujours un type – qui est passé de l'uniforme d'écolier à celui de policier, sans interruption, et a commencé à battre le pavé, découvrant les arcanes du monde du crime, depuis l'acte désespérément pathétique jusqu'à la sauvagerie préméditée, depuis les paumés et les camés jusqu'aux gangs et aux tueurs. C'est le type qui gravit les échelons depuis la rue ; qui, quand il a obtenu un bureau au dernier étage du QG, connaît absolument chaque agent dans les étages inférieurs. Nombre d'entre eux sont des amis, quelques-uns sont des ennemis, mais tous font un boulot que lui aussi a fait par le passé, moyennant quoi, depuis sa majestueuse tour de contrôle, il connaît et comprend les défis de chaque homme et de chaque femme travaillant pour le département. Quand ce genre de commissaire est un type bien, ni corrompu ni acoquiné à des politiciens, il s'assure une loyauté féroce.

Vient ensuite le type – une fois encore, quasiment toujours un type – qui monte en grade, qui bosse dur, qui comprend les rigueurs du boulot, qui acquiert le respect des hommes et des femmes qui travaillent pour lui, qui s'engage à aider puis qui, une fois qu'il a atteint le sommet, se laisse séduire par le pouvoir et les jeux d'influence et se retourne contre ses subalternes, autrefois loyaux mais de plus en plus désenchantés à mesure que ses décisions et son comportement indiquent plus un désir de se faire bien voir des politiciens qu'un réel souci du bien-être de ses troupes. C'est le type qui se déconnecte et qui, au boulot, devient une autre personne méconnaissable. C'est le type qui généralement tombe suite à un coup d'État.

Puis vient le commissaire qui est allé à l'université et qui a étudié la criminologie, la psychologie, le business, puis a rejoint les forces de l'ordre en costume avec un diplôme et une maîtrise parfaite des tableaux Excel, qui a époustouflé les gangs de comptables et d'avocats avec ses présentations PowerPoint, et qui a savouré le confort paisible d'un bureau tout en observant les tendances et en faisant de beaux discours. Ces hommes et ces femmes étaient de plus en plus prisés des gouvernements. Les vieux briscards étaient gentiment écartés ; ils n'étaient pas franchement sexy lors des conférences de presse, et ils n'allaient pas boire des *latte* avec les médias. Ils sentaient la bière et couraient les jupons. Ils étaient de la vieille école, du XXᵉ siècle.

Bon, ce n'était pas vraiment ou tout noir ou tout blanc. Le caractère des commissaires était toujours beaucoup plus nuancé, mais les flics vivent dans un monde en noir et blanc. Les bons et les méchants, eux et nous, le patron qui comprend et celui qui ne pige rien, qui vit dans un monde de chiffres et de politique.

Copeland Walsh, l'homme qui m'attendait dans la cabane, était de l'ancienne école. Il était devenu flic à la fin des années 1950. Son mandat de commissaire avait débuté dans les années 1990 et avait duré jusqu'au début du XXIᵉ siècle, quand il avait été remplacé par un crack diplômé de l'université de Sydney qui avait réussi à s'aliéner les hommes et les femmes en uniforme, le syndicat de la police, et un nouveau gouvernement qui avait finalement décrété que les conflits internes et le mécontentement au sein du département de police ne devaient pas paraître dans la presse. Il avait été renvoyé, et Copeland avait été arraché à sa retraite pour reprendre son ancien poste. C'était censé être provisoire, mais Copeland était bon à son boulot et aimé de tous, un type rare qui mélangeait tradition et compréhension totale des tableaux et des données, et qui savait boire un café sans offenser qui que ce soit. Il avait près de soixante-quinze ans, l'âge de la retraite obligatoire pour les fonctionnaires ayant été joyeusement ignoré par lui et par le gouvernement qu'il servait.

Copeland, surnommé Copland parce que c'était une encyclopédie ambulante de l'univers des flics, m'avait appris à peu près tout ce que je savais, et il avait été responsable de ma rapide ascension jusqu'à ce que je devienne le plus jeune chef de la criminelle jamais nommé.

« Pardonnez l'intrusion, mais un vieil homme ne peut pas rester trop longtemps dehors dans le froid. Si on allumait un feu ?

– Content de vous voir, patron.

– Moi aussi, Darian. Vous n'avez pas pris une ride.

– Vous non plus. »

Copeland était grand – au moins un mètre quatre-vingt-dix – et imposant. Il ne marchait pas, il martelait le sol de ses pas. Dans sa jeunesse, il avait joué au cricket pour l'équipe de l'État de Victoria. Il portait un costume bleu marine, une chemise à rayures bleues et blanches, et la cravate de l'un des clubs auxquels il appartenait. Ce jour-là, on aurait dit la cravate du Melbourne Cricket Club. L'un des plus sélects du pays; il avait dû attendre vingt-cinq ans avant de se voir accorder sa carte de membre.

« Menteur. Mais c'est gentil, fiston, c'est gentil. »

Il avait déjà préparé le feu. Mais les bonnes manières, qu'il avait en abondance, l'avaient empêché de l'allumer. Ça aurait été pousser l'intrusion trop loin. Le papier journal froissé, le petit bois et les bûchettes provenaient d'un panier en rotin qui se trouvait à côté de la cheminée en pierre. La cabane était tout en bois, du vieux feuillu sombre. Elle avait un côté cow-boy rustique, les murs et le mobilier évoquant un peu ces pionniers qui n'avaient peur de rien. Elle comportait un salon ouvert et un coin cuisine, plus deux chambres; tout ce dont j'avais besoin. Les fenêtres donnaient sur le lac et, de l'autre côté, sur une forêt d'eucalyptus et de fougères arborescentes au pied d'une montagne.

Le feu a pris, les flammes ont commencé à se répandre à travers le bois.

« Comment m'avez-vous retrouvé? lui ai-je demandé en ôtant mon manteau et mes bottes humides et en m'asseyant face à lui.

– Votre carte de crédit quand vous avez réglé la location. »

Je me suis enfoncé dans ma chaise et ai attendu. Les commissaires de police ne quittent pas leur bureau au dernier étage du QG, sans parler du bâtiment lui-même, ou de la ville, ou de l'État, et ils ne roulent pas pendant deux heures depuis l'aéroport le plus proche dans une voiture de location jusqu'à une cabane isolée au bord d'un lac pour tailler une bavette au coin du feu avec un ancien enquêteur qui a brusquement démissionné quatre ans plus tôt. Et s'ils font l'une des choses ci-dessus, ils ne le font pas seuls. Quelle que soit la raison de sa venue, c'était important. Pour lui.

« Je crois savoir que vous lisez. Pour occuper vos journées, a-t-il dit.

– Oui. Mais il n'y pas eu une journée que je me sois senti obligé d'occuper.

– Totalement dans votre élément ? Tant mieux pour vous. J'aimerais pouvoir en dire autant de ma retraite. Une putain d'horreur. Un ennui total. J'ai essayé le golf. C'est ce que sont censés faire les retraités, c'est l'image que nous vend la pub. Un désastre. J'avais l'impression d'être mort et de me retrouver en enfer. J'ai tenté de retaper la maison, mais c'était pareil. Et puis, à quoi bon ? Les rénovations, c'est pour les jeunes couples, pas pour un vieil homme. Quelqu'un m'a suggéré de partir en croisière. Je ne me souviens plus qui, mais je me rappelle m'être demandé : est-ce que c'est le bout du chemin ? Me retrouver sur un paquebot à faire le tour du monde sans aucun but ? Est-ce que c'est comme ça que ça se termine ? Du coup, vous pouvez imaginer ce que j'ai ressenti quand le ministre m'a appelé pour me demander si j'accepterais de revenir, de remettre un peu d'ordre, de garder le siège au chaud en attendant qu'on trouve la bonne personne pour le poste. Pas de décision précipitée, on est tombés d'accord là-dessus. Celui qui me remplacerait devrait être consciencieusement évalué. Et pas de psychologie postmoderne à deux balles pendant l'entretien non plus. Un homme solide. Ou une femme. Fiable. Quelqu'un issu des troupes. Quelqu'un qui serait respecté. Fini les rancœurs et les querelles internes. Un meneur. Un homme avec de la bou-teille. Ou une femme. Vous voyez ce que je veux dire, Darian ? Évidemment que vous le voyez. Quelqu'un qui aurait bossé dur, qui connaîtrait le terrain, qui aurait travaillé dans les divisions les plus sensibles, avec un paquet d'arrestations à son actif. Mais quelqu'un de moderne. Au fait des nouveaux médias. Il pourrait même avoir son propre compte Twitter. Ou elle. Aucun soupçon de corruption, naturellement. Pas de scandales, ou s'il y en a eu, blanchi. Complètement blanchi. Vous connaissez le département. Le "service", comme on dit maintenant. Les rumeurs. Les insinuations. On n'y échappe jamais. Mais à moins qu'il y ait quelque chose de concret, quelque chose de prouvé – vous voyez ce que je veux dire, Darian? Évidemment que vous le voyez –, alors c'est rien que des paroles. Donnez-moi des faits. Des preuves. C'est la base de notre boulot. »

Copeland pouvait être direct quand il en avait besoin, mais dans certains cas, comme celui-ci, il parvenait à son but, au sens ultime de son laïus, par des circonvolutions, et dans certains cas, encore une fois comme celui-ci, il ne semblait y avoir ni but ni sens. J'avais déjà joué à ce jeu. J'étais l'une des rares personnes à en connaître les règles ; de fait, j'étais probablement la seule dans tout le département de police. La plupart des flics se contentaient de le regarder d'un air ahuri, attendant des éclaircissements.

« Vous voulez que j'élucide la mort d'Isobel Vine », ai-je déclaré.

Ce n'était pas une question.

Il a souri, comme un père aurait souri à son fils après que celui-ci aurait correctement deviné un défi complexe.

« Je vous reconnais bien ! Toujours une longueur d'avance. Je savais que je pouvais compter sur vous. Vous comprenez toujours tout avant tout le monde.

– Racine a été nommé pour vous remplacer », ai-je ajouté.

Une fois encore, ce n'était pas une question.

Il s'est penché, opinant du chef, souriant, impatient, excité. Tel un prof avec son meilleur élève.

Dehors, il s'était mis à pleuvoir. Les journées s'écoulaient toujours de la même manière : nuages de brume le matin, semblant de beau temps en début d'après-midi, rafales glaciales la nuit. Normalement, j'aurais été assis près du feu à lire *L'Infinie Comédie* du génie linguistique David Foster Wallace, qui avait également été champion de tennis junior et s'était suicidé à quarante-six ans. Mon âge. La pluie éclaboussait les vitres.

« Le gouvernement le veut, vous le voulez, les hommes et les femmes en uniforme le veulent, et même le syndicat de la police le veut », ai-je dit.

Hochement de tête, hochement de tête, hochement de tête, sourire, sourire, sourire. Tu as tout bon, Darian, continue.

« Et lui aussi le veut. »

Hochement de tête, sourire. Tu y es presque, Darian.

« Mais il y a ce petit problème qui remonte à vingt-cinq ans.

– Un tragique accident, a déclaré Copeland. Un terrible malentendu.

– Et même si tout le monde l'a oublié…

– Sauf vous, m'a-t-il interrompu.

– … c'est le genre de tache qui pourrait le mettre hors jeu.

– La première chose que la presse fera quand il sera nommé, ce sera fouiner dans ses états de service.

– Mais s'il y a une enquête récente, tout juste achevée…

– Qui l'exonère totalement.

– … qui l'exonère totalement, alors la tache disparaît. Et la voie est libre pour que Racine devienne le nouveau commissaire admiré et brillant. »

Premier de la classe, Darian.

« Vous aurez votre propre bureau, le personnel de votre choix, l'indépendance totale, vous ne rendrez de comptes qu'à moi, aucune interférence. Excellente rémunération. Un mois, maxi. Voiture et appartement, *per diem*, tout fourni. »

Il était penché plus près, mains jointes. À cette heure, dans cette vie que je m'étais créée dans cette cabane, non seulement j'aurais été en train de lire au coin du feu, mais j'aurais également mangé. Le propriétaire des lieux avait eu pitié de moi en voyant mon incapacité à attraper le moindre poisson depuis mon arrivée, et il m'avait donné quelques truites et merlans frais à congeler, histoire de rendre mon séjour plus plaisant.

Je me suis également penché en avant. Copeland savait ce qui arrivait, et il s'est rapproché encore plus.

« Mais si je ne parviens pas à l'exonérer ?

– S'il est coupable ?

– S'il est coupable.

– C'était un suicide, a-t-il déclaré avec fermeté.

– Le coroner n'a pas tranché. Il hésitait entre un suicide, un accident et un meurtre. Il n'a pas réussi à décider. Et Racine n'était pas le seul impliqué ; il y avait d'autres flics. »

Copeland a soutenu mon regard, puis il a parlé d'un ton sévère, en homme intègre.

« Je ne crois pas, je ne *veux pas* croire que Racine ni aucun des autres d'ailleurs, ait fait ça. Qu'il ait tué cette pauvre jeune femme. Mais si votre enquête révèle qu'il l'a fait, ou qu'il était d'une manière ou d'une autre impliqué, ou juste qu'il a été témoin, il tombera. Cette affaire, comme vous le comprenez, répond à des considérations politiques, mais, au bout du compte, il doit également être question de justice. Je refuse qu'il en soit autrement. Découvrez la vérité, Darian. Je sais que vous ne me ferez pas faux bond. »

Pendant quatre ans, depuis que j'avais quitté le QG de la police à Melbourne, j'étais resté près de la rivière Noosa, tentant avec un certain succès de mener une vie saine et tranquille. Regardant la rivière, lisant dans le hamac, nourrissant les pélicans, cuisinant et écoutant le fracas de l'océan et les remous de la rivière, le chant des oiseaux et les cris enjoués des touristes, autant d'activités qui étaient devenues les nouveaux piliers de mon existence. Melbourne, que j'avais fuie et où je n'étais retourné qu'une fois, brièvement, tandis que je traquais le Tueur du Train, était, pour moi, une ville définie par le meurtre. Vous savez, quand vous entendez une chanson et qu'elle vous rappelle un premier baiser ou peut-être une rupture, ou quand vous sentez un parfum et revivez un moment du passé, quand ces perceptions sensorielles laissent place à des souvenirs lointains, joyeux ou non... Le plan en damier de la ville, les banlieues, les rues, les plages et les parcs avaient tous pour moi une histoire et une culture de violence et de sang. De cadavres éparpillés à travers le paysage. Une ville de meurtres. C'était ça, Melbourne. Et c'était là que Copeland voulait que je retourne.

Depuis que j'avais perdu Rosie et échoué à attraper le Tueur du Train, j'étais à la dérive, assis au milieu d'un lac, décrivant des cercles lents dans l'eau. Sans plus aucune direction, voilà comment j'étais. Mon nouveau chez-moi, au bord de la rivière Noosa, ne faisait que me rappeler mes échecs cuisants : la fille qui m'avait quitté, et le tueur en série qui m'avait échappé.

« Pourquoi ne pas demander aux affaires internes de s'en charger ? » ai-je demandé.

Il s'est de nouveau penché vers moi, comme s'il m'invitait à partager un secret, et m'a donné un petit coup du bout du doigt.

« Trop politiques. Ils n'écoutent que leurs préjugés et les rumeurs. Des flics en service actif qui enquêteraient sur des flics en service actif ? Non. *Vous*, Darian. Vous vous êtes tiré sans même un au revoir ni un merci. Vous nous avez tourné le dos et avez quitté l'État de Victoria. Pas de rancœurs, fiston. Pas de ressentiment, du moins pas de ma part. J'ai compris, quand on m'a informé. Vous êtes un franc-tireur. Un solitaire. Fidèle aux vraies valeurs. Indépendant. Aucune loyauté pour vous influencer. Rien que du dédain, un dos tourné et une nouvelle vie. Il ne pourrait y avoir de meilleur choix pour ce boulot. »

Qu'est-ce que vous ne me dites pas, patron ? me suis-je demandé en me levant.

« On va se préparer des truites, ai-je dit. La pluie diminuera d'ici une heure. Vous pourrez alors aller chercher votre sac dans la voiture. Je vais faire le lit dans la deuxième chambre. »

Il a esquissé un grand sourire, le sourire d'un père heureux, m'a-t-il semblé.

Nous vivons pour le meurtre

J'ai cligné des yeux. Il était quatre heures deux. Encore la nuit. Un silence profond, si ce n'était les ronflements en provenance de la chambre d'à côté. Je me suis levé. Autrefois, je me levais chancelant, je titubais, je me cognais et me mettais K-O par la même occasion. Mais plus maintenant, plus depuis que j'avais quitté la police – désormais j'accueillais le réveil avec un bonjour enjoué.

Le feu était depuis longtemps éteint. J'ai repoussé les cendres, puis bâti une nouvelle cathédrale de petit bois avant d'ajouter quelques bûchettes et d'allumer le tout. Il faisait un froid glacial dans la cabane, mais ça n'a pas duré longtemps. Le feu a pris, et son rougeoiement et sa chaleur ont envahi la pièce. Je me suis fait un café, puis un autre, et encore un autre.

Je me suis assis sur la chaise où le boss avait été assis la veille au soir. Nous avions mangé le poisson et parlé de l'ancien temps. Ressassé les souvenirs. Les récits de guerre. Il m'a raconté que la seconde fois qu'il s'était retrouvé dans le grand fauteuil, il avait découvert que les enquêteurs de la criminelle s'étaient fait avoir avec leurs heures supplémentaires; ils travaillaient huit heures et, s'ils avaient toujours une affaire en cours, ils travaillaient quatre heures de plus à l'œil, et après, histoire d'ajouter la gloire au glamour, ils bossaient pour la moitié de leur salaire horaire. Voilà ce qu'ils faisaient. Ils travaillaient pour des clopinettes, parfois treize heures d'affilée, jusqu'à ce qu'ils aient fini leur journée. Mais le concept de « fin de journée » ne fonctionne pas vraiment quand vous enquêtez sur un meurtre. C'était la géniale technique de réduction des coûts du précédent commissaire. Copeland exigeait désormais que le gouvernement fasse cesser cette folie et affirmait qu'il ne bougerait pas de son fauteuil tant que le ministre n'aurait pas obtempéré.

Nous faisons ce boulot au nom de la justice, au nom de la vertu, mais nous le faisons aussi pour payer notre loyer et envoyer nos gosses, si on en a, à l'école. Sans une rémunération juste, on ne peut pas se concentrer sur le travail. En tant que chef de la criminelle, c'était ce que j'avais obtenu – chaque fois qu'un membre de mon équipe était victime d'une injustice financière, je pétais les plombs.

J'aimais entendre les ronflements du patron. Ils étaient rassurants.

Je n'avais pas dit que j'acceptais la mission, mais j'allais le faire. Nous le savions tous les deux. J'avais esquivé, changeant de sujet de conversation pour parler de nourriture, du dîner, des poissons et de mon incapacité à les attraper. Il avait ri et joué le jeu sans faire de commentaires, évoqué les récits de guerre, les types qui étaient tombés ou qui étaient partis, et, comme toujours, il avait fini par se rappeler avec émotion sa femme. Jan était morte d'un cancer après une bataille qui avait duré bien trop longtemps. J'étais allé aux obsèques. Ça avait été une cérémonie très intime, pleine, comme c'est parfois le cas, de tensions familiales et d'acrimonie.

Il y avait eu un problème avec le cadavre. Elle avait eu un cancer, et ce n'était pas un bon cancer – non qu'il y en ait des bons, mais celui-là avait ravagé son corps, le détruisant semaine après semaine. Ils avaient eu le temps de se préparer. Sa mort aurait pu être prédite sur un calendrier, pas la date exacte, évidemment, mais une certaine période de temps. Copeland voulait qu'elle soit enterrée, intacte, dans une tombe. Sa sœur voulait qu'elle soit incinérée. Jan s'en fichait et n'avait jamais su que sa famille s'était déchirée à propos de la manière de mettre en terre son corps dévasté.

J'avais toujours trouvé que c'était un conflit curieux, parce que, vraiment, quand on est mort, qu'est-ce que ça peut faire ?

Mais c'était important pour Copeland, et c'était important pour sa belle-sœur. Il était demeuré ferme et avait gagné. Je suppose qu'ils se battaient pour autre chose sous la surface, mais la tension était telle qu'elle avait imprégné la cérémonie, au point que la sœur avait même refusé de le regarder dans les yeux.

J'étais le seul autre flic présent, hormis son chef d'état-major. C'était juste avant qu'il prenne sa retraite, la première fois. Après ça, sur le parking, loin de la famille et des invités, il s'était laissé tomber dans mes bras et avait pleuré. Je n'ai jamais été très doué pour exprimer mes propres émotions, mais, bizarrement, je suis doué quand il s'agit de celles des autres. Je l'avais fermement étreint sur le parking recouvert de graviers de l'église catholique de Malvern, lui disant de ne pas s'en faire, que ça n'avait pas d'importance si on arrivait en retard pour l'inhumation du cercueil, l'incitant à se laisser aller.

« Une femme magnifique, avait-il dit alors. Sage, vive d'esprit, plus intelligente que moi », ne cessait-il de répéter.

Copeland m'offrait plus qu'un boulot. J'avais essayé d'oublier, mais c'était difficile. Je me rappelais la fièvre que je ressentais chaque fois qu'on nous annonçait un nouveau cadavre. Nous vivions pour le meurtre. C'était excitant. Dans l'État de Victoria, nous en avions environ cent par an, mais nous en voulions toujours plus. Donnez-m'en deux cents, trois cents, donnez-moi une ville d'assassinats. Le tourbillon au huitième étage, les équipes qui bossaient à la criminelle, l'excitation, l'oxygène qui nous faisait avancer. Finalement, avec le temps, j'avais été empoisonné et épuisé, incapable de me libérer des victimes et de leurs murmures d'angoisse spectraux qui se répandaient comme des tentacules, pénétrant mon cerveau de plus en plus imbibé de vodka tandis que je continuais de chercher les très rares meurtriers, notamment le Tueur du Train, qui étaient passés au travers des mailles du filet, qui étaient restés dans l'ombre et continuaient de tuer encore et encore, ou alors qui avaient pris leur retraite après un ou deux coups, laissant derrière eux les sons plaintifs des victimes qui demandaient justice. Ou qui faisaient appel à moi – moi, le type qui voulait être parfait, M. Cent-Pour-Cent –, du moins était-ce l'impression que j'avais. Je ne pouvais pas ignorer, pas après avoir vu le patron et entendu ses récits de guerre, ce vieux sentiment de camaraderie qui régnait au sein des équipes du huitième étage. Et l'idée de retourner au QG, de résoudre un meurtre vieux de vingt-cinq ans, me faisait frémir d'excitation.

Copland

Mes pieds me faisaient souffrir. C'était la première fois en quatre ans que je portais des chaussures en cuir. Je portais aussi un costume, également pour la première fois en quatre ans. Chemise enfoncée dans le pantalon et cravate serrée autour du cou. J'approchais du QG de St Kilda Road, gravissais les marches et pénétrais dans le hall. C'était mon premier jour de boulot en tant que flic réintégré.

Le QG de St Kilda Road avait été bâti pour intimider. Tous les QG de la police le sont. Il n'est question que d'intimidation. J'avais une petite vingtaine d'années la première fois que j'étais entré dans ce bâtiment, j'étais un gamin avec un minimum d'expériences en uniforme derrière lui. J'avais été choisi par un flic plus âgé, puissant et influent, pour rejoindre la criminelle à un âge ridiculement jeune. Copeland avait été impressionné par mes talents d'enquêteur et m'avait fait griller les étapes.

J'étais intimidé la première fois que j'avais mis les pieds dans ce bâtiment. Mais plus maintenant.

Le hall est vaste : un grand espace ouvert rempli de la lumière qui pénètre par la façade de verre côté rue. Un sol en marbre blanc. Un long guichet sur la gauche, un portail de sécurité non loin qui permet d'accéder à un couloir depuis lequel les ascenseurs vous mèneront en un clin d'œil à l'un des neuf étages audessus. Un type en uniforme assis derrière le guichet, rêvant à des jours meilleurs. Parfois ce sera une femme. Ce sont des flics qui ne sont pas réputés pour leur qualité d'accueil, mais qui, dans l'ensemble, valent mieux que nombre des réceptionnistes d'hôtel que j'ai croisés de par le monde. Tandis que j'approchais, le bruit de mes pas est parvenu aux oreilles du type derrière le guichet.

« Darian Richards, ai-je annoncé.

– Vous voulez voir ? a-t-il demandé.

– Inspecteur principal Darian Richards. On m'a attribué un bureau. Si vous pouviez m'indiquer lequel et me laisser entrer.

– Bien, monsieur. »

Il s'est mis à chercher, à la fois sur son ordinateur et sur ses fiches, une trace de mon nom et des détails de mon arrivée. J'entendais derrière moi les gens qui entraient, franchissant les portes à tambour et traversant le hall avant de passer la sécurité et de prendre la direction des ascenseurs. J'ai continué de leur tourner le dos. En quatre ans il avait dû y avoir du renouvellement dans les effectifs, mais la plupart des flics qui traversaient le hall derrière moi m'auraient reconnu. La nouvelle de mon retour avait-elle déjà atteint le cycle de la rumeur ? Très probablement. Est-ce que quelqu'un en avait quoi que ce soit à faire ? Seulement les types du huitième : mon équipe, ceux que j'avais abandonnés sans un au revoir, ni même une explication.

« Inspecteur principal ? »

Le gars souriait. Il m'avait finalement trouvé dans le système.

« Vous êtes au deuxième étage. Bureau 26G. »

Les mecs en uniforme adorent la hiérarchie. La hiérarchie est tout. Le grade, la position, le respect. Encore une question d'intimidation.

« Passez-moi le commissaire », ai-je dit.

Il m'a dévisagé comme si je venais d'annoncer que j'étais un kamikaze armé d'une bombe.

« Excusez-moi, monsieur ?

– Le commissaire. Passez-le-moi au téléphone.

– Il est en réunion.

– Je m'en fous. Dites à son assistante de l'interrompre. Dites-lui de lui dire que j'ai besoin de lui parler immédiatement. »

Qui est ce putain de type ? devait-il se demander tandis qu'il faisait une moue qui ne seyait pas du tout à un flic, enfonçait les touches de son téléphone, et parlait doucement dans le combiné.

« Jen, c'est David à la réception. J'ai un inspecteur principal Darian Richards qui veut parler au commissaire... Oui, je lui ai dit... »

Je me suis penché par-dessus le guichet et lui ai pris le téléphone des mains. Il m'a regardé comme s'il était sur le point de m'arrêter – c'était un flic, après tout – tandis que je me mettais à parler.

« Jen, c'est Darian. Arrache le vieux à sa réunion. Dis-lui que j'ai besoin de trente secondes. Dis-lui que le précédent fait loi.

– Je l'avais prévenu que tu recommencerais à poser des problèmes, Darian. »

J'ai ri.

David semblait au bord de l'attaque cardiaque. Je me suis retourné pour la première fois, tenant toujours le téléphone, et je me suis adossé au guichet, observant les personnes qui traînaient les pieds et les retardataires. Il était neuf heures largement passées. Les types qui roulaient des mécaniques et les ivrognes, les héros et les losers, les durs avec trop d'abdos qui cherchaient à en imposer, les geeks et les timides – on peut tous les reconnaître. Chaque division a ses caractéristiques physiques, son apparence, son attitude. Tandis qu'ils arrivaient pour une nouvelle journée, je soutenais leur regard. La plupart, je les connaissais, quoique pas nécessairement de nom, mais il y en avait quelques-uns que je n'avais jamais vus. Personne de la criminelle. Pas encore. Ça viendrait.

« C'est vous, Darian ?

– Patron, vous m'avez mis au deuxième étage. »

La hiérarchie est essentielle, la perception est tout.

« Pas moi, fiston. Je leur ai dit : ne le mettez pas ailleurs qu'au huitième. Ou alors au neuvième, à côté de votre ancien patron, mais vous savez ce qu'ils ont répondu ? Pas de place. Campagne de recrutement depuis que vous êtes parti. L'immeuble est plein à craquer. On va bientôt devoir mettre des bureaux sur le foutu toit. C'est un bon bureau, Darian. J'y suis moi-même allé pour m'en assurer. Il donne pile sur la Melbourne Grammar. Tout ce basalte, ces bâtiments du XVIIIᵉ, pas à mon goût, je n'ai jamais été convaincu par le concept d'internat, mais je suppose que c'est nécessaire quand vous vivez à des centaines de kilomètres de Melbourne et que vous voulez ce qu'il y a de mieux pour votre fils – ou votre fille. Mais c'est vraiment une jolie vue.

– Soit je suis au huitième ou au neuvième, soit je ne reste pas. »

Il y a eu un moment de silence, puis :

« Toujours buveur de café noir ? Ou votre vie de sarongs et de hamacs vous a-t-elle converti à la tisane ?

– Toujours buveur de café noir, patron.

– Il y a un excellent café en haut de Toorak Road, juste en face de France-Soir. Nouvel établissement. Le meilleur café de ce côté-ci de Yarra. Vous y serez à l'aise pendant qu'on réglera ça.

– J'attends votre coup de fil. »

C'était peut-être mesquin et puéril de ma part, un comportement de cour de récréation, mais c'était également nécessaire. Si je voulais obtenir la coopération et le respect des autres flics – et afin de rouvrir une affaire classée sans suite dans laquelle les suspects étaient des flics, c'était précisément ce dont j'avais besoin –, je devais être perçu comme le type important que j'avais été par le passé, pas comme un loser, un type qui se la jouait, pas comme un héros oublié qui était désormais à côté de la plaque et rouillé. Ils devaient croire que j'étais toujours le meilleur enquêteur de la criminelle, le type avec le taux d'élucidation le plus élevé, le type que les gens craignaient, le type qui dirigeait la division la plus sexy et la plus convoitée. Même si je n'étais pas ce type – et après quatre années dans un hamac au bord de la rivière, je savais pertinemment que je ne l'étais pas, que je ne l'étais plus. Je devais faire semblant et espérer de tout cœur que tout le monde y croirait.

La nuit du 21 décembre 1990, Isobel Vine, dix-huit ans, avait été retrouvée morte dans sa maison d'Osborne Street, dans le quartier de South Yarra. Elle était affalée, nue, derrière la porte de sa chambre, retenue par une cravate d'homme qui avait été enroulée autour de son cou. Elle, ou quelqu'un d'autre, avait attaché la cravate à un solide crochet de cuivre fixé sur la porte. Comme elle était nue, l'hypothèse immédiate avait été qu'elle était morte au cours d'une asphyxie érotique qui avait horriblement mal tourné.

J'étais assis dans le café, faisant face à Toorak Road, un long boulevard qui s'étire depuis St Kilda Road, bordé de cafés chics en plein air, de boutiques de vêtements de designer hors de prix, de restaurants et d'hôtels, puis qui descend une colline tandis qu'il traverse le quartier de South Yarra, l'un des plus branchés et chers de la ville, avant d'atteindre un majestueux parc d'un côté et une librairie moderne de l'autre puis d'entamer l'ascension d'une nouvelle colline; de l'autre côté se trouve Toorak, le quartier des vieilles fortunes et de la tradition à Melbourne. Des tramways passaient bruyamment dans la rue, qui avait été, comme toutes les vieilles artères de la ville, originellement construite avec des pavés de basalte, dont bon nombre sont toujours là. Des BMW et des Saab cherchaient à se frayer un chemin, tentant de dépasser les tramways qui s'arrêtaient constamment pour laisser monter et descendre des passagers. Je feuilletais le dossier original de l'affaire, qui avait été expédié par coursier depuis les archives situées dans le nord de Melbourne jusqu'à mon appartement de location, qui se trouvait juste à côté, dans Davis Avenue, une rue bordée d'arbres perpendiculaire à Toorak Road.

Le dossier n'était pas tout à fait complet. Les détails de l'affaire – une jeune femme morte dans une maison de South Yarra – avaient semblé plutôt clairs, quoique légèrement exotiques du point de vue sexuel, aux premiers agents qui s'étaient rendus sur place. Tandis qu'ils sécurisaient la maison et attendaient que la criminelle, le coroner et les médecins légistes arrivent, ils avaient supposé qu'elle avait elle-même provoqué son décès. Elle s'était adonnée à quelque fantasme masturbatoire en y ajoutant le frisson de l'étouffement, et elle avait perdu le contrôle.

Il n'y avait nulle part dans la maison le moindre signe de lutte ni de violence. Pas de traces d'effraction aux fenêtres ou à la porte. Le viol et le meurtre n'avaient pas seulement été écartés, ils n'avaient même pas été envisagés.

L'asphyxie érotique était, et demeure, une mort très inhabituelle, et il était extrêmement rare qu'une jeune femme perde la vie de la sorte. Elle avait récemment fait les gros titres quand Michael Hutchence et David Carradine étaient apparemment morts en goûtant au frisson et à l'excitation que peut apporter l'absence d'oxygène à l'acte sexuel. Le problème quand on s'étrangle soi-même, en dépit de tous les mécanismes de secours qu'on met en place pour s'éviter un vilain accident, c'est qu'on flirte avec la frontière de la conscience, et que cette frontière est très ténue. Une demi-seconde de trop et vous perdez connaissance et mourez. L'étouffement durant l'acte sexuel est assurément un jeu qui se joue à deux.

En plus, les flics qui avaient répondu à l'appel avaient envisagé un suicide, présumant qu'Isobel s'était délibérément enroulé une cravate autour du cou puis s'était laissée tomber pour s'étrangler. Un peu bizarre, mais ils en avaient vu d'autres.

Ce qui ressemblait, aux yeux du coroner, à un pile ou face entre une asphyxie érotique qui avait horriblement mal tourné et un suicide avait soudain pris une nouvelle tournure quand, quelques jours plus tard, le père d'Isobel, un vieux bijoutier nommé Eli, avait clamé à cor et à cri qu'il s'agissait en fait d'un meurtre.

C'était alors que tout était parti en sucette, et c'était la raison pour laquelle j'étais assis dans un café de South Yarra, attendant qu'on m'attribue un bureau au QG, lisant un vieux dossier défraîchi en me demandant si certains des agents qui avaient été les premiers sur les lieux étaient toujours de la maison.

L'histoire d'Eli avait soulevé des questions, non seulement quant à la mort d'Isobel, mais également quant au rôle qu'avait joué la police dans sa vie au cours des semaines qui l'avaient précédée. Sept semaines avant son décès, Isobel était rentrée en Australie après un programme d'échange qui lui avait permis de passer un trimestre de sa dernière année de lycée dans un établissement de La Paz, en Bolivie. À sa descente d'avion, elle avait été accueillie par une unité de la police fédérale qui avait été informée qu'elle s'apprêtait à faire entrer clandestinement dans le pays une petite quantité de cocaïne. Ces fédés, selon Eli, avaient persécuté Isobel jusqu'à sa mort, la menaçant de l'envoyer en taule pour un bon bout de temps si elle ne leur disait pas pour qui elle avait transporté la came.

La révélation du fait qu'Isobel avait été harcelée par des flics et, sans aucun doute, par des trafiquants de drogue, la plaçant pile entre une bande de types qui voulaient qu'elle parle et d'autres qui voulaient qu'elle la boucle, renforçait, selon certains, la théorie du suicide.

Mais le vieil Eli n'arrêtait pas de brailler. C'était un meurtre. Et, ajoutait-il, ceux qui l'avaient tuée étaient ceux qui avaient le plus à perdre : les flics qui étaient de mèche avec le réseau de trafiquants. C'était d'eux qu'Isobel avait le plus peur. Ils lui avaient fait transporter la cocaïne, puis ils l'avaient tuée quand elle s'était fait pincer. Mais personne n'avait trop fait attention au vieux bonhomme. C'était juste un père désemparé qui hurlait dans le vent. Donnez-nous des preuves ou fermez votre gueule, telle était l'opinion générale.

L'affaire avait pris un nouveau tournant quand il avait été révélé que quatre jeunes policiers s'étaient bel et bien trouvés chez Isobel le soir de sa mort. Elle avait organisé une fête, et ils avaient débarqué. J'ai vérifié le dossier. Isobel était morte vers quatre heures du matin. La fête avait débuté vers dix-neuf heures la veille et, selon les très brèves dépositions de témoins, la dernière personne présente dans la maison l'avait laissée seule, défoncée, ivre, heureuse mais apathique, vers deux heures quarante-cinq.

Les quatre flics étaient tous de jeunes agents. Ils avaient tous affirmé avoir rencontré une amie, une fille au nom improbable de Ruby Jazz, dans une boîte de nuit en ville, l'Underground. C'était elle qui les avait informés qu'il y avait une fête chez une fille dans South Yarra. Elle allait s'y rendre et avait suggéré qu'ils l'accompagnent. Ce qu'ils avaient fait. Les dépositions des flics étaient également très brèves. Ils étaient arrivés vers minuit et repartis vers une heure.

Les trois premiers noms inscrits dans le dossier étaient Boris Jones, Jacob Monahan et Aristotle Pappas.

Le quatrième était Nick Racine, le prétendant au poste de commissaire de la police de l'État de Victoria.

Déconcerté par l'absence de preuves malgré les accusations, mais ayant confirmé qu'Isobel avait bien été harcelée par les fédés qui enquêtaient sur un réseau d'importation de drogue, le coroner avait opté pour des conclusions ouvertes. En d'autres termes, il n'avait pas réussi à trancher. Peu après, Isobel avait été incinérée.

Tout ça s'était produit avant que je rejoigne la criminelle.

Au fil des années, l'affaire Isobel Vine avait acquis une certaine aura, en grande partie parce qu'elle n'avait jamais été résolue, mais également parce qu'elle éveillait l'image saisissante, décrite dans les comptes rendus scabreux des médias, d'une jeune fille morte, nue et attachée derrière la porte de sa chambre. Et parce que son père, Eli le bijoutier, n'avait jamais cessé de s'élever contre l'injustice de sa mort. Tel l'un de ces cinglés obsessionnels qu'on voit occasionnellement traîner devant les ambassades ou les cliniques qui pratiquent des avortements, le vieil Eli s'était mis à manifester seul sur les marches du QG de la police dans St Kilda Road à chaque anniversaire de la mort de sa fille. Tous les ans il venait avec deux pancartes qui dénonçaient la dissimulation opérée au sein du bâtiment, dissimulation orchestrée par les policiers qui étaient coupables de son meurtre et qui, année après année, demeuraient bien déterminés à ce que la vérité ne soit jamais dévoilée. *Quand les véritables assassins de ma fille – DES POLICIERS! – seront-ils traduits en justice?* demandait-il en épaisses lettres noires. Je me rappelle avoir vu le vieux bonhomme, vêtu d'un imper en plastique bon marché, frissonnant dans le vent froid et ignorant la pluie qui tombait autour de lui, planté près des marches qui menaient au hall, brandissant ses pancartes, chacune portant une photo en couleur de sa fille. Il était là, devant le QG, à chaque anniversaire de sa mort. Il ne parlait pas – il se contentait de fusiller du regard chaque flic qui passait, particulièrement « les quatre », Jones, Monahan, Pappas et Racine, quand ils arrivaient au boulot. Au bout de quelque temps, plus personne n'avait fait attention à lui. Il était fou, obsédé. Au fil des ans, « les quatre » avaient suivi leur chemin, gravissant lentement les échelons, et, supposait-on, commencé à oublier Isobel avec son visage frais et ses fossettes, ses cheveux sombres coupés en un carré plutôt court, ses pommettes hautes et son large sourire qui révélait une dent de travers.

Jusqu'à maintenant. Je savais que Racine avait, selon le patron, accueilli favorablement le fait que j'avais été choisi pour enquêter sur la mort d'Isobel. Mais je m'interrogeais sur les autres. Je ne connaissais pas Boris Jones et n'avais rencontré Monahan qu'à quelques reprises par le passé. Aux dernières nouvelles, il avait un poste haut placé aux stups. Pappas était à la criminelle. C'était mon successeur, Zach Reeve, qui l'avait engagé. C'était un bon flic, mais il me semblait un peu colérique et il avait un passé un peu tumultueux. Les filles et les boîtes de nuit. Je n'ai donc pas été surpris de lire qu'il était avec les autres dans le club du centre-ville. Dans les années 1980, son truc, c'était la picole, les filles et la coke. Il m'avait toujours fait une sale impression.

Vingt-cinq années, c'est suffisamment long pour oublier complètement un incident embarrassant – au mieux – ou un meurtre – au pire – qui ne vous a jamais rattrapé.

Mon téléphone s'est mis à sonner. J'ai reposé le dossier et répondu.

« Vous êtes au huitième étage. Bureau 803, à côté de la criminelle, a déclaré Copeland.

– J'arrive bientôt. »

J'ai baissé les yeux vers le dossier.

« Hé, les documents qui m'ont été envoyés, il n'y a que ça ? Ça semble léger.

– Aucune idée, fiston. J'ai juste effectué la demande et laissé les gens des archives s'en occuper. »

Copeland a mis fin à la conversation d'un ton enjoué. Je craignais que les maigres documents officiels relatifs à la mort d'Isobel ne rendent, près de trois décennies plus tard, les choses encore plus compliquées. Et je ne pouvais m'ôter de la tête l'idée que certains flics avaient délibérément conservé un minimum de notes pour détourner l'attention des curieux. Était-ce ce qui s'était passé ? Dans ce cas, ils avaient fait du bon boulot.

Il y a un vieux truisme dans la police : chaque moment qui suit le crime est un mauvais moment de perdu. Le meurtre est le point chaud, et à mesure que les heures s'écoulent, l'enquête se complique. Le travail sur une enquête classée sans suite consiste à recréer ce point chaud, et les dossiers sont les premiers éléments importants.

Cette affaire commençait à paraître glaciale.

Travaux

Rester assise dans une voiture de police à regarder une procession de véhicules se traîner aux quarante à l'heure imposés par les travaux sur la route devait être le boulot le plus barbant de la terre, songeait Maria. Ça faisait trois semaines qu'elle était là, ses lumières rouges et bleues tournoyant pour indiquer aux conducteurs que oui, la vitesse était limitée à cause du chantier, regardant les ouvriers déverser du goudron puis effectuer des va-et-vient sur la chaussée toute fraîche. Les deux voies de la Bruce Highway qui allaient vers le nord, près de la sortie de Nambour, avaient été réduites à une seule, et la circulation défilait lentement tandis que des camions, des véhicules de chantier et des hommes en gilets de sécurité jaunes vaquaient à leurs occupations. Pourquoi le gouvernement avait-il trouvé pertinent de placer une voiture de police avec un agent à l'intérieur à chaque chantier le long de l'autoroute ? Elle n'en savait rien. Ça semblait un énorme gâchis de ressources. Sur toute la longueur, il devait y avoir au moins une douzaine d'autres flics qui, comme elle, s'emmerdaient fermement à regarder les voitures et la route en train d'être construite tout en espérant qu'il se passerait quelque chose, n'importe quoi. Tout ce qu'elle faisait, c'était fixer dehors d'un air absent en espérant qu'un automobiliste péterait les plombs et foncerait sur le bas-côté couvert de graviers, projetant de la terre et des cailloux à cent à l'heure et mettant des vies en danger, histoire de pouvoir allumer sa sirène et de se lancer à sa poursuite. Peut-être que le type aurait une arme et lui tirerait dessus, façon *Fast and Furious*, et alors elle riposterait, crevant ses pneus, et regarderait la voiture en fuite effectuer une sortie de route puis s'envoler dans les airs avant de percuter un arbre et de prendre feu. Peut-être qu'alors elle sortirait d'un bond de sa voiture, arme à la main, courrait vers la bagnole et arracherait aux flammes les braqueurs ou les dealers qui se trimballeraient avec un coffre rempli de coke et de cash, juste avant qu'une énorme boule de feu n'embrase toute la zone.

Mais personne ne faisait rien d'un tant soit peu illégal. Tous les automobilistes roulaient majestueusement à la vitesse imposée et souriaient, lui adressant parfois au passage un salut de la tête ou de la main.

De temps à autre elle fantasmait sur l'un des beaux mecs qui conduisaient les camions et déversaient le goudron, mais ça non plus, ça ne lui rapportait pas grand-chose. Ils étaient tous trop occupés pour lui parler, hormis l'abruti de chef de chantier occasionnel qui venait s'appuyer sur sa voiture immobile et lui racontait des inepties sur les points noirs le long de l'autoroute ou sur le nombre de poissons qu'il avait pêchés pendant le week-end. Et puis, aucun des ouvriers n'était son genre. Ils arboraient tous lunettes de soleil, tatouages et barbe, et même si son amant, Casey, était aussi tatoué que « l'homme illustré » de Ray Bradbury, les barbes fournies, qui lui rappelaient le gang de Ned Kelly ou les pirates crasseux d'il y avait trois cents ans, lui filaient la chair de poule. Elle les regardait et se demandait quels insectes, quelles vermines et quels restes de nourriture y avaient élu domicile.

C'était sa punition, elle le savait, infligée par le Gros Adam, son patron, le chef du commissariat de Noosa Hill, un cadeau de son petit cœur envieux sous prétexte qu'elle était très en vue dans un monde où régnait la médiocrité. Elle avait récemment été réaffectée, par le commissaire, rien de moins, dans une unité spéciale d'élite pour enquêter sur le Tueur du Train, un meurtrier en série originaire de Melbourne qui avait changé de terrain de jeu. Maria avait travaillé dans les bureaux aseptisés de la criminelle du QG de Roma Street, à Brisbane. L'unité spéciale avait explosé et elle avait été renvoyée. Mais elle avait failli peu après attraper le tueur et, ce faisant, avait sauvé la vie de trois jeunes filles terrifiées. Et ça n'avait pas plu au Gros Adam.

Encore quarante-trois kilomètres de travaux. C'étaient des rénovations importantes, et aussi bien le gouvernement de l'État que le gouvernement fédéral étaient fiers de remodeler la nation en ajoutant des voies à un système autoroutier qui existait déjà et couvrait la totalité du continent, reliant chaque capitale sur un vaste territoire dégagé, solitaire et vide. Quand elle ne s'imaginait pas des boules de feu dans un champ ou n'observait pas les appareils de chantier gémissants, elle essayait parfois de calculer combien de temps il leur faudrait pour achever la route sur laquelle elle se trouvait. Elle n'avait jamais été bonne en maths, mais c'était un calcul impossible. Certains jours, ils avançaient d'un mètre. D'autres, de trente. D'autres encore, il pleuvait et personne ne venait. Sauf elle, évidemment, parce que même sous la pluie, quand les camions restaient immobiles et que les ouvriers profitaient d'une journée de congés payés, elle devait rester assise dans sa voiture de patrouille et faire respecter la limitation de vitesse. De temps à autre, Casey venait la voir sur sa Harley et lui tenait compagnie sur le siège passager – enfreignant un certain nombre de règles, mais elle s'en moquait ; elle n'en avait plus rien à foutre. Il lui apportait des nouilles, thaïes principalement, et son dessert préféré : la tarte au citron des Keys. Il la divertissait avec ses anecdotes et, comme des gamins, ils jouaient à se poser des devinettes. Puis, quand ils en avaient assez, ils s'imaginaient des choses sur les gens dans les voitures qui passaient tellement lentement qu'ils pouvaient apercevoir brièvement le chauffeur et ses passagers. Mais rien de ce qu'ils s'imaginaient n'était aussi bon que la poursuite en voiture et les coups de feu qui se terminaient dans les flammes tandis qu'elle secourait héroïquement les bandits en les extrayant de leur véhicule embrasé. Certains jours, elle écoutait le best of des Hunters and Collectors et chantait le refrain de *Holy Grail*. Certains jours, elle se trémoussait au son du groupe indé Machine Gun Fellatio, dont Casey affirmait qu'il avait le meilleur nom de tous les temps, avec la possible exception des Négresses vertes.

Les voitures sur l'autoroute, un flot incessant. Quand elle était enfant, elle adorait rouler dans celle de ses parents et regarder par la lunette arrière. Qui sont ces gens ? se demandait-elle. Où vont-ils, d'où viennent-ils, sont-ils heureux ? Roulent-ils vers les bras d'un amant ou d'un enfant comme moi, ou se dirigent-ils vers un endroit qui les mettra en colère ? Ou qui les rendra tristes ? Elle leur donnait souvent des noms. Elle restait assise là, sur la banquette arrière, regardait par la vitre arrière et pensait : bonjour, ton nom est Fourmi. Ou : bonjour, ton nom est Poule Mouillée. Ou : bonjour, tu n'as pas de nom parce que tu as l'air méchant et je crois que tu devrais mourir.

Les voitures sur l'autoroute, un flot incessant ; ce n'était pas pour ça qu'elle était devenue flic. Certes, tous les flics se farcissaient de sales besognes. Ça faisait partie du boulot. Mais si le Gros Adam avait pu agir à sa guise, elle aurait été patrouilleuse autoroutière pour le restant de l'année et une bonne partie de la suivante. Elle avait songé à demander son transfert hors de Noosa. Même un bled paumé au milieu de l'outback aurait été plus marrant que ça. Casey avait dit qu'il la suivrait – « Pas de drames, chérie » – tant qu'elle était heureuse.

Son téléphone portable se mit à sonner.

« Allô ?

– Chastain ? »

C'était le Gros Adam. Peut-être qu'il venait d'apprendre que les travaux avaient été rallongés de deux cents kilomètres supplémentaires.

Comment fait-elle ? s'était demandé Adam.

Est-ce qu'elle couche avec Darian Richards ?

Est-ce qu'elle couche avec le commissaire ?

Avant de décrocher le téléphone pour l'appeler, il était resté assis dans son bureau à examiner une fois de plus la lettre qui l'informait que l'agent principal Maria Chastain avait été détaché, à la demande du commissaire de l'État de Victoria, à Melbourne, pour travailler pendant une brève période sur une enquête spéciale. Enfin quoi, vraiment, allez, entre nous... c'est quoi son truc ?

Est-ce que ça avait quoi que ce soit à voir avec Darian Richards ? Probablement, avait pensé Adam.

Il avait regardé par la fenêtre de son bureau en direction des équipes d'inspecteurs et d'enquêteurs qui travaillaient dans la grande pièce en *open space* du commissariat de Noosa Hill. Ils étaient tous sous son contrôle, tous autant qu'ils étaient. Le seul électron libre était Chastain. Il voulait la faire souffrir.

Ça faisait plus d'une semaine qu'il examinait cette lettre. La première fois qu'il l'avait lue, il avait été stupéfait. En colère. Amer. Il l'avait ignorée pendant aussi longtemps que possible, mais maintenant, après une semaine, il savait que quelqu'un ne tarderait pas à l'appeler pour lui demander : « Pourquoi Chastain n'est-elle pas à Melbourne ? » Et il n'aurait pas de réponse. On ne peut pas dire : « Parce que ça me fout les boules qu'elle décroche toutes ces affaires importantes et que personne ne pense jamais à moi. »

Adam venait de Melbourne. Il était sur la Sunshine Coast, à la tête du commissariat de Noosa Hill, depuis un peu plus de trois ans. Il connaissait Melbourne, ses ruelles et ses méchants, il connaissait les flics qui lui étaient redevables, et il savait que ça pouvait être une ville dure. Si Chastain allait là-bas pour travailler sur une enquête spéciale, à la demande du commissaire en personne, alors peut-être qu'Adam pourrait lui organiser une petite fête de bienvenue. Un petit passage à tabac, histoire de lui dire : *Tu te crois maligne ? Tiens, prends ça, salope.*

Mais tandis qu'il décrochait le téléphone, il savait qu'il n'irait pas jusqu'au bout. Il ne pouvait pas se l'avouer, mais il avait peur des représailles de Richards ou de celles de Casey Lack, le cinglé de petit ami de Chastain.

« Allô, Maria, dit-il. Vous allez à Melbourne. »

Caprices

J'ai remballé le dossier et traversé Fawner Park, un vaste espace vert élégant et rempli de chênes qui s'étire de Toorak Road à Commercial Road, en direction du QG. Cette partie de Melbourne, comme nombre des quartiers du centre-ville, a été créée au XIXe siècle par de riches Anglais. C'était l'époque de la construction de l'empire. Les grandes demeures de style anglais étaient entourées de maisons ouvrières exiguës, et les larges boulevards étaient bordés d'allées et de rues étroites où vivaient les personnes les plus modestes. De vastes parcs avaient été dessinés et construits par les Anglais qui avaient planté des ormes, des peupliers et des chênes ; mais ils ne créaient pas seulement des espaces verts, ils concevaient des monuments à la gloire de l'Empire britannique. Comme l'hiver approchait vite, de nombreux arbres perdaient leurs feuilles. Melbourne est, réellement, la ville la plus européenne du pays.

Fawner Park est très beau, mais, comme à peu près chaque endroit de Melbourne, il était, pour moi, défini par le crime. Bien des années auparavant, des micros avaient été placés à travers toute la zone, dans chaque arbre, afin de surveiller des trafiquants de drogue. J'étais également venu ici dans le cadre de trois autres enquêtes. À chaque fois des meurtres. L'extrémité qui bordait Commercial Road était la plus malfamée. L'Alfred Hospital se trouvait de l'autre côté de la rue, et son service des urgences était le point chaud pour les overdoses.

Alors que j'étais au milieu du parc, mon téléphone a sonné. C'était Maria.

« Tu es à l'aéroport ? ai-je demandé. Saute dans un taxi et retrouve-moi à St Kilda Road. Tu dois être investie en tant qu'agent spécial.

– Je ne suis pas à l'aéroport, a-t-elle répliqué d'un ton qui m'a semblé brusque. Je suis assise dans une voiture de patrouille sur la Bruce Highway. Je viens seulement d'être informée par Adam que le commissaire de l'État de Victoria m'avait détachée pour travailler sur une enquête indépendante.

– Ah oui ? Adam vient juste de te prévenir ? Tu étais censée être ici hier.

– De quoi il s'agit ?

– Je te le dirai à ton arrivée. Tu peux partir quand ? Si tu attrapes un vol cet après-midi, on peut se retrouver ce soir et je te mettrai au parfum.

– Tu bosses pour le commissaire ? À Melbourne ? »

Elle semblait complètement prise de court.

« Oui, je te raconterai tout ça ce soir. Appelle-moi à ton arrivée. Je pourrai peut-être même passer te chercher à l'aéroport.

– Attends. Pas si vite. »

Maintenant, elle semblait furax.

« Je ne vais pas tout laisser tomber et abandonner Casey et ma maison juste à cause de toi. Tu ne gouvernes pas ma vie, Darian. »

Bon Dieu, ai-je songé, c'est une super-enquêtrice, mais elle pourrait m'épargner son cinéma. Je lui ai sorti le grand jeu.

« J'ai besoin de quelqu'un d'intelligent qui ne soit pas lié à l'histoire et aux manœuvres politiques de la police ici, qui n'ait rien à voir avec les rumeurs et avec l'affaire sur laquelle nous enquêtons. Quelqu'un avec qui j'ai déjà travaillé, quelqu'un en qui je puisse avoir confiance.

– La version courte ?

– OK, la version courte. On sait comment bosser ensemble.

– En effet. Et voici ma version courte : va te faire foutre. »

Sur ce, elle a raccroché. J'ai scruté mon téléphone, haussé les épaules, et continué de traverser le parc. J'aimais la présence des chênes, car il n'y en a pas au bord de la rivière Noosa.

Maria scruta son téléphone. Puis elle observa la circulation lente sur l'autoroute. Une Range Rover bleue avec des autocollants «P» sur les vitres, conduite par un adolescent, était en train de passer. Le gamin lui sourit et la salua d'un geste de la main. Il avait, supposa Maria, sa petite amie à côté de lui, et trois jeunes copains serrés comme des sardines sur la banquette arrière. Ils la saluèrent tous de la main et levèrent le pouce dans sa direction. Elle aurait voulu les interpeller et les embarquer parce qu'ils étaient riches, beaux et heureux.

Elle téléphona à Casey.

« Darian veut que j'aille à Melbourne.

– Génial. On part quand, chérie ? »

Elle ne s'attendait pas vraiment à cette réponse. Casey flirtait avec les limites de la loi. C'était un délinquant de second ordre et Melbourne était son ancien terrain de jeu ; l'idée que son amant batifole dans les allées sombres, les bars de strip-tease et les boîtes de nuit louches, montant des plans foireux près des docks ou dans les milieux interlopes avec les Italiens, les Grecs et les Libanais – les gangsters traditionnels à Melbourne – pendant qu'elle serait un membre actif de la police de l'État de Victoria la mettait très mal à l'aise. Depuis sept ans qu'ils étaient ensemble, elle s'inquiétait constamment à cause de ses délits, si minimes soient-ils (transport de marchandises volées, hébergement de criminels en fuite et, au profit de Darian trois ans plus tôt, fourniture d'un pistolet obtenu illégalement), et elle craignait qu'un jour, inévitablement, ça ne lui retombe dessus parce qu'elle était de la police. Jusqu'à présent, les flics de Noosa Hill avaient foutu la paix à Casey parce qu'ils avaient peur de lui. Il était imprévisible et n'avait absolument rien contre l'idée de les écraser avec sa Harley au besoin. Mais cette fois-ci, c'était différent.

« Eh bien, peut-être que si j'y vais…. Tu crois que je devrais y aller ? demanda-t-elle.

– Bien sûr. Quoi que te réserve le *big boss* là-bas, ce sera sacrément plus intéressant que poireauter sur l'autoroute.

– Alors, peut-être que je devrais y aller d'abord seule et voir de quoi il retourne.

– Je promets que je me tiendrai à carreau, chérie, dit-il, une promesse qui passa au-dessus de la tête de Maria comme un coup de vent. Mais c'est une bonne idée. Tu te poses là-bas et tu me préviens quand ce sera le bon moment pour que je vienne. Mais loin des yeux, loin du cœur ; faudra que je sois là pour toi, pour que tes spaghettis à la bolognaise et ton sauté thaï soient prêts quand tu rentreras à la maison. Faut que je prenne soin de toi, chérie. »

Il m'a fallu dix minutes pour traverser tranquillement le parc dans une explosion de soleil bienvenue, franchir les six voies de St Kilda Road avec ses alignements de palmiers dattiers, et regagner le QG. Ça faisait vingt minutes que le boss m'avait appelé pour m'informer que j'avais un nouveau bureau. Je connaissais l'endroit. Ce n'était pas un bureau à proprement parler, mais une ancienne salle de réunion autrefois utilisée par la criminelle et la brigade des personnes disparues, cette dernière unité ayant été dissoute au milieu des années 2000.

Tandis que j'approchais des marches qui menaient à l'immeuble, mon téléphone s'est remis à sonner. Je m'attendais à ce que ce soit Maria, mais c'était le troisième, et encore plus essentiel, membre de mon équipe.

« Je démissionne », a déclaré Isosceles avant même que j'aie le temps de dire bonjour.

Ça commençait bien.

« Pourquoi ?

– C'est un boulot ridicule. Je vaux mieux que ça. J'ai de meilleurs moyens d'utiliser mes talents. Oui, c'est vrai, je suis né au siècle dernier, mais à part ça, ça ne me concerne pas, ça ne m'intéresse pas, et je n'ai aucun désir de participer à cette enquête. Trouve-toi quelqu'un d'autre. Je te recommanderai quelqu'un. J'ai entendu parler d'une fille qui est plutôt douée.

Pas autant que moi, évidemment, mais, Darian, c'est comme ça. Je crois qu'elle est jolie, alors aucun doute que tu apprécieras sa compagnie. Quant à ses compétences, eh bien, je ne peux pas bien juger. Alors, adieu, mon ami. Ne m'oublie pas. »

Et sur ces paroles désuètes et théâtrales, il a raccroché. Je me suis retrouvé planté là, devant le QG, fixant mon téléphone. Il avait commencé à pleuvoir légèrement. Encore une de ces journées typiques de Melbourne durant lesquelles la météo vous fait faire le tour de tous les climats en une heure.

Isosceles était un as de l'informatique sur qui je m'étais lourdement appuyé non seulement quand je dirigeais la criminelle, mais également les trois fois où j'avais à contrecœur quitté ma retraite pour régler leur compte à certaines crapules. J'avais de nouveau besoin de lui.

Il vivait dans un grand appartement sans cloisons situé au dernier étage de l'un des immeubles les plus hauts de Melbourne, au cœur de la ville, entouré de baies vitrées qui s'élevaient du sol au plafond et à travers lesquelles, quand il était assis devant ses ordinateurs et ses écrans – le « Cœur » –, il observait les canyons en contrebas et s'imaginait qu'il était Batman en train de sauver l'humanité. Totalement incapable de fonctionner dans le monde ordinaire, il s'aventurait rarement dehors, se faisant livrer toute sa nourriture et recourant occasionnellement aux services de prostituées de luxe. Il dormait sur un matelas recouvert d'un drap orné d'une représentation grandeur nature du sex-symbol hollywoodien des années 1960 Raquel Welch, et portait des couches d'épais vêtements qui le faisaient ressembler à un chasseur de yacks car ses ordinateurs étaient si puissants qu'il devait mettre la clim à des températures polaires. J'avais travaillé avec lui pendant de nombreuses années, et sa capacité à naviguer dans le cyberespace était vitale pour mon enquête.

Il n'y avait nulle part où il ne pouvait aller. Presque aucune information à laquelle il ne pouvait accéder. Aucun pare-feu qu'il ne pouvait franchir.

Mais il y avait une chose qui le terrifiait.

Le passé.

L'ère prénumérique.

Quand je l'avais appelé, tandis que je venais de quitter le district des Grands Lacs, le lendemain du jour où Copeland était reparti, je savais que cette fois ce serait difficile.

« C'est un monde de *papier*, m'avait-il dit. Machines à écrire. Encre. Est-ce que le fax avait même été inventé ? Darian ? C'était l'époque où les gens avaient ces énormes téléphones. Des lignes terrestres. Où il fallait être assis à un endroit précis pour téléphoner, chez soi ou au bureau. Pas de *cloud*. Enfin, oui, je me souviens d'il y a quelques années, avant le *cloud*, mais comment peut-on vivre sans ? Qu'est-il arrivé à tout ce papier ? Toutes ces informations classées dans des meubles de rangement ?

– Elles ont été numérisées, avais-je répondu tandis que je fonçais sur l'autoroute, les montagnes couvertes de brume qui encerclaient les lacs disparaissant rapidement dans mon rétroviseur. Tout a été numérisé.

– Ces gens sont-ils encore en vie ? Un quart de siècle plus tard ?

– C'est ce que j'espère que tu pourras me dire. Et aussi où ils habitent maintenant. Dès que j'arriverai à Melbourne et mettrai la main sur le dossier, je te transmettrai les noms de toutes les personnes impliquées.

– Très bien », avait-il alors répondu sans enthousiasme.

J'étais désormais planté là à attendre qu'il me rappelle. Ce n'était pas inhabituel pour lui de se comporter de la sorte, et ce genre de diatribe était la plupart du temps suivie d'un appel repentant quelques instants plus tard.

Mais cette fois, rien n'est arrivé. La pluie a redoublé. J'ai gravi les marches qui menaient à l'entrée du QG et me suis abrité sous l'auvent.

Je l'ai rappelé.

« Non c'est non, Darian. J'ai décidé qu'il me fallait une femme. Je vais aux Philippines. Je vais me trouver une femme qui s'occupera de moi. »

Bon sang, je me suis demandé où il était allé pêcher ça, mais j'ai tout de même insisté et utilisé ma seule arme.

« Maria sera énormément déçue si tu ne te joins pas à nous.

– Maria vient travailler sur cette affaire ? »

Isosceles en pinçait comme un adolescent pour Maria. La dernière fois qu'on était à Melbourne, il n'avait pas arrêté de lui tourner autour, et chaque fois qu'on communiquait par Skype, il la fixait avec une profonde admiration. Il aimait particulièrement quand elle portait des tee-shirts échancrés.

Quant à savoir si Maria me rejoindrait ou non, je n'étais toujours sûr de rien. Mais je n'allais pas le lui dire.

« Elle te veut, ai-je déclaré, enfonçant le clou, autant que j'ai besoin de toi.

– Je vais le faire pour elle, a-t-il répondu avec une voix de martyr.

– Elle sera ravie. Je vais faire recopier le dossier et te le faire envoyer. Je t'appellerai dans l'après-midi et on pourra mettre en place notre plan d'attaque. »

J'ai raccroché, suis entré dans le bâtiment et ai pris la direction du huitième étage, où j'ai été accueilli par un visiteur inattendu.

L'ascension d'Icare

J e suis sorti de l'ascenseur et j'ai franchi l'entrée de la criminelle, un vaste espace décloisonné qui couvrait presque tout
le huitième étage.

Mon ancien bureau, désormais occupé par mon successeur,
Zach Reeve, se trouvait plus ou moins au milieu. C'était une
petite pièce principalement ouverte depuis laquelle, en mon
temps, je regardais mes hommes tandis qu'ils étaient assis aux
stations composées de quatre bureaux rassemblés en un seul. Il
comportait une porte et des stores, de sorte que le chef de la brigade – jamais une femme n'avait occupé cette fonction – pouvait
avoir un minimum d'intimité s'il le désirait. Le long de l'un des
murs se trouvaient les salles d'interrogatoire où nous pouvions
parler aux témoins ou aux suspects, et derrière il y avait un
petit passage destiné aux appareils photo et aux caméras digitales, pour que chaque interrogatoire soit enregistré et que, sur
la vidéo, il soit clair que les suspects avaient eu à manger et à
boire, qu'on leur avait bien lu leurs droits, et qu'ils avaient été
informés que tout ce qu'ils diraient pourrait être utilisé contre
eux devant un tribunal. Histoire de s'assurer que, contrairement
à autrefois, la procédure était parfaitement légale. La police de
l'État de Victoria, comme toutes les polices – pardon, on parle
désormais de *service* de police –, avait eu ses mauvais jours. En
1982, une commission royale avait tenté d'éradiquer la corruption et les mauvais comportements qui allaient sérieusement
à l'encontre de l'éthique. Ces mesures avaient été revues en
2007 dans un long rapport du Bureau de l'intégrité de la police,

moyennant quoi, depuis, certains flics avaient été reconnus coupables de meurtres.

La procédure d'interrogatoire des suspects était donc prise très au sérieux à la criminelle ; chaque enquêteur pensait au procès à venir et au fait que l'avocat de la défense se jetterait sur la moindre infraction au règlement. Les flics de la criminelle sont des experts ambulants sur la façon dont peut se dérouler ou non un procès et sur ce que les avocats sont prêts à faire pour tailler en pièces les dossiers qu'ils adressent au bureau du procureur.

J'étais impatient de renouer des liens avec les équipes de la criminelle, les types avec qui j'avais bossé pendant des années, et en même temps, j'étais un peu anxieux. Je leur avais, après tout, tourné le dos et étais parti sans un adieu, sans même un pot de départ bien arrosé. Bien sûr, c'étaient tous des types durs, indépendants, pleins de ressources et aguerris aux caprices de la nature humaine ; ce n'était pas comme s'ils voulaient une excuse ou une explication. Pourtant, j'estimais qu'ils méritaient une excuse et une explication.

Mais plus tard. Ce serait pour plus tard. Pour le moment, je devais aller dans mon bureau, m'assurer que les téléphones et Internet fonctionnaient, que j'étais bien en possession de la totalité du dossier original, puis commencer à tracer un récapitulatif de l'affaire sur un tableau blanc.

En pénétrant dans la pièce, j'ai découvert un homme vêtu d'un costume italien noir à la coupe impeccable, qui m'attendait assis derrière le bureau.

« Bonjour, Darian, a dit Nick Racine.

– Nick », ai-je répondu en fermant la porte derrière moi.

Il s'est levé, a souri et tendu le bras. Nous avons échangé une poignée de main. Racine était grand, mince et musclé, ses cheveux noir de jais bien peignés formaient une mèche parfaite et étroite en travers de son long visage séduisant. Il avait les yeux verts et passait beaucoup de temps à sourire et à opiner du chef, comme s'il était d'accord avec tout ce que vous disiez. Il me faisait penser à un croisement entre Bill Clinton et Marcello Mastroianni. Visuellement, c'était le choix idéal pour le poste de commissaire. Mais derrière le charme, derrière l'effluve d'après-rasage Bulgari et les ongles parfaitement coupés et lustrés, derrière les chaussures à six cents dollars, noires, italiennes et élégantes, se cachait un type qui avait arpenté les trottoirs en uniforme. Même si je me l'imaginais dans une maison de South Yarra avec une superbe femme en train de siroter du Moët, je voyais aussi un dur qui descendait des bières et n'aurait pas hésité à filer un bon coup de boule si les choses étaient parties en sucette.

Racine ne m'avait jamais déplu. Son orbite et la mienne s'étant rarement croisées, je n'avais jamais eu à me soucier de lui.

Mais maintenant, si. Il était là, dans mon bureau, souriant et me serrant la main comme si nous étions de vieux potes et que tout allait pour le mieux dans le meilleur des mondes.

Bien sûr, il figurait sur ma liste de personnes à interroger, mais je n'avais pas compté le faire avant quelque temps, pas avant d'avoir une meilleure compréhension de l'affaire. Et, en plus, je n'avais aucune intention de le voir de quelque manière que ce soit jusqu'à ce qu'arrive le moment de cet interrogatoire en bonne et due forme. C'était, nous le savions l'un comme l'autre, inapproprié qu'il se trouve dans mon bureau et qu'il entame la conversation par un : « Je suis complètement innocent. »

Je n'ai rien répondu.

Il a souri et ajouté :

« Je voulais juste clarifier ça.

– Bien noté.

– Alors, a-t-il repris comme si nous étions sur le point de faire équipe, vous avez lu le dossier ? Et maintenant ? Le père d'Isobel ? Il est toujours vivant, mais il est complètement siphonné. Pourtant, je suppose que vous allez devoir l'interroger.

– Nick, je suis sûr que je voudrai vous questionner dans les semaines à venir, et je vous ferai parvenir une demande, à votre bureau. En attendant... »

J'ai laissé ma phrase en suspens, attendant qu'il saisisse le message et qu'il dégage de mon bureau et cesse de se mêler de mon enquête.

Mais il n'a pas bougé.

« Isobel était une gamine adorable. Bien sûr, je ne l'ai rencontrée que brièvement, ce soir-là, chez elle, pendant la fête. Mais on le sait quand on rencontre une gamine adorable. Innocente. Qui aurait pu s'imaginer que derrière ses fossettes et son joli petit sourire se cachait un besoin de briser les tabous et d'expérimenter des pratiques sexuelles hors normes. Allez voir le petit ami. Il est toujours dans les parages. Je n'ai jamais cru à son histoire. Il dit qu'il l'a laissée à deux heures trente ou trois heures du matin. Conneries. Il a participé au truc sexuel tordu. C'est lui qui l'a attachée. Il l'a baisée pendant qu'elle s'étranglait, il l'a baisée pendant qu'elle était accrochée à la porte de sa chambre. Ils l'avaient déjà fait. Ce n'était pas la première fois. Ou peut-être que si. Peut-être que c'était bien la première fois. Et alors, *bam*, elle est morte, asphyxiée. Alors il a pris la fuite. N'auriez-vous pas fait la même chose ? »

Il s'est tu et a levé les mains, paumes orientées vers moi, feignant de s'excuser.

« Hé, désolé, je ne devrais pas vous dire tout ça. C'est vous l'enquêteur et l'expert. Je vais vous laisser tranquille. »

Un nouveau sourire – de reptile –, puis il est sorti, laissant derrière lui un effluve de son après-rasage hors de prix.

J'ai revu mon opinion sur Racine. Il me déplaisait.

Monde cruel

Comme dans la plupart des bâtiments modernes, il était impossible d'ouvrir les fenêtres du QG de la police de St Kilda Road. Si j'avais pu, je l'aurais fait, pour créer un courant d'air et me débarrasser de la légère odeur écœurante d'après-rasage qu'avait laissée Racine. Elle était encore pire que l'impression persistante de suffisance qu'avaient dégagée son sourire et ses paroles.

Parfois, il faut faire quelques efforts pour ignorer ses propres sentiments quand on enquête sur un meurtre.

Mais s'agissait-il d'un meurtre ? À première vue, Isobel semblait soit s'être suicidée à cause de la pression intense qu'elle subissait, soit être morte suite à un rapport sexuel qui avait mal tourné.

Si cette dernière hypothèse était la bonne – et si j'avais dû choisir à ce stade, au tout début de mon enquête, ça aurait été le scénario le plus plausible –, alors on se retrouverait avec un ancien petit ami bien détraqué, et avec un dilemme moral assez complexe pour savoir que faire de lui vingt-cinq ans après les faits.

Mais je ne pouvais ignorer la petite voix qui m'interpellait au fond de ma tête et me disait : ça ressemble au travail d'un assassin.

J'ai commencé à retracer l'existence d'Isobel sur le tableau blanc.

J'avais toujours travaillé de la sorte, examinant la vie de la victime pour essayer d'identifier un tueur dans les détails de sa routine quotidienne.

La géographie est une partie importante de ce procédé. Où étaient les gens au moment du décès ? Ou, du moins, où prétendaient-ils être ? Et avec qui ? Puis je vérifierais les alibis, pour m'assurer qu'ils étaient bien où ils disaient être, en trouvant des personnes pour confirmer leurs dires. Je voulais retracer les derniers mouvements d'Isobel, pendant la semaine ou peut-être même les sept semaines qui avaient précédé sa mort : qui était à cette fête ? Qu'avaient dit ces personnes dans leurs dépositions originales ? À quelle heure chacune était-elle partie ? En trouvant la confirmation, si possible, de leur heure de départ et d'arrivée à destination.

J'avais besoin d'un découpage détaillé de la nuit de sa mort ; puis j'élargirais mon champ d'investigation aux autres mondes qu'elle fréquentait. Je savais qu'Isobel travaillait à temps partiel dans la petite bijouterie de son père dans Chapel Street, non loin de l'endroit où elle vivait seule dans South Yarra. Sa maison avait été achetée par son père, Eli, et je me demandais si elle lui appartenait encore, ou s'il l'avait revendue, incapable de supporter l'existence de l'endroit où sa fille unique était morte.

Eli était toujours en vie. Du moins, il l'était six mois plus tôt, au moment de l'anniversaire de la mort d'Isobel. Copeland m'avait dit que le vieux bonhomme avait encore fait le pied de grue devant le QG de l'aube jusqu'à minuit, frissonnant dans le froid, ressemblant à un cinglé avec ses touffes de cheveux qui se dressaient autour de son cou et de sa tête, avec ses yeux enflammés, portant ses pancartes en carton avec la photo de sa fille.

Isobel avait un petit ami. Son nom était Tyrone. Elle avait dix-huit ans quand elle était morte. Lui en avait dix-neuf. Je me rappelais avoir lu certains de ces détails dans les journaux qui avaient rapporté son décès à l'époque. C'était un skieur alpin, il voulait participer aux Jeux olympiques d'hiver. Je me rappelais vaguement avoir vu des photos de lui endeuillé, caché derrière des lunettes de soleil, soutenu par Eli, durant l'enquête du coroner. Je me rappelais les plaisanteries qui couraient à travers les étages du QG, des plaisanteries de mauvais goût : *Ce gamin a dû tirer le coup de sa vie* et *Il va avoir du mal à la lever maintenant* et *Tu parles d'un mauvais coup.* Ha, ha, les blagues foireuses d'abrutis en uniforme qui estimaient qu'une fille nue morte au cours d'un acte sexuel inhabituel tombait dans la catégorie des « elle ne l'a pas volé ».

La déposition de Tyrone était, comme toutes les autres, brève :

Isobel m'a appelé à dix-huit heures pour me dire qu'elle organisait une fête et qu'elle voulait que je vienne l'aider à tout préparer. Elle a dit qu'elle allait appeler tous ses amis et qu'ils allaient s'éclater. Je suis allé à la boutique d'alcool et j'ai acheté de la bière, du vin bon marché et du porto, puis je suis arrivé chez elle dans Osborne Street vers dix-neuf heures. Beaucoup d'amis étaient là... oui, bien sûr, je peux vous donner leurs noms... et... oui, elle a beaucoup bu, mais non, je ne l'ai pas vue fumer d'herbe ni prendre de coke ; elle n'avait pas les moyens de se payer de la coke... Et ensuite, au bout d'un moment, la fête a vraiment pris et elle s'amusait bien. Je suis parti vers deux heures trente... oui, je voulais passer la nuit chez elle... oui, je vous ai déjà dit qu'Isobel et moi avions couché ensemble, mais pas... pas souvent. Donc, je suis parti et je suis retourné chez moi dans Smith Street, à Elwood. Le lendemain matin, je l'ai appelée alors que j'étais sur le point d'aller au travail. Il n'y a pas eu de réponse, alors... je ne sais pas. J'avais ce sale pressentiment. Enfin bref, environ une demi-heure plus tard, j'ai rappelé, et toujours pas de réponse. Du coup, j'ai commencé à m'inquiéter un peu. Alors j'ai appelé mon superviseur chez McDonald's et je lui ai dit que j'étais malade, puis je suis allé chez elle pour voir si elle allait bien...

... et la porte de la maison était ouverte, genre, elle n'était pas verrouillée, mais elle la laissait toujours comme ça, ce qui me foutait en rogne, enfin bref, je suis entré et...

... et, bon, personne ne répondait et...

... et, bon, du coup, vous savez, je suis allé à...

... je suis allé à sa chambre...

.. et j'ai dû, genre, pousser fort parce que la porte était coincée et...

Je me rappelle m'être demandé : « Mais qu'est-ce qu'elle a cette porte ? »

J'ai dû, genre, vraiment pousser fort, vous voyez ?

Désolé. Je... c'est bon. Désolé, c'est juste, ah...

Donc, vous voyez, j'ai poussé la porte en m'attendant à la trouver au lit, mais en même temps je me disais que c'était vraiment bizarre que cette porte soit si lourde et difficile à ouvrir...

Elle n'était pas sur le lit et...

... je me suis retourné...

... et, ah...

Oui, merci, si vous pouviez m'accorder une seconde, merci.

Elle était là. Derrière la porte. Accrochée, vous voyez ? Elle avait cette cravate – elle ne lui appartenait pas, du moins, je ne l'avais jamais vue – autour du cou et, ah...

Bon, c'était évident... c'était évident qu'elle était, vous savez, qu'elle était...

Qu'elle était morte.

Comment je l'ai su ? Vous êtes sérieux ? Comment je l'ai su ? Parce que son putain de visage était bleu et elle avait la langue tirée et il y avait... et il y avait... une putain d'énorme marque rouge autour de son cou. Voilà comment je l'ai su, espèce de connard.

Je crois que c'est Ben Harper qui a écrit la chanson *Welcome to the Cruel World* – bienvenue dans le monde cruel.

J'interrogerais bientôt Tyrone. J'étais sûr que, comme la plupart des autres protagonistes, il flipperait de me voir débarquer après tant d'années. Mais je m'en servirais à mon avantage. Les questions inattendues mènent souvent à des réponses révélatrices.

J'ai repensé à ce qu'avait dit Racine à propos du fait qu'Isobel était morte pendant un rapport sexuel avec Tyrone et qu'il avait maquillé ça en suicide. Le coroner avait déterminé qu'elle avait bien eu un rapport le soir de sa mort, mais il n'y avait pas de trace de sperme, donc son partenaire portait un préservatif. Tyrone niait avoir couché avec elle ce soir-là. Donc, soit il mentait, soit elle avait couché avec quelqu'un d'autre, avant ou après la fête, quand elle était seule chez elle.

Le coroner avait confirmé qu'Isobel était morte d'asphyxie. La marque de ligature autour de son cou était un signe évident, non seulement à ses yeux, mais également à ceux des agents qui s'étaient rendus les premiers sur les lieux. J'avais appris que le coroner était mort depuis, mais je me demandais si les agents étaient toujours dans les parages. Je voulais les questionner pour recueillir, dans la mesure du possible après tant d'années, les réflexions et les impressions que leur avait inspirées la scène de crime. Tous les trucs qui ne figurent pas dans les rapports officiels.

D'après l'analyse toxicologique, Isobel avait une importante quantité d'alcool, de marijuana et de cocaïne dans le sang. Rien de bien inhabituel pour une fête en 1990.

Ce qui me ramenait désormais, tandis que j'écrivais sur le tableau blanc, à la drogue et aux accusations proférées par son père, Eli, qui affirmait que, depuis qu'elle s'était fait prendre à son retour en Australie avec une petite quantité de drogue, les fédés l'avaient harcelée pour qu'elle vide son sac.

De nombreuses rumeurs avaient déjà circulé au moment de la mort d'Isobel. À l'époque, quatre jeunes flics l'avaient soi-disant tourmentée le soir de la fête parce qu'ils étaient mêlés à un réseau de trafiquants, réseau sur lequel enquêtait la police fédérale et avec lequel Isobel avait d'une manière ou d'une autre des liens.

Jacob Monahan, l'un des quatre agents qui s'étaient rendus chez elle le soir de sa mort, occupait désormais, comme Racine, un grand bureau à l'étage au-dessus du mien. Il était à la tête de la brigade des stupéfiants, ainsi que je l'avais appris quelque temps auparavant.

Voici ce que je savais sur cette histoire de drogue :

En arrivant à l'aéroport de Melbourne après avoir passé un trimestre dans un lycée de La Paz, en Bolivie, dans le cadre d'un programme d'échange scolaire, Isobel avait été arrêtée par un agent des douanes. Puis elle avait été remise à deux agents de la police fédérale australienne qui l'attendaient, car ils savaient à l'avance qu'elle transportait une petite quantité de cocaïne. Les fédés ne cherchaient pas une condamnation – ils voulaient des informations. Ils pensaient qu'elle pourrait les mener à un suspect en ville, un type riche et influent ; un type qui n'avait normalement rien à voir avec l'importation de drogue ; un type qu'on voyait régulièrement dans les pages des magazines people avec des mannequins accrochés à ses bras ; un type qui possédait une grande maison à Toorak, et une autre à Portsea, une version encore plus chic de Toorak, mais sur une magnifique plage isolée. Et ils pensaient que certains flics véreux étaient dans le coup, aidant à faire entrer la drogue sur le territoire et à la faire circuler, et peut-être même assurant la protection du trafic.

C'était tout ce que je savais, et je le savais uniquement grâce aux conversations à voix basse que j'avais surprises dans les couloirs des commissariats à l'époque, il y avait plus de vingt ans de cela, quand le vieil Eli avait balancé ses allégations de meurtre, et quand le coroner avait cherché à déterminer la cause de la mort d'Isobel. Des rumeurs. Des insinuations. Qui remontaient à plus de deux décennies.

Il n'y avait rien dans le dossier. Aucune référence à une unité spéciale de la police fédérale. Aucune déposition de témoins mentionnant de la drogue, ou des flics, ou des types riches de Toorak avec de jolis bronzages et des bagnoles de sport tape-à-l'œil. Peut-être que ces rumeurs étaient sans fondement.

Ou peut-être pas.

Le silence des sirènes

« **A**llô ?
– Salut. C'est Isobel ?
– Oui.
– Salut, Isobel, c'est Brian. »

M. Dunn ! Pourquoi est-ce qu'il m'appelle ? Merde, j'espère qu'il n'y a pas de problème.

« Oh. Bonjour !
– Comment ça se passe, là-bas ?
– Génial. Vraiment. La Bolivie est un pays incroyable, vraiment très beau, et La Paz est une ville fantastique.
– Comment est le lycée ?
– Eh bien, vous savez, c'est un lycée, mais il est super. Tout le monde est vraiment gentil. Très différent de chez nous. Comment ça va, là-bas ?
– Toujours pareil. On arrive à la fin du trimestre. Les corrections. La galère !
– Ha, ha. »

Pourquoi est-ce qu'il m'appelle ? Est-ce qu'il veut juste prendre des nouvelles ?

« Tout va bien, ici. Ça va vraiment me manquer quand je partirai, même si j'ai hâte de rentrer à la maison.
– Génial, Izzy, génial. »

C'est bizarre. Il y a quelque chose qu'il veut dire mais qu'il ne dit pas... pourquoi ?

« Est-ce que tout va bien ?
– Oui. Hé, Izzy ?

– Oui ?

– Tu es mon élève préférée, pas vrai ? »

Moi ? Vraiment ?

« Tu es mon élève préférée. Tu le sais.

– C'était très gentil de votre part de me parrainer pour l'échange. Je vous en suis reconnaissante, monsieur Dunn.

– Brian.

– Pardon ?

– Brian. Moi, c'est Brian. Et toi, Izzy. Rappelle-toi. Ces histoires de M. Dunn, c'est des conneries. Est-ce que je vais t'appeler Mlle Vine ? Non. Bien sûr que non. Alors ne sois pas formelle avec moi, Izzy. Pas après le bon temps qu'on a passé. OK ?

– OK.

– Alors, dis-le : Brian.

– Brian.

– Tu vas toujours à l'université de Melbourne l'année prochaine ? »

Qu'est-ce qu'il ne dit pas ? Pourquoi est-ce qu'il m'appelle ?

« Oui. J'espère.

– Génial !

– Si je suis acceptée.

– Évidemment que tu le seras. »

Pourquoi est-ce qu'il m'appelle à neuf heures du soir chez moi à La Paz ? Quelle heure il est en Australie ? Qu'est-ce qu'il ne me dit pas ?

« Merci, je croise les doigts.

– Donc, ah, heu, Izzy... »

Ça vient. Peut-être qu'il y a un problème là-bas au lycée, ou peut-être que j'ai fait quelque chose de mal pendant que j'étais ici... Est-ce que c'est ça ? Non. Sûrement pas.

« Oui ? »

M. Dunn – Brian – vient au lycée en Harley. On entend le moteur rugir environ deux minutes avant qu'il arrive. Parfois j'attendais, écoutant ce vrombissement qui approchait. La Harley est noire et rutilante, et il porte des bottes de motard noires avec un blouson en cuir noir et un de ces casques d'un noir mat qui sont cools et donnent une impression de danger, comme en porteraient les vrais bikers. Il a aussi des Ray-Ban qui, en règle générale, sont vraiment ringardes, mais pas sur lui. Ses cheveux blonds sont longs, mais pas trop car je suppose qu'il aurait des problèmes avec la direction du lycée. Il est bronzé, comme s'il était resté longtemps à Bali ou à Phuket. Il n'est pas marié, et les filles de l'école pensent qu'il sort avec une nana qui fait du pole dancing chez Players et qui a des implants.

La première fois que je l'ai vu, j'ai pensé : *Arrête ton char.* C'est quoi ce mec, un acteur de série B dans un feuilleton américain ? Mais ensuite, quand il a commencé à nous donner des cours d'anglais, ouah, il était une vraie source d'inspiration. Puis, quand je me suis intéressée au programme d'échange scolaire afin de passer un trimestre dans un lycée de La Paz, il m'a vraiment aidée. Et un jour, après un cours d'anglais, il m'a dit : « Hé, qu'est-ce que tu fais ce week-end ? »

Totalement sidérée par sa question, j'ai répondu : « Je ne sais pas. »

Alors il a dit : « Ça te dirait de sortir ? »

Et j'ai dit : « Oui. OK, génial. »

Alors on est sortis. Il m'a emmenée à l'Underground, l'énorme boîte de nuit au sud de la ville, dans Spencer Street, et on a dansé jusqu'au petit matin. Notre secret. Personne d'autre n'est au courant.

« Dis, je me demandais si tu me rendrais un service ?

– Oui, bien sûr.

– Dis non si c'est un problème. »

Pourquoi est-ce que ce serait un problème ?

« Aucun problème.

– Tu ne sais pas encore de quoi il s'agit, ha, ha. »

Ah, ah – c'est bon, Brian.

« C'est bon. Tout ce que vous voulez.

– Vraiment ?

– Bien sûr.

– Tu peux rapporter un petit cadeau pour moi ?

– Naturellement. »

Quel genre de cadeau ?

« C'est de la part d'un de mes amis, un de mes amis à La Paz.

– OK, d'accord.

– Dis non si ça t'ennuie.

– Non, ça va…

– Je ne veux pas te mettre la pression. C'est juste un petit truc, de la part d'un de mes amis, et ça lui évite d'avoir à l'envoyer par la poste. »

De la drogue. Non, impossible. Il ne me ferait pas ça. Ce sera un livre ou quelque chose comme ça.

« Non, c'est bon.

– Dis-moi ce que tu vois.

– Comment ça ?

– Depuis ta fenêtre, là où tu loges.

– Des montagnes.

– Décris-les.

– Il y a de la neige… elles sont en dents de scie, très belles. Très hautes et… lointaines, comme…

– Comme quoi ?

– Comme des rêves. Des chimères.

– Qu'est-ce qu'une chimère, Isobel ? »

Elle éclata de rire puis devint sérieuse.

« Eh bien, il y a au moins deux définitions. Tout d'abord, dans la mythologie grecque, une chimère est un terrifiant monstre cracheur de feu constitué de nombreuses parties différentes, presque comme Frankenstein. Par exemple, elle peut avoir une tête de lion et des pieds de chèvre. En tout cas, c'est une créature à éviter, parce qu'elle détruit tout avec le feu qu'elle crache. Et puis, une chimère peut aussi signifier quelque chose d'illusoire. Une chose qui est là mais qu'on ne peut pas voir. Comme un fantôme d'elle-même. Comme un mirage.

– Excellent ! Est-ce que je t'ai mis un A plus en anglais ? »

Vous ne vous souvenez pas ? J'ai été la seule de la classe à avoir un A plus.

« Oui.

– Évidemment. Hé, dis, quand tu reviendras, toi et moi... »

Quoi ? Vous et moi quoi ? Vous allez m'embrasser et me prendre dans vos bras ?

« Tu es là ?

– Oui. Je suis là.

– Quand tu rentreras, Isobel, toi et moi, on va... »

Et alors, comme il était déjà arrivé à Isobel durant son séjour de dix semaines à La Paz, capitale de la Bolivie, un pays connu, entre autres choses, pour sa cocaïne, la connexion téléphonique s'interrompit soudain et la ligne devint silencieuse. Brian n'était plus là.

Impressions

J

e regardais une gargouille.

Elle était perchée sur un portique à l'avant d'une impression-
nante bâtisse de deux étages en briques sombres qui, à une
autre époque, avait dû abriter une riche famille de Melbourne.
La maison semblait avoir été construite dans les années 1800 et
avait un côté faux Tudor de pacotille, même si la gargouille, qui
avait dû sembler appropriée à ses occupants, lui conférait plus
un côté gothique.

J'avais franchi la rivière Yarra, traversé Richmond et la limite
du centre-ville jusqu'à East Melbourne dans ma Studebaker
rouge vif, au volant de laquelle j'étais rentré des Grands Lacs.
Même si j'ai un incroyablement mauvais sens de l'orientation et
peux me perdre en allant à l'épicerie du coin, je connaissais bien
ma destination.

Tous les flics la connaissaient.

J'ai trouvé une place de parking devant les Fitzroy Gardens,
encore un exemple d'élégant parc de l'époque victorienne –
plus de vingt-cinq hectares de pelouse, des jardins ciselés, des
ormes anglais, des pins des Canaries et d'autres variétés d'arbres
dans un énorme carré bien net à la limite de la ville, créé sur
un marécage au début du XXe siècle. Environ trois kilomètres
plus loin, dans Hoddle Street, l'État de Victoria avait connu
sa pire fusillade de masse en 1987 quand un dingo nommé
Julian Knight avait décidé d'abattre des gens au hasard, tuant
sept personnes et en blessant dix-neuf. Il avait dix-neuf ans et
avait été condamné à sept peines de perpétuité consécutives.

Mais comme la perpétuité ne signifie pas la perpétuité, même si elle est multipliée par sept, Knight était censé avoir droit à une remise en liberté conditionnelle en 2014. Une loi spéciale avait donc été votée pour qu'il reste derrière les barreaux, où il passerait le restant de sa vie.

Je suis passé sous la gargouille et ai pénétré dans les locaux de l'association de la police de l'État de Victoria où, quelque vingt-cinq années après s'être rendu sur la scène de crime d'Osborne Street, l'un des premiers flics à avoir vu le cadavre d'Isobel nu derrière la porte de sa chambre, l'une des premières personnes à être entrées dans la maison et à avoir ressenti le poids du drame qui s'y était déroulé, Buff Townsend, alors jeune agent, travaillait désormais en tant que responsable du syndicat des policiers.

Townsend était peut-être l'un des hommes les plus puissants de l'État de Victoria, avec le commissaire et la personne qui est censée être la personne la plus puissante de l'État : le Premier ministre.

Quand le syndicat de la police n'est pas content, le gouvernement a des problèmes. Ce fait s'était glorieusement révélé en 1923 lorsque les mauvais salaires – les chevaux étaient mieux traités que les flics en patrouille – combinés à l'immense impopularité du commissaire avaient abouti à une énorme grève. Pendant presque une semaine, les flics avaient cessé le travail, provoquant le chaos dans la ville : émeutes, pillages, trams retournés, trois personnes tuées, coups de feu dans les rues, et un gouvernement aux abois qui avait demandé que l'armée soit envoyée pour restaurer le calme. Depuis, le pouvoir du syndicat de la police avait été inattaquable. Parfois pour le meilleur, et parfois, diraient certains, à des fins plus sinistres. Moi, je n'avais rien contre cette organisation ; son but était de soutenir les hommes et les femmes des forces de l'ordre. Pourtant, j'avais vu, à travers tout le pays, comment un syndicat policier pouvait rester aveuglément fidèle à un flic qui avait violé la loi et méritait de tomber.

J'espérais que si mon enquête révélait une implication des policiers dans la mort d'Isobel, je n'aurais pas à subir les assauts et la pression du syndicat contre moi, car pour ce qui le concernait, ses membres étaient respectables et devaient être défendus coûte que coûte.

J'essaie d'éviter la politique, mais c'est impossible. Elle est là, comme le mal. On peut fermer les yeux, certes, mais les machinations et les pactes en coulisse sont comme une rumeur permanente dans le monde de la police, comme les rouages d'une machine.

Buff avait une petite cinquantaine d'années. C'était un type imposant d'environ deux mètres dix bâti comme un hippopotame.

« On a été un peu surpris quand le vieux nous a informés que vous mèneriez cette enquête », a-t-il dit en guise de préambule.

Je n'ai rien répondu. Nous étions assis dans son bureau, bien loin des rondes qu'il avait effectuées pendant près de trente ans de service actif.

« Enfin, ça me semble logique que Racine soit innocenté par un enquêteur qui soit étranger au service. Personne ne fait vraiment confiance aux enquêtes internes. Donc, c'est un plus. »

J'ai ignoré son allusion pas très subtile à l'issue qu'il préférait concernant Racine, clairement le favori du syndicat pour le poste de commissaire.

« Mais bon, je ne me plains pas. Vous êtes un type honnête, quoiqu'un peu rouillé et... pourrait-on dire, à la réputation un peu ternie, avec votre départ soudain, le fait que vous avez tourné le dos à la police et tout. Comment c'est, à Noosa ? J'y ai emmené ma femme et mes gosses il y a quelques années. Moi, je préfère Bali, mais parfois faut faire contre mauvaise fortune bon cœur et se soumettre aux forces plus puissantes. »

Le moment était venu de changer de sujet et de se concentrer sur le but de ma visite ; il pouvait continuer aussi longtemps qu'il voulait, proférant des menaces et des allusions indirectes,

qui toutes pouvaient se résumer à un message des plus simples :
exonérez Racine à tout prix.

« Parlez-moi de vos impressions, ai-je dit, quand vous êtes
arrivé sur la scène d'Osborne Street.

– Bon, d'accord, a-t-il répondu en se penchant en arrière dans
son fauteuil et en fermant les yeux comme si le souvenir était
un film projeté dans son cerveau. Tout avait l'air terriblement
normal. Le gamin avait appelé les secours... et par "gamin",
j'entends le petit ami. Tyrone. »

J'ai acquiescé.

« Oui, Tyrone.

– Drôle de nom pour un gamin. Bon, donc il a signalé un décès
aux secours, mais ils arrivaient à peine à le comprendre entre ses
sanglots et ses larmes. Du coup, on a été envoyés sur place. On
était juste à côté. On nous a dit que la personne décédée était une
jeune femme de même pas vingt ans qui vivait seule dans South
Yarra, alors Al et moi on a débarqué en s'attendant à trouver
quelque chose qui ressemblerait à un logement étudiant, vous
voyez ce que je veux dire ? Mais pas du tout. La vaisselle était
faite dans la cuisine, le sol et les meubles étaient impeccables,
aucun signe de désordre, aucun signe de violence, rien du tout.
C'était comme si on était entrés chez une petite vieille qui était
morte dans son sommeil. Sauf que non. Il y avait une fille pendue
derrière la porte de la chambre. Bon, c'était inhabituel. Le gamin,
le petit copain, il était dans le salon pendant qu'on examinait la
scène. Al... vous vous souvenez d'Al Grant ?

– Non.

– Alphonse Grant. Mort en 1996 d'une hémorragie cérébrale.
Enfin bref, il était baptiste. Il essayait toujours de me faire aller
à l'église avec lui le dimanche. Il gardait constamment une
bible de poche dans la voiture. Un type bien. Honnête. Droit.
Mais barbant, laissez-moi vous le dire. Essayez de patrouiller
pendant un an avec un baptiste qui veut vous convertir. Bref, Al
ne voyait pas d'un bon œil une jeune femme nue accrochée par

une cravate à l'arrière de la porte de sa chambre. Il n'a rien dit, évidemment. Pas au début. Trop professionnel pour ça, mais je voyais bien qu'il diabolisait la pauvre gamine, Isobel, comme on a par la suite appris qu'elle s'appelait, sous prétexte qu'elle s'était retrouvée à poil comme ça.

– Vous plaisantez ?

– Comme j'ai dit, un type gentil. Droit et honnête. Mais il voyait la vie et le travail à travers le prisme de Dieu. Pas exactement adapté à une grande partie de notre boulot. Donc, il s'est tourné vers moi et il a dit : "C'est un suicide, Buff", et j'ai répondu : "Qu'est-ce que t'en sais ?", et il a dit quelque chose du genre : "Seule une personne disposée à commettre ce péché envisagerait d'être retrouvée comme ça." Après ça, je n'ai plus jamais fait attention à ce qu'il disait, et je l'ai aidé à obtenir son transfert à la circulation. Donc, c'est de là que vient la théorie du suicide : d'Al le baptiste.

– Et vous, vous en pensiez quoi, Buff ? »

Il s'est de nouveau penché en arrière dans son fauteuil, sans me quitter des yeux, et il a réfléchi un moment.

« Eh bien, je ne croyais pas au suicide. Ça semblait trop... »

Il a cherché le mot juste.

« ... trop *orchestré* pour un suicide. Je sais que ça va vous paraître bizarre, mais ma première idée a été qu'on lui avait fait prendre une pose théâtrale. Comme quelque chose qu'on verrait sur une scène.

– Comme si elle avait été placée là ?

– Oui. C'est ça. »

Il a souri.

« Hé, c'était l'époque où la police était encore une force, pas un service, et où les vieux de la vieille avaient le pouvoir. On n'avait pas de profileurs, et encore moins de psychologues.

– Donc, vous avez écarté la thèse du suicide.

– Exact. Oui.

– Et ?

– Eh bien, Darian, vous savez qu'Al et moi on était juste les premiers agents sur place. Moins de vingt minutes après notre arrivée, les types de la criminelle ont débarqué et ont pris les choses en main.

– Je sais, Buff. Mais ce sont ces premières impressions qui m'intéressent. »

Il y avait une mandarine sur son bureau. Petit déjeuner, je suppose. Il l'a soulevée et a commencé à l'écraser dans sa paume, puis il s'est mis à la lancer d'une main à l'autre tandis qu'il réfléchissait.

« On en vient tous à considérer la mort en fonction de ce qu'on nous a enseigné à l'école et de ce qu'on connaît. Al connaissait Dieu et pas grand-chose d'autre. Il s'avère que... »

Il s'est tu et m'a fixé intensément en esquissant un infime sourire.

« J'ai grandi dans un quartier dur. Mon père s'est tiré avant même que j'aie conscience de son existence, ou du fait qu'il était censé exister, et ma mère a survécu grâce à la générosité d'inconnus, si vous voyez ce que je veux dire. »

J'ai acquiescé.

« Donc, il s'avère que je savais ce qu'était l'asphyxie érotique. Une époque dont je préfère ne pas me souvenir. Quoi qu'il en soit, il me semblait que la jeune femme était la victime malheureuse mais consentante d'un acte sexuel qui avait mal tourné. Il n'y avait aucun signe de lutte, absolument aucun. Ce que je veux dire, c'est que la chambre était propre et en ordre, comme si cette fille avait la tête sur les épaules, vous me suivez ? »

– Vous avez parlé au petit ami ?

– Sur le coup, oui.

– Il était où ?

– Je vous l'ai dit, il était dans le salon. Au début, quand on est arrivés, il nous attendait devant la maison. Puis il nous a attendus à l'intérieur pendant qu'on était dans la chambre.

– J'ai lu l'interrogatoire qui a été effectué plus tard ce jour-là, mais quelle impression vous a-t-il donnée ?

– Sur le coup, je me suis dit que ce n'était pas lui. À vrai dire, j'étais désolé pour lui.

– Sur le coup ?

– Il semblait trop innocent. Mais j'y ai repensé, surtout depuis que j'ai appris que le dossier était rouvert et que j'ai su qu'on me questionnerait de nouveau. C'était il y a longtemps, mais je m'en souviens très bien. À l'époque, quand on lui a parlé, je me suis dit qu'il était impossible qu'un gamin – il n'avait pas plus de dix-huit ou dix-neuf ans, comme elle – ait pu concevoir ce genre de scénario sexuel, et qu'il était impossible qu'il garde la vérité pour lui. Quelque chose lui aurait échappé. Il était à fleur de peau. Quelque chose aurait cédé. Mais je crois que j'étais naïf. Malgré mon éducation, je n'avais pas vu grand-chose. Je ne savais pas alors de quoi sont capables la plupart des gens, comment ils peuvent dissimuler leurs émotions. Leur culpabilité. Comment l'instinct de survie prend le dessus. Comment ils mentent. Quand j'y repense, Darian, je me dis que c'était moi l'innocent, pas le gamin.

– Qu'est-ce qu'il a dit ? Encore une fois, j'ai lu l'interrogatoire, mais je me demandais s'il avait pu vous dire quelque chose à votre arrivée, quand vous êtes entrés dans la maison, quelque chose qui ne figurerait pas dans sa déposition.

– Combien de temps vous pensez que ça va prendre ? a demandé Buff, changeant brusquement de sujet.

– Je devrais en avoir fini dans dix minutes.

– Non, je ne parlais pas de ça. Combien de temps croyez-vous que l'enquête traînera ? »

Je voyais exactement ce qu'il voulait dire. Un nouvel accord d'entreprise était en négociation avec le gouvernement. Il couvrait les congés payés, les conditions de travail et une proposition d'augmentation de salaire de 2,2 %, et le syndicat avait besoin qu'il soit approuvé, sinon les agents à la base risquaient de perdre patience. Et devinez quoi ? Les élections pour nommer la direction du syndicat approchaient à grands pas. Les agents impatients, qui en avaient assez qu'on leur dise que leur salaire et leurs conditions de travail allaient s'améliorer, risquaient de tous les foutre dehors, Buff inclus. Comme je l'ai découvert, manœuvres politiques ou non, chacun se raccroche par-dessus tout à son instinct de survie. Notamment aux dépens de l'éthique et de la justice.

« Quand ont lieu les élections ? » ai-je demandé.

Il s'est penché en avant, mains jointes sur le bureau, un homme prêt à jouer franc-jeu.

« Je sais que vous êtes du côté des agents de terrain, Richards. J'ai entendu les anecdotes comme quoi vous vous êtes battu bec et ongles pour vos troupes chaque fois qu'il y avait une injustice, donc je sais que vous comprendrez. Nous avons un agenda. »

Vraiment ?

Je n'ai rien répondu, j'ai juste attendu qu'il continue.

« Les élections ont lieu dans treize semaines. J'ai besoin de faire passer cet accord d'entreprise avec le gouvernement. Et ensuite je dois le faire ratifier par la direction. Puis j'ai besoin que les membres l'approuvent, tout ça avant l'élection. Mon problème est... Laissez-moi reformuler ça. Le problème des hommes et des femmes du service est que le commissaire actuel, bien qu'aimé de tous, est vieux. Lent. Il va à une réunion avec le gouvernement pour négocier, et ces réunions, c'est pas comme si vous pouviez décrocher le téléphone et dire : "Qu'est-ce que vous diriez de mardi prochain ?" Ces réunions, il faut une éternité pour ne serait-ce que les organiser. Puis quand le commissaire arrive et se met à parler du bon vieux temps, des taux de criminalité et des conventions de golf à Belfast, rien n'avance, et on commence à ressentir la pression du désespoir. La pression pour que le nouveau commissaire soit nommé, un agent plus jeune et plus dynamique, qui est là à attendre en coulisse, conscient que tout a été approuvé, que tout a été signé, que tout est prêt pour qu'il ait le boulot à l'exception d'un minuscule problème à la con.

– Je suis sûr que vous pouvez imaginer, Buff, qu'après trois ans dans un climat subtropical, on s'acclimate. »

Ce qui était ma façon détournée de dire que je voulais régler ce dossier aussi vite que possible, comme lui, mais que mon enquête durerait aussi longtemps que nécessaire.

« Oui. J'imagine que vous voulez retrouver le soleil. Le paradis chaque jour ; c'est ça, le Queensland, pas vrai ? »

J'ai esquissé un sourire. Il n'encaissait pas bien la pression.

Buff a commencé à éplucher sa mandarine.

« Bon, on en était où ? Ah oui, le gamin. Tyrone. Je me rappelle qu'il a dit : "Tout est ma faute." »

Une mauvaise lune se lève

Comme la plupart des gens qui viennent à Melbourne en avion depuis le Queensland, Maria est sortie de l'aérogare des arrivées vêtue d'un jean et d'un tee-shirt pour être immédiatement accueillie par une rafale d'air glacial qui soufflait de l'Antarctique. Elle n'était pas la seule – tous les passagers en provenance de la Sunshine Coast, dès qu'ils ont posé le pied sur le trottoir, ont eu une réaction de choc face au soudain changement de temps. Ils ont enfoncé la main dans leur sac, cherchant à en tirer une veste ou un manteau – s'ils avaient une veste ou un manteau, vu que ni l'un ni l'autre ne sont de la moindre utilité quand on vit dans le Queensland, où le soleil brille chaque jour et où la température descend rarement sous les vingt degrés.

J'attendais dehors, dans ma Studebaker garée en double file. Maria, ai-je remarqué tandis que je descendais de voiture pour aller ouvrir le coffre, voyageait chargée. Elle traînait deux énormes valises à roulettes et portait un sac à chaque épaule. On aurait dit qu'elle déménageait et avait pris suffisamment de vêtements pour tenir dix ans.

« Putain, on se les gèle », a-t-elle déclaré en guise de salut.

Puis, attrapant un des sacs qu'elle portait en bandoulière et me laissant hisser ses bagages dans le coffre, elle a couru jusqu'au siège passager et a vivement refermé la portière.

« Je crève de faim ! » a-t-elle crié.

Il était près de neuf heures du soir. Évidemment qu'elle avait faim. Elle mange comme un troupeau de bisons.

« J'ai réservé une table ! ai-je crié en retour en saisissant à deux mains sa dernière valise – on aurait dit qu'il y avait des briques à l'intérieur.

– Je veux du thaï ! a-t-elle lancé depuis l'intérieur de la voiture.

– On mange français.

– Je déteste la nourriture française ! Trop de glucides dans les sauces ! »

Alors ne mange pas les sauces, ai-je eu envie de répondre.

J'ai refermé la portière tandis que je m'installais à la place du conducteur. J'avais laissé tourner le moteur, et le chauffage réussissait à maintenir un climat digne du Queensland à l'intérieur du véhicule.

« On mange français », ai-je répété.

Elle a fouillé dans son sac et, tandis que je démarrais et prenais la direction de la sortie de l'aéroport, elle en a tiré une vieille veste râpée qu'elle a enfilée par-dessus son tee-shirt. Désormais parée pour Melbourne, tandis que nous filions sur l'autoroute en direction de la ville, elle s'est enfoncée dans son siège et a dit : « Salut. »

France-Soir est l'un de ces restaurants branchés de Melbourne qui vous donnent l'impression d'être ailleurs, dans une autre ville. Dans ce cas, à Paris. C'est un long bistrot étroit, très bruyant et animé, avec des petites tables recouvertes d'impeccables nappes en papier blanches. Les serveurs, vêtus du traditionnel tablier blanc par-dessus un costume noir, semblant tout droit sortis de chez Escoffier en 1915, vous attrapent dès votre arrivée, comme si la fin du monde devait survenir à minuit, puis ils marquent une pause, se figent et sourient lentement, comme si soudain la fin du monde n'était plus pour ce soir, à l'instant où ils remarquent la femme qui vous accompagne.

« *Madame** [1] », a dit le chef de rang en me poussant poliment sur le côté.

---

1. Les passages en italique suivis d'un astérisque sont en français dans le texte. *(N.d.T.)*

Puis, comme si c'était la princesse Grace, il a escorté Maria, qui semblait à la fois enchantée et dégoûtée, vers notre table qui faisait face au long bar s'étirant le long d'un côté du restaurant.

« Cet endroit me plaît », a-t-elle déclaré tandis que le sosie de Jean-Paul Belmondo dépliait une serviette blanche fraîchement repassée et la déposait doucement sur ses cuisses avec l'infime soupçon d'un sourire séducteur, tout en nous énumérant les plats du jour.

La dame aimerait-elle commencer par un verre de Perrier ? Ou alors un apéritif ou, peut-être, pourrait-il suggérer un vin rouge de Bourgogne ? Pas un *vin ordinaire, non, non**, un *petit cru**, mais très bon, vraiment très bon, fabriqué dans un village proche de son lieu de naissance. Il a achevé le tout par un sourire à la Maurice Chevalier.

« Super. Merci. Ce serait génial », a répondu Maria.

Normalement, dans ce genre de restaurant, ce type de réponse typiquement australienne serait reçue avec une petite moue pincée. Mais Jean-Paul Belmondo a fait un sourire tout en dents et en bienveillance, comme si c'était vraiment une princesse qui venait de parler.

« *Monsieur** ? »

Il s'est tourné vers moi.

« Perrier, merci.

– *Oui**, a-t-il dit avant d'ajouter : *Voilà** ! »

Ce qui, en suis-je venu à comprendre, signifie à peu près mille choses en français, depuis *Tenez !* jusqu'à *Oh, merde, le chat est mort.*

« Alors, qui était le type riche ? » a demandé Maria.

Elle avait commandé des coquilles Saint-Jacques aux champignons en entrée – qu'elle avait dévorées plus que mangées – puis du filet de bœuf avec des frites en plat de résistance – qu'elle n'avait pas exactement dévoré, mais avalé avec enthousiasme en moins de cinq minutes – et, ayant oublié qu'elle détestait la nourriture française, elle lorgnait désormais les crêpes Suzette que le serveur Jean-Paul était en train de faire flamber à la table après l'avoir félicitée sur chacun de ses choix – et *Madame**, êtesvous de Melbourne ? et *Oh ! Voilà !** Combien de temps resterezvous à South Yarra ? Elle m'a alors adressé un sourire par-dessus la table, comme pour dire : ce Français n'est-il pas désopilant ?

Pendant le repas, je l'avais briefée sur l'affaire dans les grandes lignes.

« Son nom est Dominic Stone, ai-je répondu.

– Toujours vivant ?

– Oui.

– Où est Isosceles ? »

Notre versatile génie de l'informatique, qui nous avait guidés au cours de nos trois dernières enquêtes et qui était fasciné par Maria, m'aurait normalement tué tel un super-héros pour ne pas manquer l'occasion de passer du temps en sa splendide compagnie.

« Il va vouloir te faire bonne impression demain. C'est une affaire incroyablement difficile pour lui. Tout s'est passé à une époque où les gens passaient des coups de fil sur des téléphones, depuis chez eux, et utilisaient du papier pour rédiger des documents sur des machines à écrire électroniques. Il t'adresse donc ses excuses et a hâte de t'éblouir avec sa virtuosité dès qu'il aura trouvé ses marques dans ce monde archaïque et découvert l'adresse et le numéro de téléphone actuels de toutes les personnes impliquées.

– Quand les téléphones mobiles ont-ils commencé à être utilisés ? a-t-elle demandé, curieuse de m'entendre évoquer la question de la technologie, ou plutôt de son absence, dans le cadre de notre enquête.

– À la fin des années 1980, quelques années avant la mort d'Isobel. Les premiers portables étaient comme des briques. Ils sont devenus courants au début des années 1990. »

Elle a acquiescé.

« Alors, qu'est-ce que tu sais sur Stone ?

– Il a la soixantaine bien sonnée et vit pas loin d'ici, à Toorak. Pas grand-chose d'autre. Il est riche et influent. Des années qu'il l'est. Le genre de type qu'on voit constamment dans les pages people, dont on entend constamment parler. J'ai besoin qu'Isosceles en apprenne plus sur lui. »

Maria m'a fixé un moment, puis elle m'a demandé :

« Je sais que nous devons d'abord éliminer le suicide et la mort accidentelle – mais c'est un meurtre, n'est-ce pas ? »

Je n'ai pas répondu.

« Le coroner était un homme ? »

J'ai acquiescé.

« Pas une femme sur terre ne commettrait un suicide si clairement sexuel, et pas une femme n'irait se pendre à une porte juste histoire de prendre son pied. Être étranglée pendant un rapport, au lit avec un type, ou une fille, oui, d'accord, mais pendue à une porte ? C'est un fantasme masculin. Le fantasme d'un *tueur* masculin. »

Elle a avalé le reste de sa crêpe Suzette et songeait, j'en suis sûr, à commander du fromage pour parachever le repas ; trois plats ne suffisaient pas à une femme comme Maria.

« Tu veux du fromage ? »

Ses yeux se sont illuminés.

« Tu vas en prendre ? Ce serait chouette. »

Je n'avais pas envie de fromage. Le steak frites m'avait rassasié. J'étais juste intrigué par l'immensité de son appétit. J'ai fait un signe à Jean-Paul, qui a trottiné vers nous – enfin, vers Maria.

« *Oui** ?

– *Fromage** ? » a demandé Maria.

Il a failli s'évanouir de ravissement en l'entendant utiliser si merveilleusement la langue locale.

« *Voilà** ! » a-t-il répondu.

Le chat est mort, ai-je songé.

Et il est reparti au pas de course comme si Charles de Gaulle en personne venait de passer commande.

« Ce meurtre, c'est un coup isolé, n'est-ce pas ? » a déclaré Maria, sa pensée reflétant la mienne.

J'ai acquiescé.

« Parce que même s'il porte la signature d'un criminel en série, ce n'en est pas un, vu qu'Isobel a été la seule femme à être retrouvée morte de la sorte.

– Exact, ai-je dit.

– Donc, le type qui l'a mis en scène, le tueur, était clairement quelqu'un d'incroyablement arrogant. Il voulait dire quelque chose. Peut-être qu'il voulait faire passer un message, comme ces personnages de *Game of Thrones* quand ils empalent quelqu'un ou plantent une tête sur un pieu, histoire de dire : *Jouez pas au con avec moi.* Mais dans ce cas, c'était : *Parlez aux fédés, parlez à qui que ce soit, et voici ce qui vous arrivera.* Et qui qu'ait été cette personne, ce tueur, elle se sent à l'épreuve des balles. À l'abri. Impénétrable. »

Le fromage est arrivé accompagné d'une courbette, d'un *Madame**, et d'un compliment sur le fait qu'elle avait vraiment choisi tout ce qu'il y avait de meilleur au menu ce soir-là.

Maria me fixait du regard. Elle n'avait pas remarqué le fromage, ni les roucoulades du serveur.

« C'est un flic. »

Je n'ai rien répondu.

« N'est-ce pas ?

– Le fromage a l'air bon, ai-je dit. J'adore ce restaurant. Au début des années 1980, c'était un bouiboui dont la déco était censée ressembler à l'intérieur d'un 747. Je ne me souviens plus comment ça s'appelait. De fait, curieusement, cet endroit est un restaurant depuis plus de soixante ans – de nombreux établissements se sont succédés ici, et aucun n'a marché jusqu'à ce que ces types décident de transformer cet espace en quelque chose qu'on pourrait trouver rive gauche. »

Elle n'avait pas entendu un mot de ce que j'avais dit. Elle était, comme moi avant elle, en train de songer aux implications.

« Putain, Darian. Ça sent le mauvais plan. »

Nous sommes sortis du restaurant. Toorak Road est encore plus animée le soir que pendant la journée. Les boîtes de nuit, les bars et les restaurants se réveillent, et la foule afflue dans cette partie de Melbourne. De petites ampoules électriques blanches étaient accrochées aux arbustes taillés en pyramide qui bordaient chaque côté de la rue. Les bourrasques de vent glacial étaient retombées, et la nuit était paisible. Au-dessus de nous, la lune était pleine. Pas un nuage.

Tandis que nous approchions de ma voiture, qui était garée un peu plus loin, Maria s'est arrêtée et a regardé la lune et le ciel dégagé.

« Il est dans le coin, a-t-elle déclaré après un moment.

– Notre assassin ?

– Le Tueur du Train, a-t-elle répondu, et elle s'est tournée vers moi. Je rêve de lui. En fait, non. Je fais des cauchemars à son sujet. »

Elle s'est remise à marcher vers la voiture.

« Ramène-moi chez moi, où que je sois censée loger.

– Tu es en face de chez moi, dans Davis Avenue, tout près d'ici. On a chacun un appartement. Gracieusement fourni par la police de l'État de Victoria. »

Alors qu'elle tendait le bras pour ouvrir la portière du côté passager de la Studebaker, elle m'a lancé un regard dur, peut-être teinté de remords, et elle a dit : « Je ne suis pas habituée aux échecs. Je ne les aime pas. »

Puis elle a grimpé dans la voiture, refermant la portière derrière elle.

À quatre heures du matin, je me suis levé et suis allé me poster sur le balcon de mon appartement. L'aube n'arriverait pas avant des heures. J'ai observé les chênes centenaires qui bordaient chaque côté de la rue déserte, écouté le fracas lointain d'un tram solitaire qui, à cette heure de la nuit, se dirigeait probablement vers un dépôt, produisant un bruit strident tandis qu'il roulait sur les vieux rails. Il y avait quelques oiseaux dans le ciel, très loin, m'a-t-il semblé tandis que j'écoutais leur chant. Il avait plu pendant la nuit, et la rue, bleutée comme une enclume, était mouillée et brillante. Pour reprendre les mots de Maria, on se les gelait. J'étais sur le point de retourner à l'intérieur et de me faire un café quand, à travers les branches dénudées, j'ai remarqué du mouvement sur l'un des balcons de l'immeuble d'en face. Je me suis figé et ai observé. Je ne suis pas un voyeur ; enfin, peut-être que si, mais dans mon boulot, il faut observer tout et tout le monde. Que faisait cette personne dehors à quatre heures du matin ?

La silhouette s'est avancée sur le balcon, sortant de l'ombre, et j'ai vu qu'elle me regardait directement.

« Hé », a murmuré Maria à travers la rue déserte.

Un mot qui a flotté comme une chanson lointaine dans une allée sombre.

« Hé », ai-je répondu.

Je ne la voyais pas clairement, mais j'ai senti son sourire.

L'agent spécial

Le terme « agent spécial », qui décrivait ce que Maria était sur le point de devenir, existait depuis 1901, quand une loi avait été votée pour permettre aux juges et aux magistrats de nommer des civils pour maintenir l'ordre en cas d'émeute ou de risque d'émeute, afin de protéger la population et ses biens. Fondamentalement, si les flics n'avaient plus ni les armes ni les effectifs nécessaires, la cour estimait que les citoyens ordinaires pouvaient se voir accorder le droit d'effectuer des arrestations et, de fait, avoir les mêmes pouvoirs qu'un agent de police. Les agents spéciaux sont rarement, voire jamais, utilisés de la sorte. Cette fonction est cependant très utile lorsque vous traversez plusieurs États, ou lorsque vous travaillez près d'une frontière et que vous pourchassez un voyou qui vient de commettre un délit dans l'État de Victoria et fonce dans son véhicule vers l'Australie-Méridionale ou la Nouvelle-Galles du Sud dans l'espoir d'échapper à la capture. Si vous êtes agent spécial, vous pouvez traverser la frontière et serrer le type de l'autre côté ; sinon, vous devrez vous arrêter à la frontière et regarder le criminel s'échapper. Pour pouvoir travailler avec moi à Melbourne – j'avais été temporairement réintégré à mon ancien grade d'inspecteur principal –, Maria devait se voir accorder ce statut afin d'avoir les mêmes pouvoirs que n'importe quel agent de l'État de Victoria. C'était une simple formalité, mais elle rendait tout le monde, surtout les gratte-papier, heureux. Et si jamais on devait en arriver à un procès pour meurtre, c'était une étape nécessaire, car les procès pour meurtre exigent des flics qu'ils fassent les choses rigoureusement au pied de la lettre s'ils veulent survivre aux attaques explosives auxquelles ils seront soumis devant un tribunal.

Nous avons trouvé une place de parking dans St Kilda Road, qui doit être l'une des artères les plus larges du pays. Ses deux voies extérieures sont recouvertes par la voûte verte formée par les ormes et les vieux palmiers dattiers trapus qui ont dû être importés d'Égypte ou de quelque part dans la région au début du XXe siècle, puis, de l'autre côté de terre-pleins recouverts de pelouse et bordés d'arbres, se trouve le boulevard lui-même : quatre larges voies plus deux au milieu pour le passage des trams. Si la circulation est dense et que vous ne vous fiez pas aux feux, traverser cette route peut vous prendre des heures.

Isosceles m'avait appelé plus tôt pour confirmer l'adresse d'Eli. Et également pour se plaindre.

« Eli Vine n'a pas de téléphone portable ! Comment je peux retrouver ces gens s'ils ne vivent pas dans notre monde ? Toutes les personnes impliquées dans cette enquête vont-elles être décrépites, déconnectées ? Vraiment, Darian, c'en est trop ! »

Mais il n'avait pas démissionné, conscient, naturellement, qu'il verrait Maria sous peu.

Eli était notre prochaine destination. Isosceles avait reçu le dossier, et il avait passé en revue chaque personne qui figurait dedans – les flics qui s'étaient occupés de la scène de crime après Buff et Al le baptiste, les invités à la fête, le petit ami d'Isobel et tous ceux qu'il avait pu arracher à l'obscurité qui entourait l'enquête sur le trafic de drogue, aussi bien les enquêteurs fédéraux que leurs suspects.

David le réceptionniste avait l'air d'être en train de réprimer un rot quand j'ai marché vers lui avec Maria dans mon sillage.

« Voici l'agent principal Chastain, du Queensland. Elle est ici pour être assermentée en tant qu'agent spécial, ai-je expliqué.

– Oui, a-t-il répondu, s'attendant clairement à notre arrivée. L'inspecteur principal Reeve s'occupe de ça. Au huitième étage. »

Superviser la simple signature d'un document officiel n'était pas une chose qu'un flic dans sa position aurait ne serait-ce qu'envisagée. Il était bien au-dessus de ça. Maria m'a lancé un coup d'œil qui disait qu'elle pensait la même chose que moi.

« Est-ce que c'est de l'intimidation ? » m'a-t-elle demandé.

J'ai acquiescé.

« Bienvenue au QG de St Kilda Road », ai-je dit tandis que nous marchions vers les ascenseurs.

Nous sommes montés au huitième et avons pénétré dans le vaste espace sans cloisons de la criminelle. Si je m'étais attendu à un *Bon retour parmi nous, tout est oublié*, je ne l'ai pas eu. Et si je m'étais attendu à un ressentiment général, je ne l'ai pas eu non plus. J'ai eu droit à la place à une indifférence étudiée tandis que nous traversions la pièce en direction de mon ancien bureau, que Reeve occupait désormais.

Envers Maria, en revanche, avec son apparence à la Victoria's Secret, l'attitude, c'était plutôt *Salut, chérie*, même s'ils étaient tous trop sophistiqués et professionnels pour se comporter comme des garçons en rut. Tous sauf un. L'un des inspecteurs s'est penché en arrière sur sa chaise, bras croisés sur la nuque, et nous a suivis du regard avec un grand sourire. Avec ses cheveux prématurément gris et ses yeux bleus brillants, on aurait dit un renard argenté. C'était Pappas, l'un des quatre qui s'étaient rendus à la fête d'Isobel le soir de sa mort, l'un des quatre qui travaillaient peut-être pour Dominic Stone. Je jure l'avoir entendu lâcher un petit sifflement lorsque Maria et moi sommes entrés dans le bureau.

« Maria Chastain, a dit Reeve avec un sourire radieux en se levant de son siège, tendant la main comme s'il avait attendu avec impatience de la rencontrer. Zach Reeve, chef de la criminelle. Entrez. Asseyez-vous. Vous aussi, Darian. »

Déroutée et méfiante, Maria lui a souri et serré la main. Elle ne s'est pas assise. Moi non plus.

Reeve avait le look du surfeur blond. C'était un type imposant avec des bras épais et un visage rond porcin barré par un sourire innocent et charmeur. Je l'avais engagé des années auparavant. C'était un bon flic – mais il avait un problème d'ego. Ou, pour être plus précis, ce n'était pas lui qui avait un problème avec son ego, c'était moi.

« Ravi de vous avoir à Melbourne », a-t-il déclaré. À l'intention de Maria. Avec son sourire radieux.

Il m'ignorait, toute son attention était centrée sur elle.

« Donc, vous êtes venue résoudre l'une de nos fameuses affaires classées sans suite. Fantastique. Nous avons notre propre brigade des affaires classées – ils sont juste à côté, mais ils sont très heureux que deux cracks du Queensland soient venus résoudre celle-là.

– Où sont les documents qu'elle doit signer ? » ai-je demandé.

Il s'est rassis et penché en arrière dans son fauteuil. Il s'amusait, et il a reluqué le corps de Maria de la tête aux pieds. Elle n'avait toujours pas prononcé un mot.

« J'ai appris que le commissaire vous avait installés dans deux appartements dans South Yarra. Formidable. J'ai appris, en fait, on me l'a dit – c'était même un ordre, pourrait-on dire –, que vous aurez toutes les ressources à votre disposition, y compris mes hommes. Formidable. C'est ça, le pouvoir, Maria. C'est ça, le pouvoir de ce bon vieux Darian Richards. »

Maria a fait un pas en avant et soulevé une feuille de papier qui était posée devant lui sur le bureau.

« C'est ça ? a-t-elle demandé.

– J'aime les filles qui arrivent à lire à l'envers. Vous avez un œil de lynx, Maria. »

Elle l'a ignoré, a saisi un stylo sur son bureau et griffonné une signature, puis elle a laissé retomber le document devant lui.

« Ça a été un plaisir, a-t-elle déclaré tandis que nous nous retournions tous les deux pour sortir.

– Camarades ! a-t-il lancé derrière nous. Un petit détail. »

Nous nous sommes arrêtés à la porte, retournés vers lui. Son sourire avait disparu.

«Pas de comportement de justicier. Gardez vos méthodes de caïd pour l'autre côté de la frontière. Je ne veux pas entendre parler de témoins qui reçoivent des coups de poing dans le nez, de suspects qui disparaissent, de types dangereux avec une balle dans la tête. Pigé ? Le commissaire ignore peut-être en partie votre comportement passé, Darian, ou peut-être qu'il est trop vieux pour l'apprécier pleinement, mais je ne veux pas de vos méthodes de brute tant que j'occuperai ce bureau.

– Bonne journée à vous, Reeve, et continuez de sourire, ai-je répondu.

– Ravie de vous avoir rencontré », a ajouté Maria de sa voix la plus douce, et nous sommes sortis.

Pappas, un autre exemple de la crème de la crème, nous attendait à l'ascenseur.

«Je suis Aristotle Pappas, mais vous pouvez m'appeler Stolly », a-t-il dit à Maria, imitant piètrement un sourire à la George Clooney.

Il a tendu une carte de visite.

«Voici l'adresse actuelle de Tyrone Conway. Au cas où vous n'auriez pas encore lu le dossier, Tyrone était le petit ami d'Isobel, celui qui a dit l'avoir découverte. À l'époque, il s'est arrangé pour éviter un interrogatoire sérieux parce que tout le monde pensait que c'était un suicide, mais c'est votre homme. Ça n'était pas prémédité. Juste les choses qui ont mal tourné au milieu d'une partie de jambes en l'air tordue. Mais peut-être que vous pourrez le coffrer pour manipulation de cadavre, dissimulation de preuves, et pour avoir caché les faits. Ou peut-être que vous pourrez monter un dossier pour le faire inculper d'homicide involontaire. Moi, c'est ce que j'essaierais. »

Aussi bien Maria que moi l'avons regardé tandis qu'il débitait sa théorie. Deux suspects qui m'abordaient dans l'enceinte du QG en deux jours. D'abord Racine, et maintenant Pappas. J'étais intrigué.

« Et sur le verso, c'est moi, a-t-il ajouté en retournant la carte et en la levant pour que Maria puisse lire. Appelez-moi à n'importe quelle heure. De jour comme de nuit. Surtout si vous vous sentez seule dans cet appartement de Davis Avenue. Je suis votre homme. »

Et sur ce, il est reparti. Maria a examiné la carte tandis que l'ascenseur arrivait. Nous sommes montés dedans.

« Je suis votre homme ? a-t-elle dit en secouant la tête. Sympa comme accueil.

– Pour parler au nom de mon ancienne équipe, ces deux-là ne sont pas représentatifs des autres. À vrai dire, ce sont des aberrations.

– Pourquoi le commissaire a-t-il fait appel à toi ? Pourquoi ne pas demander à la brigade des affaires classées de s'en charger ? Tu ne trouves pas ça un peu bizarre ?

– Il a dit qu'il voulait quelqu'un de l'extérieur. Quelqu'un sans liens récents avec le département. Mais je suis certain que je découvrirai la véritable raison le moment venu. »

Avant-hier

Tandis que nous roulions dans Commercial Road et nous apprêtions à tourner dans Chapel Street pour aller voir le père d'Isobel, mon téléphone a sonné.

« Darian Richards.

– Sullivan à l'appareil.

– Merci de me rappeler.

– Je croyais que vous aviez pris votre retraite. Que vous viviez à Noosa.

– Oui, mais je suis de retour en ville pour enquêter sur une vieille affaire. Elle implique les fédés.

– OK. Dites-moi tout. »

J'ai calé le téléphone contre mon cou tandis que je tournais le volant.

« Il y a environ vingt-cinq ans, vous aviez une unité spéciale qui enquêtait sur un possible réseau d'importation de drogue auquel Dominic Stone était peut-être mêlé. »

Il y a eu un silence.

« Sur quoi enquêtez-vous ? a demandé Sullivan.

– Isobel Vine. »

Nouveau silence.

« OK, ne parlons pas de ça au téléphone. Retrouvez-moi au Chow, ce soir à six heures. »

Et sans attendre de réponse, il a raccroché.

« Qui c'était ? a demandé Maria.

– Notre contact chez les fédés. On vient d'obtenir l'accès aux combines secrètes de cette unité spéciale.

– Roule ! Tu vois pas que c'est vert ! » a hurlé Maria à la voiture devant nous tandis que le feu passait du rouge au vert.

La voiture a avancé, et je me suis engagé dans la rue animée.

Maria regardait les boutiques qui défilaient de l'autre côté de sa vitre, cherchant l'adresse de la bijouterie tout en s'arrangeant pour lorgner les magasins de fringues qui bordaient chaque côté de la rue. Chapel Street est le paradis des créateurs de mode pour femme. Il est de notoriété publique que, quand elle était aussi célèbre que Madonna, Cyndi Lauper y achetait ses vêtements. Il n'y a rien de semblable à Noosa ni, d'ailleurs, dans tout l'État du Queensland.

« C'est juste un peu plus loin de mon côté », a-t-elle dit.

Chapel Street monte depuis la rivière Yarra et coupe Toorak Road. Ce n'est qu'un long alignement de boutiques de fringues hors de prix et de petits restaurants en extérieur proposant de la nourriture indienne, turque, arabe, éthiopienne, italienne, grecque, et ainsi de suite. Puis, quand elle traverse Malvern Road et High Street, tout devient un peu plus vulgaire, des commerces massés les uns contre les autres, des magasins de vêtements rétros qui n'ont pas changé depuis les années 1950, des sex-shops glauques et de vieux pubs louches où les despérados traînent à partir de l'ouverture à dix heures du matin et sont toujours là à regarder par la fenêtre, depuis l'obscurité à l'intérieur, écoutant les courses hippiques à la télé, au milieu de l'après-midi. Mais le glamour et l'extravagance progressent lentement le long de Chapel Street, et un jour elle sera sur toute sa longueur branchée et cool, même si, pour le moment, il restait une nette démarcation. La bijouterie d'Eli se trouvait du côté pauvre et triste de la rue, coincée entre une boucherie kascher et un magasin d'encadrement, tous deux déserts, comme l'était, ainsi que j'ai pu le voir en me garant devant, la bijouterie.

Eli savait que nous étions flics ; il l'avait compris alors qu'il se tenait à son comptoir, regardant par la vitrine de la boutique comme il le faisait chaque jour. Il ouvrait la porte à huit heures cinquante-cinq chaque matin, entrait, allumait la lumière, et tirait du vieux coffre les bagues et les bracelets, les broches et les chaînes en argent qui se vendaient le mieux. Puis, après les avoir disposés, il se postait au comptoir, au-dessus de ses bijoux, regardant à travers la vitrine qui avait besoin d'être nettoyée la vie qui défilait dans la partie supérieure de Chapel Street où, cinquante-cinq ans plus tôt, tous les commerces avaient appartenu à de vieux Juifs et à des réfugiés de Yougoslavie.

Il tenta de contrôler ses émotions lorsqu'il vit l'homme imposant vêtu d'un costume coûteux descendre de voiture et, comme le font tous les flics, balayer rapidement la rue du regard. Regardant, scrutant, observant ; ne laissant rien lui échapper. Puis, à sa suite, apparut une jolie femme portant la tenue décontractée de rigueur : jean et tee-shirt blanc. Au lieu d'examiner la zone et les personnes qui l'entouraient, elle regarda à l'intérieur de la boutique, plissant les yeux tandis qu'elle essayait de repérer le vieil homme à qui ils étaient venus parler.

Sa main gauche se mit à trembler et il la fixa un moment, puis, comme il le faisait chaque fois que son corps trahissait une émotion, il tapa de toutes ses forces sur le comptoir, espérant que la douleur soudaine l'emporterait sur son chagrin.

Mais ça ne fonctionnait jamais. Le chagrin était toujours là, derrière ses yeux, à chaque instant du jour, et aussi, même si c'était, Dieu merci, moins fréquent, pendant son sommeil. Il avait l'impression qu'elle était morte la veille et qu'ils venaient tout juste de vivre leur dernier instant de bonheur.

Pourquoi maintenant ? se demanda-t-il. La police n'avait pas manifesté la moindre curiosité depuis plus de vingt ans. Pendant tout ce temps, on l'avait fait passer pour un imbécile, un cinglé obsessionnel obnubilé par une vengeance impossible et ridicule. Il regarda sans ciller l'homme et la femme traverser le trottoir et se diriger vers sa porte. L'homme était fort, pas seulement physiquement, mais aussi mentalement. Il lui faisait penser à son père, qui avait survécu à l'horreur de l'Allemagne ravagée par la guerre.

La femme était bronzée. Elle n'était pas de Melbourne, songea Eli. Elle venait d'un endroit où le climat était plus clément. Peut-être le Queensland. Il observa de nouveau l'homme. Même s'il portait un costume, lui aussi avait le visage bronzé. Ça n'avait aucun sens. Pourquoi deux inspecteurs surgis d'ailleurs venaient-ils le voir ? Ou peut-être que son esprit lui jouait des tours. Comment aurait-il pu dire avec certitude qu'ils n'étaient pas de Melbourne ?

« Qu'est-ce que vous me voulez ? demanda-t-il lorsqu'ils entrèrent.

– Monsieur Vine, répondit l'homme, mon nom est Darian Richards, et voici Maria Chastain. Nous aimerions vous poser quelques questions à propos d'Isobel. »

Eli fixa ce Darian Richards et pensa : il est dangereux, mais c'est également un homme bon, et maintenant, enfin, je crois que ma fille est entre les mains d'une personne de confiance.

« Vous n'êtes pas de Melbourne ? demanda-t-il.

– Non, monsieur. Avant, je travaillais à la brigade criminelle, ici, mais Maria et moi vivons sur la Sunshine Coast, dans le Queensland. »

Bien – son esprit était toujours aussi affûté qu'avant.

« Laissez-moi retourner la pancarte à la porte pour indiquer que je suis fermé, histoire que nous puissions discuter sans être interrompus, dit-il en s'écartant du comptoir. Ça n'a aucune importance. Je n'ai pas eu un seul vrai client depuis 2012. De fait, mes seuls visiteurs ces temps-ci sont les adolescentes qui rentrent du lycée et qui s'arrêtent pour voir combien coûtent mes chaînes. Elles me disent qu'elles peuvent les avoir pour moins cher sur eBay, et je leur réponds : "Parfait, faites-le, au revoir", et elles s'en vont. »

« Je ne suis pas fou, déclara Eli.

– Non, bien sûr que non », répondit Maria.

Je n'ai rien dit. Ce vieux bonhomme, songeais-je en l'observant, avait toute sa tête, et il avait vécu une vie qui lui avait aiguisé les sens. Il avait dans les soixante-dix ans et était grand et un peu voûté. On aurait dit qu'il se coupait lui-même les cheveux. Il me rappelait l'image que je me faisais du vieux pêcheur du *Vieil Homme et la Mer*. Ses mains tremblaient. Ses yeux étaient humides. Mais pas à force de pleurer, ou peut-être que si. Ça faisait des années, de nombreuses années, que j'avais découvert que la tragédie n'avait pas de date de péremption.

« Il est mort, a déclaré le vieux bonhomme, nous prenant, Maria et moi, au dépourvu.

– Qui est mort ?

– Le monstre. L'homme qui l'a tuée. Il ne peut pas y avoir d'autre raison. Vingt-cinq ans que j'attends, et rien. Pourquoi ? Parce qu'il avait le pouvoir. Il l'a tuée, puis il s'est arrangé pour que les gens autour de lui le couvrent. »

Je savais, ou croyais savoir, à qui il faisait allusion, mais mieux valait jouer les idiots.

« De qui parlez-vous ?

– Dominic Stone. »

Le vieux bonhomme s'est penché vers nous et a ajouté d'un air grave :

« Je suis tellement content qu'il soit mort.

– Il n'est pas mort, a rétorqué Maria.

– Alors, pourquoi... Pourquoi ? Pendant vingt-cinq années, la police m'ignore, elle refuse d'enquêter sur le meurtre d'Isobel. Alors, pourquoi maintenant ? Qu'est-ce qui s'est passé pour que deux agents d'un autre État entrent dans ma boutique ? »

Oui, je ressens ta douleur, mon vieux, mais c'est nous qui posons les questions.

« Durant les semaines qui ont précédé la mort d'Isobel, pouvez-vous nous décrire son état d'esprit ? »

S'il était ennuyé qu'on ne réponde pas à sa question, il ne l'a pas montré.

« Elle était agitée. Elle ressentait de la pression de tous les côtés. La police voulait qu'elle leur parle de Stone, et cette vipère diabolique, Brian Dunn... »

Dunn était son professeur. Il avait organisé son voyage en Bolivie, et il avait été suggéré que des choses inappropriées s'étaient passées entre eux. Dunn était encore flou pour nous. Il n'y avait aucun compte rendu de son interrogatoire dans le dossier, juste quelques mentions faites par le petit ami d'Isobel, Tyrone. J'en apprendrais beaucoup plus sur le professeur auprès de Sullivan. Comme c'était l'un des fédés qui avaient enquêté sur les trafics de drogue à l'époque, j'espérais qu'il aurait des infos confidentielles sur tout le monde. Pour le moment, cependant, Dunn avait été décrit comme une « vipère diabolique », je supposais donc qu'il devait y avoir du vrai dans ces rumeurs de comportement inapproprié.

« C'était son professeur, n'est-ce pas ? » a demandé Maria.

Eli a acquiescé.

« Il a profité d'elle. Il l'a séduite. Elle a couché avec lui. Elle croyait qu'ils étaient amoureux. Je le savais, je le voyais bien. Elle ne me parlait pas beaucoup de la vipère, mais je savais. Je l'ai mise en garde. C'était son professeur, nom de Dieu ! »

Tandis qu'il se calmait, j'ai vu Maria plisser les yeux tel un sniper visant sa cible.

Il a repris : « Et elle ne savait jamais où elle en était avec la police. Un jour ils étaient charmants, ses meilleurs amis, ils l'emmenaient pique-niquer, et le lendemain ils la menaçaient de dix ans de prison, voire plus, pour avoir importé cette drogue. Mais elle ne savait pas que c'était de la drogue. Elle croyait rendre service à son professeur. Rapporter un cadeau d'un ami. Elle voulait l'impressionner. Elle était naïve, comme toutes les étudiantes qui en pincent pour un bel homme plus âgé et riche… »

Il a fermé les yeux et s'est balancé sur ses talons, inspirant fortement.

« Stone lui mettait encore plus la pression. Il passait devant chez elle en voiture et la regardait fixement. Il la suivait. Il lui téléphonait et jurait que si elle disait un mot sur lui – à qui que ce soit –, elle ne fêterait pas son dix-neuvième anniversaire. Il y avait d'autres hommes. Des policiers. Je les ai vus, je les ai vus un certain nombre de fois. Ils passaient tout le temps en voiture devant chez elle, ou alors ils traînassaient sur le capot de leur voiture garée à proximité. Ils l'assiégeaient.

– Comment saviez-vous que c'étaient des flics ? a demandé Maria.

– Ça se voit », a-t-il répondu en rouvrant les yeux et en nous regardant fixement.

Il avait raison. Ça se voit.

« Stone était venu la voir. Il est entré sans prévenir dans sa maison. Une nuit, Isobel s'est réveillée et il était assis au bout du lit. Il l'a mise en garde. »

Maria et moi nous sommes regardés. Cette information ne figurait nulle part dans le dossier. Bien sûr que non.

Elle a changé de sujet.

« C'est une question délicate, monsieur...

– Elle n'a jamais parlé de suicide, a-t-il déclaré, interrompant Maria.

– Évidemment. Et nous ne suggérons pas qu'elle l'a fait, mais nous devons éliminer toutes les possibilités. A-t-elle dit quoi que ce soit qui aurait pu être interprété comme...

– Non ! »

Porte close : pas de suicide.

« Qu'est-ce qu'elle a fait les jours qui ont précédé sa mort ? Est-ce qu'elle a vu d'anciens amis ? Est-ce qu'elle a fait le ménage chez elle ? » a continué Maria.

Beaucoup de personnes qui ont fait le choix du suicide font ce genre de choses avant de passer à l'acte – de la même manière que la plupart des gens qui se pendent, principalement des hommes, enlèvent leurs chaussures. Je n'ai jamais vu la maison d'un suicidé en désordre. Tout est toujours propre et bien rangé. Je ne comprends pas le suicide, de fait, je le déteste, mais on ne peut pas nier qu'une sorte de calme semble s'emparer de ces gens avant qu'ils ne se foutent en l'air et quittent la vie qu'ils avaient eu la chance de se voir donner.

« Vous pouvez aller voir par vous-mêmes », a-t-il répondu.

Ses paroles m'ont arraché à mes réflexions.

« Comment ça ? ai-je demandé.

– La maison. La maison d'Isobel. Elle est toujours là. Rien n'a bougé depuis le jour de sa mort. »

Je savais qu'il avait été le propriétaire de la maison, mais il ne m'était jamais venu à l'esprit que, quelque vingt-cinq ans plus tard, elle serait toujours là, dans le même état que quand Isobel y vivait.

« Je l'ai fermée à clé. Je l'ai gardée intacte en espérant qu'un jour vous viendriez pour découvrir la vérité. »

Il a enfoncé la main dans sa poche et a sorti une chaîne. De ses doigts légèrement tremblants, il en a décroché une clé argentée qu'il m'a tendue.

« Je n'ai touché à rien. Vous trouverez tout tel que c'était la nuit où elle est morte. »

Nous faisons ce que nous pouvons pour protéger le souvenir d'un être aimé ou alors par peur. Quelques années plus tôt, j'avais interrogé un gamin de dix-huit ans sur le meurtre et la mutilation de son colocataire. Le gamin était coupable ; il me l'avait avoué. Il avait dit qu'il voulait savoir ce que ça ferait de tuer un ami et ensuite, pour couronner le tout, comme on commanderait un milk-shake avec un hamburger, ce que ça ferait de découper le corps en une douzaine de morceaux. Mais le gamin était inquiet. « S'il vous plaît, ne le dites pas à mon père », m'avait-il imploré.

Le vieil Eli protégeait le souvenir d'Isobel, et qui pouvait lui en tenir rigueur ? C'était une princesse dont la vie s'était achevée si tôt, et il ne pouvait y avoir qu'une seule explication. Celle d'une ordure. Un assassin. Et s'il s'avérait que celui-ci vivait dans une tour d'argent entouré de soldats et de valets, tant mieux ; ça expliquait pourquoi la mort d'Isobel n'avait pas été vengée par les flics et les tribunaux. Parce qu'ils étaient sous la coupe du puissant tueur.

Et merde, tout compte fait, le vieil Eli avait peut-être raison, pensais-je en quittant sa boutique. J'essayais de rester impartial et rationnel envers Dominic Stone, un homme que je n'avais jamais rencontré, mais mon aversion pour lui allait croissant. Je n'y peux rien, quand les gens sont riches et arrogants, j'ai juste envie de leur faire mal. Mais, comme certains autres traits de ma personnalité, c'est puéril, et je ne les laisse jamais interférer avec mes enquêtes.

Eli a retourné la pancarte à la porte pour indiquer que le magasin était de nouveau ouvert lorsque nous sommes sortis. Quand nous étions arrivés, environ une heure plus tôt, le temps était ensoleillé et chaud. Désormais des rafales glaciales de grésil balayaient la rue. Melbourne est connue pour sa météo particulièrement changeante. Une heure plus tard, nous aurions peut-être un front tropical avec une température de vingt-cinq degrés, et dans la soirée il pourrait neiger.

Ça faisait moins d'une semaine que j'étais en ville, et je ne m'y sentais toujours pas à ma place. J'avais l'impression que je ne m'y sentirais plus jamais chez moi.

La Volkswagen d'Hailé Sélassié (1)

« J'ai fait quelque chose, il y a environ vingt ans, quelque chose qui pourrait être révélé maintenant, qui pourrait anéantir ma réputation.

– La fille. »

Il y eut une pause.

« Oui, je vois, dit la femme. Il s'agit bien d'elle. Comment tu arrêtes ça ?

– Je ne peux pas. Il y a une enquête, et elle a été ordonnée par les plus hautes autorités de la ville.

– Les plus hautes ? Qui ça ?

– Le commissaire. Le ministre de la Justice. Le Premier ministre.

– Tu veux me dire ce que tu as fait ? Tu ne m'en as jamais parlé, et je ne t'ai jamais posé la question.

– Non.

– Tu dois être capable d'arrêter ça. Tu ne peux pas laisser détruire ta réputation. Nous ne pouvons pas laisser détruire la réputation de notre famille. Il doit y avoir un moyen. Tu dois recouvrir tes traces. Rester caché. Comme nous l'avons toujours fait. Tu dois me protéger. Et nos enfants, nos petits-enfants.

– Il y a un enquêteur. En fait, il y en a deux – on les a fait venir du Queensland.

– Alors tu les élimines, c'est ça ?

– L'un d'eux est un agent de police en service.

– Et alors ?

– Tu ne trouves pas ça un peu radical, si je suis censé rester dans l'ombre ? Tu ne crois pas que ça attirerait encore plus l'attention ?

– Ça envoie un message. Comme ce Hells Angel qui disait aux flics qu'il violerait et tuerait leurs filles et leurs femmes. Intimidation, et aussi élimination.

– Je vais faire ce que tu dis.

– Et tu me présenteras tes excuses quand tout ça sera derrière nous. Après vingt-cinq ans, si ça doit ressurgir, tu me dois des excuses. Mais d'abord, fais le nécessaire. »

La cité de la poussière

Parfois une scène de crime peut offrir des indices très précis, comme des cheveux ou des fibres qui peuvent être reliés à l'assassin. Parfois elle révélera quelque chose sur l'état d'esprit du tueur, s'il a altéré d'une façon particulière le corps. J'ai vu de nombreuses scènes de crime, souvent dans des maisons, mais je n'avais jamais pénétré dans un endroit plein de poussière, une maison qui avait été fermée à double tour pendant plus de vingt ans.

J'avais lu *Les Grandes Espérances* dans mon enfance et, comme tous les lecteurs, j'avais été fasciné par le salon macabre de miss Havisham, un mausolée figé le jour où elle s'était fait plaquer par son futur mari, avec chaque objet encore à sa place sur la table. Je n'avais jamais pensé que j'entrerais un jour dans un lieu similaire en tant qu'enquêteur.

Nous nous étions garés devant la maison. Osborne Street n'était pas loin de la bijouterie d'Eli, et c'était la rue parallèle à celle où Maria et moi logions. Même si la plupart des demeures d'Osborne Street ressemblaient à des minimanoirs de style géorgien, le bout de la rue, où avait vécu Isobel, était étroit et faisait face à un parc tout en longueur qui bordait une voie ferrée, et les maisons ressemblaient plus à des pavillons ouvriers agglutinés les uns contre les autres.

Une haie bien entretenue dotée d'un portail en fer forgé blanc s'étirait à l'avant. Nous avons pénétré dans un petit jardin impeccable. La maison n'était pas mitoyenne, ce qui était inhabituel, car la plupart de ces modestes logements avaient des murs porteurs en commun. Elle était petite, trapue et étroite, couverte de bardeaux peints en blanc. Les fleurs dans le jardin étaient très anglaises. De toute évidence, Eli payait quelqu'un pour s'occuper de l'endroit. Et jusqu'à présent, ça me rappelait les paysages sereins du peintre anglais John Constable.

Mais quand nous avons ouvert la porte et sommes entrés à l'intérieur, ça a été un tout autre monde.

Les premières impressions que donne une scène de crime aux agents qui la découvrent, généralement des hommes jeunes peu aguerris aux enquêtes, peuvent souvent altérer la suite des événements. Quand Buff et Al étaient arrivés chez Isobel, ils avaient trouvé le petit ami en larmes et hystérique – une situation pénible et délicate qui ne les avait pas préparés à ce qu'ils allaient découvrir ensuite : une jeune fille de dix-huit ans avec une cravate autour du cou, attachée à un crochet en cuivre derrière la porte de sa chambre. Al le baptiste avait vu le péché et avait conclu que c'était un suicide. Buff, pour sa part, avait vu un acte sexuel et s'était imaginé un terrible accident. Un meurtre ne leur a jamais traversé l'esprit. Dans les gémissements du petit ami, Buff avait perçu du remords et de la culpabilité. Le grand lit était défait ; lorsqu'ils étaient entrés dans la chambre, la sexualité d'Isobel imprégnait les lieux. Toutes ces observations avaient formé les premières impressions qui avaient été transmises aux flics suivants, puis à ceux d'après, et finalement aux hommes du coroner. Certains avaient peut-être ricané : elle n'était pas près d'oublier cette partie de jambes en l'air. Bien sûr, il y avait eu peu de compassion. Elle avait voulu faire un truc violent et bizarre, eh bien, elle avait eu ce qu'elle méritait. Pareil pour le petit ami éploré. Ça n'avait été que plus tard, après plusieurs jours, que d'autres théories avaient commencé à émerger, mais je me demandais si elles avaient été prises au sérieux. Le scénario fondé sur les premières impressions des agents avait déjà pris le dessus.

Aussi, lorsque Maria et moi sommes entrés dans la maison, quelque vingt-cinq années après ces premiers flics, nous avons progressé lentement, commençant par la pièce de devant, qui comprenait un salon, une kitchenette et un bar. Elle était figée dans le temps, recouverte de poussière, et sentait le renfermé. Nous sommes restés immobiles et avons tout observé.

Eli avait continué de payer les factures d'électricité, mais la lumière du jour s'engouffrait par les fenêtres, formant des puits nets dans lesquels la poussière tourbillonnait, des millions de minuscules particules scintillant dans les rayons du soleil.

Sur notre droite se trouvait un couloir qui menait aux chambres et à la porte de derrière, à travers laquelle je distinguais un jardin. Rien n'avait changé en deux décennies. La télé était massive et large, la chaîne stéréo ressemblait à celle que j'avais à Noosa, les affiches aux murs représentaient Madonna et Bruce Springsteen à l'époque de *Born in the USA*, et le mobilier était simple. Sur une étagère se trouvaient des photos encadrées de ce qui devait être Isobel en Bolivie. Hormis un guide Lonely Planet sur la Bolivie, il n'y avait que trois autres livres : *Le Prophète* de Khalil Gibran, *Siddhartha* de Hermann Hesse, et *Le Petit Prince* d'Antoine de Saint-Exupéry. Rien que des ouvrages sur la spiritualité. Pas d'*Attrape-cœurs*; je me rappelais un inspecteur qui m'avait dit en riant que la plupart des tueurs qu'il avait arrêtés possédaient chez eux un exemplaire de *L'Attrape-cœurs*.

J'ai marché jusqu'aux photos. Isobel avec les bras autour d'un beau jeune homme de son âge. J'ai supposé que c'était Tyrone. Isobel dans son uniforme de lycéenne avec une poignée d'autres filles et un prof à l'air très cool et branché au milieu. Sans doute Brian Dunn. Isobel ne se tenait pas à côté de lui sur la photo, mais l'appareil l'avait saisie alors qu'elle jetait un coup d'œil dans sa direction. Et enfin, Isobel seule.

On m'avait dit quand j'étais encore un bleu qu'il ne fallait jamais regarder dans les yeux de la victime dont on recherchait l'assassin, parce qu'on s'y attachait émotionnellement et, à en croire la théorie, cet attachement pouvait nous aveugler. Depuis, je regarde systématiquement dans les yeux des victimes. Sur cette photo, prise alors qu'elle était en dernière année de lycée, la dernière année de sa vie, elle semblait pensive. Même si ses cheveux lui tombaient à peine jusqu'aux épaules, ils avaient été attachés en queue-de-cheval. Elle ne regardait pas l'objectif de l'appareil, mais sur le côté, comme si quelque chose avait attiré son attention.

Nos regards ne se sont donc pas croisés, mais je l'ai fixée. J'ai senti le lien s'établir et j'ai fait une promesse : je découvrirai la vérité, et si tu as été assassinée, je m'arrangerai pour que ton tueur tombe, une bonne fois pour toutes. Je le ferai souffrir.

Tandis que Maria et moi nous accoutumions à l'aspect sinistre de la pièce – je n'avais pas encore allumé la lumière –, nous avons commencé à voir les toiles d'araignées. D'épais amas de filaments couraient le long du plafond et des cloisons, sillonnant la tranche des livres, s'étirant entre la télé et le mur, formant un rideau au-dessus du bar, comme un chatoiement gris entre la kitchenette et le salon.

Le marché animé de Prahran ne se trouvait qu'à deux rues de là, de l'autre côté de la voie ferrée, et dans le profond silence de la maison dont l'atmosphère de tombe nous enveloppait, j'entendais les cris des primeurs hurlant leurs promotions – « Kilo de pommes, moitié prix ! » – qui étaient charriés par le vent. Quand j'étais jeune flic, fraîchement arrivé à Melbourne après avoir fui la petite ferme de ma mère dans l'ouest de l'État, sur la route d'Ararat, j'y allais chaque samedi en fin de matinée, juste avant la fermeture, pour acheter les cageots au rabais qu'ils cherchaient désespérément à vendre pour ne pas avoir à les jeter.

Le marché n'avait pas échappé à la violence. J'y avais enquêté sur un meurtre au couteau peu après avoir rejoint la criminelle et, un peu plus loin dans la rue, un homme avait reçu une balle dans la tête alors qu'il pénétrait sur un parking de supermarché avec ses deux enfants un samedi matin.

Tyrone avait dit aux flics qu'après la fête, qui s'était terminée vers deux ou trois heures – il ne se souvenait plus exactement –, Isobel et lui avaient fait le ménage. Maria m'a suivi tandis que je me rendais dans le coin cuisine, écartant soigneusement les toiles d'araignées qui bloquaient l'entrée. Les assiettes étaient toujours soigneusement empilées à côté de l'évier. Il avait affirmé qu'après ça Isobel et lui s'étaient rendus dans la chambre, mais qu'ils étaient simplement restés allongés sur le lit. Elle s'était endormie et il était parti vers deux heures trente ou trois heures trente du matin, il ne se souvenait pas. Nul doute que les flics à l'époque s'étaient posé la question que Maria posait désormais à voix haute :

« Pourquoi est-ce qu'il est parti ? S'ils étaient amants, pourquoi ne pas avoir passé la nuit ici ?

– Il a dit qu'il devait retourner chez lui à Elwood pour se préparer pour le travail. Il devait prendre son service dans un McDonald's de son quartier.

– Ça te semble logique ? »

Peut-être, oui, si son uniforme était là-bas.

Il n'y avait aucun signe d'effraction, et Tyrone avait expliqué aux policiers que la porte était déverrouillée quand il était revenu le lendemain matin et avait découvert Isobel. Il avait affirmé qu'elle oubliait constamment de la fermer à clé.

Une chose que j'avais remarquée en pénétrant dans la maison a de nouveau attiré mon attention. J'ai traversé la cuisine et examiné le bar. Il y avait, au milieu de la poussière, un verre vide et une bouteille de Jim Beam presque pleine recouverts de toiles d'araignées.

« Elle n'a pas nettoyé ça, ai-je observé.

– Quelqu'un a bu un verre alors qu'elle était dans la chambre ?

– Peut-être le petit ami, en partant.

– Ou peut-être quelqu'un d'autre, en entrant ? »

Je me suis penché et ai observé attentivement l'étiquette de la bouteille.

« Eli dit que la maison est restée fermée à clé depuis que le dernier flic est reparti à la fin de l'enquête, a déclaré Maria, lisant dans mon esprit.

– Oui, mais il est possible que quelqu'un soit venu par la suite et ait bu un verre. La bouteille a l'air vieille. Pas d'avertissement sur le fait qu'il faille boire avec modération. Pas d'adresse Internet.

– Est-ce qu'on peut en tirer quelque chose ? » a-t-elle demandé en désignant le verre.

Bonne question. À la mort d'Isobel, l'ADN commençait tout juste à être utilisé pour résoudre les enquêtes. La première fois qu'il avait servi devant un tribunal, ça avait été en 1989, en Tasmanie. À l'époque, il fallait envoyer les prélèvements aux États-Unis pour qu'ils soient analysés, et les résultats pouvaient mettre jusqu'à six semaines pour revenir.

« Je suppose que si on peut analyser l'ADN d'un cadavre vieux de cinq siècles retrouvé sous un parking et prouver avec certitude qu'il s'agit de celui de Richard III, on a d'assez bonnes chances de découvrir quelque chose sur un verre qui a servi il y a vingt-cinq ans. On trouvera peut-être des traces d'ADN, ou alors une empreinte digitale.

– Après tout ce temps ?

– Ça vaut le coup d'essayer.

– Mais un assassin ne laisserait pas ses empreintes.

– Non. Mais on va tout de même tenter de découvrir qui a bu dans ce verre. »

J'ai regardé le salon de l'autre côté du bar. Seize personnes avaient été recensées à la fête. Parmi ces seize personnes, qu'Isosceles essayait de localiser, se trouvaient quatre visiteurs qu'elle ne connaissait pas ; ou peut-être que si. C'étaient les quatre flics qui étaient venus avec leur amie Ruby Jazz, celle-ci ayant affirmé qu'ils étaient tous repartis vers une heure du matin. J'ai fixé la porte d'entrée, qui était encore ouverte, tentant d'imaginer ce qu'avait ressenti Isobel, ici au bar, ou peut-être assise près du lecteur CD sur le canapé, ou alors par terre, au milieu de ses amis, quand les quatre policiers étaient entrés. Si elle les connaissait, elle avait dû paniquer, son niveau de stress montant en flèche alors qu'elle était confrontée à ce lien direct avec les menaces qu'elle recevait quotidiennement. Et même si elle ne les avait jamais rencontrés, si elle n'avait aucune idée de qui ils étaient à leur arrivée, elle avait dû être ébranlée : ces quatre flics bourrés de testostérone, âgés d'une petite vingtaine d'années, devaient donner une impression de danger et de puissance partout où ils allaient.

Dans le rapport officiel, Racine avait affirmé avoir échangé quelques mots avec Isobel dans sa chambre et n'y être resté que quelques minutes avant de repartir avec les autres.

« De quoi avez-vous parlé ? lui avait-on demandé, à en croire la déposition qu'il avait faite vingt-cinq ans plus tôt.

– Je lui ai dit qu'elle avait une jolie maison, et j'ai peut-être ajouté que j'espérais que ça ne la dérangeait pas qu'on ait débarqué comme ça. On n'était pas invités, du moins pas par elle, mais par son amie qu'on avait rencontrée dans la boîte l'Underground. »

« D'après toi, il était où ? » m'a demandé Maria quand nous avons atteint la chambre à l'arrière du pavillon.

Nous nous sommes tenus à la porte, regardant à l'intérieur.

« Assis sur le lit ? Tu crois qu'il l'a suivie jusqu'ici ou qu'il lui a demandé de lui parler en privé ? Elle devait être terrifiée. »

Le grand lit était défait, puisqu'elle s'était couchée dedans après avoir fait la vaisselle. Les draps et la couverture avaient des taches de moisissure vertes et grises et, comme toutes les autres surfaces de la maison, étaient recouverts d'une accumulation de poussière soyeuse. L'odeur de renfermé et d'humidité était plus intense dans la chambre. Peut-être parce qu'un cadavre y avait séjourné pendant quelques heures, avant l'arrivée de la police. Je savais que c'était une illusion, mais, comme sur toutes les scènes de crime où une vie a été écourtée par un incident contre nature et inattendu, il régnait une *atmosphère* particulière, désagréable.

À côté du lit se trouvait une petite chaise matelassée, bleu foncé et parsemée d'étoiles blanches. Dessus étaient posés des paniers tressés de couleurs vives dont je supposais qu'ils provenaient de Bolivie. Comme la cuisine et le salon, la chambre était en ordre.

« Si j'étais un flic qui cherchait à l'humilier, je la suivrais jusqu'ici, ou peut-être que je l'entraînerais depuis la cuisine, et ensuite je refermerais la porte et je me tiendrais au-dessus d'elle pendant qu'elle serait assise sur le lit. Je ferais bien en sorte qu'elle soit en contact avec le lit à cause des implications sexuelles.

– Mais si tu ne cherchais pas à l'humilier ? a répondu Maria. Si tu voulais sincèrement t'excuser d'être venu à une fête sans y être invité sous prétexte qu'une amie commune t'a dit que tu pouvais le faire ?

– Alors je le ferais dans la cuisine, au milieu des autres.

– Et son petit ami ? Rien dans sa déposition ne fait référence au moment où Isobel s'est retrouvée seule dans la chambre avec un flic.

– Non, en effet. On ne lui a pas posé cette question. Je suppose qu'on en saura plus très bientôt. »

Nous sommes entrés dans la pièce.

Nous avons refermé la porte et reculé, nous en éloignant afin d'avoir une vue globale de l'endroit où Isobel avait été retrouvée pendue.

Le crochet en cuivre avait disparu, le coroner l'ayant emporté dans le cadre de son enquête, mais les trous laissés par les vis étaient toujours clairement visibles.

Ni elle ni moi n'avons parlé pendant un moment. Je me demandais si Maria pensait la même chose que moi, que j'ai alors formulée à haute voix :

« Vraiment, si tu devais avoir un rapport sexuel, ce serait la manière la plus inconfortable et maladroite de le faire. Pour les deux. Et si tu voulais essayer l'asphyxie érotique, pourquoi ne pas le faire dans un lit, avec les mains de ton partenaire autour de ton cou ? »

Maria fixait l'arrière de la porte.

« Les gens sont étranges, a-t-elle déclaré. C'est toi qui me l'as appris. »

J'ai haussé les épaules. Oui, les gens sont étranges, mais tandis que je parcourais la pièce du regard, j'avais la sensation que l'image d'Isobel accrochée à la porte, couchant avec son petit ami après avoir fait la vaisselle et dit au revoir à ses invités, après avoir parlé avec Racine, ne collait pas. Non qu'une jeune femme fraîchement sortie du lycée n'ait pas pu être attirée par des pratiques sexuelles hors normes – nous sommes, au mieux, des personnes complexes et souvent contradictoires qui tendons à reproduire une myriade de stimuli et d'événements –, mais quelque chose clochait.

Il était encore trop tôt pour tirer des conclusions, et dans le cadre d'une telle enquête, seul un abruti l'aurait fait de toute manière, mais tandis que j'essayais de m'imprégner de la chambre d'Isobel, de sa maison, de sa vie, une obscurité commençait à étouffer les possibilités du suicide et de l'accident sexuel, et une lumière, de plus en plus vive, criait au meurtre.

Chut, chut, douce Isobel

« **F**erme les yeux et laisse-moi te masser. »
Elle fit comme il lui demandait et écarta les bras
en travers de la surface du lit, sentant son corps
s'enfoncer dans le duvet blanc de la couette. Elle exhala et
tenta de se calmer. Tout était noir, même si des touches de
lumière, des formes et des contours dansaient derrière ses paupières. Il avait les doigts appuyés sur son front, et il se mit à
décrire de doux mouvements circulaires. Elle sentit ses mains
descendre le long de son visage, se glisser sous sa nuque et
soulever sa tête pour pouvoir la masser. Elle exhala une fois
de plus, yeux clos.

Il était allé la chercher en Harley.

« Au coin de ta rue, avait-il dit. Pas devant chez toi. Ton père
pourrait ne pas approuver. »

Elle avait éclaté de rire.

« Je ne vis plus avec lui. J'ai ma propre maison, avait-elle
expliqué, non sans une bonne dose de fierté car elle était la seule
du lycée à avoir atteint si tôt un tel degré d'indépendance.

– Vraiment ? Où ça ?

– Vous connaissez Osborne Street, dans South Yarra ? Elle relie
Toorak et Commercial Road. Je vis à côté du marché de Prahran.

– Oui, oui, super-quartier. Je connais bien. J'avais une petite
copine dans Osborne Street il y a environ dix ans. Bon Dieu,
c'était un sacré phénomène. »

Elle s'était esclaffée. C'était toujours étrange, toujours excitant de l'entendre lui parler comme ça. Comme si elle n'était

plus une lycéenne mais une adulte. Et comme si lui n'était plus son professeur.

« Donne-moi l'adresse. Attends-moi devant. »

Et c'était ce qu'elle avait fait. Elle l'avait attendu près de la haie qui s'étirait de chaque côté du portail. Elle avait attendu d'entendre le rugissement sourd de sa Harley.

« J'ai peur, lui avait-elle dit au téléphone.

– Faut pas, avait-il répondu. On va s'occuper de toi, tu seras en sécurité. Laisse-moi venir te chercher. Je vais t'emmener en ville, à l'hôtel de Dominic. Attends de voir ça. Cinq étoiles. Piano à queue dans le hall. C'est incroyable. Laisse-moi t'emmener là-bas et on pourra se détendre – on pourra boire un verre et tu me raconteras tout. Mais, Isobel, rappelle-toi, je m'occuperai de toi. On s'occupera tous de toi. Isobel, n'aie pas peur.

– OK », avait-elle acquiescé, même si elle avait bel et bien peur.

Elle avait même plus que peur. Depuis qu'elle s'était fait arrêter en possession de drogue à l'aéroport trois jours plus tôt, de violents frémissements d'anxiété la parcouraient constamment. Elle avait une trouille bleue, et à qui pouvait-elle en parler ? À qui pouvait-elle se confier ? Pas à son père, ni à Tyrone, ni à ses amies au lycée.

Brian – voilà à qui elle pouvait se confier.

Brian, qui lui avait demandé de rapporter la cocaïne. Le « cadeau », qu'il avait appelé ça. Brian, qui avait semblé sincèrement stupéfait quand elle l'avait appelé pour lui raconter ce qui s'était passé. Brian, dont elle n'avait pas donné le nom à la police parce qu'elle ne savait ni que dire ni que faire, car même si elle était terrifiée, elle pensait que si elle restait silencieuse, si elle mentait, si elle faisait semblant, alors tous ses ennuis disparaîtraient peut-être. Brian, qui était arrivé à moto tandis qu'elle attendait devant chez elle, qui avait souri et dit : « Monte, tu n'as rien à craindre, je suis là », puis qui avait redémarré dans une explosion de métal et de fureur tandis qu'elle s'accrochait à lui, jusqu'à ce qu'ils arrivent devant un hôtel cinq étoiles de vingt étages, dans le centre-ville, au cœur de Chinatown.

Il l'avait aidée à descendre de moto, puis guidée dans le hall, passant devant le piano à queue tandis qu'ils se dirigeaient vers les ascenseurs. Il avait tiré la clé d'une chambre de sa poche revolver et l'avait fait tourner autour de son index comme si c'était un jouet.

Elle s'était figée, mais avait tenté de dissimuler sa réaction.

« Ne t'en fais pas, Isobel, s'était-il amusé en voyant son expression inquiète. Rien de déplacé, je te le promets. Dominic m'a donné une énorme chambre au dernier étage. On va juste y monter et se détendre.

– OK », avait-elle répondu.

Et elle était montée dans l'ascenseur en pensant : il va s'occuper de moi.

« Ça va mieux ? » demanda-t-il.

Elle ouvrit les yeux et sourit.

« Oui. Vous devriez en faire votre métier. »

Il se mit à rire.

Elle le regarda se lever du lit et traverser la chambre jusqu'à la vaste pièce de vie. Quand il avait ouvert la porte, elle avait découvert la plus grande suite qu'elle ait jamais vue. Deux chambres et un énorme salon avec des divans et une table. Des baies vitrées qui donnaient sur un balcon. Ils étaient au dernier étage, comme l'avait promis Brian. Ils s'étaient tenus près des baies et avaient admiré la vue, qui englobait toute la ville, les rues étroites et les allées de Chinatown, les boutiques, les restaurants et les enseignes au néon écrites en chinois, ils avaient regardé en direction du Parlement et du parc juste à côté. Depuis cette hauteur, elle voyait même, au loin, South Yarra, où elle vivait dans la maison que son père lui avait achetée.

Elle se leva à son tour, s'étira et suivit Brian jusqu'à la pièce principale. Elle se sentait vraiment mieux. Elle alla de nouveau admirer la vue. Il pleuvait, désormais.

« Quelque chose à boire ? demanda-t-il.

– Oui, merci, ce serait super.

– Une bière, ça ira ?

– Merci. »

Il la rejoignit aux baies vitrées, lui tendit une bière.

« Santé, dit-il.

– Santé.

– Dominic va nous rejoindre.

– OK. Cet hôtel lui appartient vraiment ?

– Dominic a beaucoup d'argent. Quand il viendra, je veux que tu nous racontes à tous les deux ce qui s'est passé à l'aéroport. OK ?

– OK, oui, bien sûr.

– On va régler ça. Ne t'en fais pas. Tu n'es pas inquiète, n'est-ce pas ?

– Un peu, si.

– Dominic est très puissant. Crois-moi, il va régler ça. »

Elle se retourna pour regarder une cathédrale qui se trouvait à la limite de la ville, près du Parlement. Elle observa son clocher et songea que quand il avait été construit, ça avait dû être la structure la plus élevée de Melbourne. Elle se tenait désormais au dernier étage d'un hôtel qui appartenait à un certain Dominic, qu'elle avait rencontré à quelques reprises, lors de fêtes qu'il avait données, mais qu'elle ne connaissait pas vraiment, à qui elle n'avait jamais parlé. Ça avait juste été une présence. L'hôte de la soirée. Et maintenant elle regardait la cathédrale, et Dominic réglerait son problème.

« Est-ce que vous saviez ? demanda-t-elle. Désolée, je... il faut que je vous pose la question.

– Est-ce que je savais... ? »

Il semblait confus.

« Le cadeau... ce qu'il y avait dedans. Quand vous m'avez appelée et demandé de vous le rapporter. Est-ce que vous saviez qu'il y aurait de la cocaïne dedans ? »

Il éclata de rire. Puis il la prit dans ses bras, la regarda droit dans les yeux et sourit.

« Pourquoi est-ce que je te ferais ça ? Enfin quoi, vraiment ? Isobel ? Est-ce que je te demanderais en toute connaissance de cause de faire entrer de la drogue dans le pays ? Je suis peut-être un mauvais prof d'anglais, mais je ne suis pas un mauvais bougre. »

Le contrat

« **A** llô ?

– Vous vous souvenez de ma voix ?

– Je me souviens de tout.

– J'ai de nouveau besoin de vos services, en supposant que vous n'ayez pas pris votre retraite.

– Bon, écoutez, au cours des vingt dernières années, l'industrie des communications a explosé. Vous avez peut-être remarqué...

– J'appelle depuis le portable de ma petite-fille.

– Parfait. Quand nous aurons raccroché, détruisez-le. Chaque appel entre nous se fera avec un nouveau téléphone. À la fin de chaque discussion, le téléphone est détruit...

– Mais...

– Ça fait deux fois.

– Deux fois ? Heu... De quoi vous parlez ?

– Ça fait deux fois que vous m'interrompez. Ne recommencez pas.

– Oh. Désolé.

– Je vais vous donner une adresse. »

Celle-ci se trouvait dans Errol Street, dans le nord de Melbourne, et il la nota.

« Allez-y avec mille dollars. L'homme qui vit là-bas vous fournira un téléphone. Chaque fois que vous aurez besoin de me parler, vous irez d'abord le voir. Compris ?

– Oui. Je vais y aller tout de suite, et je vous rappellerai pour vous donner les détails. »

Mais il parlait dans le vide. Son interlocuteur avait déjà raccroché. Il regarda le téléphone de sa petite-fille. Un Samsung
Galaxy flambant neuf. Elle avait passé tout le samedi précédent
à transférer ses contacts dessus, y avait téléchargé les trois derniers épisodes de *Girls*. Elle était désormais en train de dormir,
c'était pour ça qu'il avait pu le lui prendre. Elle passait plus de
temps sur son téléphone qu'à faire quoi que ce soit d'autre. Il ôta
avec difficulté le cache à l'arrière, sortit la batterie et l'écrasa
avec un marteau qu'il avait trouvé sur un établi dans son garage.

Le Chow

« A près sa mort, il y a eu beaucoup, et je dis bien *beau-coup*, de critiques internes, sous prétexte qu'on l'avait poussée à se suicider parce que notre tactique était inepte et inhumaine – une gamine paumée, harcelée par les fédés, elle n'en peut plus et met fin à ses jours. Le père nous faisait de la mauvaise publicité, des imbéciles du gouvernement posaient des questions, du coup, l'affaire a été étouffée. »

Sullivan était assis de l'autre côté de la petite table en bois, tenant une bière entre ses mains. Il bossait chez les fédés d'aussi loin que je me souvienne. Il avait dans les cinquante-cinq ans, c'était un type mince avec des cheveux roux flamboyants et des taches de rousseur. Il avait dû être le souffre-douleur à l'école. Nous étions coincés contre un mur, vers le fond d'un restaurant chinois sombre et très bruyant situé au cœur de la ville. Little Bourke Street, qui abrite un petit Chinatown extrêmement animé, s'étire depuis Spring Street, au nord du centre-ville, près du majestueux Parlement et du bâtiment de l'ancienne Trésorerie, jusqu'au dépôt ferroviaire de Spencer Street. Le quartier chinois, toujours grouillant de monde, avec ses dizaines de restaurants, grands et petits, chers et bon marché, s'étend sur la partie supérieure de Little Bourke Street depuis les années 1880. Comme à peu près tous les Chinatown, celui de Melbourne a vu son lot de sang au fil des années. De nombreux meurtres. Le Chow, qui était la version abrégée de « China Palace Inn », était un petit établissement, et comme tous les restaurants chinois très fréquentés du centre-ville, il était bruyant et animé, avec un service impersonnel mais attentif, et de la nourriture excellente.

Le Chow était une institution chez les flics, un endroit génial pour s'entasser et échanger les récits de guerre ou les informations. J'y avais mangé tellement souvent que j'aurais aussi bien fait d'en acheter des parts.

« Pas d'arrestations, alors ? ai-je demandé.

– Rien. L'unité spéciale existait depuis deux ans et elle fonctionnait bien, à l'insu complet de votre département – et puis rien.

– C'était juste la police fédérale ?

– Oui. On avait reçu un tuyau sur un nouveau trafiquant en ville. Il était riche, influent, et, d'après ce qu'on nous avait dit, il avait quelques agents de police pour faire son sale boulot.

– Qui vous avait donné ce tuyau ?

– Un minable qu'on avait chopé en train de rapporter de l'héro de Bali. »

Nos plats sont arrivés. L'inconvénient au Chow, c'était que la nourriture arrivait vite et que les conversations tranquilles étaient souvent abrégées par le personnel qui avait hâte d'installer de nouveaux clients à votre table. Sullivan avait commandé des nouilles Singapour, et j'avais opté pour du poulet aigre-doux, un plat que, malgré tous mes efforts, je n'étais jamais parvenu à reproduire chez moi sans ajouter une sauce toute prête.

J'avais laissé Maria dans son appartement. Elle était occupée à noter toutes les informations que nous avions sur le tableau blanc, qui était désormais chez elle. Isosceles devait l'y rejoindre, et nous étions censés nous pencher tous les trois sur nos pistes et nos suspects plus tard dans la soirée.

Dès que j'avais commencé à inscrire le nom de quatre agents de police en activité sur le tableau blanc au QG, j'avais compris que nous aurions besoin d'un endroit plus privé pour noter nos réflexions. Maria avait suggéré son appartement.

Après tout le mal que j'avais eu à obtenir un bureau au QG, je l'avais, au bout d'une journée, abandonné. *C'est la vie**.

« Qui était la cible ? ai-je demandé.

– Dominic Stone. Mais pourquoi une personne aussi riche s'est-elle lancée dans l'importation de drogue, c'est ça, le mystère.

– À moins qu'il ait eu un besoin urgent de beaucoup de cash.

– Oui, on s'est posé la question.

– Ou alors si sa fortune d'origine était déjà liée au trafic de drogue.

– Oui, on s'est aussi posé cette question, mais il avait tout bien verrouillé, avec des avocats, des fonds fiduciaires, des sociétés. Il avait construit des murs et des murs tout autour de lui.

– Jusqu'où vous êtes-vous approchés de lui ?

– Isobel était la clé. Elle l'avait rencontré, elle avait logé dans sa maison à Toorak, dans sa villa sur la plage, elle était allée dans son hôtel. Elle avait dû le voir sniffer de la coke, peut-être même qu'elle l'avait vu donner des ordres à des gens, mais elle ne voulait rien nous dire.

– Comment ça se fait qu'elle se soit retrouvée aspirée dans ce monde ? Ça semble inhabituel, une fille comme ça, fraîchement sortie du lycée, qui se retrouve plongée dans cet univers de paillettes. Les gens ont des doubles vies, mais à la surface, rien ne suggère qu'elle ait été une fêtarde. Est-ce que vous croyez qu'elle savait qu'elle transportait de la cocaïne ?

– Non, et ce n'était pas le genre de fille à faire la fête. Elle travaillait pour son paternel, elle voulait aller à l'université, elle était fière de ses résultats scolaires. Le dépravé, c'était le prof.

– Brian Dunn. »

J'ai repensé à la photo chez Isobel. Le professeur entouré de lycéennes, toutes souriantes et joyeuses.

« Oui, ils sortaient plus que probablement ensemble. Elle était très protectrice envers lui. Elle le regardait avec des étoiles dans les yeux, ce genre de chose. Lui, je voulais le coffrer plus que tous les autres. Enfin quoi, vraiment, vous appelez une de vos élèves pendant qu'elle est à l'étranger – c'était une gamine impressionnable, et lui, c'était le type cool en Harley – et vous vous arrangez pour qu'elle fasse la mule pour vous. Il était proche de Stone. Ne me demandez pas comment. Il traînait avec Stone, profitant du champagne, des voitures de sport et de l'accès à son hôtel cinq étoiles.

– Est-ce que son petit ami, son véritable petit ami, celui qui a découvert le corps, était au courant pour Dunn ?

– Il devait. »

Une crise de jalousie s'achevant par la mort d'Isobel était une piste que je devais explorer.

Une autre idée m'a traversé l'esprit : peut-être que Dunn et Isobel étaient amants, et peut-être qu'il était venu chez elle plus tard cette nuit-là. L'idée de deux gamins de dix-huit ans, tout juste sortis du lycée, s'adonnant à une pratique sexuelle étrange accrochés à une porte semblait tirée par les cheveux, mais un type qui roulait en Harley, un type significativement plus âgé qu'Isobel, un type qui l'avait convaincue de rapporter de la cocaïne en Australie... c'était différent. Dunn m'apparaissait déjà comme une sorte de prédateur, bien disposé à franchir la ligne jaune quand il s'agissait de passer du temps avec l'une de ses élèves... L'asphyxie érotique me semblait une hypothèse crédible si c'était avec Dunn qu'elle avait couché.

« Pourquoi vous ne l'avez pas mise sous protection ? »

Sullivan a enfourné une nouvelle fourchetée de nouilles et a parlé la bouche pleine.

« Oui, bon, ça ne dépendait pas de moi. C'est bien joli de dire ça après coup. Et puis, elle n'aurait plus que probablement pas accepté.

– Et les flics ? Ils étaient véreux ? Ils travaillaient pour Stone ? » Sullivan m'a regardé.

« On tournait autour d'eux. Il n'y avait pas de preuves. Pas de preuves contre qui que ce soit.

– Et c'est quoi, votre sentiment profond ?

– C'était il y a vingt ans. Plus, même.

– *C'était* quoi, votre sentiment profond ?

– Qui avait le plus à perdre ?

– Stone.

– Exact. Il l'a tuée. J'en suis certain. S'il ne l'a pas fait lui-même, il a donné l'ordre qu'on l'attache et qu'on fasse passer ça pour un suicide.

– Vous croyez qu'un des quatre flics a pu le faire ? Encore une fois, juste votre sentiment – vous étiez là à l'époque.

– Non. Trop stupides. Non, pas stupides, juste débiles. Ils sont tous intelligents maintenant, vingt ans plus tard, assis derrière leurs bureaux dans votre QG, mais à l'époque c'étaient des mômes avec de grosses bites et pas de GPS pour les guider. Ils étaient impliqués, j'en suis certain – ça se voit quand un type a peur et se sent coupable, et je me rappelle encore les avoir vus pendant l'enquête du coroner. Ils avaient des choses à cacher. Putain, vous auriez dû les voir quand je me suis pointé, la trouille dans leurs yeux. Je croyais qu'on avait de quoi les serrer tous. Mais malheureusement, à ce stade, ce qu'on avait a fini dans des cartons, et on a tous été affectés ailleurs. »

Il y avait toujours eu une féroce rivalité entre les fédés et les agents de police. Fondamentalement, les membres de chaque organisation prennent ceux de l'autre pour des idiots. Et je n'étais pas certain que l'analyse de Sullivan ne soit pas biaisée par cette perspective.

« Qu'est-ce que vous aviez sur les quatre flics ? »

Sullivan a enroulé ses dernières nouilles autour de sa fourchette – il n'était pas adepte des baguettes, comme la plupart des flics qui venaient manger ici – et a marqué une pause avant de lever les yeux vers moi.

« Celui qu'ils appelaient Karloff...

– Boris Jones, ai-je dit.

– Il est quelque part à la campagne. Il est à la tête d'un petit commissariat rural, il surveille les kangourous et les tondeurs de moutons alcooliques. Il s'est tiré, a choisi de mener une vie calme et anonyme. Mais les autres, ce sont tous des grands pontes maintenant, Darian. »

En d'autres termes, Sullivan marcherait sur des œufs, histoire de ne pas caresser à rebrousse-poil des policiers influents et haut placés, même s'ils appartenaient à la police de l'État alors que lui était un fédé. Tout le monde assiste chaque année aux mêmes conférences de la police dans des hôtels de luxe à travers le pays et à l'étranger; tout le monde doit faire semblant de s'entendre harmonieusement.

« Rien n'a jamais été prouvé, rien de tout ça n'a fini devant un tribunal, a-t-il prudemment déclaré.

– Non, parce que votre témoin de dix-huit ans est mort.

– Oui, merci pour ça. J'ai eu ma part de culpabilité. C'est arrivé. C'était une erreur. »

Une erreur qui s'était produite alors qu'il était chargé de l'enquête. Mais je n'allais pas insister sur ce point. Nous avions tous du sang innocent sur les mains, parce que nous ne pouvions pas être partout à la fois ni prédire l'avenir.

« Si j'importais de la drogue et avais besoin de flics pour me protéger, je m'adresserais aux stups. C'est eux que j'arroserais, a-t-il dit. Mais Racine, Pappas, Jones et Monahan étaient des agents en uniforme. Ils n'avaient aucune influence.

– Mais c'étaient des flics, et ils pouvaient transporter des choses pour lui sans éveiller les soupçons. Un deal de drogue sera toujours plus sûr si vous avez un flic pour le faire à votre place. »

Il a acquiescé.

« Et pourquoi ne pas avoir un agent en civil pour cogner quelques têtes les unes contre les autres, histoire que tout le monde reste dans le droit chemin. Plus efficace qu'un gorille maori ou qu'un petit malfrat », ai-je ajouté.

Il a acquiescé une fois de plus.

« Racine s'est acheté une jolie maison à St Kilda. Pappas s'est offert une Porsche. La femme de Jones a arrêté de travailler et payé à l'avance les frais de scolarité de ses gamins. Monahan a emmené sa petite amie faire un tour du monde en première classe à Noël cette année-là. Ils n'étaient pas très futés. À l'époque.

– Vous autres, vous mettiez une sacrée pression sur la fille. Stone lui mettait une sacrée pression. Quatre flics ont débarqué chez elle. A-t-elle montré le moindre signe d'extrême anxiété, de dépression, quoi que ce soit qui pourrait laisser penser à un suicide ? »

Sullivan s'est penché en arrière et a descendu la fin de sa bière. Nous avions tous les deux englouti notre repas, et les assiettes avaient été débarrassées. Je lorgnais les beignets à la banane, l'un de ces plaisirs coupables qui semblent si appropriés à la fin d'un repas chinois.

« Oui, vous autres de la criminelle êtes obligés de poser cette question, pour éliminer toutes les possibilités. Mais vraiment, Darian ? Elle se désape, elle s'enroule une cravate autour du cou, elle l'attache à un crochet métallique derrière la porte de sa chambre, et elle fait ses adieux ? J'ai vu des trucs bizarres, probablement pas autant que vous, mais ça n'a aucun sens pour moi. J'ai des filles. À partir de dix ou onze ans, tout ce qu'elles veulent faire, c'est se couvrir. Elles sont embarrassées par leur corps. Psychologiquement, ça ne colle pas avec une jeune femme qui voudrait se suicider. »

J'ai approuvé. Je n'aurais pu le formuler mieux moi-même.

« Je vais prendre des beignets à la banane, a-t-il déclaré. Et vous ? »

Stigmates du passé

Isosceles avait apporté à Maria un gros bouquet de lis roses, une boîte de chocolats Lindt, et deux grands tableaux blancs, qui étaient désormais posés sur une table, appuyés contre le mur principal de son salon.

Il avait passé les derniers jours à éplucher le dossier et à essayer de localiser tous les protagonistes : les amis d'Isobel qui étaient à la fête ; Dunn, le professeur ; Tyrone, le petit ami ; Ruby Jazz, la fille au nom de dingue qui avait soi-disant emmené les quatre flics de la boîte de nuit dans le centre-ville à la maison dans South Yarra ; et, naturellement, Dominic Stone, qui possédait une maison à Toorak, une autre sur la plage à Portsea, un appartement à Vanuatu, et une maison de vacances quelque part en Europe.

Une photo d'Isobel, tirée de son annuaire de lycée, était collée au bord de l'un des tableaux blancs. Je suis allé l'examiner. Sur ce cliché, elle semblait avoir la vie devant elle. Je me rappelais avoir lu des articles sur sa mort à l'époque. J'étais toujours en uniforme. Lorsque j'avais rejoint la criminelle des années plus tard, j'avais suggéré à mon boss de rouvrir le dossier, car ça m'ennuyait que son décès demeure irrésolu. Mais on m'avait dit de la fermer et de me concentrer sur les dossiers en cours. Il y avait des centaines d'affaires d'homicides chaque année, et c'était pour elles que j'étais là. Et puis, avait déclaré mon patron, faisant écho à la croyance populaire, c'était un suicide.

Alors c'était ce que j'avais fait. Je l'avais oubliée.

Au cours des derniers jours, j'avais mis la vie de cette fille sens dessus dessous, analysant son comportement sexuel, envahissant son intimité, comme on le fait quand on essaie de retrouver un assassin. Je finirais par la connaître mieux que quiconque ; moi, le type qui enquêtait sur sa mort plus de vingt ans plus tard. Elle et moi deviendrions intimes. Je verrais des aspects d'elle qu'elle n'avait jamais montrés à son père, ni à ses amis, ni à son petit copain. J'examinerais chaque angle, chaque pensée, à mesure que je continuerais de m'immerger dans son monde.

Maria était à la maternelle quand Isobel était morte. Elle me l'avait dit tandis que nous refermions le portail de la maison de cette dernière et retournions vers ma voiture. Une gamine dans une cour de récréation quelque part sur la Sunshine Coast, et une jeune femme ici à l'autre bout du pays, sur le point de vivre le dernier jour de sa vie ; et désormais, après tout ce temps, elles étaient liées et travaillaient ensemble. J'ai ignoré cette pensée car je ne savais qu'en faire. Les vies qui se croisaient pouvaient signifier beaucoup pour ceux qui croyaient au destin, et rien du tout pour les types comme moi qui ne croyaient en rien.

Isosceles a interrompu ma rêverie.

« Brian Dunn est désormais principal adjoint à St Josephine. C'est une école pour filles à Toorak. »

Je me suis retourné et ai vu Maria qui le dévisageait d'un air incrédule.

« Une école pour *filles* ? Principal adjoint ?

– C'est un membre très respecté de la communauté éducative de Melbourne, a-t-il ajouté, manifestement inconscient de la colère qui bouillonnait en Maria.

– Qui a couché avec son élève de dix-huit ans *et* qui lui a fait importer de la cocaïne ! s'est-elle écriée.

– Je doute que la direction de St Josephine soit au courant de cette partie de son passé, a-t-il observé, percevant désormais sa rage.

– Elle le sera quand j'en aurai fini avec lui. »

J'ai hésité à la remettre à sa place ; nous avions un boulot à faire, et il ne s'agissait pas de se venger d'un prof dépravé qui avait mis son élève en péril en lui demandant de transporter de la cocaïne. J'avais besoin que Maria reste concentrée sur la quête de la vérité quant à la mort d'Isobel, pas qu'elle cherche à faire tomber Dunn, même si les deux pouvaient au final se révéler être une seule et même chose. Néanmoins, une farouche détermination à obtenir justice est une saine motivation pour un enquêteur, et pour la première fois depuis que Maria et moi travaillions ensemble, elle s'était montrée à cran, chose que je pouvais comprendre et qui différait de son habituelle approche pragmatique. Ça me plaisait. Je sentais, pour la première fois, que ce coup-ci nous faisions vraiment équipe.

« Au fait, Maria, a repris Isosceles, j'aimerais te féliciter pour ta tenue, aujourd'hui. »

Elle lui a souri. Normalement, n'importe quelle femme vomirait en entendant une telle ânerie, mais elle savait que c'étaient les bizarreries d'Isosceles et son manque d'interactions avec les autres qui lui faisaient proférer de telles absurdités.

Il s'est tourné vers moi.

« Tu veux la suite de ce que j'ai découvert sur nos suspects et les personnes impliquées ?

– Continue avec Dunn. Un casier ?

– Vierge.

– Où habite-t-il ?

– Il a acheté un appartement dans Darling Street, dans South Yarra, il y a de nombreuses années. Il vit seul. Ne s'est jamais marié. »

J'ai acquiescé.

« OK. La suite.

– Après la mort d'Isobel, Tyrone a quitté l'Australie et voyagé en Asie et en Inde pendant cinq ans. Il est revenu en 2001 et a ouvert un petit magasin de produits bio à Northcote, qui a fait faillite un an plus tard. Il a vivoté, eu divers petits boulots, et maintenant il est prof de natation. Il s'est marié en 2008, habite à Coburg, et a deux enfants.

– Un casier ?

– Oui. »

Il y a eu un silence, durant lequel nous nous sommes tous observés. Parfois, parler à Isosceles, c'est comme parler à un robot.

« Tu veux bien nous éclairer ?

– Sa femme a obtenu une ordonnance restrictive contre lui il y a trois ans.

– Pourquoi ?

– D'après les dossiers du tribunal, il buvait excessivement et s'était montré menaçant et violent envers elle et ses enfants, deux filles.

– Est-ce qu'ils sont toujours ensemble ? a questionné Maria.

– Oui. Elle a demandé l'annulation de l'ordonnance restrictive au bout de quinze jours, et ils vivent toujours ensemble.

– Autre chose à part cette ordonnance ? ai-je demandé.

– Non. Je continue ? »

J'ai acquiescé.

« Nick Racine, Aristotle Pappas et Jacob Monahan sont tous basés au QG de St Kilda, comme vous le savez. Boris Jones dirige le commissariat de Nhill.

– Nhill ? C'est quoi, Nhill ? l'a interrompu Maria.

– Un minuscule bled près de Little Désert, à environ quatre heures de route d'ici, ai-je répondu.

– Contrairement aux trois autres agents qui étaient chez Isobel ce soir-là, a poursuivi Isosceles comme si Maria n'avait rien demandé et que je n'avais pas répondu, Boris a choisi de quitter Melbourne très rapidement et a déposé une demande de transfert trois mois après sa mort. Il est à Nhill depuis.

– Tu n'as pas dit que c'était le plus ambitieux des trois ? m'a demandé Maria.

– Si. Je ne le connais pas, mais j'ai entendu dire qu'il aimait se vanter qu'un jour il serait commissaire. Est-ce qu'il y a quoi que ce soit sur l'un d'eux depuis la mort d'Isobel ?

– Rien. Tous clean. Pas même une amende pour conduite en état d'ivresse, a répondu Isosceles.

– Parle-moi de Ruby Jazz.

– Après avoir fait sa déposition à la police, qui confirmait qu'elle était bien tombée sur les quatre flics à la boîte l'Underground dans le centre-ville et les avait invités à la fête chez Isobel, puis était repartie avec eux vers minuit et demi, miss Ruby Jazz a promptement disparu. Je ne trouve aucune trace d'elle.

– C'était une camarade de classe d'Isobel ? a demandé Maria.

– Si c'était le cas, elle ne figure pas dans l'annuaire du lycée. Évidemment, je suppute que Ruby Jazz n'était pas son vrai nom. »

J'avais déjà entendu Isosceles utiliser le mot *supputer*. Je n'étais pas certain de ce qu'il signifiait, mais je saisissais l'idée générale.

« C'est le nom qui figure sur sa déposition, ai-je observé.

– Je ne crois pas qu'on puisse dire que la police ait enquêté sur la mort d'Isobel avec beaucoup de rigueur, même quand il est devenu clair qu'elle était sous l'emprise de la police fédérale et que quatre agents en activité de la police de Victoria s'étaient rendus à la fête. Les détails figurant dans les dépositions et les dossiers correspondants sont, au mieux, maigres, a déclaré Isosceles.

– Parce qu'ils se sont tous contentés de jeter un coup d'œil à la photo de la scène de crime et ont estimé que c'était une imbécile qui s'était adonnée à un acte sexuel violent et qu'elle avait eu ce qu'elle méritait, a dit Maria, sa colère montant encore d'un cran.

– Oh, doux Jésus, John Kerry est un tel *abruti* ! » s'est exclamé Isosceles tout en regardant son smartphone.

Maria et moi l'avons dévisagé. Ce que cette déclaration pouvait avoir à voir avec l'enquête – avec quoi que ce soit, à vrai dire – nous échappait complètement.

Il a levé les yeux vers nous.

« Oh. Excusez-moi. Je reçois des tweets sur la situation en Crimée, et cet idiot avec sa tête de monstre et ses cheveux bouffants vient de réduire l'invasion de la Crimée par les Russes à *Rocky IV*. »

Ça ne nous aidait pas vraiment. Nous avons continué de le dévisager.

« *Rocky IV*, le film.

– Celui avec Dolph Lundgren », a déclaré Maria, toujours manifestement déconcertée.

Je savais que c'était lié à l'obsession d'Isosceles pour la relativement obscure guerre de Crimée qui s'était déroulée au XIXe siècle. J'avais vu les nouvelles annonçant que Poutine était en passe d'annexer cette partie de l'Ukraine, mais j'avais besoin qu'il en revienne à l'enquête.

« Tu peux poser ce téléphone, faire taire ces tweets, et rester concentré ? ai-je demandé.

– Bien sûr, Darian. Mes excuses. »

Il s'est tourné vers Maria et s'est presque incliné.

« Mes excuses à toi également, Maria.

– Peut-être que Tyrone se souviendra d'une amie d'Isobel qui se faisait appeler Ruby Jazz ? a suggéré Maria, revenant au sujet qui nous occupait.

– Elle est vraiment importante, ai-je dit à Isosceles. Son témoignage contribuera à éliminer les flics. Ou pas. »

Une idée m'est alors venue et je me suis tourné vers Maria.

« Appelle Casey. Vois s'il se souvient d'une strip-teaseuse ou d'une danseuse ou d'une artiste burlesque du nom de Ruby Jazz. »

Elle m'a regardé longuement, comme pour dire : *Je préférerais ne pas le faire*, puis elle a acquiescé, a marché jusqu'à la porte coulissante et est sortie sur le balcon.

« Bordel, ça caille ici ! » s'est-elle écriée tandis qu'elle prenait son téléphone pour l'appeler.

Isosceles a passé en revue la liste des invités à la fête. Trois étaient morts, deux avaient déménagé à l'étranger, et les autres, tous des amis d'Isobel, étaient encore dans la région de Melbourne. Leurs dépositions originales étaient cohérentes. La fête avait débuté vers dix-neuf heures, Isobel s'était soûlée et avait peut-être fumé un peu de dope (selon que les témoins voulaient ou non garder cette partie de la soirée secrète), et ils avaient tous commencé à rentrer chez eux vers deux heures, laissant Isobel et Tyrone en train de faire la vaisselle dans la cuisine.

Aussi bien le coroner que son assistant étaient morts, ce qui était immensément frustrant. J'aurais adoré savoir ce qui lui était passé par la tête quand il avait examiné les indices et les accusations qui lui étaient présentés et avait opté pour des conclusions ouvertes, ce qui, fondamentalement, signifiait qu'il ne pouvait pas officiellement déterminer si le décès d'Isobel était le résultat d'une asphyxie volontaire, d'un accident ou d'une agression.

Ce que les coroners ne mettent *pas* dans leurs rapports, surtout quand la mort est controversée, est souvent la vérité. Mais elle n'est pas consignée si elle ne peut être étayée avec la rigueur exigée par le procureur.

J'ai entendu Maria hausser la voix sur le balcon, et, après un moment de silence, elle est revenue, tel un Spartacus assoiffé de sang partant en guerre.

« Ruby Jazz était une strip-teaseuse et une prostituée mineure dont la spécialité était de se produire dans son uniforme scolaire et qui fréquentait les cercles de flics et certains propriétaires de boîtes de nuit. "Je jure que ça ne s'est passé qu'une seule fois, chérie", ont été les derniers mots qu'il vient de prononcer. »

Aussi délicatement que possible, tentant de ne pas la faire enrager encore plus, j'ai demandé :

« Est-ce que Casey se souvient de son vrai nom, par hasard ?

– Il croit que c'était Holly quelque chose, et il croit qu'elle avait un appartement dans Esplanade à St Kilda, qui, selon lui, lui avait été fourni par un gangster italien nommé Mario Brugnano. Mais il n'en est pas sûr, *parce que je ne suis jamais allé la voir là-bas, chérie, je te le promets.* Merci de m'avoir entraînée dans cette enquête, Darian. »

Évidemment, c'était ma faute.

Je n'avais jamais entendu parler d'un gangster italien nommé Mario Brugnano, mais je me suis tourné vers Isosceles et ai dit : « Je crois que tu en as assez pour continuer. »

Il a acquiescé. Il n'était clairement pas équipé pour affronter la râleuse en furie qui se trouvait dans la pièce.

« Où est Stone ? ai-je demandé.

– Juste de l'autre côté de la colline, dans sa maison de Toorak.

– OK. Bien. »

J'ai regardé les tableaux blancs.

« Ils sont tous sous surveillance ?

– Bien sûr. Téléphones, Google, e-mail, le moindre caractère saisi sur le clavier. La dernière fois que j'ai regardé, notre M. Stone lisait le dernier numéro de *Gizmag Magazine*.

– Il quoi ? »

Isosceles s'est penché sur son ordinateur portable, l'a réveillé et a pianoté sur le clavier. Quelques secondes plus tard, nous regardions le visage, en plein écran, d'un homme âgé, manifestement riche et bronzé. Lui aussi regardait son écran, ses yeux le balayant de gauche à droite tandis qu'il lisait ce qui se trouvait devant lui.

« J'ai appris ça d'amis de la NSA. Je me suis introduit dans son système et j'ai installé une caméra espionne – en utilisant la caméra intégrée en haut de son portable. J'ai fait la même chose à tous. Stone passe des heures à lire *Gizmag*, qui recense toutes les dernières technologies apparues aux quatre coins du monde. Ils ont parlé de l'imprimante 3D au moins un an avant la presse grand public. »

Maria et moi nous sommes penchés en avant, nos visages touchant presque l'écran tandis que nous observions l'homme devant nous. Était-ce notre tueur ?

L'inconnu

aria se réveilla à trois heures et tenta de se rendormir, mais n'y parvint pas. Le bruit du vent qui balayait Davis Avenue, tordant les branches des vieux ormes, maintenait son esprit dans un état d'excitation. Elle avait faim. Elle n'avait pas eu le temps de faire un stock d'aliments de base, des choses comme des céréales, du miel, du pain et du café. Normalement, elle aurait soigneusement sélectionné tous ces articles dans un grand supermarché où elle aurait pu trouver du commerce équitable et du bio, mais sa faim et son envie de café furent les plus forts. Elle se leva, enfila un jean, un tee-shirt et des baskets. Il y avait un 7-Eleven au coin de la rue. À cette heure matinale, ils auraient peut-être même le journal local, qu'elle pourrait lire tout en mangeant. Elle attrapa ses clés et sa veste, sortit de l'appartement, descendit l'escalier, et quelques instants plus tard, elle se tenait sur le trottoir.

Au-dessus d'elle, les branches des arbres oscillaient, le jaune terne des réverbères projetant des ombres mouvantes et inquiétantes dans la rue, qui était déserte et scintillante à cause de la pluie qui était tombée durant la nuit.

Elle serra fermement sa veste autour d'elle et marcha vers Toorak Road, qui était illuminée comme un carnaval. Les trams commenceraient à rouler vers cinq heures. Elle n'était pas encore habituée au vacarme qu'ils faisaient tandis qu'ils filaient en grondant au milieu des rues de Melbourne.

Elle passa devant l'une des nombreuses ruelles étroites qui coupaient Davis. Tout le quartier comportait un dédale secondaire de minuscules allées pavées. Darian lui avait parlé d'un violeur en série particulièrement vicieux qui s'y cachait pour harceler et agresser ses victimes au milieu des années 1980. Sa capture avait mené à la formation d'une brigade des viols afin d'enquêter exclusivement sur ce type de crime; jusqu'alors, les femmes avaient dû porter plainte auprès de jeunes abrutis au guichet de commissariats locaux. Elle pensa aux crétins qui tenaient souvent le guichet de son commissariat à Noosa Hill. Flippant. *Vous êtes sûre que vous n'étiez vraiment pas d'accord ?* Ou : *Peut-être que quand vous avez dit non, vous vouliez en fait dire oui.*

Darian avait décrit les tristement célèbres meurtres de Walsh Street, de l'autre côté de Toorak Road, jusqu'après la colline depuis l'endroit où elle se tenait, quand deux jeunes agents étaient tombés dans une embuscade et avaient été assassinés en représailles après que le meilleur ami du tueur avait été abattu par d'autres flics lors d'un échange de coups de feu. Il lui avait aussi parlé d'une décapitation dans les Jardins botaniques royaux, douze ans plus tôt, et d'une fille de quinze ans qui avait été étranglée par une autre plus âgée juste à côté de la boutique d'Eli. Il avait évoqué à peu près chaque meurtre dont il avait connaissance tandis qu'ils sillonnaient les rues. On aurait dit le guide touristique de l'enfer. Après avoir entendu l'histoire d'une femme qui s'était pris une balle en pleine face de la part d'un amant jaloux, pas loin du restaurant France-Soir, Maria lui avait dit : « Assez, *assez* ! Arrête de définir cette ville – cette très belle ville – par les meurtres qui s'y sont produits. » Il avait éclaté de rire, fait demi-tour, et repris Toorak Road en sens inverse avant de se garer juste en haut de la colline à côté de l'angle avec Davis.

« Descends », avait-il dit.

Elle avait obéi.

« Quoi, un triple meurtre d'enfants de cinq ans ? » avait-elle demandé.

Il avait ri de nouveau, ce qui ne lui arrivait pas souvent. De fait, elle ne l'avait jamais vu rire au bord de la rivière Noosa.

Peut-être qu'il se sentait chez lui, ici. Alors qu'elle, certainement pas.

Il avait alors désigné une agence immobilière située dans un
vieux bâtiment de deux étages datant des années 1920, à l'angle
de Toorak et d'une autre rue étroite.

« Ça, c'était le restaurant le plus célèbre de Melbourne.
D'ailleurs, on pourrait même dire que c'était le restaurant
le plus célèbre de tout l'hémisphère Sud. Depuis peut-être les
années 1930 jusqu'aux années 1960. Je n'y suis jamais allé,
évidemment, mais Copeland, notre cher commissaire, y allait
quand il était gosse. Son père l'y emmenait, tous les vendredis
soir. Toujours le même repas : œuf dur-purée.

– Dans le restaurant le plus célèbre de l'hémisphère Sud ?

– Oui, bon, c'est pour ça qu'il est devenu si célèbre. Ils étaient
heureux de répondre aux excentricités de leurs clients. »

Il avait alors tendu le bras et saisi sa main. Elle l'avait dévisagé un moment, puis elle avait cédé et s'était laissé entraîner
jusqu'au bord de la rue. Les voitures filaient devant eux.

« Le restaurant s'appelait Maxim's. Un soir, en 1959, Fred
Astaire y dînait. Il tournait ce film sur la fin du monde, *Le
Dernier Rivage*, avec Ava Gardner.

– C'est qui Ava Gardner ?

– Elle était très célèbre. Une énorme star hollywoodienne.

– Mais je sais qui est Fred Astaire, avait-elle rapidement ajouté,
légèrement sur la défensive.

– Bref, Fred était un peu bourré. À leur départ, le personnel a
tenu la porte pour lui et miss Gardner, et ils sont sortis sur le
trottoir juste ici. »

Il avait désigné le long ruban de Toorak Road.

« Il devait être environ minuit et le quartier était désert. Fred
Astaire s'est planté au milieu de la rue, comme ça… »

Et, à l'horreur de Maria, Darian l'avait entraînée à travers la
circulation dense et s'était arrêté pile au milieu de Toorak Road.
Personne n'avait klaxonné. Ici, les piétons traversaient tout le

temps en dehors des clous – même s'ils ne s'arrêtaient pas au milieu de la route, sur les voies de tram, pour admirer le paysage.

« … et il est descendu en faisant des claquettes jusqu'au bas de la colline.

– Ouah ! » s'était-elle exclamée, le bruit de la circulation se dissipant brièvement tandis qu'elle s'imaginait le grand homme, peut-être vêtu d'une queue-de-pie et d'un haut-de-forme, faisant des claquettes sur un boulevard désert, sous le simple regard d'une collègue actrice et d'une poignée de serveurs ébahis, à une époque où le monde était, s'imaginait-elle sans pouvoir en être certaine, un endroit meilleur et plus sûr.

Elle crut entendre des pas derrière elle. Elle s'arrêta, se retourna.

Elle ne vit personne. Elle leva les yeux vers l'appartement de Darian. Ses lumières étaient éteintes. Toorak Road se trouvait juste un peu plus loin. Peut-être que c'était à cause de toutes ces histoires qu'il lui avait racontées, ces meurtres dans chaque rue, mais elle avait un peu la trouille et aurait aimé que le soleil la baigne de sa lumière.

Elle continua de marcher. Elle crut entendre une voix d'homme qui murmurait. Une fois encore, derrière elle.

Elle s'arrêta et se retourna. Rien. Elle se posta au milieu de la rue pour avoir une meilleure vue de son environnement.

Elle écouta le vent qui agitait les branches des arbres, les faisant s'entrechoquer au-dessus d'elle, et elle eut la certitude d'entendre un homme dire, dans un murmure que le vent avait charrié jusqu'à la rue : *Je n'aime pas tuer des flics.*

Était-ce son imagination ?

Au lieu de se hâter vers les lumières de Toorak Road, elle commença à remonter Davis, au milieu de la rue, scrutant chaque côté, les arbres et les jardins élégants des maisons et des immeubles.

Y avait-il quelqu'un ?

Avait-elle vraiment entendu une voix dire ça ?

Lorsqu'elle atteignit le bout de Davis, elle n'était qu'à un pâté de maisons de chez Isobel, où Darian et elle s'étaient rendus la veille dans la matinée. Le mausolée. Elle n'avait vu personne dans la rue, ni sur le trottoir, ni caché derrière un arbre ou dans l'un des jardins. Toorak Road était désormais loin derrière elle. Elle continua de marcher. Mais cette fois, se guidant grâce au clair de lune, elle s'engagea dans l'une des petites allées.

Elle longea trois ruelles étroites, l'une après l'autre. Les pavés étaient de gros blocs de basalte que les détenus avaient été forcés de déterrer à travers l'État de Victoria. Puis ils avaient sculpté la pierre en carrés, qu'ils avaient apportés en ville et posés sur le sol, créant ainsi les premières routes au début du XIXe siècle. C'était Darian qui lui avait raconté tout ça. Recouverts d'une brume de bruine, ils avaient des reflets bleutés tandis qu'elle marchait dessus. Au bout de quelques minutes, elle se retrouva devant la clôture en bois qui entourait l'arrière de la maison d'Isobel ; elle la reconnut car Darian et elle avaient examiné le jardin après en être sortis. Il n'y avait eu aucun signe d'effraction dans la maison, et l'hypothèse était qu'Isobel avait laissé la porte de derrière déverrouillée, de même que celle de devant. L'un des premiers flics sur les lieux, un type de la criminelle, avait mentionné dans un rapport qu'il avait eu le sentiment, sans pouvoir le prouver, que quelqu'un avait escaladé la clôture. Mais c'était une simple phrase enterrée au cœur du dossier. Quelques arbustes endommagés avaient pu indiquer que quelqu'un avait sauté dans le jardin. Peut-être. Ça semblait tiré par les cheveux, mais les flics ont un sixième sens bizarre.

Curieuse, Maria escalada aisément la clôture et atterrit sur la surface en briques rouges du jardin à côté d'un imposant eucalyptus.

Un homme se tenait devant elle, indistinct, vêtu de noir. La lueur des réverbères n'arrivait pas jusqu'à lui, et le clair de lune était obscurci par la voûte de l'eucalyptus.

« Merde ! » l'entendit-elle s'exclamer alors qu'il se mettait à courir vers elle.

« Merde ! » s'entendit-elle dire à son tour lorsqu'il la percuta.

Elle tomba, sa tête heurta les briques. Elle tendit la main pour tenter de l'agripper, songea à le retenir en lui faisant un croche-pied.

Il tomba à son tour.

Elle voulut se relever, mais sa tête lui faisait un mal de chien, et elle avait l'impression que son épaule était fracturée.

Elle sentit alors qu'on la soulevait et qu'on la tenait en l'air. Elle était incapable de contrôler son corps, ses jambes et ses bras s'agitant tandis que l'homme la portait. Elle essaya de lui donner des coups de pied, de le mordre, de lui cracher dessus.

Il la jeta violemment sur les briques, puis se laissa tomber à son tour sur elle, de tout son poids.

« Salope, l'entendit-elle dire tandis qu'elle heurtait violemment le sol noir. Je n'ai vraiment pas envie de tuer une flic », ajouta-t-il alors que son genou commençait à écraser la nuque de Maria.

Elle entendit une sirène au loin. Elle vit une lumière toute proche. Elle entendit une berceuse. C'était sa mère au pied du lit. Elle vit une explosion, une voiture faisant des tonneaux sur la Bruce Highway puis volant en éclats, formant cent mille points lumineux, elle vit une femme courant à travers un champ et secourant des personnes en flammes, elle vit une femme tirer un coup de feu et un homme chanceler, tomber, s'effondrant par terre, et elle vit une tombe creusée dans la terre près d'un estuaire, où son corps avait été jeté, et elle vit le mort lui sourire, elle vit un danseur descendre un boulevard en faisant des claquettes et un amant encercler des hommes sur sa moto puis les écraser encore et encore, et elle vit ce même amant avec sa démarche arrogante et sa queue-de-cheval faisant balancer son corps couvert de tatouages tout en arborant un sourire qui disait : *Bon sang, ce que je t'aime, chérie*, et elle entendit le tonnerre au loin, comme le son d'un avion de guerre qui vient de passer mais dont le grondement se prolonge dans le ciel pendant cinq minutes, même s'il a peut-être déjà atteint un autre espace aérien, et elle sentit le toucher de son père, qu'elle n'avait jamais connu, et elle relut pour la énième fois la lettre qu'elle avait reçue à huit ans, adressée à son école, cette lettre qui disait : *Je t'aime tellement*, et *S'il te plaît pardonne-moi*, et elle vit une obscurité s'abattre et entendit Leonard Cohen évoquer en chanson l'aube naissante, et elle se rappela la fois où elle avait volé le rouge à lèvres de Jackie et s'était maquillée, et celle où elle avait embrassé Billy Waterson lors de son neuvième anniversaire dans un pub de Cooroy, et la fois où elle était montée à cheval et avait hurlé de peur et où, malgré les paroles réconfortantes de ses parents, elle avait dû descendre, et la première fois qu'elle avait tenu une arme, et alors elle se rappela, une fois de plus, avoir fait feu et vu l'explosion rouge dans le dos de l'homme et pensé : *Darian, tu m'as piégée*, et s'être endormie au volant tandis que le soleil commençait à se coucher, et elle songea à la planche de surf qu'elle avait fait acheter à sa mère mais qu'elle n'avait jamais utilisée, et à cet idiot blond nommé Dave qui lui avait montré son sexe pendant le bal de fin d'année en disant : *Ça te dirait !*, et elle avait éclaté de rire et était partie en courant, et plus tard, Dave et ses copains lui avaient lancé depuis l'autre côté de la rue, à Maroochydore : *Espèce de connasse frigide*, et alors elle s'était précipitée chez le marchand de journaux et s'était réfugiée derrière un exemplaire de *New Idea* avec Kylie Minogue en couverture, et elle songea à son amant avec une fille de dix-sept ans qui se pavanait dans un uniforme d'écolière et vivait dans un appartement qui appartenait à un gangster au nom étrange, mais moins étrange que Ruby Jazz, et au fait que la première fois qu'elle l'avait rencontré elle lui avait pardonné son passé tout en sachant qu'il était le propriétaire d'un club de strip-tease et avait dû coucher avec des centaines de filles, avant même qu'elle soit née, et pourtant, maintenant, tandis qu'elle s'enfonçait dans le noir, ça lui semblait une telle trahison, et elle se demandait si elle trouverait un jour un homme qui l'adorerait pour toujours, et, vraiment, était-elle si naïve ? Elle entendit le souffle du vent dans les branches des ormes et la lune sur sa peau, elle entendit le bruit de la nuit. Elle s'imagina avec Darian à ses côtés, la sensation de son torse et la pression de son corps dans le sien, l'odeur de son souffle et l'expression dans ses yeux tandis qu'il jouissait en elle. Elle vit une vieille femme, et c'était elle. Elle entendit des os se briser, et c'étaient les siens. Elle entendit des enfants courir vers elle. Elle sentit les remous d'une rivière et l'ondulation de la mer et vit qu'elle flottait au large des côtes fidjiennes. Elle vit un enfant sur un terrain de jeu, entouré de garçons, et elle entendit leurs cris. Elle entendit les pas de soldats traversant la toundra gelée de Sibérie et vit un vieil homme nommé Eli alors enfant en train de regarder à travers une clôture de barbelés tandis que l'écho de leur approche se matérialisait et que des hommes à cheval apparaissaient à l'horizon après deux jours de voyage, la terre si immobile et plate que le son portait sur des centaines de kilomètres. Elle entendait ces battements et sentait son souffle la quitter, et elle savait que cet homme en noir était en train de l'anéantir, comme quelqu'un avait anéanti Isobel plus de vingt ans plus tôt.

Puis elle entendit un coup de feu.

L'homme au bras d'or

Elle avait appelé Tyrone et l'avait prévenu qu'elle passerait la nuit chez son père, que ce n'était donc pas la peine qu'il vienne comme ils l'avaient prévu. Elle le verrait le lendemain. Elle le rappellerait en rentrant chez elle.

Il ne voyait rien à redire à ça. Il ne soupçonnait rien. Il ne soupçonnait jamais rien.

Dominic était entré dans le penthouse en lançant un « La voici ! », et il lui avait serré la main comme s'ils étaient de vieux amis. Il portait un costume blanc et une chemise rose, dont Brian avait informé Isobel qu'ils venaient de Savile Row, et il avait le visage lisse, bronzé et doux, un sourire tout en dents. Son long nez lui évoquait la Perse, mais elle n'aurait su dire pourquoi. Il avait une épingle accrochée au milieu de sa cravate rouge à points bleus, il sentait l'après-rasage, souriait tout le temps, et ses chaussures, dont Brian l'avait également informée qu'elles venaient d'une boutique de luxe à Londres, étaient tellement astiquées qu'elles lui faisaient penser aux talons hauts vernis de sa mère, ses souliers préférés. Il parlait doucement et transpirait la confiance en soi. Souvent elle l'avait vu avec les boutons de sa chemise défaits, afin de révéler son torse poilu. Une épaisse chaîne en or était accrochée à son cou, et à son poignet se trouvait une Rolex en or, sertie de diamants, dont Brian l'avait informée qu'elle valait plus de deux cent mille dollars.

Brian regarda Dominic la guider vers l'un des divans et s'asseoir sur une chaise face à elle. Une longue, longue table en verre recouverte des derniers numéros de *Vogue Paris* se trouvait entre eux. Elle remarqua que l'attitude de Brian changeait quand Dominic était là. Il était... elle avait du mal à définir ce que c'était, mais elle voyait bien qu'il voulait en mettre plein la vue. Ce qu'elle ressentait en présence de Brian semblait être ce que Brian ressentait en présence de Stone. Ce qui la perturbait.

Il n'essaiera pas de te faire peur, Isobel, il essaiera de faire de toi sa meilleure amie. C'était ce que les agents de la police fédérale lui avaient dit de Dominic. *Ce sera un numéro. Mais dis-lui ce que tu veux. Ou, hé, si ça se trouve, il n'essaiera même pas d'entrer en contact avec toi.*

Qui est-il? Je n'ai jamais entendu parler de Dominic Stone.

C'est le type qui a demandé à ton petit ami...

Ce n'est pas mon petit ami. C'est mon professeur.

OK, il a demandé à ton professeur de t'appeler et de te faire rapporter cette cocaïne en Australie. Dominic a conclu un marché avec un nouveau fournisseur, et il voulait vérifier la qualité.

Elle avait menti à la police. Elle avait rencontré Dominic Stone un certain nombre de fois. Brian, qui était alors encore M. Dunn, l'avait emmenée à l'Underground un soir. Ils avaient bu des vodkas martinis, dansé, et elle avait été présentée à une foule de gens, parmi lesquels, lui avait hurlé Brian dans l'oreille car la musique était si forte qu'elle n'entendait rien : « L'un des hommes les plus riches de la ville et l'un des plus marrants! » Après quoi Stone, tout bronzé et tout sourire, lui avait fait un baisemain comme dans un vieux film, ce qui, avait-elle estimé, était à la fois cool et un peu obséquieux.

C'était vers l'époque où elle finalisait sa candidature pour aller passer un trimestre en Bolivie, environ un an après qu'elle eut commencé à sortir avec Tyrone, et peu de temps après que M. Dunn l'eut retenue après le cours d'anglais pour lui demander si elle aimerait sortir le week-end. Elle n'avait rien dit à Tyrone. Ni à son père. Cette autre vie était un secret. Personne ne savait. Juste Brian et ses amis.

« Je suis ici pour t'aider, dit Dominic en s'enfonçant dans sa chaise et en tendant les jambes sur la table, posant ses pieds sur la couverture de *Vogue*. Dis-moi ce qui s'est passé, et je te dirai comment on peut régler ça.

– Après avoir récupéré mes sacs sur le tapis roulant, ces hommes ont marché vers moi. »

Isobel Vine ?

« Ils connaissaient mon nom. C'était comme s'ils m'attendaient. »

Tu peux nous accompagner, Isobel ? Nous devons jeter un coup d'œil dans tes bagages.

« Ils m'ont emmenée dans une pièce. Ils ont fouillé dans mes affaires et ils ont trouvé le paquet que je rapportais pour Brian.

– Et après, qu'est-ce qui s'est passé ? demanda Dominic, souriant, calme, détendu.

– J'ai essayé de faire comme si je ne savais pas comment il était arrivé là, comme si ce n'était pas moi qui l'avais mis dans mon sac.

– Mais ils ne t'ont pas crue.

– Non. Ils ont dit que j'étais dans un sale pétrin. »

Ça, c'est la prison, Isobel. Quel âge as-tu ? Dix-huit ans ? Sur le point de finir le lycée et tu te fais prendre en train d'importer de la cocaïne ? Ta vie est foutue, Isobel, et elle n'a même pas commencé.

« Mais ils t'ont fait une proposition, hein ? »

J'ai une fille de ton âge. C'est la vérité. Et elle fait des bêtises. Bon sang, moi aussi je faisais des bêtises quand j'avais ton âge. Je comprends. La police fédérale n'a pas pour habitude d'envoyer des ados en prison pour dix ans si ça peut être évité. Donc, Isobel, évitons ça. Qu'est-ce que tu en dis ?

« Qu'est-ce que tu as dit ? demanda Dominic.

– Je leur ai demandé ce qu'ils voulaient dire. Je flippais. Je pleurais et je n'arrivais plus à réfléchir. »

Tu veux un Coca, Isobel ? Un Coca, pas de la coke. Ha ! Quelque chose pour te relaxer. Tu dois te calmer.

« Qu'est-ce que tu as dit ? » a redemandé Dominic.

Il souriait, semblait toujours détendu, mais elle ne savait pas ce qu'il ressentait sous la surface.

« J'ai dit oui.

– Hmm, hmm. OK. C'est bien. C'est exactement ce que j'aurais fait. Car quelle était l'alternative ? Dire non et te faire inculper ? Les flics sont comme les anciens amants, ils sont sujets aux explosions de colère irrationnelle. Donc, qu'est-ce qu'ils veulent exactement que tu fasses ? Quels sont les termes de cette proposition qu'ils t'ont faite ? Je comprends quelle est leur part du marché – ils ne lanceront pas de poursuites –, mais quelle est ta part, Isobel ? Qu'est-ce qu'ils obtiennent de toi en échange ? »

Elle regarda Brian, puis de nouveau Dominic.

« Ils veulent que je leur dise tout ce que je sais sur Brian.

– Et ?

– Et... sur vous.

– Moi ?

– Oui.

– Ils ont mentionné mon nom ?

– Oui.

– Hé, Brian, on est célèbres ! Les fédés sont après nous ! Alors, Isobel, qu'est-ce que tu leur as dit ?

– Rien.

– Rien ?

– Je dois les revoir lundi.

– Qui ? Est-ce qu'ils t'ont donné leur nom ? Peut-être leur carte de visite ?

– Heu, oui. L'un d'eux s'appelait Sullivan, et l'autre, Bellini.

– OK. Parfait. Excellente mémoire. Tu peux te lever pour moi, Isobel ? »

C'était une requête étrange, songea-t-elle tandis qu'elle faisait ce qu'il lui avait demandé. Soudain elle regrettait son choix de tenue : minijupe rose moulante avec un débardeur blanc et un blouson de cuir noir.

Dominic se leva et marcha jusqu'à elle.

« Hé, ne sois pas offensée. Ni par mes soupçons. Ni par mes gestes. »

Il tendit le bras et l'attrapa, l'attira à lui et la maintint contre son corps pendant que ses mains couraient le long de son dos, sur sa jupe, ses fesses, puis faisaient le tour vers l'avant. Alors, en l'écartant un peu de lui, juste un tout petit peu, il passa les mains sur son ventre, sa poitrine, puis dans ses cheveux.

« Je cherche un micro, déclara-t-il. Je n'imagine pas une seconde en trouver un. Mais mieux vaut être certain. »

Pendant tout ce temps, elle tenta de rester immobile, mais ses yeux cherchaient Brian. Il regardait ailleurs.

« Fantastique ! » s'exclama Dominic lorsqu'il eut fini.

Il fit un pas en arrière et tapa dans ses mains tel un gosse sur le point de rencontrer le Père Noël.

« Très bien, allons tous faire la fête à Portsea ! Brian, appelle le *room service*, demande-leur de mettre une caisse de Krug dans le coffre de ma voiture. »

Assassin

J'ai abattu – même si exécuté serait peut-être un terme plus approprié – un certain nombre d'hommes en mon temps, et ils méritaient tous une mort prématurée, non parce que j'étais déterminé à me venger ou à faire justice, mais pour mettre un terme à leur capacité à anéantir la vie des autres. Je n'ai aucun regret, et comme je ne crois ni en Dieu ni en l'enfer, je dors sur mes deux oreilles. Je ne suis pas tourmenté par ces actes comme le sont la plupart des autres hommes et femmes. Les agents de police sont formés pour tirer avec un effet maximal, en visant la tête ou le cœur, si un violent criminel met en péril la vie d'un agent ou de toute autre personne. Les gens dénoncent souvent cet entraînement et laissent entendre que l'agent de police aurait dû, vraiment, viser une jambe, voire un bras, ou peut-être un pied. Conneries. Si quelqu'un se rue sur vous avec l'intention de vous faire mal et ignore les avertissements, il y passe. Point à la ligne. C'est ce qu'on nous enseigne, c'est ce qu'on apprend, c'est la seule option. C'est aussi l'un des pires cauchemars des flics : être confronté à un risque immédiat et très dangereux, pointer son arme sur quelqu'un qui ignore les avertissements, compter les millisecondes jusqu'au moment où l'on sait qu'on doit presser la détente et le tuer. Juste parce que le type refuse d'écouter et de s'allonger par terre.

Il y a très, très peu d'agents qui durent dans le boulot après un tel incident. Aucun flic ne rejoint les forces de l'ordre pour tuer. Même pas moi. J'en suis juste arrivé là après avoir, des années durant, vu des enfoirés sortir de prison et récidiver, après avoir vu des juges et des comités de probation à côté de leurs pompes gober des histoires de remords de la part de psychopathes sans cœur qui avaient appris à être charmeurs et à se comporter comme Leonardo ou Brad pendant qu'ils étaient en cellule, ou peut-être même avant, à l'école, quand ils alternaient entre torturer les animaux de leurs voisins et agresser les gamins dans la cour de récréation.

Dès que j'ai vu le balèze vêtu de noir à califourchon sur Maria en train d'essayer de l'étouffer, son genou lui écrasant la trachée pendant qu'il la tenait par les cheveux avant, sans doute, de lui écraser la tête sur le béton, j'ai visé avec mon Beretta et appuyé sur la détente.

Il est tombé immédiatement.

J'étais assis dans l'obscurité froide de mon balcon quand je l'avais remarquée sur le trottoir, marchant en direction de Toorak Road. Je l'avais alors vue hésiter et regarder en arrière. Puis je l'avais vue se mettre à marcher au milieu de la chaussée. Elle avait clairement entendu quelque chose ou quelqu'un. Pas moi, mais le vent était comme un petit orchestre dans les feuilles des ormes devant mon balcon. Je l'avais regardée remonter Davis, et j'avais alors eu l'impression qu'elle suivait quelqu'un. Il semblait peu probable que l'un de nous soit la cible d'une agression, mais les rues de South Yarra à quatre heures du matin, particulièrement les allées pavées, avaient la réputation bien méritée d'être dangereuses. J'avais saisi mon Beretta et quitté l'appartement. Moins d'une minute plus tard, j'étais dans la rue, environ quatre-vingts mètres derrière elle, tandis qu'elle marchait en direction de la maison d'Isobel. Quelqu'un l'attirait-il là-bas ?

En règle générale, quand vous tirez une balle dans la tête d'un type à quatre heures du matin dans le jardin d'une maison au beau milieu d'un quartier résidentiel de Melbourne, les voisins vont se réveiller en sursaut, appeler la police, et des sirènes furieuses vont se faire entendre dans les minutes qui suivent.

Mais pour le moment, j'ai ignoré le type mort et suis allé directement voir Maria.

« Ça va ? »

Elle était en état de choc, haletante, et portait la main à sa gorge contusionnée.

« Qu'est-ce qui s'est passé ? a-t-elle demandé quand elle a été en mesure d'aligner deux mots.

– Ne bouge pas. Respire profondément et essaie d'exhaler lentement. »

Ignorant mon conseil, elle s'est hissée sur ses coudes et a regardé en direction de l'endroit où gisait son assaillant.

« Il s'est jeté sur moi. Qu'est-ce qu'il faisait ici ? Qui est-ce ? »

J'ai marché jusqu'à lui. J'entendais des sirènes au loin – au moins trois.

J'ai roulé le type sur lui-même et ai cherché son portefeuille. Il n'en avait pas. Ses poches étaient vides. Pas de téléphone portable non plus.

Maria s'est alors mise à rire. De façon incontrôlable, comme si elle venait de voir George Carlin ou Billy Connolly faire un gag. Une hilarité provoquée par le choc intense d'avoir failli être tuée l'agitait. J'avais déjà vu ce genre de réaction. Curieusement, elle n'est pas si inhabituelle que ça… même si elle est assurément déroutante la première fois qu'on en est témoin.

Quand les premiers agents en uniforme sont arrivés, pistolets dégainés, pénétrant furtivement dans le jardin de peur de se faire abattre, ils ont dû se demander ce qui se passait. Un type mort gisant face contre terre sur le béton, une femme qui riait comme une cinglée, et moi, assis en tailleur, mains ouvertes posées à plat sur mes genoux. Mon Beretta était trois mètres plus loin, par terre, trop loin pour que je me jette dessus.

« Je suis policier, ai-je annoncé. Et cette femme aussi. »

J'ai fait un geste en direction du type mort.

« Cette personne essayait de la tuer et je l'ai abattue. Ça pourrait être une bonne idée d'appeler le chef de la criminelle. Son nom est Zach Reeve. »

J'ai récité son numéro de téléphone portable.

Ils étaient jeunes. Ne comprenaient rien. Ils n'avaient probablement jamais vu de cadavre jusqu'alors. Et ils n'avaient certainement jamais assisté à une scène aussi bizarre.

D'autres flics sont arrivés. Plus expérimentés. Habitués à être les premiers sur les scènes de crime. Ils n'ont pas joué des muscles ni ne nous ont pris de haut, ce qui était gratifiant. Moins de dix minutes plus tard, Maria avait cessé de rire et nous observions tous deux six jeunes hommes et femmes, des agents de la police de Melbourne.

« C'est vous, Darian ? » ai-je entendu une voix lancer depuis la cour à l'avant de la maison.

La lueur grise de l'aube approchait, accompagnée d'une chute de la température. Une heure s'était écoulée. Reeve et une équipe de la criminelle étaient arrivés, de même que les gens du coroner, deux équipes d'ambulanciers (équipés de couvertures) et les enquêteurs de scène de crime. Maria avait dit aux ambulanciers d'aller se faire foutre quand ils lui avaient annoncé qu'elle devait aller à l'hôpital, et nous avions tous deux bu deux tasses de café noir fumant et fait nos premières dépositions. Tout le monde nous témoignait la compassion et le respect de rigueur quand des collègues flics se retrouvent dans la ligne de feu – *Ça aurait pu être n'importe lequel d'entre nous* et ainsi de suite –, lorsque j'ai entendu une voix familière.

Les commissaires ne se rendent pas sur les scènes de crime.

Copeland est arrivé d'un pas lourd dans le jardin et tout le monde s'est figé. *Que fait le commissaire ici ?* Une femme le suivait d'un pas énergique – elle approchait de la trentaine, portait un tailleur noir, et ses épais cheveux sombres étaient attachés en une queue-de-cheval qui balançait d'un côté et de l'autre. Je la connaissais. Elle était enjouée, avec de grands yeux et un sourire plus grand encore, mais pas aujourd'hui. C'était Michelle Alessandro, la responsable des relations avec les médias.

Reeve a marché jusqu'au boss.

« Monsieur. Nous ne connaissons pas encore l'identité de l'agresseur. Mais il attaquait l'agent principal Chastain quand Darian l'a pacifié. »

Pacifié ?

Copeland est passé à côté de lui et a marché tout droit vers Maria.

« Mademoiselle Chastain, vous allez bien ?

– Oui, monsieur, merci.

– Copeland. Laissez tomber ces conneries de *monsieur.* »

Il s'est tourné vers moi.

« Qu'est-ce que tout ça signifie ? Vous pouvez me le dire, Darian ?

– Ce type suivait Maria. Il n'a pas de pièce d'identité sur lui, ce qui suggère qu'il a été engagé par quelqu'un qui voulait nous foutre la trouille. Nous devons effectuer une reconnaissance faciale et remonter jusqu'au commanditaire. Ça nous rapprochera peut-être de la personne responsable de la mort d'Isobel Vine. »

Reeve était furax. Je lui disais comment faire son boulot. Mais je m'en foutais. Le type mort pouvait avoir été engagé par quelqu'un qui occupait un bureau un étage au-dessus de celui de Reeve, quelqu'un qui pourrait désormais chercher à exercer une influence amicale sur le chef de la criminelle.

« Darian, vous êtes en train de dire que quelqu'un est responsable de sa mort ? a demandé Copeland, manifestement pris de court. Ce n'était pas un suicide ?

– Patron, regardez autour de vous. Nous sommes dans son jardin. Vingt-cinq ans après que le coroner n'a pas réussi à prendre de décision. Il y a un type mort qui a essayé d'éliminer Maria. On a vu des trucs bizarres, vous et moi, patron, mais je n'ai jamais vu quelqu'un chercher à couvrir un suicide. Nous n'excluons rien, évidemment, mais je dois vous dire qu'après ce qui s'est passé ce soir ça semble la cause la moins probable de son décès. »

Il m'a fixé pendant un long moment. J'avais le sentiment que ce n'était pas la réponse qu'il voulait entendre.

« Ils pensent pouvoir nous arrêter ? » a-t-il demandé.

Après tout, il était le commissaire, l'un des hommes les plus puissants de l'État.

« Ils pensent pouvoir nous foutre la trouille ? Nous déstabiliser ? »

Il s'est tourné vers Maria.

« J'endosse personnellement la responsabilité de ce qui s'est passé. Vous êtes ici à Melbourne sur mon invitation. »

Elle a acquiescé. Elle n'était pas habituée à voir un commissaire respectueux, et encore moins attentionné.

Il s'est alors tourné vers Reeve.

« Ignorez la procédure. Ces agents doivent poursuivre leur mission. »

La procédure, lorsqu'un agent déchargeait son arme, était qu'il était immédiatement mis à l'écart et que les affaires internes débarquaient pour enquêter. Le flic était suspendu en attendant les résultats. C'était une procédure ancienne qui s'appliquait dans chaque État. Et, en même temps, le policier était forcé de voir un psy pour gérer son stress.

À cet instant, comme s'il avait commis un faux pas, Copeland a tendu le bras vers Maria et saisi sa main.

« C'est-à-dire, naturellement, si vous voulez continuer. Pardonnez-moi.

– Nous allons découvrir la vérité sur la mort d'Isobel », a déclaré Maria avec conviction.

Il a souri.

« Si jamais vous voulez quitter un jour le Queensland et venir travailler ici, vous aurez mon soutien total. »

Puis il s'est tourné vers moi.

« Il a été abattu avec… ?

– J'ai une arme à feu », ai-je prudemment répondu.

J'avais descendu le type avec mon Beretta, celui que Casey m'avait donné deux ans plus tôt. Le pistolet n'était pas enregistré, et je le portais – et m'en étais désormais servi – illégalement.

Rien de tout ça ne devait être une surprise pour Copeland. Il avait lui-même un Colt 45, qu'il conservait dans un coffre chez lui. Il savait que j'aimais les Beretta et que j'appréciais d'en avoir un non enregistré à portée de main. Les agents de police doivent prendre leur arme au début de leur service puis la rendre à la fin. Ils ne rentrent pas chez eux avec, et ils n'achètent pas des pistolets en secret, au marché noir, à des gangsters. Ou s'ils le font, ils ne se font pas choper.

Je venais de me faire choper.

Maria me dévisageait, abasourdie. C'était son pire cauchemar : les activités illégales de Casey la rattrapaient en tant qu'agent des forces de l'ordre. Elle avait toujours su que ça arriverait un jour, mais je supposais qu'elle ne s'était pas attendue à ce que ce jour arrive si vite. On ne s'y attend jamais.

« Qui a l'arme ? » a demandé Copeland, regardant l'équipe d'enquêteurs massée autour de lui.

L'un des types de la criminelle s'est avancé, tenant le Beretta dans un sachet à scellés en plastique. Copeland l'a saisi, puis s'est retourné vers moi.

« Je vous le rendrai quand vous rentrerez dans le Queensland. Je suppose qu'il a été acheté là-bas ? »

Je sentais Maria qui s'agitait, et Copeland, à qui rien n'échappait jamais, a perçu son embarras.

J'ai acquiescé.

« Il sera à l'abri. »

Il s'est tourné vers Michelle, qui était jusque-là restée dans l'ombre de l'imposant magnolia du jardin, attendant des instructions.

« Une personne non identifiée a été mortellement blessée à South Yarra ce matin à approximativement trois heures trente. Les circonstances semblent claires. La police locale et les agents du bureau du coroner ont examiné la scène. S'il vous plaît, adressez toutes les requêtes à Michelle Alessandro au bureau des relations avec les médias. »

Elle n'a pas eu besoin de noter. Elle connaissait parfaitement la musique et avait une mémoire infaillible.

Elle a acquiescé, s'est tournée vers moi. Pas de sourire enjoué. Juste un regard qui, malgré les circonstances, ne parvenait pas à dissimuler le passé.

Ce qui n'a pas échappé à Maria.

Le gamin

Harold Holt était un Premier ministre singulier. Il portait des panamas; il possédait une maison à Toorak au bord de la rivière Yarra, où il s'asseyait, quand il n'était pas à Canberra, dans un bureau recouvert de papier peint à motif léopard; il distribuait des pochettes d'allumettes avec sa photo sur le recto et sa signature au dos; et il aimait se faire prendre en photo en tenue de plongée sur la plage de Portsea, entouré de jeunes femmes en bikini. Il est mort à la fin de 1967, alors qu'il nageait dans le célèbre triangle de Portsea, où deux courants agressifs convergent et créent un dangereux contre-courant qui peut entraîner même le nageur le plus expérimenté au large en quelques secondes, tandis que celui-ci est pris au milieu des vagues et incapable de résister. C'est, suppose-t-on, ce qui est arrivé à Harold Holt, car il a été vu pour la dernière fois pataugeant dans le contre-courant lors d'une baignade de début de week-end, agitant la main en direction d'amis et souriant. Pour commémorer sa mort, Melbourne a donné son nom à une piscine couverte, ce qui constitue peut-être le mémorial le plus bizarre et inapproprié du monde en hommage au chef d'une nation. Le Harold Holt Memorial Swim Centre se trouve dans High Street, à Glen Iris; vous tournez à gauche pour quitter Chapel Road, dans South Yarra, puis vous roulez tout droit pendant environ vingt minutes pour arriver à la piscine, qui est située dans un autre parc à l'anglaise avec des chênes et des ormes imposants. C'était là que Tyrone, qui avait été le petit ami d'Isobel vingt-cinq ans plus tôt, était désormais professeur de natation.

Nous avons traversé Orrong Road, où, quand j'avais une trentaine d'années, je m'étais occupé de l'affaire d'un mari fatigué de la vie qui avait abattu ses deux fils et sa femme avant de pointer son arme contre sa tempe. Nous avons traversé Kooyong Road, où, huit ans plus tôt, j'avais retrouvé le corps d'une jeune Vietnamienne qui avait été violée, torturée, puis égorgée par un amant en colère. Nous avons passé Mercer Road, où, en 2004, une adolescente du nom de Janelle avait été enlevée, son corps démembré ayant été retrouvé par la suite dans le bush à proximité d'Eltham. Non loin de Mercer Road se trouvait Myamyn Street, où un riche homme âgé avait perdu son calme en 2001 et tué à coups de matraque son voisin à cause d'un litige concernant la clôture qui séparait leurs propriétés.

Nous nous sommes garés devant le mémorial en hommage au Premier ministre.

« C'est une blague ? a demandé Maria.

– Une bonne publicité pour la sécurité en milieu aquatique », ai-je répondu tandis que nous descendions de voiture et nous dirigions vers l'entrée.

Il était neuf heures passées. Nous avions fui la presse qui se rassemblait, ayant senti qu'un homme tué par balle à l'aube dans les rues calmes et raffinées de South Yarra ferait un bon article. Pendant que Michelle leur délivrait sa brève version des événements, bien loin de la scène de crime, Copeland, Maria et moi étions discrètement sortis pour gagner les voitures qui nous attendaient. La présence du commissaire sur les lieux avait dû éveiller la surprise et la curiosité. Copeland avait complètement chamboulé la procédure en nous permettant de poursuivre notre enquête. Nous avions fait nos dépositions, et l'étape suivante pour les flics consistait à identifier le type. Ça ne prenait d'ordinaire pas longtemps, mais je sentais au fond de moi que ça ne se passerait pas comme d'habitude. Seuls les professionnels n'ont aucune pièce d'identité sur eux. J'avais demandé à Maria si elle voulait prendre le reste de la journée pour se reposer, mais elle avait refusé. Je lui avais demandé si elle voulait voir quelqu'un pour parler de l'agression violente et du fait qu'elle avait frôlé la mort, mais elle avait refusé. Je lui avais précisé que ça ne me dérangeait pas, qu'elle ne baisserait pas dans mon estime si elle acceptait l'une ou l'autre de ces suggestions, parce qu'elles me semblaient de bonnes idées, mais elle avait refusé. Elle voulait juste repasser par son appartement, se doucher, se changer, puis prendre un énorme petit déjeuner avant d'aller interroger Tyrone.

Je déteste l'eau, sauf, naturellement, celle qui sort des robinets. Je déteste l'eau dans l'océan, et je déteste particulièrement l'eau des piscines couvertes, avec son fort relent de chlore et sa vague puanteur de pisse de môme. Une odeur chimique nous a assaillis quand nous avons pénétré à l'intérieur.

La piscine était, à cette heure, essentiellement déserte, à l'exception de deux vieux coriaces, le genre d'hommes ou de femmes hors d'âge que je voyais fendre les vagues à Noosa Beach chaque matin, dans une tentative admirable et régulière de conserver leur énergie au soir de leur vie.

Il y avait un gamin. Il devait avoir huit ans, peut-être neuf. C'était un jour d'école, je ne sais donc pas ce qu'il fichait là debout à l'autre bout du bassin avec son torse maigrichon, tremblant, dégoulinant, et écoutant son entraîneur le réprimander avec des mots que je n'entendais pas, mais avec une attitude qui était caractéristique.

« C'est lui ? » a demandé Maria en regardant l'homme.

J'ai acquiescé. Tyrone avait désormais dans les quarante-cinq ans. Maria et moi avions vu les photos encadrées accrochées dans la maison d'Isobel, représentant un jeune sportif arrogant dont l'avenir était un océan d'opportunités. Tout ce qu'il avait à faire, c'était choisir, et le vent soufflerait dans son sens. Il avait voulu être champion de ski. Son rêve était de concourir aux Jeux olympiques d'hiver, et son plan de repli était de devenir entraîneur en Autriche. Mais rien de tout ça n'était arrivé. Après la mort d'Isobel, il avait dérivé, et quand il était remonté à la surface avec un semblant de projet, il avait trente ans. Nous étions désormais quinze ans plus tard, et c'était un type en colère un peu rondelet aux cheveux légèrement clairsemés qui passait ses frustrations quotidiennes et la perte de ses espoirs sur un gamin qui n'avait pas parcouru assez vite la longueur de la piscine.

Nous avons commencé à marcher vers eux. Tyrone nous a regardés approcher tout en continuant de dire au môme comment s'améliorer au lieu d'être un loser qui faisait perdre son temps à tout le monde. Vu les tenues noires presque assorties que Maria et moi portions, il était clair que nous n'étions pas venus nager. Il a aboyé au gamin : « Vas-y ! », et a déclenché un chronomètre tandis que le gosse plongeait et se mettait à foncer dans le couloir, ses bras filant par-dessus ses épaules avec grâce et agilité.

« Bonjour, Tyrone, mon nom est Darian Richards, et voici l'agent principal Maria Chastain. Nous aimerions vous poser quelques questions sur les événements qui ont entouré la mort d'Isobel Vine il y a vingt-cinq ans. »

Il s'est détourné de nous et a regardé l'enfant, qui avait parcouru environ un tiers de la piscine. J'ai remarqué que ses épaules s'étaient voûtées, comme si un courant l'avait traversé, lui prenant toute son énergie.

« Oui, OK », a-t-il répondu.

J'ai laissé Maria prendre les choses en main. Elle était douce et attentionnée, et ses questions étaient formulées avec compassion. Tyrone nous a expliqué qu'une bonne partie de ce qui s'était passé cette nuit-là était désormais floue, mais qu'il se rappelait clairement avoir quitté Isobel vers trois heures du matin.

« Je devais retourner chez moi pour récupérer mon uniforme puis arriver au boulot à l'heure. Le patron était un connard, un branleur de dix-neuf ans qui pensait que McDonald's le rendrait multimillionnaire.

– Vous rappelez-vous ce qui s'est passé une fois tout le monde parti ? » a demandé Maria.

Le gamin avait terminé ses longueurs et était désormais assis au bord de la piscine, attendant de nouvelles instructions, regardant son entraîneur parler à deux inconnus sur un banc proche. Ses jambes pendouillaient dans la piscine, et de temps à autre il agitait les orteils, projetant de l'eau devant lui.

« Oui, je sais pas. On est allés dans sa chambre. Je me souviens m'être dit que ce serait bien de passer la nuit avec elle et de me faire porter pâle, mais j'avais besoin de l'argent.

– Et pouvez-vous nous décrire, dans la mesure du possible, ce qui s'est passé dans la chambre ?

– Pourquoi vous êtes là ? a-t-il demandé en regardant Maria, puis moi. Je veux dire, à quoi bon ?

– Je crois que nous aimerions tous tourner la page », a répondu Maria d'une voix apaisante.

Il a mordu à l'hameçon et continué.

« On s'est juste étendus sur son lit. Oui, c'est ça. Je me souviens que je me disais que j'avais intérêt à ne pas m'endormir, sinon je manquerais ma prise de service.

– Avez-vous eu un rapport sexuel ? »

Il n'a pas répondu. Il fixait les couloirs désormais vides de la piscine. Quand on lui avait posé cette question vingt-cinq ans plus tôt, il avait répondu non, lui et Isobel étaient juste restés allongés ensemble, et une fois qu'elle s'était endormie, il avait silencieusement quitté la maison par la porte de devant.

« Tyrone ? »

Il s'est de nouveau tourné vers Maria.

« Vous lui ressemblez, a-t-il déclaré. Un peu. Mais elle avait les cheveux plus courts, jusqu'aux épaules. Elle ressemblait à Clara Bow. Vous savez qui était Clara Bow ?

– Non », a répondu Maria.

Moi, je le savais, mais il ne me semblait pas nécessaire de me lancer dans un cours sur les stars du cinéma des années 1920.

« Écoutez, nous devons vraiment aller au bout des choses, Tyrone. Vous pouvez penser que la première enquête a été quelque peu bâclée, mais maintenant... »

Elle n'a pas achevé sa phrase pour qu'il enchaîne.

« Oui, nous avons eu un rapport sexuel.

– OK. Merci de votre honnêteté. Je vais devoir vous poser la question suivante : *comment* Isobel et vous avez-vous eu ce rapport sexuel, et *où*, exactement ?

– Ce n'était pas derrière la porte, a-t-il répondu avec une pointe de colère. C'était dans le lit. Toujours dans le lit.

– Isobel était-elle du genre classique ? Ou bien aimait-elle expérimenter ? Désolée, je dois vous poser ces questions.

– Elle n'aurait jamais voulu se faire étouffer. Enfin quoi, on était des gosses, on ne connaissait rien à ces trucs-là.

– Ce n'est pas ce que j'ai demandé, Tyrone. Était-elle le genre de fille qui aimait faire les choses – pour ce qui était du sexe – un peu différemment ?

– Non. Elle était plutôt pudique et nous étions très traditionnels. Parfois je devais éteindre la lumière avant qu'elle se déshabille et se couche.

– OK. Portiez-vous un préservatif ? »

Le rapport du coroner affirmait qu'il n'y avait aucune trace de sperme, rien pour rechercher de l'ADN.

Il a acquiescé.

« Elle avait une trouille bleue de tomber enceinte.

– Et ensuite, après votre rapport sexuel...

– Je suis parti. Je l'ai embrassée sur le front et je suis parti.

– Elle dormait ?

– Presque. »

Sa version collait avec la chronologie des faits.

« Est-ce qu'on peut revenir à la fête ? Vous rappelez-vous quand les quatre hommes sont arrivés ?

– Les flics ?

– Vous saviez que c'étaient des policiers ?

– Merde, oui. Ces connards harcelaient Isobel comme pas possible. Je n'en revenais pas quand ils sont arrivés.

– Comment ça, ils la harcelaient ?

– Ils lui téléphonaient, ils traînaient autour de chez elle. Tout le temps. Depuis qu'elle s'était fait prendre avec la cocaïne. Ils travaillaient pour Dominic Stone.

– Avez-vous déjà rencontré Stone ? ai-je demandé.

– Non, mais tout le monde savait qui c'était, et c'est pour ça qu'ils étaient à sa solde. C'était évident.

– Et ils sont arrivés avec une amie d'Isobel, une certaine Ruby ? a demandé Maria.

– Ils sont arrivés seuls. Je ne connais pas de Ruby. Ils sont simplement entrés comme s'ils étaient chez eux. C'était assez tendu.

– Tendu de quelle manière ?

– Eh bien, on connaissait tous la situation. Isobel nous avait expliqué ; c'était pour ça qu'on faisait la fête, pour lui remonter le moral. Et alors les types mêmes qui lui foutaient la trouille ont débarqué.

– Qu'est-ce qui s'est passé après leur arrivée ?

– Ils étaient très soûls. Je leur ai demandé de partir. Ils m'ont ignoré et se sont dispersés à travers la maison. L'un d'eux est allé dans la cuisine et s'est servi un verre, un autre s'est assis sur le canapé et a essayé de draguer Di…

– Di Strong ? » ai-je demandé.

Elle figurait sur la liste des personnes qui étaient présentes à la fête, c'était une camarade de lycée d'Isobel.

« Oui, et l'un d'eux est allé voir Isobel, il l'a attrapée par le bras et entraînée dans sa chambre. J'ai essayé de l'en empêcher. Je suis allé le voir et j'ai dit : "Mec, dégage", mais il m'a repoussé, a continué d'entraîner Isobel dans le couloir, et je l'ai vu entrer dans sa chambre et refermer la porte derrière eux.

– Est-ce que vous pouvez le décrire ?

– C'était ce Racine. Je l'ai vu pendant l'enquête. »

Ayant compris que son entraîneur était dans un autre monde, le môme avait replongé dans la piscine et faisait lentement des longueurs seul.

« Qu'est-ce qui s'est passé ensuite ?

– Je ne sais pas. Ils ne sont restés que quelques minutes dans la chambre, puis il est ressorti et s'en est allé. Les autres sont partis avec lui. »

Je percevais son sentiment d'impuissance, encore maintenant, des années plus tard, dû au fait qu'il avait été incapable de protéger sa petite amie d'une brute qui avait envahi sa maison, sa chambre, son esprit. Je me demandais ce que j'aurais fait, au même âge, dans les mêmes circonstances. J'aurais été paralysé. Comme le gamin qui faisait désormais la planche dans la piscine, nous cherchons des réponses et des conseils, jusqu'au jour où la confiance en soi et l'assurance nous permettent d'avancer.

« Je suis allé dans la chambre. Isobel était, genre, tremblante, mais elle essayait de le dissimuler en riant. Je lui ai demandé ce qu'il avait dit, mais elle a refusé de me le répéter. On est retournés à la fête, et elle a essayé de faire comme si de rien n'était. Elle a ouvert une bouteille de vodka et déclaré qu'on devrait tous se soûler la gueule. »

Maria lui a dit de raconter ce qui s'était passé le lendemain matin, et ses souvenirs collaient avec sa déposition de l'époque. Elle l'a interrogé sur l'état d'esprit d'Isobel, cherchant à vérifier la possibilité d'un suicide, mais Tyrone a catégoriquement répondu que, malgré le fait qu'elle était harcelée et coincée entre des flics violents et des crapules, elle était bien déterminée à voir au-delà du monde qui l'entourait immédiatement à l'époque. Comme il l'a formulé : « Elle pensait à l'avenir, elle n'était pas face à l'abîme. »

« Une dernière chose, a dit Maria, qui en avait presque fini avec lui. Après le départ de tout le monde, Isobel et vous avez rangé ?

– Vraiment ? Je suppose. Isobel était comme ça. Une dingue du ménage... Oui, c'est exact. J'avais oublié. Elle a insisté pour qu'on fasse la vaisselle. Moi, je voulais juste aller au lit avant d'être obligé de partir.

– Est-ce que vous vous souvenez si vous avez fait toute la vaisselle ? »

Il a froncé les sourcils.

« Sans doute. Comme j'ai dit, c'était une dingue du ménage.

– Mais il y avait un verre. Sur le bar entre la cuisine et le salon. À côté, il y avait une bouteille de Jim Beam ouverte. Peut-être que vous avez bu un verre en partant, après être sorti de sa chambre ?

– Nan. Du Jim Beam ? Nan, pas moi. J'ai peut-être bu un verre d'eau, mais si je l'ai fait, je l'ai lavé et rangé avec le reste de la vaisselle. J'étais un buveur de bière, de toute façon. Je ne bois jamais d'alcool fort ; ça me rend malade.

– OK. Merci, Tyrone », a conclu Maria.

Il était sur le point de se lever, songeant que l'interrogatoire était terminé, quand j'ai demandé :

« Est-ce que vous saviez qu'Isobel voyait Brian Dunn, son professeur ?

– Oui, a-t-il répondu avec une certaine crispation.

– Avaient-ils une liaison de nature sexuelle ?

– Je ne sais pas.

– Allez, c'était votre petite amie. Vous deviez savoir si elle vous trompait.

– On n'en parlait pas.

– Vous ne discutiez pas avec votre petite amie de ce qu'elle faisait quand elle sortait avec son prof d'anglais, le type à cause de qui elle s'était fait prendre avec la cocaïne ?

– Non. »

Il mentait.

« Est-ce qu'elle en pinçait pour lui ? a demandé Maria.

– Je ne sais pas.

– Mais ça devait vous mettre en colère, votre copine qui traînait avec un type plus âgé, ai-je ajouté.

– Je ne l'ai pas tuée », a déclaré Tyrone.

Maria m'a lancé un coup d'œil. Ça ne fait jamais bonne impression quand une personne nie avoir commis un crime dont on ne l'a pas accusée. C'est comme quand Richard Nixon est apparu à la télé pendant le scandale du Watergate et a déclaré sans qu'on lui demande rien : « Je ne suis pas un escroc. » Ce qu'il s'est par la suite exactement avéré être.

Tandis que nous repartions, j'ai remarqué que le gamin était désormais au milieu de la piscine, en train de faire du surplace. Il me regardait fixement, ses yeux me suivant tandis que je marchais. Je me suis retourné et lui ai adressé un clin d'œil. J'aimais qu'on me fasse ça quand j'étais gosse.

Il ne m'a pas retourné mon geste.

Tout ce qui s'élève doit converger

Boris avait hâte de quitter Melbourne. La ville était en feu. Il était en train de brûler. Il avait dit à sa femme : *Janey, chérie, faut qu'on parte, faut qu'on parte le plus vite possible*, et elle avait demandé : *Où ?*, avec une angoisse croissante dans la voix, à quoi il avait répondu : *À la limite du désert, où ils ne viendront pas me chercher*. Ils avaient fait leurs valises, emmené leurs deux fillettes et le chien. Le transfert avait été accepté. Il avait eu ce qu'il avait demandé : un petit bled au milieu de nulle part. *Nil ?* avait demandé Janey. *C'est une ville ? Comment une ville peut-elle s'appeler Nil ?* Et il avait répondu : *C'est Nhill, ça s'écrit avec un h et deux l.*

Ils avaient roulé pendant des heures dans la chaleur torride avec les filles à l'arrière qui demandaient : *Pourquoi on a quitté Melbourne, papa ?*, et sa femme qui pensait : *Qu'est-ce qui s'est passé pour qu'on s'enfuie comme ça ? Et qu'entend-il par « ils ne viendront pas me chercher » ? De qui parle-t-il ?* Elle avait observé le paysage de plus en plus plat tandis qu'ils approchaient de la frontière avec l'Australie-Méridionale – les arbres avaient peu à peu disparu, une interminable plaine de terre rouge avait pris le dessus, les voitures s'étaient faites de plus en plus rares, et les filles avaient commencé à s'agiter puis s'étaient finalement endormies tandis que son mari gardait les yeux rivés sur la route, sans jamais dire un mot.

C'était il y avait si longtemps. Les filles étaient désormais parties. Elles avaient fui la ville dès qu'elles avaient pu. Janey était restée avec Boris, pour le meilleur et pour le pire. Et il y avait eu plus de pire que de meilleur, ou peut-être pas. Tout ce qu'elle savait, c'était que ça n'avait pas été la vie qu'elle avait espérée. Ça n'avait pas été la vie qu'il lui avait promise.

Pourquoi étaient-ils partis ? Et qui avaient-ils fui ? Elle ne le lui avait jamais demandé. Mais elle avait sa petite idée. Ils avaient fui les flics, voilà ce qu'elle pensait. C'était pour ça qu'ils vivaient à la limite du désert à quatre heures de route de Melbourne.

Mais c'était tellement loin. Tout s'était au bout du compte bien passé. Boris s'était habitué à son nouveau boulot au commissariat local, elle avait fini par trouver un poste dans l'école de la ville. La petite communauté agricole de deux mille cinq cents âmes était soudée et amicale. Accueillante. La plupart des jeunes familles quittaient Nhill, et rares étaient les nouveaux arrivants. C'étaient des gens à l'ancienne, au cœur attentionné et au sourire chaleureux. Au début, elle avait détesté cet endroit, mais à mesure que les mois étaient devenus des années, et que les années étaient devenues une décennie, puis une autre, elle s'était aperçue que la ville désuète de Nhill était exactement l'endroit où elle était censée vivre.

Et tout s'était bien passé. Jusqu'à ce matin-là.

Je n'avais eu l'intention d'interroger les quatre flics que bien plus tard. J'avais prévu de rassembler autant d'informations que possible auprès des amis d'Isobel pour apprendre à bien la connaître – pour devenir elle, à vrai dire –, avant de m'attaquer aux forces antagonistes qui l'avaient entourée. Mais l'agression de Maria avait tout changé. Celui qui l'avait commanditée – les policiers, d'après Isosceles, n'avaient toujours pas identifié son agresseur – avait de gros moyens et des motivations, il avait peur et beaucoup à perdre. Et ces gens-là ne haussaient pas les épaules d'un air indifférent quand la première tentative échouait, ils ne se disaient pas : « Oh, bon, au moins j'aurai essayé. » Plus ils sont acculés, plus ils sont dangereux. Si l'agresseur avait été engagé par un flic, je devais rendre la pareille, et même frapper plus fort.

Les flics, surtout les haut placés, pensent pouvoir faire toutes sortes de choses sans jamais se faire prendre. Et la triste vérité est qu'ils le peuvent. Et ils le font.

Nous étions sur la route de Nhill. Nous roulions dans la Studebaker, capote baissée, car pour une fois la journée était ensoleillée, avec une légère brise fraîche. Depuis que j'étais à Melbourne, j'avais choisi de rester anonyme, roulant dans une Holden Commodore blanche de la police, encore un de ces instruments de médiocrité banals et multi-usages conçus pour n'offenser personne et réduire à son minimum l'art et le plaisir de la conduite. Aujourd'hui, dans la Studebaker, je passais les vitesses et sentais le moteur. C'était une conduite à gauche. Nous filions sur la Western Highway après avoir passé les embouteillages à la sortie de la ville. De chaque côté s'étiraient les ondulations vertes et monotones des terres agricoles, avec quelques bosquets d'eucalyptus et l'occasionnelle chaîne de montagne, gris-bleu, au loin. Bordant les champs, de chaque côté de l'autoroute, il y avait un interminable muret, construit au début du XIXᵉ siècle par les détenus qui avaient été obligés de ramasser toutes les grosses pierres qu'ils trouvaient, principalement du basalte, pour venir les ajouter au mur en construction. Je suppose que c'était un châtiment cruel. Je m'étais toujours dit que c'était le genre de chose qu'on se serait attendu à voir en Écosse ou au pays de Galles.

Nous arriverions à Nhill à la tombée de la nuit. J'avais appelé Boris – alias Karloff – et m'étais présenté, expliquant qu'il devrait se tenir à disposition le lendemain matin à neuf heures. Il avait eu l'air inquiet, exactement la réaction que j'avais espérée. J'étais parti de la théorie que c'était un type dont l'instinct était de fuir et de nier. Je voulais lui foutre la trouille, pour qu'il téléphone à ses potes en ville et leur demande ce qui se passait, pourquoi après vingt-cinq années de silence l'affaire était soudain redevenue une priorité.

Isosceles se tenait prêt, tout ouïe, attendant qu'il passe ce coup de fil. Jusqu'à présent, cependant, il n'y avait eu que le silence d'un homme effrayé qui, m'imaginais-je, ne savait plus quoi faire.

Après avoir questionné Tyrone, nous étions allés voir Di, l'amie d'Isobel.

Elle connaissait clairement des temps difficiles. Elle nous avait proposé de la vodka, mais nous nous étions contentés d'eau. Nous étions assis dans son salon pendant qu'elle fumait des Stuyvesant et nous expliquait qu'Isobel en avait en effet pincé pour son professeur, *ce connard, excusez mon langage, mais c'est ce qu'il était.* Isobel avait tout confié à son amie. Elle et Dunn avaient couché ensemble. Un paquet de fois. Isobel lui avait dit que Dunn était « génial ». Elle croyait – *même si je lui avais dit qu'elle se comportait comme une petite abrutie naïve* – que quand ses problèmes seraient réglés, ils se mettraient ensemble, peut-être même qu'ils vivraient ensemble.

« Est-ce que Tyrone était au courant ? avait demandé Maria.

– Bien sûr. Oui. Il n'était pas trop content.

– Comment ça ? avais-je demandé. Comment exprimait-il son mécontentement ?

– Il était dans tous ses états. Un jour il pleurait, le lendemain il menaçait de lui défoncer la tête si elle continuait. Mais il ne l'aurait jamais fait. Tyro était, eh bien, c'était un gamin. Lui et Isobel, c'était sa première histoire d'amour. Il ne savait pas comment gérer tout ça. »

Elle avait éclaté de rire et ajouté : « Non qu'on sache le gérer un jour. »

Di, ainsi que nous l'avions remarqué, vivait seule avec deux chiens.

« Mais l'avez-vous déjà vu être violent avec elle ? Est-ce qu'il l'a poussée ou touchée de façon menaçante ?

– Non, Tyro aurait tapé dans le mur. Cassé une bouteille. Mais il ne l'aurait pas frappée. Vous faites erreur si vous croyez que c'est Tyro qui l'a tuée.

– Pourquoi ? était intervenue Maria.

– Il l'aimait. On ne tue pas ce qu'on aime. »

Eh bien, nombre d'entre nous le font.

Les souvenirs qu'avait Di de la fête d'Isobel étaient identiques à ceux de Tyrone : quatre caïds qui faisaient irruption, qui jouaient les durs, l'un d'eux qui avait essayé de draguer Di, un autre qui avait emmené Isobel dans sa chambre. Quatre flics. Après leur départ, après que la fête avait repris, sur l'insistance d'Isobel qui était bien déterminée à ne pas se laisser intimider, elle et Di s'étaient disputées. C'était vers deux heures du matin, pensait-elle. Isobel et elle étaient seules dans le jardin.

« Elle disait que Brian réglerait ses problèmes avec les flics. J'ai dit : "Isobel, il est de leur côté. Ce n'est pas ton ami." Mais autant pisser dans un violoncelle. Elle était aveugle. Voilà comment c'est quand on en pince pour quelqu'un. Elle a dit qu'elle allait l'appeler. Qu'elle allait le faire venir.

– Ce soir-là ? avait demandé Maria, soudain alerte, tout comme moi.

– Oui, elle allait dire à Tyro qu'elle était trop fatiguée pour qu'il reste, et quand il serait parti, elle appellerait Brian pour qu'il vienne. Il avait assez souvent passé la nuit chez elle.

– Excusez-moi », avais-je dit en me levant.

Je m'étais alors rendu à la cuisine et avais appelé Isosceles.

« Est-ce qu'il y a un moyen d'avoir accès au relevé téléphonique d'Isobel ? »

Nous en avions déjà discuté. Vingt-cinq ans plus tôt, Telecom, comme se nommait alors la société des téléphones, n'enregistrait pas les appels entrants ou sortants. Il était impossible d'identifier la personne qui appelait.

« Eux qui avaient si bien combattu sont venus par les mâchoires de la mort, et repartis par la bouche de l'enfer », avait-il répondu avant de raccrocher.

Je n'avais pas besoin de traduction en langage courant ; le geek citait le célèbre poème d'Alfred Tennyson sur la désastreuse charge de la brigade légère durant la guerre de Crimée. C'était sa façon tarabiscotée et obscure de dire : « Oui, laisse-moi m'en occuper. Je ferai ce que tu me demandes malgré l'incroyable difficulté. »

Pendant ce temps, j'avais entendu une Maria quelque peu en colère demander : « Est-ce que vous l'avez dit à la police ? À l'époque ? »

Di était restée silencieuse.

« Ou au coroner ? »

Je regagnais le salon quand Di avait répondu : « Écoutez, c'était chaud à l'époque, OK ? Après la mort d'Isobel, je flippais vraiment, vous voyez ce que je veux dire ? Enfin quoi, on venait de quitter le lycée et toutes ces merdes se produisaient. Des flics et des putains de dealers. Alors, non, je ne l'ai dit à personne. J'avais peur. OK ? »

Maria et moi l'avions regardée. Elle pleurait.

Oui, avais-je pensé, c'est OK.

« Pourquoi on s'arrête ici ? Je crève de faim et je ne vois nulle part où manger, de quelque côté que ce soit. Tout ce que je vois, Darian, ce sont des moutons et des champs et une montagne avec un nom stupide. Pourquoi appeler une montagne Déception ? Déçue par quoi ? » a demandé Maria.

Je m'étais garé au bord de la route. Je regardais le mont Déception et la petite ferme en bois qui était nichée dans son ombre.

« Est-ce qu'il y a un problème avec la voiture ? Ararat est à seulement une demi-heure, non ? Il y a un restaurant là-bas qui s'appelle Sicilians. J'ai regardé sur Google. J'ai déjà consulté le menu, a-t-elle dit en brandissant son iPhone comme si elle allait l'utiliser comme une arme contre moi. J'aime quand ils mettent le menu en ligne. Je vais commander le chich taouk. »

Les gens affamés sont des gens agités.

« C'était le major Mitchell, ai-je déclaré.

– Quoi ? De quoi tu parles ?

– C'était un explorateur. Il cherchait la grande mer intérieure.

– Tu peux m'épargner la leçon d'histoire au bord de la route ? Tu ne peux pas plutôt la garder pour le restaurant ? Avec de quoi manger et une bière ?

– Quand les Anglais sont arrivés en Australie…

– Oh, putain, a-t-elle dit en s'enfonçant dans son siège.

– … ils supposaient – pourquoi, je l'ignore – qu'il devait y avoir une énorme mer, ou au moins un lac, au centre du pays. Je suppose qu'ils ne pouvaient pas concevoir qu'une telle masse terrestre soit aride d'une côte à l'autre. Alors, ils ont entrepris de la découvrir.

– Et ils ne l'ont jamais trouvée parce qu'elle n'était pas là. Oui, je sais. J'ai déjà eu droit à ce cours d'histoire. *Je crève de faim!*

– Alors, le major Mitchell s'est mis en route. Il est arrivé jusqu'ici et, dans la tradition de la plupart des explorateurs de cette époque – des abrutis d'Anglais, vraiment –, il s'imaginait qu'il tomberait sur la grande mer intérieure après un ou deux jours de marche depuis Melbourne.

– On pourrait peut-être faire ça tout en roulant ? »

Je me suis tourné et l'ai regardée.

« OK.

– Dieu merci. »

Après un dernier coup d'œil en direction de la petite maison au pied de la montagne, j'ai redémarré et roulé environ cinq minutes sur l'autoroute avant de m'arrêter de nouveau.

« Quoi ! » a beuglé Maria, puis elle s'est tournée et a vu une autre montagne.

Une pancarte de l'autre côté de la route indiquait « Mont Malheur ».

« OK, je saisis. Elles sont liées. Il était déçu, et maintenant il est malheureux.

– En effet. Après avoir escaladé la première montagne, s'attendant à voir la mer depuis son sommet, il l'a nommée mont Déception.

– Et puis il a été tout excité en voyant celle-ci, et quand il est arrivé à son sommet et qu'il n'a pas vu de putain d'océan, il l'a nommée Malheur. Un type imaginatif. On peut repartir ? »

J'ai recommencé à rouler. Elle a vu le panneau suivant approcher devant nous.

« Ne t'arrête pas, Darian. »

Je me suis garé à côté du mont Désespoir.

« D'accord. OK. Maintenant, il est désespéré. C'est quoi le prochain ? Le mont Suicide ?

– Non. »

J'ai pointé le doigt devant moi. Au loin, à l'horizon, il y avait une autre montagne. Comme les autres, elle n'était pas très élevée.

« Le mont Ararat.

– Enfin. Allons-y. Allons à Ararat.

– *Comme l'Arche nous nous y sommes reposés*, a-t-il écrit quand il l'a atteint.

– Bon Dieu, il se prenait pour Noé ?

– Des abrutis et des arrogants. C'est le monde qui nous entoure. »

Elle a plissé les yeux, s'est redressée sur son siège et m'a regardé.

« Comment tu sais tout ça ? C'est bien trop obscur pour un cours d'histoire. Tu as été en poste là-bas ? Je ne savais pas que tu avais passé du temps dans le bush. »

Elle a regardé autour d'elle en direction des champs ondoyants, des collines, des eucalyptus, du mur de pierres bleues bâti par les détenus, des moutons et des vaches.

« Bordel, et je me plains de Noosa.

– Attends de voir Nhill », ai-je répliqué, et j'ai enfoncé l'accélérateur, projetant des cailloux et de la poussière tandis que je regagnais la chaussée et recommençais à foncer vers son chich taouk, m'éloignant de cette petite maison en bois au pied de la montagne nommée Déception, où, bien des années plus tôt, alors que j'étais encore jeune homme, je m'étais enfui, abandonnant ma mère comme l'avait fait mon père quelques misérables années auparavant.

« Qu'est-ce qui se passe ? demanda Janey. Tu veux en parler ? »

Ils étaient assis dans la cuisine. Elle lui avait préparé du poulet rôti et du maïs frit avec de la sauce. Chaque soir ils dînaient dans la cuisine, buvaient quelques bières, puis regardaient la télé avant d'aller se coucher. C'était une routine, chaleureuse et rassurante.

« Ça va aller. Ce n'est rien, répondit-il d'un ton peu convaincant.

– Est-ce que c'est lié à ce qui nous a poussés à quitter Melbourne ? Est-ce qu'il s'agit de cette fille ? »

Cette fille.

Elle ne pouvait pas, ne voulait pas prononcer son nom.

Janey avait tout lu sur *cette fille* quand elle faisait les gros titres dans la presse. Sa mort était liée à Boris d'une manière qu'il n'avait jamais expliquée ; ils étaient mari et femme, mais ce sujet demeurait inaccessible, interdit. Il avait choisi de ne jamais en parler, et elle avait choisi de ne pas poser de questions. Elle regrettait qu'il en soit ainsi. Elle aurait aimé que leur vie soit parfaite, mais tous les couples ont leurs secrets, n'est-ce pas, et rien n'est parfait. Néanmoins, ce petit territoire interdit, comme une île flottant de l'autre côté de l'horizon, apparaissant de temps à autre comme un mirage, ne lui laissait jamais de répit. Elle savait tout de Boris, à l'exception de cette petite île. *Et maintenant*, songeait-elle tout en débarrassant les assiettes, *elle est ici. De ce côté de l'horizon. Je la vois, je ne sais pas ce que c'est ni ce qu'elle signifie, mais elle est là.*

Quelqu'un venait le voir, ça, elle le savait. Il avait libéré sa matinée du lendemain. Elle l'avait surpris pendant qu'il était au téléphone. « Oui, oui, annule ça, je le ferai la semaine prochaine », avait-elle entendu.

Quelqu'un venait le voir. Ils s'étaient enfuis à la limite du désert, Boris, elle et les filles, et maintenant elle pensait : *Je ne crois pas que nous soyons allés assez loin.*

Le souffle de Dieu est tranquille

Nous sommes arrivés à Nhill vers onze heures du soir. Nous avions mangé chez Sicilians à Ararat, et Maria avait eu son chich taouk. Puis nous avions quitté la ville alors que la nuit tombait, et elle s'était servie de son iPhone pour nous trouver un endroit où dormir à Nhill. Étonnamment, pour une bourgade de deux mille cinq cents habitants en bordure de désert qui n'était pas une destination touristique, il n'y avait presque aucune chambre de libre. Le rodéo était en ville. Elle était finalement parvenue à nous trouver un hébergement dans un établissement nommé le Zero Inn.

« Zero à Nhill, avait-elle dit après avoir raccroché. Qu'est-ce que c'est que ce bled ? » avait-elle ajouté en regardant par la vitre.

Après Ararat, il y avait Horsham, une grande ville rurale, et après ça, de larges plaines monotones de chaque côté de la route. Après Horsham, la plupart des conducteurs attaquaient un long périple à travers le semi-désert, de l'autre côté de la frontière avec l'Australie-Méridionale. Là-bas, la nuit, tout est mort et immobile. Les voitures sont rares, même si l'autoroute relie deux capitales. Un jour, il y avait des années de cela, j'avais passé la frontière et me trouvais au milieu de nulle part au beau milieu de la nuit. J'écoutais la radio, mais soudain, comme dans une scène de *The Twilight Zone*, toutes les stations s'étaient mises à crépiter puis étaient devenues silencieuses. J'avais continué de rouler en silence, troublé par le vide qui m'entourait. Je n'avais pas de lecteur CD dans la voiture. À force de tourner le bouton de l'autoradio, j'étais finalement tombé sur un signal faible. C'était une radio qui émettait depuis la Tasmanie, à des milliers de kilomètres de là, de l'autre côté du détroit de Bass. Elle diffusait du gospel, mais au bout de quelques minutes, elle aussi s'était fondue dans le vaste néant.

Je me suis garé devant le Zero Inn. Une lumière était allumée sur le porche. Le couple sympathique qui tenait le motel nous attendait. Ils nous ont donné la clé de notre chambre et indiqué la direction du parking.

Il faisait terriblement froid, comme toujours la nuit dans le désert. Tout était immobile et glacial.

« Oh », a fait Maria quand nous sommes entrés dans la chambre.

Oh, en effet. Je l'avais entendue dire, quand elle avait effectué la réservation, qu'il nous fallait une chambre jumelle, ce qui signifie, dans le langage de la plupart des gens, une chambre avec des lits jumeaux, c'est-à-dire pas un, mais deux.

Or, il n'y avait qu'un lit. *Queen-size*. Et il n'y avait pas grand-chose d'autre dans la pièce. Un lit, une télé, une bouilloire à côté de la télé, et du papier peint à fleurs.

Elle a haussé les épaules et laissé tomber son sac sur l'une des chaises.

« Je vais dormir par terre, ai-je dit.

— Ne sois pas ridicule, a-t-elle répliqué, ce n'est pas comme s'il allait se passer quoi que ce soit. »

Et il ne s'est rien passé. Elle est allée dans la salle de bains et a fermé la porte. J'ai entendu la douche couler pendant ce qui m'a semblé durer six heures, puis j'ai essayé de détourner le regard quand elle en est sortie, s'est couchée et a tiré la couette autour d'elle. Je suis à mon tour allé dans la salle de bains et ai pris une douche. Une douche brève. Je n'en revenais pas qu'il reste encore de l'eau chaude. Je n'avais pas pris de pyjama – parce que je n'en possède pas et ne m'attendais pas à cette situation – et me suis demandé ce que j'allais porter. J'ai opté pour un caleçon et un tee-shirt propres. Je me suis couché, nous nous sommes souhaité une bonne nuit, et j'ai éteint la lumière.

Maria et moi avions déjà partagé une chambre de motel, sur la Gold Coast, et j'ai essayé de ne pas penser à cette fois-là, quand je m'étais réveillé en pleine nuit et l'avais regardée dormir.

Quand j'ai ouvert les yeux à quatre heures du matin dans la chambre du Zero Inn, je venais de rêver que je poursuivais un assassin dans un long tunnel obscur qui empestait le *ginger ale* et était jonché des corps brisés de ses victimes. Je n'avais pas fait ce rêve depuis quelque temps, mais il m'était familier. Ce qui était moins familier, surtout après ce songe sur le Tueur du Train, c'était le contact d'un corps de femme couché en travers de moi. Pendant la nuit, Maria s'était arrangée pour se coller contre mon flanc et passer une jambe par-dessus mes hanches. Sa poitrine était contre mon torse, et sa tête était tout près de la mienne, si bien que je sentais l'air qui s'échappait de son nez tandis qu'elle dormait paisiblement. Je me suis rapidement glissé hors du lit.

Dehors, il faisait toujours nuit. J'avais besoin de café – j'ai toujours besoin de café à quatre heures du matin –, mais tout ce que j'avais à disposition, c'était un sachet d'instantané. J'ai enfilé mon jean, mes bottes et mon épais manteau, et suis sorti en quête d'un restaurant ouvert toute la nuit, tout en songeant que les raisons qui m'avaient poussé à demander à Maria de se joindre à moi pour cette enquête étaient un peu plus compliquées que je ne me l'étais avoué.

J'en étais à ma troisième tasse quand elle m'a rejoint. Elle s'est glissée sur la banquette de l'autre côté de la table et a parcouru le menu.

« À quelle heure tu t'es levé ? a-t-elle demandé.

– Il y a environ une heure.

– Tu as mangé ?

– Évite les œufs. »

Une serveuse est arrivée et Maria a commandé une entrecôte avec des frites, du bacon, des saucisses anglaises, des haricots blancs mais sans œufs, le tout avec du thé vert parce qu'elle se souciait de sa santé.

« Pour un vieux, il est plutôt sexy, a-t-elle déclaré.

– De qui tu parles ?

– De Copland. Et en plus, il a un surnom cool. Tu crois qu'il était sincère quand il a dit que je pourrais avoir du boulot ici si je voulais ?

– Évidemment. C'est un homme de parole. Il l'a toujours été.

– C'est bizarre de te voir apprécier quelqu'un.

– J'aime les gens.

– Faux. Tu détestes la plupart des gens. C'est toi-même qui me l'as dit. »

Je n'ai pas pris la peine de la contredire.

« Oui, OK, tu as gagné. Je les déteste. Mais lui, je l'aime bien, depuis toujours.

– Comment ça se fait ? Ça doit être le seul policier, hormis moi, j'espère, que tu ne méprises pas totalement. »

J'ai éclaté de rire. C'était vrai. Je la respectais, je respectais Copeland, et à peu près tous les autres étaient des robots qu'il fallait éviter. Mais je crois que ça en dit plus sur moi que sur eux. Je suis certain que les humains sont parfaitement gentils et charmants et qu'ils font régulièrement le ménage chez eux. Je suis sûr que c'est moi qui ai un problème. Mais je n'y pense pas très souvent, et quand je le fais, je m'en fous.

« Il m'a sauvé. Sans Copeland Walsh, j'aurais plus que probablement été viré, et mon nom aurait déclenché des signaux d'alarme chaque fois que quelqu'un m'aurait cherché dans la base de données.

– Tu t'es fait prendre en train d'exécuter une crapule ?

– Non, Maria. Je ne me fais jamais prendre. Il s'agissait d'une enquête que je menais, il y a un peu plus de vingt-cinq ans, peut-être un an avant la mort d'Isobel, voire un peu plus. J'étais agent principal à la branche criminelle de Prahran. Jeune, encore en apprentissage. Je passais l'essentiel de mon temps à observer et absorber le travail des types expérimentés qui m'entouraient.

– Tu *menais* une enquête ?

– C'était le problème. Une jeune femme était morte. Son corps avait été retrouvé par ses colocataires dans son lit. En apparence, elle semblait être morte de mort naturelle. Aucun signe de violence, rien. Mais environ un an plus tard, il y avait eu un autre décès. Une autre jeune femme, également découverte dans son lit, elle aussi sans la moindre trace de violence ni quoi que ce soit qui aurait pu éveiller les soupçons.

– Les coïncidences n'existent pas.

– Exactement, mais pour la police, c'était une coïncidence. Il arrive que des personnes jeunes meurent de mort naturelle. Mais quelque chose me turlupinait. Dans les deux cas, les filles avaient passé la nuit seules, elles étaient jeunes, jolies, nues. Étouffer quelqu'un avec un oreiller est une excellente manière de le tuer sans laisser de traces. J'ai commencé à poser des questions, et j'ai bientôt découvert qu'il y avait un lien. Des voisins avaient vu une voiture de police devant les immeubles où elles vivaient, garée là sans raison apparente, durant les jours qui avaient précédé les décès.

– Tu pensais que c'était un flic ?

– Oui. Les flics tuent. Pas souvent, mais il n'y a pas de discrimination quand il s'agit de meurtre.

– Et c'en était un ?

– Il s'est avéré que non. J'ai mené secrètement ma propre enquête, qui n'a pas tardé à ne plus être secrète.

– Ça a dû te rendre populaire.

– Le chef de la bande, l'idole du quartier ; j'étais le chouchou de tout le monde, sur le point non seulement de me faire virer, mais également de faire l'objet d'une enquête interne qui m'aurait probablement valu une condamnation...

– Pourquoi ?

– Ils passaient les textes de loi en revue, et ils auraient trouvé quelque chose. C'était une simple formalité. Le but était de me crucifier. Peu importait comment, tant que ça arrivait.

– Et Copeland les en a empêchés.

– Plus que ça. Il était commandant de division. Il m'a pris à l'écart – de fait, il m'a emmené au Chow, dans le centre-ville –, et il m'a dit que ma carrière était menacée, mais il m'a aussi expliqué que mon raisonnement était erroné. Il s'était lui-même penché sur les deux décès et les avait reliés à un violeur en série. Il y avait des indices qui permettaient de situer le type près de chez les filles. Il m'a donné ce qu'il avait trouvé, puis il m'a dit d'emmener avec moi les flics que j'avais offensés en vérifiant leurs alibis et d'arrêter le type. J'ai fait de ces flics des gloires locales. Ça a donné lieu à une importante couverture médiatique. Ils ont appelé l'assassin le Chuchoteur parce qu'il étouffait ses victimes. Leçon apprise, tout a été pardonné, et j'ai été transféré à la criminelle. Après ça, Copeland est devenu mon mentor. Il m'a appris la politique ainsi qu'un paquet d'autres trucs. Le meilleur flic que j'aie jamais connu.

– Je ne pourrais jamais vivre ici. Ça caille trop », a déclaré Maria tandis que son repas arrivait, une montagne de viande avec une couverture de haricots blancs.

Moi, j'avais mangé un muffin.

« Qui est à l'appareil ?

– Boris Jones…

– Oh. Hé, Boris. Ne m'appelle pas à ce numéro, OK ? Des gens écoutent.

– Racine… »

Mais Racine avait déjà raccroché.

Isosceles nous avait envoyé par e-mail l'enregistrement qu'il avait effectué à minuit trente-quatre. Boris avait ignoré l'avertissement et tenté de rappeler Racine à quatre reprises.

« Il flippe vraiment », a observé Maria.

J'ai souri. C'était exactement ce que nous voulions.

« C'est quoi ce surnom de Karloff ? » a-t-elle demandé tandis que nous balancions nos sacs à l'arrière de la Studebaker dix minutes plus tard.

Il était neuf heures tout juste passées. Nous allions être un peu en retard. Mais c'était l'idée de Maria, pour le faire paniquer un peu plus.

La policière avec qui j'avais travaillé trois ans plus tôt était devenue une personne différente. Même si elle ne l'aurait jamais admis, je me disais qu'elle me ressemblait de plus en plus.

« Boris Karloff était une célèbre star du cinéma, dans les années 1930. Il a interprété le monstre dans la première version de *Frankenstein*, et il a fait tous ces films de série B d'après Edgar Allan Poe dans les années 1960.

– Edgar Allan Poe... c'est ce type sinistre qui racontait des histoires de fantômes ?

– Oui, c'est lui. L'une de mes préférées est *Esprits des morts*. C'est un poème. Je me demande si notre Boris l'a lu.

– Le voici, a-t-elle dit en pointant le doigt. Pourquoi tu ne lui demandes pas ? »

J'ai regardé devant moi. Boris se tenait devant le commissariat, nous attendant comme un écolier attentif. Il n'était que neuf heures six, mais j'avais le sentiment qu'il était là à poireauter depuis au moins une demi-heure.

J'ai garé la voiture juste devant lui. Il nous a observés, sans bouger. On aurait dit un peu une statue. Nous sommes lentement descendus de voiture, faisant notre meilleure imitation des flics de *New York, police judiciaire*, arborant cette bonne vieille expression qui dit que c'est du sérieux.

« Bonjour, agent principal, mon nom est Darian Richards, et voici l'agent principal Chastain. »

Il a acquiescé sèchement et répondu :

« Oui.

– Entrons. Il y a des choses dont nous devons parler. »

J'ai ouvert la voie.

Dis-moi

B *orn to Run* passait à fond dans la Bentley.
« Tu aimes Bruce Springsteen ? hurla Dominic par-dessus la musique.

– Oui, répondit Isobel.

– Je le connais. C'est un ami.

– Vraiment ? demanda-t-elle, impressionnée.

– Oui, il a logé dans mon hôtel quand il était en tournée il y a deux ans. La prochaine fois qu'il viendra, si tu veux un ticket – merde, si tu veux le *rencontrer* –, t'as qu'à demander. »

Elle se mit à rire.

Elle le croyait.

Ils roulaient à vive allure sur la Nepean Highway dans sa décapotable. Brian était sur sa Harley, juste derrière, et une autre voiture le suivait. Quand ils avaient quitté l'hôtel et marché jusqu'au véhicule de Dominic, qui était garé près de l'entrée, portières ouvertes, Isobel avait remarqué une voiture avec quatre types à l'intérieur, des types jeunes, durs, sexy, qui les attendaient. Les flics, avait-elle pensé. Les gardes du corps de Dominic, ou quelque chose du genre. Elle les avait vaguement rencontrés par le passé, mais l'un d'eux n'arrêtait pas de la regarder d'un air de dire : *Quand tu veux, chérie, je suis prêt et je t'attends.*

« J'ai rencontré tout le monde, hurlait Dominic. Donne-moi un nom. Quelqu'un de célèbre, *vraiment* célèbre.

– Madonna.

– Oui, c'est une copine.

– Sérieusement ?

– Oui. Elle a logé à l'hôtel. Elle voulait mille roses blanches dans sa chambre. Tu le crois, ça ? Alors, qu'est-ce que j'ai fait ? J'ai appelé la Hollande. C'est de là-bas que viennent les roses, lyophilisées, c'est de là qu'elles viennent, et je dis qu'il m'en faut mille, non, merde, il me faut *dix mille* roses blanches pour *demain*. Mettez-les immédiatement dans le putain d'avion.

– Et qu'est-ce qui s'est passé ?

– Elles sont arrivées. Madonna, elle est entrée dans la chambre, celle dans laquelle on était – qu'est-ce que tu dis de ça, Isobel ? Tu viens de quitter la chambre dans laquelle Madonna a dormi –, et elle a été, eh bien… elle a été *très* reconnaissante. Elle m'a fait venir et elle m'a dit que personne n'avait jamais fait ce genre de chose pour elle. Tu gardes ça pour toi… OK ?

– OK.

– On a baisé.

– Quoi !

– Madonna et moi. Hé, quand tu files dix mille roses à une fille, tu t'attends à quoi ? Donne-m'en un autre. Un autre nom.

– MC Hammer.

– Oui, lui aussi il a logé à l'hôtel. Il m'a appelé à quatre heures du mat' et il m'a dit : "Dominic, je dois voir le soleil se lever sur l'océan." Et j'ai répondu : "Pas de problème, mon frère", et je suis allé le chercher et je l'ai emmené à Portsea, où tu verras le soleil se lever demain matin, et il est resté là à regarder l'océan, à attendre, jusqu'à ce que le soleil apparaisse finalement. Et alors il s'est tourné vers moi et il a dit : "Merci." »

Il monta le volume.

Elle éclata de rire. Il y avait, elle devait bien l'admettre, une voix quelque part au fond d'elle qui disait : *Fais attention*. Mais comment résister à un homme qui possédait un hôtel, qui possédait une Bentley, et qui roulait vers une maison à Portsea avec une caisse de champagne français à l'arrière ? Dominic se mit à chanter, et elle chanta en chœur.

Les phares de la Bentley balayèrent la façade d'une maison en grès de deux niveaux accrochée au bord d'une falaise qui dominait la baie de Port Phillip, les lumières de Melbourne scintillant comme des lucioles au loin, et le rugissement profond des eaux déchaînées du détroit de Bass s'élevant derrière Isobel tandis qu'elle descendait de voiture. En respirant, elle sentit la froideur de l'air. Les phares de la Harley au vrombissement familier l'illuminèrent. Elle fut suivie quelques instants plus tard par l'autre voiture, celle des gardes du corps.

Le vent soufflait dans ses cheveux. Elle se tenait immobile pendant qu'autour d'elle résonnait la douce cacophonie des préparatifs d'une fête. Brian attrapa la caisse de champagne, Dominic alluma un cigare et lança : « Isobel, attends de voir l'intérieur de cette putain de baraque », puis : « Hé, les gars », à l'intention des quatre hommes dont elle eut l'impression qu'ils descendaient de voiture au ralenti, quatre portes s'ouvrant en même temps, quatre paire de pieds touchant le sol, et quatre visages souriants apparaissant dans le clair de lune, dans les embruns salés de la nuit à la plage. « Hé, les gars, allez au pub, achetez une mégacargaison d'alcool. Je veux de la Bénédictine, et je veux du Drambuie, et ramenez des nanas sexy, pas des putains de cageots – Isobel, ma chérie, ça t'ennuie pas, hein ? Tu sors pas du couvent, hein ? On va s'amuser, ce soir. Ça t'ennuie pas si les gars ramènent des nanas et qu'on va tous dans le Jacuzzi ? T'es pas forcée de participer, ma chérie. Brian s'occupera de toi, pas vrai ? »

Et, comme dans un film où tout s'était jusqu'alors déroulé au ralenti, l'image était désormais figée sur elle, tandis que tout le monde l'observait.

« Non », répondit-elle en riant un peu trop fort.

Elle était cool.

« Je suis cool. »

Alors, comme si une personne invisible avait actionné un levier, tout changea et le monde autour d'elle s'accéléra. Elle avait l'impression d'avoir été droguée. Mais ce n'était pas de la drogue. C'était le tourbillon de la vie frénétique de Dominic, un tourbillon hédoniste à la Gatsby, où le soudain et l'inattendu se mêlaient toujours à l'amusement et au rire, au sexe et à la musique.

Champagne – hé, c'est du Krug, prends-en plus.

Où est cette putain de Bénédictine ? Verse-lui-en dessus. Maintenant, sur ses nibards !

Hé, Isobel. Danse avec moi, chérie.

Hé, ma belle, t'es qui ? D'où tu débarques ? Comment tu t'appelles ? Joni ? Comme Joni Mitchell. Je la connais. J'ai couché avec elle un jour.

Juste un petit trait, Isobel, rien de plus.

Regarde les nichons de cette fille ! Regarde-moi ça !

Emma ? Les gars, je vous présente Emma, et ça, c'est son amie... Comment tu t'appelles, chérie ?

Racine, mets ce putain de Jacuzzi en route.

Qui sait chanter une chanson des Beatles à l'envers ? Si quelqu'un ici sait faire ça, je lui file dix mille dollars.

Comment tu t'appelles, chérie ?

Putain, faut que je m'allonge. Réveillez-moi dans dix minutes... non, cinq ! Ha ! Le soleil se lève à six heures – qui a posé cette question ? Qu'est-ce que ça peut foutre l'heure à laquelle le soleil se lève ? Putain, où est Boris ?

Boris ! Amène-toi, fais ton imitation de Frankenstein. Oh, bordel de merde, ce type est hilarant. Ruby Jazz ? C'est un nom, ça ? Putain, j'adore ; montre-moi tes nénés, Rube.

Je possède le plus grand hôtel de la putain de ville de Melbourne et Bruce Springsteen est mon pote !

Va lui parler.

Non, maintenant. Non. Maintenant.

C'est facile, mec – tu vas lui parler et tu t'assures qu'elle parle pas aux flics.

Ruby, t'en va pas, chérie !

Après, tu reviens au rapport. Tu lui dis que si elle parle aux flics, je lui enfonce cette bouteille de Krug dans la chatte et je la tue. Je lui tranche sa putain de gorge, mais d'abord, je la baise. Rube, montre-moi ces nichons! Tu lui dis que mon grand-père était un Serbe qui a tué plus de cent hommes. C'est pas une petite pute de merde qui va ruiner mon empire. Pigé? Bien.

Dis-lui.

Après, tu reviens.

Au rapport.

Dunn recula, stupéfait. Dominic était, la plupart du temps, un type marrant, toujours à rigoler, rien n'était jamais un problème. Mais il pouvait changer comme le vent. À un moment il était tout charmant, et l'instant d'après c'était un monstre ravageur. Cette furie froide se manifestait rarement, mais quand elle le faisait, vous n'étiez pas près de l'oublier.

« Hé.

– Hé.

– Alors... ah, comment tu te sens? demanda-t-il.

– Ça va.

– Mieux?

– Oui, répondit-elle.

– Dominic est cool. »

Isobel acquiesça. Ils étaient dans le salon, une large pièce avec une vue sur une masse d'eau noire et, au loin, les lumières de Melbourne. Là-bas, parmi ces lumières, se trouvaient son père, Tyrone, son lycée.

« Je me rappelle la première fois que je t'ai vue.

– Vraiment?

– Je me suis dit : voici ma sirène. »

Elle sourit, molle et confuse. Elle était ivre et flottait, mais tout continuait d'avancer en accéléré, même si elle agrippait le bord de sa chaise pour ralentir les choses, pour ne pas perdre pied.

« Tu comprends ce que je veux dire?

– Oui. »
Elle flottait, confuse. *Est-ce que je vais tomber ?*
Il marcha vers elle. Tout près. En accéléré elle les vit au lit, nus, en train de faire l'amour. Au ralenti elle vit sa main se refermer sur la sienne.
« Qu'est-ce que je veux dire ? » demanda-t-il doucement.
Au ralenti ils s'embrassaient. En accéléré elle courait vers lui.
« Les sirènes chantent, elles appellent les hommes, répondit-elle.
– Pourquoi ? »
Il la toucha. Son corps était contre celui d'Isobel et elle s'appuya sur lui.
« Elles veulent les séduire.
– Et elles y parviennent.
– Elles y parviennent, dit-elle, plongée dans une épaisse brume à laquelle elle essayait de résister.
– Viens avec moi », ordonna-t-il, et elle obéit.
Il la mena à la chambre. Il laissa la lumière éteinte. Il flottait une odeur de cannelle. Elle entendait les sons de la fête au loin et, au-delà, le fracas des vagues au pied de la falaise sous la maison. Elle songea à Tyrone, à son père, à sa mère qui était morte des années auparavant. Elle pensa au coup de fil qu'il lui avait passé quand elle était en Bolivie – *Tu es mon élève préférée, pas vrai ? Tu peux me rendre ce service, d'accord ?* – et elle le laissa lui ôter ses vêtements pour la première fois, même si elle s'était imaginé ce moment de nombreuses fois, puis il l'étendit sur le lit et elle le laissa entrer en elle tandis qu'elle disait : *Je t'aime*, à quoi il répondit : *Moi aussi, je t'aime*, et elle le croyait, vraiment, elle le croyait vraiment, et elle le serra fort, l'agrippa, consciente qu'en définitive tout se passerait bien, comme l'avait dit Dominic, comme l'avait dit Brian, et elle songea : *Je dois quitter Tyrone, c'est tellement injuste, et quand Brian emménagera avec moi, je lui préparerai chaque soir les meilleurs plats et je m'occuperai de lui, pas comme les filles qu'il a connues par le passé, je serai différente et il m'adorera.*

Ensuite, il était plus tard, beaucoup plus tard, peut-être deux heures du matin. La fête battait son plein dehors.

J'ai besoin de dormir. Tiens-moi.

« Hé.

– Hé.

– Toute cette histoire avec les flics... »

Arrête.

« C'est, genre, très important que tu ne leur parles *pas*. »

Arrête.

Tiens-moi.

« Dis-moi OK, demanda-t-il.

– OK quoi ? »

Arrête.

« Dis-moi que tu ne leur diras rien. »

Arrête.

« Je ne dirai rien... Promis.

– Promis ?

– Promis. »

Arrête. S'il te plaît. Tiens-moi simplement. Encercle-moi et laisse les vagues nous emporter. Ivre, défoncée et paumée, elle dit : « Tu sais, les sirènes ? »

Elle avait les yeux fermés et commençait à s'assoupir. Le corps de Brian était contre le sien.

« Oui ?

– Elles étaient dangereuses. »

Elle se mit à rire et se roula tout contre lui, l'agrippa fort.

« Elles attiraient les marins vers leur mort. »

Elle était presque endormie.

« Mais tu n'es pas comme ça, n'est-ce pas, Isobel ?

– Non. »

Elle se réveilla en sursaut. Elle avait dormi pendant peut-être dix secondes.

« Je les attire ailleurs », dit-elle, et elle sombra de nouveau dans le monde obscur du sommeil.

Il se leva. Il tira la couette qui la recouvrait. Il alluma la lampe de chevet, et il l'observa. Nue. Il tendit la main et lui caressa le dos. Elle était dans les vapes. Il la roula sur elle-même, orientant son visage vers le haut. Il se rappelait la première fois qu'il l'avait vue entrer dans sa salle de classe, il se rappelait avoir pensé : *J'ai tellement envie de baiser cette fille.* Il se caressa le sexe. Tel un lion examinant sa proie, il l'observa, en érection, flottant au-dessus d'elle. Il se frotta contre elle. Elle gémit, mais c'était un gémissement qui venait de loin. Elle était inconsciente, mais il savait qu'elle le sentait. Qu'elle le sentirait. Il plaça le bout de son sexe contre elle et la pénétra. Dedans. Entre. « Je t'aime », dit-il, juste au cas où. Il commença à pousser.

« Qu'est-ce que ça fait ? » demanda-t-il.

Mais elle était inconsciente. Elle n'allait pas lui répondre. Il le savait.

« Dis-moi. »

Il s'enfonça en elle.

« Dis-moi que c'est bon. »

Elle ne répondit pas.

« Dis-moi. »

Il la couvrit de baisers et répéta : « Je t'aime », tandis que l'extase, l'ivresse, la vie jaillissaient soudain de lui en provoquant une sensation de perte, comme s'il était à la fois vidé mais revigoré – puis il se laissa retomber sur elle, sur les gouttes de sueur entre ses seins et son ventre, et il répéta : « Je t'aime. »

Sachant pertinemment que c'était l'orgasme qui parlait. Sachant que ce qu'il voulait vraiment dire, c'était : *J'aime jouir en toi.* Et rien de plus.

« Dis-moi. »

Frankenstein

Le crime est relatif : la grande question pour la police de Nhill au cours des dernières années avait été de retrouver la personne qui avait coupé en deux un spitz nain puis balancé les morceaux dans le jardin de son propriétaire.

Le commissariat était silencieux quand Boris nous a menés à son bureau situé à l'arrière du bâtiment avec vue sur la cour. Les deux autres agents en uniforme nous observaient avec des expressions qui oscillaient entre perplexité et mépris. Mépris envers moi, l'ex-enquêteur de la criminelle qui harcelait leur patron, et perplexité envers Maria. La plupart des hommes désirent Maria dès qu'ils la voient, ils veulent la posséder, se l'approprier. La beauté est une aubaine, mais elle peut aussi être une malédiction quand on est entouré de demeurés néandertaliens.

Boris a refermé la porte derrière nous.

« Où voulez-vous que je m'assoie ? » a-t-il demandé.

Il était intimidé, avant même que nous ayons commencé.

« À votre bureau, agent principal », a répondu Maria avec un sourire assassin.

Il s'est exécuté. Boris approchait de la cinquantaine. L'uniforme bleu ne va pas vraiment aux flics de cet âge ; il dit *loser*, ou peut-être, pour être un peu plus généreux, *manque d'ambition*. Il portait son uniforme comme on porte la marque de l'échec. Il était bronzé à force, supposai-je, de vivre à proximité de Little Desert, une étendue plate d'environ mille kilomètres carrés, recouverte d'arbustes broussailleux, qui s'étirait sur la gauche de la ville. Sullivan, l'agent des fédés, avait décrit Boris, à l'époque, comme un homme en bonne condition physique, agressif, musclé, un bleu un peu plus âgé que les autres avec un complexe d'infériorité et des choses à prouver, mais également un type qui serait toujours un suiveur. L'homme assis à son bureau devant nous était devenu gras, et ses yeux – qui avaient peut-être été autrefois perçants et à l'affût du moindre affront réel ou imaginaire – étaient vitreux avec des paupières tombantes. Les boutons de sa chemise étaient tendus par son ventre. Ils semblaient sur le point de craquer. Il peinait à vous regarder dans les yeux, et on aurait dit un type qui avait du mal à se lever le matin. Il attendait que nous lancions l'interrogatoire, telle une personne consciente qu'elle ne pourra pas échapper à son sort.

« Boris, ai-je demandé, avez-vous été en contact avec les inspecteurs Racine, Pappas ou Monahan au cours des dernières vingt-quatre heures ?

– Non », a-t-il répondu.

Génial : commençons par un mensonge idiot. Au moins, Maria et moi savions désormais à quoi nous en tenir. Je me suis enfoncé dans ma chaise tandis que Maria prenait les choses en main.

« Parlez-nous d'Isobel, a-t-elle dit.

– Qu'est-ce que vous voulez savoir ? »

En règle générale, les flics sont nuls quand ce sont eux qui sont interrogés. Il ne louvoyait pas, du moins pas encore, il n'était juste pas habitué à être questionné, surtout par une policière qui approchait de la trentaine.

Maria n'a pas répondu. Elle s'est contentée de le fixer. Moi aussi. Le silence peut être une arme redoutable quand vous interrogez un type qui flippe. Maria, et j'en étais ravi, avait même poussé l'embarras de Boris un cran plus loin : elle lui souriait désormais, comme s'il elle était d'accord avec une chose très profonde qu'il aurait dite.

« Je ne l'ai rencontrée qu'une seule fois. »

Il a tenté un haussement d'épaules.

« Elle semblait inoffensive. »

Maria était furieuse. *Inoffensive ?* Qu'est-ce que c'était que cette façon de décrire une jeune fille de dix-huit ans morte ?

Il s'est repris.

« Je veux dire, elle semblait calme. Je ne sais pas. Je ne me souviens pas. C'était il y a longtemps.

– Parlez-nous de la fois où vous l'avez rencontrée.

– Eh bien, je ne l'ai pas à proprement parler *rencontrée*. Je suis juste allé à cette fête chez elle et elle était là.

– Pourquoi êtes-vous allé à cette fête ?

– On était invités.

– Par qui ?

– Je ne sais pas. C'était il y a des années. Il y avait cette fille. On était dans une boîte du centre-ville, et cette fille, je crois que c'était une amie de Racine, eh bien, elle a dit qu'elle allait à une fête et elle nous a demandé si on voulait l'accompagner.

– Comment elle s'appelait, cette fille dans la boîte ?

– Ruby Jazz.

– Qui était avec vous ? Quand vous dites *nous*, de qui parlez-vous ? »

De temps à autre, Boris jetait un coup d'œil dans ma direction comme s'il se demandait si j'allais soudain poser une question. Mais je laissais Maria aux commandes et lui offrais le visage du Darian souriant.

« Il y avait Racine, Pappas et Monahan.

– Vous sortiez souvent tous les quatre ? »

Nouveau coup d'œil dans ma direction. *Qui est cette nana pour me poser des questions comme ça ?* Ou peut-être que j'interprétais mal son expression. Mais j'en doutais.

« Je ne sais pas, a-t-il répondu en haussant les épaules.

– Si, vous savez. Vous formiez une équipe. Vous êtes tous sortis de l'école de police en même temps, vous étiez connus pour fréquenter les boîtes ensemble, pour passer des week-ends ensemble.

– Alors si vous connaissez déjà la réponse, pourquoi vous me posez la question ? a-t-il répliqué dans un accès de colère momentané.

– Nous voulons l'entendre de votre bouche, agent principal. Je vous aiguillais juste pour que vous nous aidiez à découvrir la vérité. Alors, qu'est-ce qui s'est passé exactement ? Que vous a *exactement* dit Ruby ? Donnez-nous les détails.

– Je ne me souviens pas. Je crois que Racine est venu me voir et m'a dit que Ruby nous invitait.

– À quoi ressemblait-elle, cette Ruby ?

– Jolie. Plutôt jeune, je suppose.

– OK. Comment vous êtes-vous rendus à la fête ?

– Pardon ?

– Comment vous êtes-vous rendus à la fête ?

– Que voulez-vous dire ?

– Ce que je veux dire, c'est comment avez-vous physiquement effectué le trajet depuis la boîte jusqu'à la maison d'Isobel dans Osborne Street, dans South Yarra ?

– J'en sais rien, c'était il y a plus de vingt ans, bordel. »

Je me suis légèrement penché vers lui et ai parlé doucement.

« Hé, Boris ? »

Il a sèchement détourné les yeux de Maria pour les poser sur moi.

« Vous avez conscience que l'agent principal Chastain et moi-même avons été missionnés par le commissaire ? »

Il a acquiescé.

« Et qu'il a lui-même été missionné par le gouvernement ? »

Il m'a fixé du regard. Pas de hochement de tête, cette fois-ci.

« Et le commissaire veut que cette enquête soit non seulement complète, mais également rapide. On nous a donc accordé des pouvoirs d'arrestation assez étendus en cas de non-coopération. Outrage à agent et ainsi de suite. »

Ce que je venais de dire, c'était du pipeau, mais comment aurait-il pu le savoir ? Quand vous êtes en proie à la peur, vous croyez n'importe quoi.

Maria a poursuivi sur sa lancée.

« Comment vous êtes-vous rendus à la fête ?

– En voiture, a-t-il répondu, de plus en plus revêche.

– Essayez d'être plus spécifique, s'il vous plaît, agent principal. Quelle voiture, et qui conduisait ?

– Pappas. C'est toujours lui qui conduisait.

– Agent principal, nous avons un problème, a-t-elle déclaré d'un ton étonnamment calme. Parce que Pappas conduisait une Porsche. »

Boris la fixait du regard, attendant la suite.

« Une 964 turbo, pour être précise. Il y a bien une banquette arrière dans ce modèle, comme dans toutes les Porsche, à vrai dire, mais ces banquettes ne sont pas réellement conçues pour les passagers, et la 964 ne pouvait pas accueillir quatre jeunes hommes bien bâtis *plus* une fille du nom de Ruby Jazz. Même si vous essayiez tous de vous entasser, même si Ruby disait : "Hé, je vais m'asseoir sur vos genoux" –, c'est simplement impossible. »

Peut-être parce que Boris avait décrit Isobel comme *inoffensive*, Maria n'a pas lâché le morceau : « C'est la quadrature du cercle. Vous voyez ce que je veux dire ? »

Elle l'a regardé un moment avant de poursuivre :

« Je vais vous suggérer, agent principal, une hypothèse que vous pourrez confirmer ou infirmer : cette fille, Ruby Jazz, n'est pas allée à la fête avec vous. »

Il s'est écoulé un long moment durant lequel Boris a soupesé ses options. Ça faisait plus de vingt ans que lui et les autres flics débitaient cette histoire qui disait qu'ils étaient allés à la fête parce qu'ils avaient été spontanément invités par Ruby – par opposition à une version des faits plus sinistre, dans laquelle ils s'y seraient rendus pour intimider Isobel. Ils l'avaient apprise par cœur. C'était facile et **sûr**. Jusqu'à maintenant. Ça avait été leur canot de sauvetage. Jusqu'à maintenant. Mais cette version commençait à prendre l'eau. Ni Maria ni moi n'y croyions, et je supposais que ce serait juste une question de temps avant que nous la détruisions et révélions la vérité. Nous y parviendrions grâce à Ruby, quand nous l'aurions retrouvée, ou grâce à un maillon faible comme le flic paniqué qui était alors assis devant nous.

Au bout d'un moment, j'ai vu que Boris avait pris sa décision. Ses yeux s'étaient plissés à mesure que son histoire avait pris forme.

« Ruby était à l'arrière. Elle était étendue sur Racine et Monahan. »

Mary Shelley a écrit *Frankenstein* alors qu'elle était jeune femme et avait à peu près le même âge qu'Isobel à sa mort, ce qui constitue un accomplissement remarquable, si l'on considère que l'idée du livre a germé quand le poète Lord Byron a suggéré un soir d'ivresse qu'elle et d'autres figures littéraires inventent une histoire de fantôme pour se divertir. Elle a clairement tapé dans le mille, finissant par écrire l'un des livres les plus influents de langue anglaise. Certaines personnes s'emmêlent les pinceaux et pensent que Frankenstein est le monstre, mais c'est en fait le médecin qui le crée. J'avais entendu dire que Boris s'amusait à faire des imitations absurdes du monstre interprété par Boris Karloff dans le film des années 1930 ; ces imitations lui valaient d'avoir la cote dans les commissariats à la fin des années 1980, même si je doute qu'il ait pris la peine d'en faire une le soir où il était allé chez Isobel.

Vraiment, tout n'est qu'une question de choix. De décisions. Frankenstein choisit de fabriquer une créature vivante – le monstre – et ensuite, épouvanté, il découvre qu'elle possède un esprit propre. Mais ça, ça arrive plus tard. En la regardant, Frankenstein s'enfuit, horrifié par ce qu'il a fait. Avait-il réfléchi à ce qu'il créait ? Aux possibles répercussions ?

La créature se retrouve confuse et bouleversée. Sans aucun repère moral, elle fait ce que n'importe quelle créature ferait : elle essaie de survivre dans un monde où chaque personne qui pose les yeux sur elle se met à paniquer. Finalement, elle retrouve la trace du médecin et lui dit que tout le monde la fuit.

S'il vous plaît, implore-t-elle, fabriquez-moi une femme. Vous m'avez créé, donnez-moi une compagne. Frankenstein accepte, mais, par la suite, effrayé par son propre ouvrage, il détruit sa création féminine, déclenchant la fureur du monstre. Pourquoi avoir tué ma compagne ? Pourquoi, si vous m'avez créé, avoir tué la seule chose qui aurait pu me faire me sentir heureux ? Content. En paix. En accord avec moi-même. Pourquoi ?

Frankenstein avait-il réfléchi à ce qu'il créait la seconde fois ? La femme ? Aux répercussions éventuelles ? Quelles sont, d'ailleurs, les répercussions de ce que nous choisissons de faire ? Les envisageons-nous ? Ou bien agissons nous au petit bonheur la chance, avec une spontanéité furieuse en nous foutant des conséquences ?

L'histoire ne se termine pas bien. La créature – le monstre – finit par tuer la femme de Frankenstein, Elizabeth –, et ce n'est pas la première personne qu'elle tue. Le narrateur est pris dans la glace, au pôle Nord, et le livre s'achève tandis que la créature, accablée par ce qu'elle a fait, dérive sur la banquise vers l'horizon, vers une mort certaine, tandis que la nuit commence à tomber sur ce monde blanc et glacé.

Maria m'a lancé un coup d'œil. Le moment était venu de passer à la vitesse supérieure.

« Saviez-vous que la police fédérale avait ouvert une enquête sur Dominic Stone pour des soupçons d'importation de drogue, et qu'elle se penchait également sur vous dans le cadre de cette enquête ? » ai-je demandé.

Il a remué, d'un air mal à l'aise.

« Je ne sais rien de tout ça.

– Quand, dans votre souvenir, avez-vous rencontré Dominic Stone ?

– Je ne l'ai jamais rencontré.

– Boris, je vais vous faire une fleur. Je vais faire semblant de ne pas avoir entendu cette réponse, et je vais vous reposer la question. Mais avant ça... »

J'ai saisi ma serviette, l'ai ouverte et en ai sorti un dossier que j'ai posé sur le bureau.

« Je veux que vous sachiez que les fédés ont mené leur enquête avec une grande rigueur, et que celle-ci a été brusquement abandonnée peu après la mort d'Isobel. »

J'ai désigné les documents.

« Ça, c'est leur dossier. »

L'homme illustré

Casey filait comme le vent.

Il avait arraché son sarong et mis un Levi's, trouvé des chaussettes quelque part, enfilé ses bottes, farfouillé dans ses vêtements propres qui gisaient par terre au pied du lit et trouvé son tee-shirt *I Like Ike*, qu'il adorait même s'il avait des doutes quant à la présidence de Dwight Eisenhower, et saisi son blouson de cuir noir, qui lui avait été donné en douce par un type des Hells Angels en 2002, mais débarrassé des patchs indiquant une appartenance au gang. Il avait attrapé son portefeuille en traversant à grandes enjambées la maison, puis quatre téléphones portables et l'un de ses sept Glock, qu'il avait enfoncé à l'arrière de son jean, ainsi que le fusil à canon scié qu'il cachait sous le canapé sur le balcon. En sortant de la vaste maison biscornue en bois typique du Queensland que Maria et lui partageaient depuis cinq ans en tant que couple, qu'amants, qu'équipe, il savait qu'il était en danger – pas parce que quelqu'un aurait pu songer à lui coller une dérouillée, mais au cœur même de sa vie. Dans sa relation avec Maria. Il grimpa sur sa Harley, fit vrombir le moteur et, sans jeter un dernier regard à sa maison, qu'il n'avait pas pris la peine de fermer à clé, il brûla la terre et les cailloux à une vitesse inquiétante.

Les conducteurs cédèrent le passage.

Aux premiers feux de signalisation, il décida de se calmer. Ne passe pas au rouge. Ne fais rien d'illégal. Tu trimballes deux armes sérieuses. Réfléchis. Tu peux griller tous les putains de feux d'ici à Melbourne, mon vieux Case, et après ? Tu arriveras vingt minutes avant le mec qui y est allé peinard. Sur ce, il inséra les minuscules écouteurs qu'il venait d'acheter et balança *Hot Rats* de Frank Zappa dans ses oreilles, sa tête, son esprit, son corps et son cœur, à fort volume et sans interruption, en boucle depuis Tewantin sur la Sunshine Coast jusqu'à Davis Avenue dans South Yarra.

Pourquoi est-ce qu'elle est tombée amoureuse de moi ? se demandait-il.

Et, comme tout être humain avec un cœur, il se demanda ensuite : est-ce qu'elle m'aime vraiment ? Est-ce que je suis digne d'elle ? Et pire : est-ce que c'est juste une ruse ?

Comment la femme la plus belle et sensuelle de tous les temps peut-elle aimer quelqu'un comme moi ? Moi, le type aux cheveux trop longs et au look années 1970, le type avec les tatouages qui recouvrent son corps comme la peur recouvre un corps, comme la frime et le baratin recouvrent la peur, comme la peur recouvre le malaise, comme la frime et le baratin recouvrent le malaise et tout ce qu'il renferme, tous ces trucs qui vous foutent les jetons quand vous êtes gosse, qui vous donnent envie de sortir, de défoncer quelques têtes et de faire semblant d'être ce que vous n'êtes pas. Les tatouages recouvrent ça et je suis couvert de tatouages, depuis l'âge de quinze ans, quand j'ai dit au type : « Recouvre mon dos, depuis mon cul jusqu'à ma nuque, ou je te casse la tête. » Et il l'a fait, il m'a recouvert d'un énorme tatouage représentant un aigle en train de fondre.

Depuis un an, il savait qu'ils s'éloignaient l'un de l'autre.

Certains jours distants, d'autres proches. Il avait besoin de l'agripper, de la retenir.

Elle ne lui avait pas dit grand-chose, simplement qu'il y avait eu une sorte d'agression mais qu'elle allait bien, et ne t'en fais pas, chéri, je serai de retour dans quelques semaines.

Mais il ne s'agissait pas que de ça, il ne s'agissait pas seulement de retrouver l'enfoiré qui avait commandité l'agression et de l'écrabouiller jusqu'à ce que sa tête pisse le sang, puis d'expédier ce connard dans une autre éternité loin d'ici. Il s'agissait aussi de Ruby.

Casey ne savait pas mentir. C'était sa croix. Quand Maria avait demandé : *Comment tu l'as connue ?* il n'avait pas pu faire semblant. Ruby, avec son uniforme de lycéenne et son corps qui aurait pu déclencher une guerre mondiale. *Jésus, sauve-moi*, avait-il pensé tandis qu'il lui disait la vérité. Après quoi, elle avait raccroché et cessé de lui retourner ses coups de fil. Après quoi, il s'était dit qu'il ferait mieux d'aller là-bas, pas la peine de tergiverser, et de rallumer la flamme.

Le passé est le passé, songea-t-il tandis qu'il se faufilait au milieu de la circulation, s'apprêtant à quitter la Sunshine Coast et à prendre la Bruce Highway vers le sud pour retrouver sa nana à quelque mille kilomètres de là. Mais le passé est maintenant, songea-t-il également. Il est ici, avec moi. Ruby, la gamine de seize ans avec qui j'ai couché il y a une vingtaine d'années, est avec moi maintenant, entre Maria et moi. Maintenant. Et je dois relier ce passé au présent et arranger les choses. Sinon je perdrai la femme de ma vie.

Ça faisait longtemps que Casey avait eu son premier tatouage. « Arrange-toi pour que ça fasse mal », avait-il dit.

Et ça avait fait mal.

Il détestait les casques, mais il en portait tout de même un. Il détestait respecter les limitations de vitesse, mais il le faisait tandis qu'il filait sur l'autoroute, s'arrêtant uniquement pour prendre de l'essence.

Il avait fait courir le bruit – et sa voix était puissante et portait loin : ma nana s'est fait agresser l'autre nuit dans Davis Avenue, dans South Yarra, un connard a essayé de la tuer, il a essayé de lui écraser la trachée, et je descends là-bas, *maintenant*, et on va les retrouver tous les deux, l'enfoiré qui a fait le coup et l'enfoiré qui l'a monté. Et ils sont tous les deux morts, une balle dans la caboche pour chacun.

Ça faisait près de dix ans qu'il avait pris sa retraite, mais les loyautés étaient profondes, comme des stigmates. Dites-le à tout le monde, avait-il ajouté.

Et c'était ce qu'ils avaient fait. Pendant qu'il roulait et écoutait *Hot Rats*, on n'arrêtait pas de l'appeler. Mais il avait mis son téléphone sur silencieux, il le vérifierait quand il s'arrêterait prendre de l'essence.

Melbourne était son territoire. Personne, même maintenant, une décennie plus tard, ne pouvait arpenter ses rues sans que Casey le sache s'il le voulait. Et il le voulait. Il voulait tuer.

Il voulait réaffirmer son amour. Il voulait dire : chérie, regarde ce que j'ai fait. Pour toi. J'ai du sang sur les mains. Pour toi.

Est-ce qu'il la perdrait ?

Il avait déjà tant perdu. À commencer par sa mère, puis son père. Partis. Puis Jane. Partie. Puis Dolores. Partie. Puis un tourbillon de filles. Toutes parties. Tout le monde était parti.

Sauf Maria.

Maria : il la récupérerait.

Brumes de guerre

« Je déteste venir ici, déclara Stolly. Y a des cadavres sous le parking, là-bas, presque dix mille. Tu le sais, ça ? Des os. On marche sur un cimetière détruit il y a cent cinquante ans. Pour laisser place à ce putain d'endroit, pour que la population immigrée de cette magnifique ville puisse vendre des imitations de tapis bon marché, des tee-shirts d'Elvis et des beignets frits.

– Boucle-la et continue de marcher, dit Racine.

– Pourquoi on est ici ? On ne pouvait pas se rencontrer dans un resto chinois du centre-ville ou à la plage ? On pourrait se balader sur la plage avec des fish and chips. Ce serait génial. J'adore. Mais ici, on est dans ce trou à rat pourri.

– Moi non plus ça ne me plaît pas, déclara Monahan. Les vendeurs me reconnaissent.

– Fermez-la. On est trois inspecteurs qui déambulons dans le marché à l'heure du déjeuner. Pas de quoi fouetter un chat. Qui hésitent entre les kebabs et les sushis. Arrêtez d'être paranos et d'avoir un comportement louche, tous les deux », lança Racine, qui commençait clairement à perdre son calme.

« Marché de la reine Vic. Une heure », avait écrit Racine, au stylo, sur du papier, façon siècle dernier, avant de porter lui-même le mot aux deux hommes – à Monahan dans son bureau à quelques portes du sien, et à Stolly à l'étage d'en dessous, à la criminelle.

Le marché de la Reine-Victoria se trouvait de l'autre côté de la ville. Le QG de St Kilda Road était au sud du centre-ville, et le vieux marché animé, qui s'étirait sur dix-sept hectares, le plus grand de son genre dans l'hémisphère Sud, se trouvait à la limite nord-ouest. Il était en grande partie couvert, un océan de longues allées entre des étals qui proposaient essentiellement de la camelote inutile et des imitations bon marché. Les stands de nourriture abondaient. Les touristes et les gens du coin déambulaient, allant d'un commerçant bruyant à l'autre, avec une expression perplexe qui disait : *Est-ce que c'est vraiment l'une des principales attractions touristiques de cette ville ?*

Il flottait une odeur de kebabs et de beignets, les cris des Grecs, des Vietnamiens, des Libanais et des Italiens transperçaient l'air sans interruption. Des trams passaient bruyamment, et la circulation était dense dans Peel Street d'un côté, et Victoria Street de l'autre.

Un vacarme infernal de tous les côtés.

« Richards utilise ce geek débile, Isosceles. Nous devons supposer qu'il écoute tout ce que nous disons, absolument tout. Alors, venez », dit-il aux deux autres.

Ils étaient dans une allée qui abritait un fleuriste – des bacs d'œillets et de tulipes étaient disposés par terre – à côté d'une boutique de noix. De l'autre côté, il y avait un étal de matériel de jardinage, entre une échoppe de serviettes et un magasin spécialisé dans les cristaux qui proposait à moitié prix, le mardi et le jeudi, pour les clients qui venaient pour la première fois, une séance avec M. Electro, un authentique voyant venu tout droit des collines d'Adelaïde.

« Boris a parlé, déclara Racine.

– Tu étais censé t'occuper de lui, observa Monahan, irrité.

– Oui. Bon. Ça n'a pas fonctionné. Je lui ai dit ce qu'il devait dire, mais il s'est lâché.

– Il s'est lâché ? Qu'est-ce que ça veut dire ? Qu'est-ce qu'il leur a raconté ?

– Il leur a dit pour nous et Stone. »

Les yeux de Monahan lancèrent des éclairs de colère.

« Il leur a *dit* ?

– Tout, répondit Racine.

– Merde. Boris, mon frère, je vais te buter, déclara Stolly.

– Pourquoi il a fait ça ? demanda Monahan.

– Richards a le dossier.

– Celui des fédés ? demanda Stolly.

– Oui », répondit Racine.

Stolly s'en prit à Monahan.

« Tu étais censé le détruire.

– Il l'a été.

– Alors comment ça se fait que Richards en ait une copie ? »

Mais Monahan n'écoutait pas, il n'entendait que les secousses qui l'agitaient.

« Ça craint, dit-il. Il faut qu'on l'élimine.

– Rien de tout ça ne se serait produit sans toi, lança Stolly à Racine.

– C'est censé vouloir dire quoi ?

– Toi et tes grandes ambitions, ton envie de devenir commissaire.

– Je n'ai pas demandé cette enquête. C'est Copeland qui l'a déclenchée.

– Oui, mais tu as demandé à devenir commissaire, non ?

– Évidemment, et je vous le dis ici et maintenant : je vais l'être.

– Tu crois ? Avec ton passé ? » railla Stolly.

Monahan se contentait de les observer. Il avait une tendance irritante à fixer du regard sans rien dire, comme s'il échafaudait un plan en silence. Mais cette passivité dissimulait un tempérament spontané et explosif, que la chose la plus triviale pouvait enflammer.

« Qu'est-ce que c'est censé vouloir dire ? demanda Racine en toisant Stolly.

– Tu étais le livreur d'un dealer de drogue, bordel. On l'était tous. Ce n'est pas habituellement l'un des critères de sélection pour le poste de commissaire.

– Tu as toujours été à côté de la plaque. Renseigne-toi, Stolly. La corruption n'est peut-être pas une condition nécessaire pour le boulot, mais ce n'est certainement pas un obstacle. Et je vais te dire autre chose, mon pote : mieux vaut que ce soit moi qui aie le poste plutôt qu'un connard qui se penchera sur *ton* histoire et décidera d'ouvrir quelques enquêtes. »

Il se tourna vers Monahan.

« Enfin bref, Richards enquête sur la mort de cette fille… »

Cette fille.

Aucun d'entre eux ne pouvait se résoudre à prononcer son nom, même vingt-cinq ans plus tard.

« Donc, c'est sur elle qu'il se concentre, pas sur le fait qu'on trimballait des trucs pour Stone », déclara Racine.

Monahan fixait la boutique de noix, envisageant mentalement une série d'obstacles et songeant à la manière de les franchir. Il était comme un triathlète qui se préparait pour une course, s'imaginant le parcours avant de commencer.

« On doit l'éliminer, répéta-t-il. Ça ne devrait pas être si compliqué que ça. Je me penche sur la question dès aujourd'hui.

– Comment ça, *l'éliminer* ? De qui tu parles ? demanda Stolly.

– Il parle de Boris, expliqua Racine. Boris doit être détruit, on doit le discréditer, le piéger. Il faut qu'on étudie son dossier, qu'on voie ce qu'on peut trouver sur lui. »

Monahan se mit alors à parler, élaborant un scénario :

« J'ai entendu dire que les bikers ont un copain flic à Nhill, un type dont ils se servent pour faire passer leur meth de l'autre côté de la frontière. Ils ont un labo là-bas, à la périphérie de Nhill, et ce flic est parfaitement au courant. Ça fait quelques années qu'il est de mèche. Il a touché le jackpot : deux mille dollars par semaine. Il pensait pouvoir s'en tirer comme ça, dans son bled paumé, mais non, les stups ont entendu parler de l'opération en mars de cette année. Donc, sous la houlette de leur chef, l'inspecteur principal Jacob Monahan, un raid a été organisé pour coffrer **les criminels** et leur protecteur, l'agent principal Boris Jones. *Avant le raid,* *monsieur, j'ai été informé que l'agent principal Jones avait été alerté que nous étions au courant de ses activités criminelles, du fait qu'il avait touché des pots-de-vin pendant de nombreuses années, et également qu'un mandat d'arrêt à son encontre était sur le point d'être émis. Au même moment, monsieur, le hasard a voulu que l'inspecteur principal Darian Richards et sa partenaire l'agent principal Maria Chastain, qui travaillaient sur une enquête interne pour le commissaire, aient interrogé l'agent Boris Jones, et ce dernier a profité de l'interrogatoire pour salir non seulement la réputation du chef de la brigade des stupéfiants, à savoir moi, mais également celle de deux autres agents haut placés et respectés. En outre, monsieur, j'ai également été informé que l'agent principal Boris Jones avait, au fil des années, téléchargé quelque trois mille images de pornographie enfantine, parfois très violentes. Cette information m'a été communiquée par mon informateur, le membre du gang de bikers susmentionné. J'ai transmis cette information à l'unité concernée, monsieur, et je crois savoir qu'un disque dur a été localisé. »*

Racine et Stolly l'avaient fixé du regard tout du long, tels des gamins en train d'écouter une histoire de Roald Dahl.

« Bon sang, t'es un génie », déclara finalement Stolly en riant.

Racine acquiesça.

« OK. Bien. Dis-moi de quoi tu as besoin pour que ça fonctionne.

– De rien. C'est facile. J'ai déjà fait ce genre de truc », répondit Monahan.

Il se tourna alors pour partir, certain que sa carrière en tant que chef de la brigade des stupéfiants n'était pas en danger – rien à foutre de Racine et de sa candidature au poste de commissaire ; c'était le dernier de ses soucis.

« Attends », lança Stolly.

Monahan s'arrêta, pivota sur ses talons.

« Et Chastain et Richards ? »

Monahan se tourna vers Racine.

« Qui a placé le contrat sur Chastain ?

– Ce n'était pas un contrat. Elle était juste censée être un peu malmenée – violée, le visage un peu lacéré. Je lui ai dit de ne pas le faire. Mais est-ce qu'il m'a écouté ? Non. L'imbécile.

– Et le but de tout ça était ? » demanda Monahan.

Racine haussa les épaules.

« Juste de leur foutre un peu la trouille. De la mettre hors jeu. De déstabiliser Richards. De lui faire comprendre que même avec le commissaire de son côté, il avançait en terrain miné.

– Ne joue pas au con avec Richards, déclara Stolly. Soit tu le butes, soit tu ne t'approches pas de lui.

– Si tu le dis, répondit Racine en haussant une fois de plus les épaules. Enfin bref, il voulait s'en prendre à la fille. Toujours la même histoire. Il pensait qu'elle était le point faible de Richards. Mais cette fois, je lui ai dit : "Si tu fais un truc de ce genre, t'as intérêt à prendre quelqu'un qui sait ce qu'il fait."

– Peut-être que tu aurais pu te porter volontaire, vieux », répliqua Monahan.

Racine s'esclaffa.

« Ces temps sont révolus.

– Dommage, déclara Monahan. On se marrait bien. »

1984

Nous avions passé Horsham depuis dix minutes, l'une des plus grandes villes de la région, et étions à environ une heure au sud-est de Nhill, quand j'ai entendu une sirène et vu le gyrophare. Une voiture de police nous poursuivait. C'était forcément nous car il n'y avait pas d'autre voiture devant, et de toute façon on le sait au fond de ses tripes quand on est dans le collimateur des flics.

« Tu as fait un excès de vitesse ? a demandé Maria.

– Je n'en fais jamais », ai-je menti.

Même si là, ce n'était pas le cas.

« Peut-être que c'est Boris qui veut revenir sur ses déclarations », a-t-elle observé d'un ton léger.

Boris nous avait dit tout ce que nous savions déjà, ou avions supposé, sur son implication et celle des autres flics dans le trafic de drogue de Dominic Stone. Ce qui ne signifie pas que ça ne nous était d'aucune utilité : c'était une confirmation. Ça rapprochait Racine du cadavre d'Isobel pendu à la porte de sa chambre à trois heures du matin.

Et c'était une brèche dans la muraille. Il suffit qu'un seul brise la cabale du silence, et les autres ont tendance à suivre pour protéger leurs intérêts.

Soit par entêtement, soit par sincérité, Boris avait maintenu que lui et les trois autres hommes s'étaient rendus chez Isobel à l'initiative de Ruby Jazz, qu'Isosceles était encore en train d'essayer de localiser. Et, encore une fois, soit par entêtement, soit par sincérité, Boris avait réaffirmé qu'ils s'étaient entassés tous les cinq – quatre hommes grands et costauds plus une strip-teaseuse mineure – dans la Porsche de Pappas, avec Ruby étendue sur les cuisses de Racine et de Monahan. Il avait enjolivé son souvenir, réel ou imaginaire, avec une description désapprobatrice des mains de Racine pelotant diverses parties du corps de cette dernière tandis qu'ils filaient depuis l'extrémité de Spencer Street au niveau de la rivière, traversaient le pont, puis longeaient City Road jusqu'à ce qu'elle devienne Alexandra Avenue, une élégante artère bordée d'arbres qui suivait les méandres de la Yarra, et un endroit prisé pour faire des excès de vitesse car les feux de signalisation y étaient très rares. « Pappas a appuyé sur le champignon, avait déclaré Boris, et on a tous rigolé parce qu'on était flics et que personne ne pouvait nous arrêter, même s'ils avaient essayé. On était les maîtres du monde, on vivait dans le royaume des puissants. »

Tandis que la voiture de police se rapprochait – elle devait faire au moins du cent quarante –, j'ai ralenti et me suis arrêté sur la bande de terre et de graviers qui bordait la route. J'ai ouvert la portière et commencé à sortir quand j'ai entendu un « Restez dans votre véhicule » jaillir d'un de ces haut-parleurs à la George Orwell que les flics adorent utiliser pour mettre de l'ambiance.

Un autre truc que les flics adorent faire pour mettre de l'ambiance, c'est vous faire poireauter dans votre voiture pendant ce qui semble une éternité pendant qu'ils font des Choses Importantes dans la leur, comme chercher des renseignements sur vous dans leur ordinateur, grâce à votre plaque d'immatriculation, en utilisant Dieu sait quelle base de données – peut-être qu'ils vérifient aussi votre page Facebook et téléchargent votre bibliothèque iTunes –, avant de finalement daigner sortir et marcher vers vous d'un air de dire : *C'est une affaire très sérieuse.*

Malheureusement, nos flics étaient des hommes jeunes, ce qui, pour moi, les plaçait dans la catégorie des Débiles Dédaigneux. Je les appelle les DD. Frais émoulus de l'école de police, impatients de laisser une trace et d'effectuer autant d'arrestations que possible, bourrés de testostérone sans parler du pistolet et du taser à leur ceinture, remplis de la certitude qu'ils sont tout-puissants. Comme ces quatre policiers en repos bourrés dans une Porsche quelque vingt-cinq ans auparavant, qui se rendaient à une fête durant laquelle une fille était morte, et à qui personne, à l'époque, n'avait demandé de comptes.

L'un des agents a marché de mon côté tandis que l'autre se dirigeait vers Maria à la place du passager. Mon type s'appelait Luke Douglas, et celui de Maria, Rod Cooper. Ce dernier lui a jeté un coup d'œil, a esquissé un grand sourire, puis il s'est penché vers elle.

« C'est une conduite à gauche », a noté Douglas, faisant preuve d'un incroyable sens de l'observation.

Je n'ai pas pris la peine de répondre.

« Est-ce que vous avez les documents qui prouvent que vous pouvez conduire ce véhicule ?

– Oui.

– De quelle année date cette voiture ?

– 1964. »

Les conduites à gauche doivent avoir au moins trente ans pour pouvoir être utilisées en Australie.

« Nous aimerions que vous nous accompagniez à Horsham afin de vérifier que cette voiture est en état de rouler et possède tous les certificats nécessaires.

– Non, je ne vais pas vous accompagner. »

Maria se rappelait peut-être un incident, deux ans plus tôt, lorsque j'avais descendu deux flics dans des circonstances vaguement similaires sur une autoroute près de Noosa. Elle me regardait d'un air inquiet, craignant que je ne reproduise ma performance.

« Excusez-moi ? » a dit Douglas.

Cooper s'est également tourné vers moi avec une **mine** stupé-faite, bandant ses muscles.

« J'ai dit non, nous ne vous accompagnons pas à Horsham. Nous venons de traverser la ville et je n'ai aucune intention d'y retourner. »

Douglas a bombé le torse et m'a parlé d'une voix sérieuse.

« Je viens de vous dire de retourner à Horsham. Si vous ne m'obéissez pas, je vous arrêterai pour obstruction à la justice, je vous menotterai tous les deux, et je vous y emmènerai moi-même avant de vous coller en cellule. »

J'ai commencé à ouvrir la portière.

« Restez dans la voiture ! a aboyé Douglas tandis que Cooper reculait d'un pas, anticipant de toute évidence un peu d'action.

Je suis descendu.

« Remontez dans la voiture ! » a ordonné Douglas.

J'ai levé les mains, comme en signe de capitulation.

« Du calme », ai-je dit.

Il a placé sa main sur le pistolet à sa hanche. Bon Dieu, est-ce qu'ils passaient des westerns à l'école de police de nos jours ?

« Qui vous a dit d'intercepter la Studebaker rouge, agent Douglas ? » ai-je demandé.

Il m'a regardé bouche bée, puis son collègue, puis Maria, puis de nouveau moi.

« Retournez dans la voiture, monsieur, a-t-il répondu.

– Je n'ai pas à retourner dans la voiture. Je n'ai pas à obéir à cette instruction de votre part – d'ailleurs, la seule chose que j'aie à faire, c'est vous donner mon nom et mon adresse, mais vous les avez déjà ; nul doute qu'on vous a donné ces informations quand l'agent de St Kilda Road – huitième ou neuvième étage, monsieur l'agent ? – vous a téléphoné et ordonné de harceler et d'intimider le conducteur et la passagère de la Studebaker rouge qui traverserait votre ville vers midi tandis qu'ils rentreraient de Nhill à Melbourne. Ce que la personne a oublié de mentionner, je suppose, c'est que le conducteur et la passagère travaillent pour le commissaire et sont en mission officielle, ou peut-être qu'elle vous a dit que c'était juste un prétexte bidon et que vous ne deviez pas y croire. Quoi qu'il en soit, telle est la situation. Vous avez interpellé deux agents de la police de l'État de Victoria, et vous êtes, de fait, en train de faire obstruction à la justice, puisque l'agent Chastain et moi-même sommes en mission. Vous avez donc deux choix, les gars. Soit vous retournez dans votre véhicule et nous laissez poursuivre notre chemin, soit l'agent Chastain et moi-même vous désarmons de force, quitte à vous casser quelques os, et vous inculpons pour autant de chefs d'accusation que nous pourrons. »

C'était la technique de base à la Fred Pierrafeu avec ce genre de flics : répliquer avec encore plus d'intimidation. Yabba Dabba Doo. Douglas, qui n'était tout compte fait pas si débile que ça, a ôté sa main de son arme et reculé en lançant à Cooper : « Tirons-nous d'ici. »

Nous les avons regardés battre en retraite dans nos rétroviseurs.

« Qu'est-ce qu'ils vont faire à Boris ? » a demandé Maria, un peu secouée.

Elle ne parlait pas des agents de la police autoroutière.

« Ça t'inquiète ? »

Elle a haussé les épaules.

« Non. »

Boris avait également maintenu qu'ils n'étaient pas restés longtemps à la fête. Il semblait dire la vérité, mais il avait ensuite ajouté qu'à leur arrivée Racine avait reconnu Isobel, qu'il avait vue à certaines fêtes données par Stone, chez lui à Toorak et dans sa grande maison de Portsea.

« Donc, c'était une coïncidence ? Ça, je n'y crois pas, Boris.

– C'est la vérité », avait-il insisté.

J'avais laissé passer.

Il nous avait confirmé que Racine avait emmené Isobel dans sa chambre et lui avait parlé.

« De quoi ? a demandé Maria.

– Il lui a dit de ne pas parler.

– À qui ?

– Aux fédés. Elle s'était fait prendre en train d'importer de la cocaïne pour Stone. Ils la harcelaient pour qu'elle leur raconte tout.

– Comment l'avez-vous su ? ai-je demandé.

– C'est Monahan qui me l'a dit.

– À l'époque, depuis combien de temps travailliez-vous pour Stone ? a questionné Maria.

– On ne *travaillait* pas pour lui, OK ? Ce n'était rien. Je n'ai jamais vu de drogue. Tout ce qu'on faisait, c'était, genre, conduire lui ou sa femme ici ou là, livrer des trucs, parler à certains de ses collègues.

– Et menacer quiconque pouvait représenter une menace », a-t-elle ajouté.

Il n'a pas répondu.

« Disons que nous n'avons pas la même définition du mot *travailler*, Boris. Mais reprenons. Depuis combien de temps travailliez-vous pour lui ? ai-je de nouveau demandé.

– On a commencé en 1984.

– L'année où vous avez quitté l'école de police.

– Exact.

– Comment s'est nouée cette relation avec Dominic Stone ? » a demandé Maria.

Il l'a fixée du regard comme si elle n'avait aucun droit de poser cette question. *Vous étiez à peine née, alors qu'est-ce que vous pouvez comprendre ?* semblait dire son expression.

« Par Racine », a-t-il fini par répondre.

Maria a soutenu son regard jusqu'à ce qu'il détourne les yeux.

« Il disait qu'ils s'étaient rencontrés à Toorak. Racine était allé voir *2001* au Trak, le vieux cinéma avec le grand écran, une séance de minuit. Il était défoncé et il y avait ce type assis à côté de lui, également défoncé, et à côté du type il y avait une nana que Racine trouvait sexy. Apparemment, Stone s'est penché vers la fille et lui a dit : "Il veut te baiser, chérie", et Racine, qui n'a jamais été timide, a rigolé et dit : "Putain, oui." Alors la nana lui a taillé une pipe au moment où les deux astronautes désactivaient Hal – l'ordinateur, OK ? – pendant que Stone avait un œil sur l'écran et l'autre sur eux. »

Plus tard dans la soirée, vers trois heures du matin à en croire Boris, Stone avait abordé Racine dans Toorak Road et avait dit : *T'es flic, pas vrai ? J'ai besoin de flics.*

« Pour faire quoi ? ai-je demandé.

– Comme j'ai déjà dit, on le conduisait et….

– Non, Boris, ce n'est pas pour ça qu'on a besoin de flics. Si vous voulez quelqu'un pour vous conduire, vous embauchez un chauffeur. Les flics fournissent des services spécifiques. »

Son visage est passé par une série de contorsions, comme s'il avait du mal à formuler la réponse.

« Disons qu'on mettait la pression sur les gens.

– Vous les menaciez.

– Oui. S'ils sortaient du droit chemin.

– Et comment vous y preniez-vous ? Ça veut dire quoi, exactement, *mettre la pression* ? » a insisté Maria.

Il nous a observés un long moment, puis a haussé les épaules et répondu :

« S'ils ne faisaient pas ce qu'on demandait, on les malmenait un peu.

– Parlez-nous de la fois où vous avez rencontré Isobel.

– Elle était souvent dans les parages. C'était la nana de Dunn. Il l'amenait aux fêtes, à Portsea, et quand la femme de Stone était à l'étranger, il l'amenait à Toorak. Il y avait beaucoup de filles à ces fêtes.

– C'était avant qu'elle aille en Bolivie ?

– Je ne la fréquentais pas. Aucun de nous ne la fréquentait. Elle était clairement mineure, vous voyez, elle était encore au lycée, nom de Dieu. Peut-être que Stolly a essayé de la draguer – il était comme ça –, mais c'était juste une de ces jolies filles qui traînaient autour de la piscine.

– Et puis les choses ont changé.

– Oui. Ensuite, elle est devenue la préoccupation numéro un de tout le monde. Surtout de Stone.

– Parlez-nous de la fois où vous avez appris qu'Isobel s'était fait pincer par les fédés.

– J'étais à un entraînement de foot avec ma fille aînée. C'était un samedi. Il n'y avait pas de téléphones portables à l'époque. Enfin, si, il y en avait, mais ils étaient énormes et hors de prix. Racine s'est pointé, au beau milieu de l'entraînement, et j'ai pensé : *Oh merde, qu'est-ce qui se passe ?* Il m'a dit qu'on avait un problème, un énorme problème.

– Qu'est-ce qu'il a dit ? Vous vous en souvenez ? Aussi précisément que possible.

– Non. Mais ça devait être quelque chose comme : *Isobel a été arrêtée à l'aéroport alors qu'elle importait de la dope pour Dom* – c'est comme ça qu'on l'appelait – *et les fédés lui mettent la pression pour qu'elle parle. Et si elle le fait, on va être dans la merde.*

– Donc, c'était immédiatement après son arrestation ? a demandé Maria.

– Oui, je crois qu'elle était encore en garde à vue. Dunn l'attendait dans le hall des arrivées. Il a appelé Stone en ne la voyant pas sortir. Stone a dû appeler Racine… donc oui, ça venait tout juste de se produire.

– C'était sept semaines avant la mort d'Isobel », ai-je observé.

Il a haussé les épaules comme si la chronologie n'avait aucune importance.

« Ce qui signifie que, pendant sept semaines, Pappas, Monahan, Racine et vous lui avez mis la pression. »

Il a saisi le message et commencé à s'agiter.

« Sept semaines. Et durant ces sept semaines, elle n'a rien lâché, sinon Racine n'aurait pas eu besoin de l'entraîner dans sa chambre le soir de sa mort pour l'intimider une fois de plus. »

Il n'a pas répondu.

« Sept semaines, c'est long quand vous avez ce genre de menace qui plane au-dessus de vous. Isobel aurait pu craquer à n'importe quel moment et tout balancer aux fédés. Ça a dû être sept semaines de tension, Boris ?

– Je ne l'ai pas tuée. Je le jure.

– Racontez-nous exactement ce qui s'est passé après votre départ de la fête.

– On est allés voir Stone.

– Où ?

– Dans la maison de Toorak.

– Avec Ruby ? Tous les cinq entassés dans la Porsche ? a demandé Maria.

– Non. On l'a lâchée dans Toorak Road, on lui a dit de rentrer chez elle par ses propres moyens.

– Qu'est-ce qui s'est passé avec Stone ? Qu'est-ce qui a été dit ? ai-je repris.

– J'en sais rien. Il était en colère. Il voulait que le problème soit réglé.

– Comment ? Est-ce qu'il l'a dit ?

– Non. Il ne l'a pas dit.

– Combien de temps êtes-vous restés là-bas ? Chez Stone ?

Pas longtemps. Peut-être une demi-heure.

– Et ensuite, qu'est-ce qui s'est passé ?

– J'ai appelé un taxi, je suis rentré chez moi.

– Et les autres ? »

Il s'est agité sur sa chaise.

« J'en sais rien. Je suppose qu'ils sont également rentrés chez eux. »

L'homme en fuite

Isosceles était replongé dans un monde préhistorique où l'empreinte numérique appartenait à l'avenir. Il avait l'impression d'être un anthropologue. C'était un monde étrange qu'il ne comprenait pas. Il avait grandi avec des applications, des ordinateurs, des SMS et Internet. Il savait, évidemment, que ces choses étaient des innovations récentes, mais vivre sans elles, ou simplement s'imaginer vivant sans elles, était comme devoir allumer un feu pour se faire à manger au lieu de se commander un repas en ligne.

Darian lui avait confié plusieurs tâches. Il voulait de vieux relevés téléphoniques, qui s'avéraient difficiles à obtenir; les adresses actuelles des amis d'Isobel présents à la fête; la véritable identité de Ruby Jazz et l'endroit où elle se trouvait désormais; l'adresse actuelle des voisins d'Isobel, ainsi que celle des personnes qui avaient vécu dans le même immeuble que Tyrone à Elwood; et, enfin, le rapport des techniciens que Darian avait engagés pour analyser le verre vide trouvé chez Isobel.

Darian avait appelé une fois de plus pour demander les relevés téléphoniques d'Isobel. Avait-elle vraiment appelé Brian Dunn quelques heures avant d'être assassinée? Car si elle l'avait fait, et si Dunn était allé la voir, alors ça faisait clairement de lui l'un des principaux suspects.

Mais rien n'était plus important, pour Isosceles, que découvrir l'identité de l'homme qui avait agressé Maria. Il était en pâmoison devant elle, il la désirait comme un adolescent, conscient que son grand fantasme ne serait jamais que ça, un fantasme, mais un fantasme auquel il s'abandonnait. Il se voyait comme son sauveur, de la même manière qu'il s'imaginait parfois qu'il était Batman survolant les gratte-ciel de Melbourne la nuit. L'agression dont elle avait été victime le rendait donc furieux. Depuis, il l'avait placée sous surveillance vingt-quatre heures sur vingt-quatre au moyen d'un drone qui appartenait aux Américains mais qu'il commandait lui-même, drone qui suivait chacun de ses mouvements. En plus du drone, des caméras avaient été installées récemment et en secret dans l'immeuble où elle logeait ainsi qu'aux alentours. Cependant, pour préserver la morale, il s'était assuré qu'il n'y en avait ni dans sa chambre ni dans sa salle de bains.

La police n'ayant toujours pas identifié l'agresseur, ce qu'il interprétait comme une tentative de dissimulation ou, plus probablement, comme la preuve de son incompétence, il avait décidé de prendre les choses en main. Il s'était introduit dans le système informatique du coroner et avait installé un mouchard pour pirater l'enregistrement vidéo de l'autopsie de l'homme. Et tandis que le cadavre était étendu sur la table depuis quelques instants, prêt à être découpé par la scie du légiste, il avait sauvegardé une image de son visage et l'avait passée dans un logiciel de reconnaissance faciale. Quelques instants plus tard, il avait obtenu un nom et un casier judiciaire.

Quand vous menez une enquête criminelle, vous la planifiez et la structurez en fonction des indices, des suspects et du niveau d'urgence, décidant du moment où un autre meurtre risque de se produire. Vous essayez de garder l'esprit ouvert et de ne pas tirer de conclusions hâtives. Vous déterminez à qui vous voulez parler en premier, et quand et comment vous comptez le faire. Nous avions déjà réuni un paquet d'informations qui désignaient Dominic Stone, mais il n'était pas le seul suspect susceptible d'avoir tué Isobel. Pour autant qu'elle ait bien été tuée. Il y avait d'autres personnes avec d'autres mobiles. Je n'étais pas encore prêt à interroger Stone. Avant de le voir, je voulais parler aux autres flics et à Brian Dunn, le professeur qui semblait également avoir travaillé pour le riche propriétaire d'hôtel. Je supposais que Maria et moi attendrions encore plusieurs jours avant d'aller frapper à la porte de la grande maison de Toorak, prêts et armés. Nous devions, dans la mesure du possible, être en possession de toutes les informations avant d'entendre sa version des faits.

Mais parfois les enquêtes vous échappent et ont leur propre vie.

Isosceles nous a appelés alors que nous arrivions dans la banlieue de Melbourne. Le ciel était d'un gris métallique profond. Un nouvel orage était sur le point de s'abattre sur la ville. Je l'ai mis sur haut-parleur.

« Le nom de l'agresseur de Maria est Gabriel Vasquez. Il est bolivien de naissance, mais a émigré il y a une vingtaine d'années et est devenu citoyen de Vanuatu, l'île qui abrite de nombreux évadés fiscaux australiens et des sociétés écrans qui dissimulent des trafics de drogue. Je suppute que le parcours sinueux qu'il a dû suivre pour obtenir sa citoyenneté doit être la raison pour laquelle nos collègues de la police ont tellement de mal à découvrir la véritable identité du *señor* Vasquez. »

Encore le mot *supputer*.

« Vanuatu est, Maria, un cas intéressant de l'histoire coloniale. »

Peut-être que c'étaient les nerfs, peut-être qu'il frimait, peut-être que c'étaient les connexions de son cerveau, mais il a poursuivi sur sa lancée, et inutile d'essayer de l'interrompre.

« Car l'île était, de 1906 à 1980, gouvernée à la fois par les Français et les Anglais dans le cadre de ce qu'ils appelaient un condominium. Chaque matin, un drapeau français était hissé exactement au même moment que l'Union Jack, et si l'un des deux était hissé ou abaissé avant l'autre, ça déclencherait une crise diplomatique. Chaque édit gouvernemental, et même chaque timbre, était imprimé en anglais et en français. Évidemment, les deux nationalités se détestaient, et les habitants de l'île les considéraient avec une extrême perplexité. Curieux, tu ne trouves pas ?

– On peut en revenir au Bolivien ? ai-je demandé.

– Tout à fait, *mon ami*˙. Ha, ça, c'est du français. *Ma chérie*˙. Ça aussi, c'est du français.

– Le Bolivien !

– D'accord. Il semble s'être rendu de nombreuses fois en Australie au cours des trente-deux dernières années. J'ai accédé à son relevé téléphonique chez Telecom Vanuatu Limited et, curieusement, trois jours avant l'agression de Maria, et le lendemain de son arrivée à Melbourne, il a reçu un appel d'une jeune fille de dix-sept ans nommée Sara Southy.

– Qui est-ce ?

– Sara habite à Toorak. Elle porte le nom de jeune fille de sa mère. Son grand-père est Dominic Stone, qui vient, dois-je ajouter, de s'enregistrer à l'aéroport de Melbourne pour un vol en direction de Zagreb, en Croatie, avec une première escale à Singapour, puis une seconde à Dubaï. »

Nous venions de traverser Bacchus Marsh, une ville où l'on cultivait les pommes et dans laquelle se trouvait la célèbre Avenue of Honour, une artère bordée de chaque côté de près de trois cents ormes du Canada. Ils avaient été plantés en 1918. Les branches formaient une magnifique voûte, créant une sorte de tunnel forestier que nous venions d'emprunter et que j'avais voulu montrer à Maria. Sur la droite, environ dix kilomètres plus loin, il y avait un coin isolé où j'avais exécuté un flic véreux quelques années plus tôt, un vieux bagarreur qui avait provoqué le suicide d'une jeune policière à force de la persécuter. Je ne me souvenais pas exactement de la date, mais ça avait dû se produire environ six ou sept ans après la mort d'Isobel. Mais ça, je ne l'ai pas dit à Maria.

J'ai accéléré, me suis de nouveau engagé sur la route principale, et j'ai roulé à toute blinde avant de tourner à gauche dans Melton Highway en direction de l'aéroport.

Dans un film, ça se passerait ainsi : Maria et moi ferions irruption dans l'aéroport et, sans rencontrer d'obstacles, nous nous précipiterions dans le salon première classe et attraperions un Stone stupéfait, nous le menotterions et lui lirions ses droits, puis nous le traînerions jusqu'à notre voiture, qui aurait été laissée devant le terminal, sous la garde d'un agent de sécurité accommodant. Et s'il s'agissait d'un film de série B, tandis que nous roulerions vers le QG, Dominic fondrait peut-être en larmes et avouerait son rôle dans le meurtre de la pauvre Isobel, un crime terrible pour lequel il se sentait effroyablement coupable depuis vingt-cinq ans, et il nous demanderait de lui pardonner, ne serait-ce qu'un peu.

Mais rien ne s'est passé comme ça.

Tout d'abord, tandis que nous roulions sur l'autoroute, à au moins une demi-heure de l'aéroport, s'est posée la question de savoir comment nous entrerions. Les principaux aéroports d'Australie sont sous la juridiction de la police fédérale, pas sous celle des flics d'État. Dans un monde de tensions et de rivalités entre agences, nous ne pouvions pas débarquer en prétextant une mission officielle. Il nous fallait une autorisation. Dans ce cas, cependant, nous avions un problème. Mon collègue du Chow, Sullivan, qui m'avait transmis une copie du dossier de l'enquête sur le trafic de drogue vieille de vingt-cinq ans, copie qu'il avait lui-même mise de côté, conscient que le dossier original serait probablement détruit, était en congé. Il était parti pêcher du côté d'Anglesea. Son remplaçant avait dit que oui, ils s'en occuperaient, mais nous devrions attendre un peu car ils étaient au milieu d'une possible nouvelle crise terroriste. Je ne pouvais pas m'imaginer demandant l'assistance du chef de la criminelle, du chef de la brigade des stups, ou du commissaire assistant Racine, dont aucun ne voulait vraiment voir Stone, ce souvenir du passé, débarquer dans une salle d'interrogatoire du QG. Quant à Copeland, il était à l'hôpital en train de subir une endoscopie. Nous pouvions attendre d'être à l'aéroport pour nous en occuper, mais je ne voulais pas perdre de temps à m'expliquer ; mieux valait qu'ils soient alertés à l'avance de notre arrivée.

En même temps, je devais trouver le moyen d'empêcher un citoyen, un passager de première classe, qui plus est, d'embarquer à bord d'un vol pour Singapour, qui n'avait pas de traité d'extradition avec l'Australie, puis de s'envoler pour Dubaï, qui n'avait pas non plus de traité d'extradition, et finalement pour la Croatie, qui – devinez quoi – n'avait pas non plus de traité d'extradition. Il avait bien choisi son itinéraire. Si nous lui demandions de nous accompagner pour être questionné, il refuserait. Maria et moi n'avions donc pas d'autre solution que de l'arrêter, sur place, dans le salon Emirates.

Nous n'avions pas grand-chose pour l'appréhender – dans l'univers des juges et des tribunaux, le coup de fil passé depuis le téléphone de sa petite-fille ne suffirait pas. Cependant, grâce à la section 458, clause 1, paragraphe c, de la loi criminelle de l'État de Victoria de 1958, amendée en 1986, que j'avais mémorisée à l'âge de vingt et un ans, nous pouvions l'arrêter au motif qu'il s'était soustrait à son arrestation. C'était encore tiré par les cheveux, mais ça l'empêcherait d'aller à Zagreb pendant un moment.

Si nous arrivions à temps. Car les minutes s'écoulaient, la circulation était dense, et les rouages de la bureaucratie tournaient lentement avec les fédés, ce qui signifiait que nous étions bloqués, et que nous le serions encore à notre arrivée. Et leur dire que nous avions l'intention d'arrêter un riche et puissant homme d'affaires au beau milieu du salon première classe n'allait pas non plus nous aider à débloquer la situation.

Par ailleurs, nous devions régler la question barbante de la sécurité à l'aéroport, une vraie galère si une voiture est laissée sans surveillance près de l'entrée du hall des départs pendant plus de deux minutes. Mais Isosceles s'en occupait, même si j'avais des missions plus urgentes pour lui.

« Tu peux repousser le départ de l'avion ? ai-je demandé.

– Je n'ai jamais fait ça.

– Mais est-ce que tu peux ?

– Je peux tout faire », a-t-il répondu sans réfléchir.

La Volkswagen d'Hailé Sélassié (2)

Par le passé, il avait eu l'habitude de laisser son téléphone portable allumé jusqu'à la toute dernière seconde, généralement bien après l'embarquement, après que les portes de l'avion avaient été fermées et qu'il avait bu sa première coupe de champagne. Il était le type à qui le steward disait avec un sourire : « C'est le moment d'éteindre votre appareil mobile, merci, monsieur. » Mais plus maintenant.

Il aimait le sanctuaire qu'offraient le salon puis le vol. Personne pour l'emmerder, personne pour entrer en contact avec lui, aucun problème à régler, ce qui, durant ce moment de vide, dans le salon et dans les airs, lui permettait de faire comme s'il n'avait aucun problème du tout.

Au fil des années, tandis qu'il prenait place dans son fauteuil première classe et disait : « Oui, j'aimerais beaucoup une coupe de champagne, merci », il avait commencé à songer qu'il appréciait d'être seul. Alors il éteignait son téléphone portable. Ce désir de solitude – dans cet espace paisible et confortable – avait commencé à survenir de plus en plus tôt, d'abord au moment où il franchissait le portail et commençait à marcher vers la porte ouverte et accueillante de l'avion, puis au moment où son vol était appelé et où il se levait et ramassait son bagage à main, puis à un moment choisi au hasard environ quinze minutes avant de devoir quitter le salon pour embarquer, et enfin, finalement, au moment où il passait la sécurité, avant même d'arriver dans le salon et de commander une coupe de champagne et, oui, merci, du saumon fumé me ferait très plaisir.

Il n'était pas du genre à s'apitoyer sur son sort, mais par moments il se replongeait dans cette période, durant les années 1980, qui avait presque entraîné sa ruine. Quand le monde était bruyant et impertinent et quand vivre était formidable, quand les types pleins aux as se ruaient sur chaque facette du business avec des liasses de cash et de gros sourires, avec des cigares allumés et une fille à chaque bras, quand la peur n'existait pas, que ce soit en matière de sexe ou d'investissement, avant le krach des années 1980 qui avait vu les banques faire faillite et les filles être classifiées comme mineures. Quand, comme tous les autres, il régnait sur un monde de dettes personnelles sous prétexte que – devinez quoi – les dettes vous enrichissaient. Quand il injectait du cash dans des propriétés, les courses hippiques, même s'il n'aimait pas les courses hippiques, et dans des maisons d'architecte en bord de mer. Quand il avait eu l'idée géniale de bâtir un hôtel cinq étoiles de vingt-cinq étages en plein cœur de la ville, face à ces maisons mitoyennes étouffantes de style géorgien où les anciens de la Geelong Grammar School sniffaient des trucs et sifflaient du sherry. Quand, précipitamment, estimait-il désormais, il avait pris une décision après avoir trop bu et été aveuglé par l'éclat d'une fille nubile de plus poussée entre ses bras par quelque businessman sans scrupules qui avait encore un plan pour se faire du fric rapidement et sans prise de tête, et puis, hé, Dom, il y a aussi le frisson du danger, mais le danger n'est pas un problème pour un type puissant comme toi, je me trompe ?

Au milieu des années 1980, les banques avaient fait faillite et les rêves s'étaient volatilisés, pas simplement pour Dominic Stone, mais aussi pour de nombreux investisseurs, des types qui traînaient à la Bourse en quête de plus de richesse et de reconnaissance, même s'ils possédaient déjà les deux. Cependant, l'hôtel de Dominic était construit, un témoignage de son habileté à faire les choses et de son mépris des réseaux d'influence bien établis de Melbourne : une tour noire de verre et d'acier qui s'élevait à un angle oublié de Russell Street, un bidonville chinois au siècle dernier, désormais son royaume à lui, son hôtel cinq étoiles, le symbole de son immortalité, comme il se plaisait à penser. Les enfants allaient dans des écoles privées, il avait une collection de voitures, une femme qu'il adorait et qui aimait faire du shopping à Hong Kong – et qui était-il pour refuser quoi que ce soit à sa femme et à ses gosses ? Mais alors, surprise, surprise, il s'était avéré que la dette n'était pas vraiment ce qu'on avait prétendu. Elle devait, ainsi qu'il s'en était aperçu lors de la gueule de bois qui leur était tombée dessus à lui et aux autres au milieu de la décennie, être remboursée, et ce n'était pas la première marche vers la fortune. Dominic Stone était un homme riche dans un univers étincelant, mais il n'avait pas un sou à la banque. Il avait besoin de cash, et vite. Les types comme lui, qui étaient déjà riches et établis à la fin des années 1970 et au début des années 1980, s'étaient laissé séduire par le clinquant et avaient mis en péril leur sécurité pour le frisson d'un autre mode de vie – et maintenant ils se retrouvaient dans une merde noire.

Donc, après avoir trop bu et versé un peu de champagne sur les nibards de la nubile, dans les profondeurs d'une boîte de nuit du centre-ville, il avait écouté l'autre homme expliquer combien il était aisé d'importer de la cocaïne. De la coke, rien de méchant, pas de drame, pas un truc crade et minable comme les seringues et l'héro. La coke, c'est le Moët du nouveau monde, mon pote. Pas plus compliqué qu'importer une cargaison de ciment. Facile, et ça rapporte beaucoup.

Est-ce qu'il avait eu peur ? Non. Dominic prenait peut-être trop de risques, mais les banques l'adoraient, et elles adoraient ses fêtes, et les filles, et la picole, et, tandis qu'il se tenait au dernier étage de son hôtel et observait l'étendue plate de la ville autour de lui, il avait l'impression d'être un empereur. Et les empereurs n'ont pas peur. C'est donc sans crainte de se faire prendre et sans sentiment d'enfreindre le code moral – pour être honnête, il n'en avait pas – qu'il s'était enfoncé dans la banquette de la discothèque et, un bras passé autour de la nubile, avait passé l'autre autour de son ami et dit : « Ouais, génial, mec, importons une tonne de coke. On commence quand et on soudoie qui ? »

« J'ai commencé avec rien, Dominic, juste une valise en carton, et tu sais quoi ? Deux mots, c'est tout ce que je connaissais. Ta mère, pareil. Tous les deux, deux mots. *Bonjour* et *merci*. Avec rien on a commencé. Mais j'ai trouvé un travail et j'ai fait mon chemin. Tu sais ce que j'étais ? Avant que ta mère et moi on arrive dans ce pays ? »

Oui, papa, j'ai déjà entendu cette histoire à de nombreuses reprises. Tu étais tailleur.

« J'étais tailleur. Je coupais du tissu. Je fabriquais des robes. J'en fabriquais déjà à Lviv, puis après, quand ta mère et moi on a fui les Allemands et ensuite les Russes, tous aussi diaboliques les uns que les autres, et quand on est arrivés ici à Melbourne, je fabriquais des robes. De rien on est partis, et regarde-nous maintenant. »

Et il forçait son unique fils à regarder ; le dimanche matin après l'église, chaque semaine sans faute, Julius Stojmenovic conduisait Dominic dans les rues étroites des quartiers ouvriers de Richmond et de Collingwood, et il lui montrait les petits ateliers qu'il possédait, là où ses robes étaient fabriquées, et également d'autres articles, car Julius ne s'était pas contenté des robes à bas prix. Il avait, à partir du début des années 1960, commencé à acheter des maisons. Des petites maisons ouvrières bon marché, entassées dans les ruelles couvertes de pavés de basalte dans les quartiers délabrés du centre-ville qui encerclaient le quartier financier. Dans ces maisons de briques il installait des locataires. Et le dimanche matin après l'église, c'était le moment de la collecte des loyers. Julius roulait dans les innombrables allées et rues étroites avec son fils assis à l'avant, passant devant les ateliers qui lui rapportaient de l'argent, les montrant à Dominic comme si ce dernier ne les avait jamais vus, puis il se rendait à chacune des maisons, restait assis dans la voiture, et il attendait pendant que son fils allait récupérer l'argent des loyers.

Parfois les locataires ne pouvaient pas payer. Ils étaient tous pauvres. Mais Julius avait mis son fils en garde. «Quand ils voient un garçon venir chercher l'argent, s'ils sont en retard, ou s'ils ont pas assez travaillé pendant la semaine, ils pensent pouvoir l'amadouer, lui mentir, se moquer de lui avec leurs biscuits et leurs histoires tristes. Méfie-toi de ça. Ne reviens jamais à la voiture sans l'argent.»

Julius demandait à Dominic de verrouiller la portière côté passager en la refermant, avant de marcher jusqu'à la porte de chaque maison. Il ne serait autorisé à remonter dans la voiture, son père se penchant dans l'habitacle pour lui ouvrir de l'intérieur, que s'il réussissait sa mission. C'était un test de force. De volonté.

Pendant de nombreuses années, Dominic avait détesté les dimanches. D'abord l'église, les prières à un Dieu qu'il ne comprenait pas et dont il se fichait, puis la tournée des ateliers et des boutiques de plus en plus nombreuses que son père possédait, puis, finalement, la collecte des loyers. Quand il avait quinze ans, il y avait plus de trente-cinq maisons. Soit trente-cinq locataires et, la plupart du temps, trente-cinq excuses adressées à un jeune homme que personne ne craignait. Jusqu'à trente-cinq déceptions pour son père qui l'observait à travers la vitre de la portière verrouillée de sa voiture. Les temps étaient difficiles pour les locataires de Julius, alors pourquoi, se demandait constamment Dominic, son père laissait-il vivre des gens pauvres dans ses maisons? Des gens qui peinaient clairement à avoir à manger dans leur assiette semaine après semaine, des gens qui auraient en fait dû vivre dans des logements sociaux.

Dix ans de collecte de loyers dans son enfance, puis dans sa jeune adolescence, puis alors qu'il était jeune homme, car c'est peu après son quinzième anniversaire que Dominic s'était senti assez confiant et fort pour finalement décréter qu'il ne reverrait plus jamais cette déception sur le visage de son père, cette expression qui disait : *Mon fils est un raté*. Il avait donc décidé d'utiliser la force. Et c'était ce qu'il avait fait. Il était fort. Les hommes, les femmes, et même les enfants s'étaient foutus de lui pendant des années. Mais c'était fini. Désormais, il aurait le dernier mot. Dans la première maison vivait un homme âgé nommé M. Summers, qui avait constamment des loyers de retard, mais avait toujours de quoi s'acheter du whisky et parier aux courses. Dominic l'avait plaqué au sol et lui avait brisé un index. M. Summers avait alors révélé un bocal de Nescafé rempli de billets de dix dollars froissés. Dominic les avait tous pris. Dans la deuxième vivait une jeune femme du nom de Connie qui, elle aussi, avait toujours tout un tas d'excuses semaine après semaine. Dominic avait eu le dernier mot. Il lui avait donné un coup de poing dans le ventre, avait commencé à l'étrangler et menacé de lui couper la gorge, après quoi Connie avait tout payé, arriérés compris. À la cinquième maison, Dominic avait tenu un couteau contre la joue d'une fillette de huit ans, et il avait éprouvé du regret quand ses parents hystériques avaient payé leurs loyers de retard, car l'excitation que lui procurait son pouvoir devenait grisante.

Quand il avait atteint ses seize ans, son père avait cessé de verrouiller la portière. Son fils avait triomphé.

Un dimanche après-midi, alors qu'il était assis au volant de sa voiture garée devant un petit taudis poussiéreux dans une allée de Fitzroy, Julius avait eu une crise cardiaque. Dominic était à l'intérieur, en train de baiser avec la femme de quarante ans qui louait la maison. Les faveurs sexuelles en échange de réductions de loyer avaient déjà commencé à faire partie de sa tactique. Quand il était ressorti, il avait vu son père affalé sur le volant. Il était monté côté passager et avait observé le vieil homme. Et la seule chose qu'il avait à l'esprit, c'était son héritage, et le fait que désormais il pourrait enfin se réveiller le dimanche matin sans frissonner de peur en pensant à ce que la journée lui réserverait.

Si seulement il s'était tapé Isobel ; c'était son seul regret. Elle lui avait causé un chagrin si immense, vingt-cinq ans plus tôt, et encore maintenant, que, dans un sens, s'il se l'était tapée – elle était splendide et il avait tellement eu envie de son petit corps –, sa situation ne lui semblerait pas si injuste. Être mis en pièces par une gamine dont il n'avait pas profité semblait déraisonnable. S'il avait couché avec elle comme Dunn l'avait fait, alors il pourrait accepter, du moins en partie, les soucis qu'elle lui avait causés. Il aurait eu quelque chose d'elle. Et franchement, songeait-il, tirer un coup aurait été un prix infime à payer pour elle.

Les gens quittaient le salon. Était-ce l'heure d'embarquer ? Il regarda autour de lui et s'aperçut que son vol était retardé. Pas grave. Il était plus qu'heureux assis dans le cocon du salon première classe. Bientôt il serait de retour en Croatie, où il avait acheté une maison qui surplombait l'Adriatique dans la petite ville de Rogoznica. Il y resterait jusqu'à ce que toute cette histoire, cette nouvelle enquête inattendue et totalement inopportune sur la mort de la fille, soit terminée et, comme elle l'avait été au cours des vingt-cinq dernières années, oubliée. Mieux valait laisser cette salope reposer en paix, songea-t-il en se servant un verre et en écoutant avec délectation le bruit des bulles qui éclataient à la surface.

Il remarqua un homme et une femme qui entraient dans le salon. Elle lui semblait vaguement familière. Très belle. Avaient-ils baisé ensemble ? Pourquoi lui disait-elle quelque chose ? Elle parcourait la salle du regard comme si elle cherchait quelqu'un. L'homme qui l'accompagnait faisait de même. Puis, tandis qu'il sirotait son champagne et se renfonçait dans son siège, observant la femme, tentant de la resituer parmi toutes les jolies femmes qu'il connaissait, il remarqua qu'elle le fixait désormais directement. Pendant un instant, il songea à lui adresser un geste de la main et à sourire.

Mais il discerna alors quelque chose d'hostile dans son attitude tandis qu'elle marchait vers lui avec l'homme dans son sillage.

Et à cet instant il se rappela où il l'avait vue et qui elle était.

L'argent du mépris

« J'ai un avion à prendre », nous a-t-il déclaré, se levant de son siège et attrapant son bagage à main.

Nous ne nous étions pas présentés, mais il comprenait clairement ce qui se passait.

Il bougeait vite pour un type de plus de soixante-dix ans. J'ai posé la main sur son épaule et l'ai repoussé sur son siège. Je me suis assis d'un côté, Maria de l'autre.

« Mon nom est Darian Richards, et voici Maria Chastain. »

Il a vivement acquiescé.

« Vous savez pourquoi on est ici ? »

Il a une fois de plus acquiescé.

« Bien, ai-je dit d'une voix rassurante. Maria et moi avons des questions à vous poser, je crains donc que vous ne puissiez pas avoir le prochain avion. Nous allons quitter le salon maintenant, puis sortir de l'aéroport. D'accord ?

– Non, a-t-il répondu d'une voix ferme. J'ai un avion à prendre. Je vais en Croatie. Je dois y aller. C'est urgent. »

J'ai posé la main sur son bras, pour le calmer. Et pour l'intimider.

« Nous devons vous questionner sur Isobel. »

Il a une fois de plus acquiescé.

« Et… nous devons comprendre pourquoi un coup de téléphone a été passé à un tueur à gages, si on peut l'appeler ainsi, à Vanuatu, il y a deux jours, avant que celui-ci essaie ensuite de tuer ma bonne amie Maria ici présente. Un coup de fil passé depuis le téléphone portable de votre petite-fille. »

Il s'est figé. Le bronzage de Stone semblait artificiel, surtout pour un type qui vivait dans la nuageuse Melbourne. Il était petit, un peu moins d'un mètre soixante, mais il y avait en lui ce côté *Je vous emmerde, je suis riche*. Un type qui se la jouait, plein d'une grandiloquence qui aurait été, au moindre coup de vent, remplacée par une impuissance enfantine. On voyait qu'il cherchait désespérément à plaire. Il était ridicule avec son costume croisé argenté par-dessus un tee-shirt noir. Il sentait l'après-rasage. Ses dents étaient parfaites et ses ongles impeccables.

« J'ai un avion à prendre. Vous ne pouvez pas faire ça.

– Si, je peux. Je peux vous arrêter, et je le ferai. Alors soit vous nous accompagnez, soit on vous traîne hors d'ici si vous préférez. À vous de voir. »

Il m'a regardé fixement, ouvrant et refermant la bouche sans prononcer un mot, tel un poisson, ce qui m'a brièvement rappelé mes échecs sur le lac avant que Copeland n'entre de nouveau dans ma vie et ne m'entraîne dans cette histoire.

Et aussi, momentanément, mon père, la fois où il m'avait balancé du bateau.

« Je veux appeler mon avocate.

– Bien sûr. C'est la procédure. Ça nous va. On est complètement pour. Mais, et vous avez peut-être déjà entendu ça, si vous vous retranchez derrière une avocate, ça la foutra mal. Pour vous. Et franchement, monsieur Stone, ça la fout déjà assez mal comme ça, alors réfléchissez à la façon dont vous voulez jouer le coup. »

J'ai enfoncé le clou. « On déteste vraiment ça quand une personne tente de faire du mal à un agent de police. »

Il s'est tourné vers Maria, qui le fixait depuis le début, puis m'a de nouveau regardé.

« Je ne répondrai à aucune de vos questions. J'appelle mon avocate. J'insiste pour que vous n'entraviez pas ma liberté et me laissiez prendre mon avion. »

J'ai sorti les menottes et les ai passées sèchement autour de ses poignets, juste en dessous de la Rolex en or sertie de diamants qu'il portait à un bras, et du bracelet celtique tendance en or et en platine qu'il portait à l'autre. Puis nous l'avons forcé à lever son cul et l'avons escorté hors du salon en suggérant au personnel Emirates médusé derrière le comptoir de récupérer les bagages de M. Stone dans l'avion.

Il n'y avait eu aucun problème avec les fédés quand nous étions arrivés à l'aéroport ; comme d'habitude, Isosceles avait fait le nécessaire pour nous en contactant un de ses collègues ici. Nous avions franchi la sécurité sous escorte, montrant nos badges d'agents spéciaux et nos armes, puis avions passé l'immigration avant de gagner le salon Emirates.

Tandis que nous marchions vers la sortie, Stone a gémi un peu, baissant la tête pour éviter les regards et les photos que les gamins et les ados prenaient sur leurs téléphones portables, sa veste en soie argentée recouvrant les menottes.

Lorsque nous avons atteint la voiture, nous l'avons autorisé à appeler son avocate, qui a fait part de son indignation et ajouté que si je ne mettais pas un terme à cette grossière violation des droits fondamentaux de cet homme important, je serais inculpé et emprisonné pour crime contre l'humanité. Ou quelque chose du genre – mais je n'écoutais pas. Je l'ai informée que je la rappellerais quand nous serions arrivés à la salle d'interrogatoire avec son client et, tandis que je raccrochais, j'ai noté que Stone avait manqué quatorze appels au cours de la dernière heure. Quelqu'un avait essayé de le prévenir de notre venue.

Avant de démarrer, je me suis tourné vers lui. Des yeux bleus perçants, des joues bronzées, des dents d'un blanc étincelant parfaitement alignées. Des cheveux sombres qui commençaient à être clairsemés, coiffés en arrière et un peu trop longs au niveau de la nuque. Que se passait-il derrière ce visage renfrogné et plein de colère ? Il m'a retourné mon regard, puis a regardé Maria.

« Je ne répondrai à aucune de vos questions et vous regretterez tous les deux ce comportement scandaleux, car, ajouterai-je, je vais porter plainte. »

J'ai enclenché la vitesse et commencé à rouler.

Les meurtres vous emmènent partout, dans toutes sortes de maisons, ils vous font rencontrer des gens de tous les milieux. J'avais déjà vu des types comme Stone. Des types riches qui possédaient d'énormes demeures – au pluriel –, et qui se rendaient au boulot en hélico pour littéralement rester au-dessus de la populace. Leur accumulation de richesse les autorisait à se croire intouchables. Ils avaient tellement d'argent qu'ils pouvaient se permettre de dire à n'importe qui : *Je vous emmerde. Je m'en fous, vous ne pouvez pas me toucher, je suis trop riche, je peux payer n'importe qui ou n'importe quoi pour régler ce problème, alors cassez-vous et allez vous faire foutre.*

La vérité est que leur argent du mépris peut, dans presque toutes les situations, régler leurs problèmes. Stones était furieux non pas tant à cause du danger que nous représentions qu'à cause du désagrément que constituait cette entrave à sa liberté. Tandis que je le regardais dans le rétro, je savais qu'il pensait pouvoir se sortir de ce mauvais pas en payant, de la même manière qu'il avait peut-être éliminé la menace que représentait Isobel vingt-cinq ans plus tôt en payant grassement quatre flics pour qu'ils soient ses hommes de main.

« Excusez-moi, inspecteur...

– Bonjour, Maria. Appelez-moi Zach. Comment allez-vous ? »

Elle se tenait à la porte de son bureau. Les enquêteurs de la criminelle étaient occupés au téléphone ou sur des ordinateurs derrière elle. Elle sentit le regard de Stolly la transpercer ; il avait souri d'un air mielleux quand il l'avait vue arriver.

« Ça va. Merci. Je me demandais si je pouvais utiliser l'une de vos salles d'interrogatoire. Vous en avez une de libre ?

– Oui, pas de problème. Je crois qu'elles sont toutes libres, à moins que l'un des enquêteurs en ait pris une sans me prévenir. Ils ont pas intérêt », ajouta-t-il en riant.

Il se leva de sa chaise pour l'escorter vers la rangée de petites pièces étroites en forme de boîtes qui ne ressemblaient en rien à ce qu'on voit dans les séries américaines.

« OK, parfait, dit-il quelques instants plus tard. Vous amenez qui ?

– Dominic Stone », répondit-elle.

Il sourit. Certains flics adorent quand la température monte d'un cran et quand la vie devient intéressante et compliquée.

« Elle est à vous », dit-il, et il s'éloigna.

Quelques instants plus tard, Maria observa l'expression de Stolly lorsque Darian escorta Stone à travers le bureau de la criminelle jusqu'à la salle d'interrogatoire. Toute l'arrogance et la bravacherie de Stolly s'étaient évaporées, comme elle et Darian s'y étaient attendus.

Stone n'avait pas été interrogé après la mort d'Isobel. Évidemment, ça n'avait été que quand le père de celle-ci s'en était mêlé et avait proféré des accusations de meurtre que Stone avait été relié à l'affaire. Pourtant, il n'avait même pas été convoqué pour l'enquête du coroner après que ces accusations avaient été faites et, surtout, rapportées par la presse. C'était son argent du mépris qui parlait.

« Où étiez-vous la nuit du 21 décembre 1990 ? ai-je demandé.

– C'est une question ridicule. Je n'en ai aucune idée, et de toute façon, je ne répondrai à aucune de vos questions. Où est mon avocate ?

– Je vais vous aider à vous resituer dans le temps : c'est la nuit où Isobel Vine est morte chez elle dans Osborne Street, South Yarra. À environ une heure trente du matin, vous avez reçu la visite de quatre agents de police. Est-ce que vous vous en souvenez ?

– Je ne répondrai à aucune question.

– L'agent Boris Jones nous a informés que lui et trois autres policiers se sont rendus chez vous. Qui étaient les trois autres ?

– Je ne répondrai à aucune de vos questions.

– L'agent Boris Jones nous a également informés que le sujet de discussion cette nuit-là, le but de leur visite à vrai dire, avait été

Isobel Vine et la possibilité qu'elle transmette certaines informations à la police fédérale. Vous rappelez-vous cette conversation ?

– C'est ridicule. Je ne répondrai à aucune de vos questions absurdes.

– Donnez-moi votre passeport.

– Quoi ?

– Votre passeport. Donnez-le-moi.

– Certainement pas. »

J'ai saisi ses poignets entre mes mains et les ai fermement serrés.

« Dans sa poche de veste, ai-je indiqué à Maria.

– Qu'est-ce que vous faites ? C'est scandaleux ! »

Maria s'est avancée, a enfoncé la main dans sa poche et en a tiré le passeport.

« Il y a un broyeur à côté du bureau de Reeve, juste à l'angle », ai-je dit.

Elle a semblé brièvement horrifiée, puis a haussé les épaules et est sortie de la pièce.

« Vous ne pouvez pas faire ça. C'est illégal. Vous ne pouvez pas détruire mon passeport !

– C'est pourtant ce qu'on est en train de faire. »

Je me suis penché en avant, lui lâchant les poignets. Je sentais la colère monter en moi. Du calme, ai-je pensé. Même s'il est riche et croit pouvoir s'en sortir en payant, même si tu crois que c'est à cause de lui qu'Isobel est morte, du calme. Les émotions vous aveuglent quand il est question de meurtre, quand vous êtes assis devant le type qui pourrait être votre assassin.

« C'est le bout du chemin, ai-je continué. Vous n'avez pas été poursuivi pour votre implication dans la mort d'Isobel *jusqu'à maintenant*, mais j'en ai assez sur vous pour vous faire enfermer pour importation de drogue. Je peux terminer le boulot que les fédés ont commencé il y a vingt-cinq ans, et je le ferai, si c'est ce que vous voulez. J'en ai aussi assez pour obtenir une condamnation pour obstruction à la justice contre vous, sans parler de vos liens avec Gabriel Vasquez et de la tentative de meurtre dont a été victime l'agent principal Chastain. Toute la protection policière dont vous bénéficiiez a disparu. Toute la protection dont vous bénéficiiez devant les tribunaux a disparu. »

Il a regardé autour de lui, un peu comme un furet effrayé, puis a de nouveau posé les yeux sur moi tandis que je poursuivais :

« Quand vous êtes mêlé à l'agression d'un flic, vous perdez tous vos amis, même les flics véreux qui pourraient avoir quelque chose à perdre, parce que, Dominic, nous autres, on forme un clan. C'est tribal. Même les policiers pourris. Même les pires des pires. Les flics peuvent tuer des gangsters et des criminels, peut-être même des civils, mais ils ne tuent pas d'autres flics, et ils détestent que quelqu'un essaie de le faire. Vous êtes foutu. Vous pouvez le comprendre tout de suite et commencer à coopérer, ou vous pouvez le comprendre la semaine prochaine et commencer à coopérer alors. Ou bien vous pouvez jouer les martyrs et vous taire, continuer de dire que vous ne répondrez à aucune question en espérant que je me trompe et que votre argent vous protégera. Tentez le coup, voyez comment ça fonctionnera, mais croyez-moi, c'est fini. Vous êtes cuit. »

Il m'a fixé, s'est tourné vers Maria qui était revenue sans son passeport, puis il m'a de nouveau lancé un regard dur et froid.

« Je ne répondrai à aucune de vos questions. »

Pas d'issue

« Tu sais ce que je déteste ? Je vais te le dire : je déteste quand les gens comme toi pensent qu'ils peuvent ne pas me dire la vérité, quand ils pensent qu'ils vont s'en sortir par le silence et les faux-fuyants. Tu crois que c'est un putain de jeu ?

– Non, répondit Isobel.

– Non, répéta en écho Sullivan. Bien, parce que c'est pas un putain de jeu, tu ne peux pas rester assise là à faire comme si j'allais disparaître. Parce que je ne vais pas disparaître. Dis-moi ce que je veux savoir, et on pourra conclure un marché, ou alors tu vas en prison, et, Isobel, t'es une gamine mignonne, il y a une vraie douceur virginale en toi, ma chérie, et c'est *exactement* ce que les salopes en taule apprécient. Tu crois qu'il y a que les mecs qui font des saloperies en prison ? Crois-moi, c'est pire chez les femmes. Maintenant je vais quitter cette pièce pendant cinq minutes, puis je vais revenir, et pendant ces cinq minutes tu vas faire deux choses : tu vas revoir ton attitude avec moi, et ensuite tu vas réfléchir à ce que ça ferait d'avoir un manche à balai enfoncé dans ta jolie petite chatte et un autre dans ton joli petit trou du cul avec deux grosses gouines en train de baver sur tes jolis petits nibards dans ta cellule de prison, nuit et jour pendant dix ans. »

Elle entendit, parmi les larmes et l'horreur, la porte de la salle d'interrogatoire claquer, et repensa au matin même, quand elle s'était réveillée en sursaut et avait trouvé deux hommes assis au bout de son lit.

« Bonjour, Isobel », avait dit Stone.

L'autre type – un certain Nick quelque chose – était l'un des flics de Stone. Elle s'était enfoncée dans son lit, resserrant la couette autour de son cou. Comment étaient-ils entrés chez elle ? Pourquoi ne fermait-elle pas les portes à clé, comme Tyrone lui avait dit de le faire ?

« On passait juste dans le coin et on s'est dit qu'on allait venir te dire bonjour. Tu as parlé à Brian ? »

Elle acquiesça.

« Brian t'a dit à quel point il est important que tu gardes le silence ? »

Elle acquiesça.

« Brian t'a dit qu'on s'occuperait de toi ? »

Elle acquiesça.

« Ça, c'est Nick. Tu l'as déjà rencontré ?

– Oui. Je crois.

– Salut, Isobel.

– Bonjour, Nick.

– Nick est flic. Donc, ce que ça signifie, c'est que tu es protégée. Il s'occupera de toi. Il s'arrangera pour que toutes les menaces que te feront les fédés soient ignorées. La valeur qu'il y a à avoir un flic comme Nick de son côté... je ne peux pas te dire à quel point c'est merveilleux. Alors que ça peut être un terrible cauchemar d'avoir un flic contre soi. Dans ce cas, si un flic de la police de Victoria ou *quatre* d'entre eux ne sont pas de ton côté, la vie ne vaut pas d'être vécue. Pas vrai, Nick ?

– Exact, Dom.

– Donne-moi un exemple, Nick.

– Tu marches dans la rue, tu te fais arrêter parce que tu traverses hors des clous. Tu conduis ta voiture, tu te fais arrêter parce que tu as grillé un feu rouge. Tu es chez toi en train de regarder la télé, tu te fais arrêter parce que tu fais du bruit. Tu rentres chez toi le soir, dans un quartier dangereux comme celui-ci... on a eu un petit problème avec un violeur en série dans le coin il y a deux ans, tu t'en souviens, Dom ?

– Oui, bien sûr. Sale affaire. Beaucoup de filles innocentes. Des vies gâchées.

– Exact. Tu rentres chez toi le soir, tu te fais agresser, tu appelles les flics, mais peut-être qu'ils n'arrivent pas à temps. C'est pareil quand tu es tranquille chez toi. Un cambriolage. Un vol à main armée tourne mal et un coup de feu part. La liste est infinie. Vraiment, les possibilités sont uniquement limitées par l'imagination.

– Je ne dirai rien aux fédés. Je le promets.

– C'est bien. »

Tic-tac. Sullivan allait revenir d'un instant à l'autre. Elle ferma les yeux et réprima une envie de vomir. Elle repensa au film *Quadrophenia*, que Brian l'avait emmenée voir un soir au cinéma Astor, situé dans la partie de Chapel Street qui traversait le quartier de St Kilda. L'Astor était un cinéma des années 1930 avec deux étages de fauteuils, qui proposait chaque soir des vieux films en séance double. *Quadrophenia* parlait d'une guerre des gangs entre les mods et les rockeurs en Angleterre durant les années 1960. La musique était des Who, et Sting, de Police, un de ses groupes préférés, interprétait l'un des mods. À la toute fin du film, le personnage principal jetait sa moto du haut d'une énorme falaise blanche et se tuait. Il volait dans les airs tel un héros, puis s'écrasait dans l'océan en contrebas.

Elle voulait une moto, et elle voulait une falaise, et elle aurait voulu être là, au bord de la falaise, afin de plonger elle aussi dans l'océan avant que les cinq minutes ne s'évaporent et que Sullivan ne revienne dans la pièce.

Le bouc émissaire

Les gens observaient Stolly. Les flics à son étage. La rumeur commençait à circuler.

C'était comme s'il avait été ramené vingt-cinq ans en arrière, quand sa réputation avait été en jeu, quand les flics dans les couloirs lui lançaient des regards de biais et se demandaient à voix basse s'il était corrompu. Il avait résisté à cette tempête-là, mais maintenant elle revenait. En pire, car il avait désormais plus à perdre. À l'époque, c'était un gamin d'une petite vingtaine d'années. Facile d'aller se trouver un autre boulot. Mais maintenant, à environ quarante-cinq ans, c'était un inspecteur de la criminelle de haut rang avec une grosse dégringolade qui l'attendait et peu de chances de trouver un nouveau job. Il pouvait, s'imaginait-il sombrement, devenir détective privé, mais à quoi bon ? Traquer des types libidineux qui trompaient leur femme ? C'était ça son avenir ? C'était à ça que tout ça mènerait ?

Et encore, c'était le meilleur scénario. Le pire serait qu'il se retrouve mis en accusation pour avoir travaillé avec Stone, avec une possible peine de prison au bout.

« Il va parler.

– Non », répliqua Monahan.

Dès qu'il avait vu Stone être mené à la salle d'interrogatoire pour être questionné par Richards et Chastain, Stolly était monté au bureau de Monahan.

« Je veux un sandwich au steak », avait-il déclaré.

Monahan, sans répondre, s'était levé de son bureau et l'avait accompagné, traversant l'étage jusqu'à l'ascenseur. Ils étaient descendus jusqu'au hall d'entrée, puis étaient sortis et avaient traversé St Kilda Road avant de pénétrer dans un petit snack-bar de l'autre côté de la rue.

C'était la sortie de l'école, et le resto était rempli de garçons vêtus de leur uniforme de la Melbourne Grammar School venus s'acheter un hamburger ou des frites avant de prendre le tram pour rentrer chez eux.

« Si. Richards va lui foutre la trouille, il va lui dire que c'est le bout du chemin et qu'il peut soit coopérer et peut-être éviter une peine de prison, soit tomber. Stone est un lâche. Tu te souviens quand on lui a dit qu'on ne travaillerait plus pour lui ? Comment il a aboyé jusqu'à ce qu'on le menace ? Et alors comment il l'a bouclée comme une lavette ? Il fera tout ce qu'il faut pour préserver sa vie.

– Il ne parlera pas. Trop à perdre. »

Stolly le fixa du regard et se demanda ce que Monahan entendait exactement par là.

« Qu'est-ce qui s'est passé cette nuit-là ? demanda-t-il. Après mon départ.

– Comment ça ? demanda Monahan.

– Je vous ai laissés, toi, Racine et Stone, chez lui, vers deux heures trente. De quoi vous avez parlé ? Qu'est-ce que vous avez mijoté ? Qu'est-ce qui s'est passé ? »

Monahan marqua une pause. Ils n'avaient jamais parlé de ce qui était arrivé cette nuit-là, après la fête, après qu'ils étaient allés chez Stone. Les événements de la nuit avaient été passés sous silence. C'était mieux comme ça, pour chacun d'entre eux.

« Stone a appelé Dunn.

– Le prof ?

– Oui. Il lui a dit d'aller voir la fille, de régler le problème. Il lui a sorti le vieux topo sur le fait qu'on pouvait soit acheter son silence, soit la réduire au silence, et il a ajouté qu'on avait essayé d'acheter son silence, que ça n'avait pas fonctionné, alors que maintenant il était temps de la réduire au silence... et que c'était à Dunn de s'en charger.

– Quoi ? Il a demandé à Dunn de la tuer ? Tu te fous de ma gueule ? On est mêlés à un meurtre ? murmura Stolly d'un ton pressant.

– Tu croyais qu'elle s'était suicidée ? demanda Monahan, incrédule.

– Oui. C'est ce que je croyais. Peut-être. Ou alors que c'était le petit ami qui l'avait tuée accidentellement.

– Putain, ne sois pas si naïf, Stolly. Surtout pas toi. »

Soudain le pire des scénarios semblait possible.

« C'est la faute de Racine, déclara Stolly. Sans son ego, rien de tout ça n'arriverait.

– Exact.

– Il était censé s'arranger pour que Stone quitte le pays.

– Il a bien réussi son coup.

– Et Boris. Est-ce qu'il a au moins parlé à Boris ? Est-ce qu'il l'a mis en garde ? Ou est-ce qu'il est trop occupé à se faire tirer le portrait avec des politiciens et à diffuser des communiqués de presse sur la baisse de la criminalité depuis qu'il est devenu commissaire assistant ? »

Une serveuse arriva avec deux grandes assiettes.

« Deux sandwichs au steak ?

– Merci, ma chérie, dit Stolly, sans pour une fois la suivre de son regard affamé tandis qu'elle s'éloignait de leur table.

– Merde ! s'écria Monahan, furieux.

– Qu'est-ce qu'il y a ?

– Chaque fois qu'on vient ici et que je commande un steak *saignant*, il arrive plus cuit qu'un cuir de buffle rôti dans un crématorium. Ça commence à bien faire ! »

Il se leva et cria à l'intention de la serveuse :

« Hé ! J'ai commandé saignant ! Je veux un sandwich avec un steak saignant, pas un bout de cuir calciné !

– Mec, tais-toi », lança Stolly tandis que les écoliers regardaient tous Monahan comme s'il était cinglé puis, s'apercevant que c'était plus que probablement un flic qui travaillait de l'autre côté de la rue, détournaient rapidement les yeux.

La serveuse vint à la hâte reprendre son assiette avec une litanie d'excuses, puis se précipita dans la cuisine pour aller voir le cuisinier médusé, qui semblait avoir dix-huit ans au plus.

« Bon Dieu, calme-toi.

– Je *suis* calme. Je veux juste un steak qui ne cassera pas mes putains de dents. C'est trop demander ? Dis-moi que c'est trop demander et j'irai présenter mes excuses au cuistot. Je lui dirai : "Mon copain Stolly pense que je me comporte comme un connard parce que j'ai réagi excessivement au fait que vous ne cuisinez jamais un plat comme on vous le demande."

– Non, mec. C'est pas trop demander. C'est bon.

– Je vais en France en octobre, déclara brusquement Monahan, laissant Stolly perplexe face à ce changement de sujet soudain.

– Tant mieux pour toi, Jake. Beau pays, la France. Tu parles la langue ?

– Oui, quelques mots. Assez pour m'en sortir.

– Super. En octobre ? Ce sera l'automne là-bas, non ?

– Oui. Lorna et les filles viennent avec moi.

– Génial, mec.

– On va dans le Val de Loire.

– J'y suis allé une fois, avec une nana que j'avais rencontrée à Londres. Soho, Londres. C'était une strip-teaseuse qui fuyait un putain de gangster belge cinglé. Enfin bref, on a foutu le camp de Londres, pris l'avion pour Paris, et on a loué une voiture et roulé jusqu'à un magnifique château dans le Val de Loire. Super-semaine. Pourquoi tu vas là-bas ?

– Une conférence. Organisée par l'unité drogues d'Europol ; on va essayer de voir si la dépénalisation récente de l'herbe dans certains États américains a eu le moindre impact sur la criminalité. On va... voici mon steak ! »

La serveuse plaça l'assiette devant lui avec un sourire nerveux.

« Désolée pour tout à l'heure, monsieur. Dites-moi s'il y a un problème avec celui-ci, mais le chef dit qu'il est saignant, comme vous l'aimez.

– Merci, ma grande, répondit Monahan, et il se mit à manger. Parfait. »

Puis il cria à l'intention du chef : « Génial ! »

Ce dernier acquiesça et sourit, et la serveuse poussa un soupir de soulagement.

« La dépénalisation. Surtout de l'herbe. C'est la seule solution. Mon boulot, c'est de le dire au gouvernement ; et je suppose qu'une criminalité en baisse est le meilleur moyen d'y parvenir. On a réservé nos billets. Les filles sont très excitées. Le voyage va leur servir pour un projet scolaire, et Lorna, eh bien, elle n'est pas partie en vacances avec moi depuis ce séjour à Hawaï il y a huit ans. »

Il avala et regarda Stolly dans les yeux.

« Ce que je veux dire, Stoll, c'est que, vu les circonstances, je pense que toi et moi devons prendre des mesures radicales pour nous assurer que ça ne nous retombera pas dessus. Je crois que tu as peut-être raison.

– À propose de quoi ?

– De Stone. Il va parler. Tôt ou tard. Ils le font tous. »

Monahan termina son sandwich.

« Il faut que j'arrête de voir le bien chez les gens. Parfois j'oublie qu'ils sont tordus. Il a besoin d'une bonne baignade.

– Une baignade ? » répéta doucement Stolly, son attention désormais entièrement portée sur l'homme qui était assis face à lui.

Il avait l'air – et se sentait – abasourdi. La situation était de plus en plus incontrôlable.

« Une petite baignade revigorante en plein hiver dans les eaux de Portsea. Je vais organiser ça », déclara Monahan.

Il regarda de nouveau Stolly.

« Ça te pose un problème ?

– Non. Aucun problème.

– Parfait. Te dégonfle pas. »

Les ailes du désir

M algré toutes ses fanfaronnades et son indignation, l'avocate de Stone n'était pas parvenue à obtenir une issue favorable pour son client. Et ça a été un Stone très maussade qui a été mené au tribunal, à la grande surprise du juge qui, à n'en pas douter, le connaissait en société. Le procureur de police, un formidable petit bouledogue irlandais, était bien décidé à lui faire la peau.

Dans mon expérience, les juges deviennent quelque peu nerveux quand ils sont informés que l'accusé qui se tient devant eux, qu'il soit innocent ou coupable, risque de prendre la fuite à l'étranger. Ça la fout mal s'ils laissent un criminel mettre les voiles, surtout si ledit criminel réapparaît dans les tabloïdes assis à côté d'un Jacuzzi avec un troupeau de filles sexy sur une île tropicale, après avoir échappé à la justice.

Aussi, lorsque le procureur a expliqué que M. Stone avait refusé de rester en Australie pour aider la police dans son enquête, d'où son interpellation malheureuse mais nécessaire à l'aéroport de Melbourne, le juge a ordonné, à contrecœur, m'a-t-il semblé, que le bon vieux Dom rende son passeport et coopère avec la police.

Naturellement, ça a provoqué la fureur de l'avocate de Dom, qui s'est mise à nous balancer les droits de l'homme à la figure, s'en prenant à la police en général, mais particulièrement à moi et à l'agent principal Chastain, puisque non seulement nous avions volé le passeport de son client, mais nous l'avions également détruit en toute illégalité.

Naturellement, j'ai menti au magistrat et affirmé que c'était une allégation fausse et scandaleuse qui ne se fondait sur rien.

Une chose que je peux dire des juges, c'est que ce sont dans l'ensemble des abrutis, et qu'ils gobent tout ce que leur racontent les flics.

Dominic a été inculpé pour avoir résisté à son arrestation, mais relâché sous caution, et il s'est retrouvé seul et à la dérive à Melbourne, loin du sanctuaire qu'il avait tant désiré.

Il était à moi.

Il n'avait pas été fait mention durant l'audience du coup de fil passé depuis le téléphone de la petite-fille de Stone au tueur à gages bolivien qui gisait sur la table du légiste. Il était nécessaire que ça ne figure pas dans le dossier car nous avions obtenu l'identité du type et les relevés téléphoniques de la petite-fille de Stone de manière parfaitement illégale. Mieux valait que le juge n'apprenne pas ce genre de chose.

J'ai rattrapé l'avocate de Stone sur les marches du tribunal, un cube moderne de verre et de béton brun situé dans Williams Street, pas loin de l'endroit où Dom et les garçons avaient l'habitude de faire la fête dans le club l'Underground, au sud du centre-ville.

« Votre client est-il prêt à me parler ?

– Je vous contacterai », s'est-elle contentée de répondre.

Elle a saisi Dominic par le bras et l'a éloigné des médias qui se rassemblaient après avoir été informés de l'arrestation d'un citoyen de Melbourne bien connu, propriétaire d'un hôtel cinq étoiles, pour... quelque chose, mais quoi ? Ils n'en avaient aucune idée, même si la rumeur affirmait avec de plus en plus d'insistance qu'il avait tenté de fuir le pays.

Pourquoi ? se demandaient-ils. Était-il possible que Dominic Stone – riche patriarche d'une famille de Toorak, propriétaire de chevaux de course, mondain, ami des rock stars et des top-modèles, bon vivant – soit impliqué dans un crime ?

Était-il possible, se demandaient les journalistes les plus âgés, que ce soit lié à ces rumeurs sans fondement qui remontaient à vingt-cinq ans plus tôt, quand Dominic Stone avait brièvement fait les gros titres après qu'il avait été suggéré qu'il était lié à la mort tragique d'une jeune femme, même si personne ne savait s'il s'agissait d'un suicide ou d'un jeu sexuel tordu qui avait mal tourné ?

Sûrement pas. Pas après tout ce temps.

J'ai attrapé l'avocate avant qu'elle ait le temps de faire trois pas, la faisant sursauter, foutant la trouille à Stone, et attirant l'attention des journaleux.

« Dites à votre client que s'il a commandité une autre tentative de meurtre contre mon équipière, l'agent principal Chastain, il a intérêt à la faire avorter tout de suite. Sinon, c'est un homme mort.

– Êtes-vous en train de menacer mon client ? a aboyé l'avocate.

– Oui, ai-je répondu en regardant durement Stone. Et j'attends une coopération totale au plus tard demain matin à neuf heures. Le temps est compté, Stone. Vous serez aux infos ce soir, et il y a quelques policiers en colère et puissants qui pourraient chercher à vous réduire au silence avant le lever du soleil. Si j'étais vous, je passerais la nuit dans le penthouse de mon hôtel de luxe. Avec une équipe de gardes du corps. »

Un SMS a fait biper mon téléphone.

Il disait : *Ai retrouvé Ruby.*

Dégonflé

La nuit tombe rapidement, l'hiver, à Melbourne. Il fait sombre tôt, peu après dix-sept heures.

Les réverbères s'allumèrent, le tungstène orange formant des halos le long du large boulevard de St Kilda Road dont les voies étaient encombrées de voitures, de trams, et d'employés de bureau qui rentraient chez eux, leur imperméable et leur veste fermement resserrés autour d'eux. Une pluie légère balayait le ciel, arrosant les personnes et faisant briller la rue, les phares se reflétant sur la surface bleutée.

Stolly sortit du parking qui se trouvait sous le QG et s'engagea dans la circulation dense. C'était jeudi, ce qui signifiait que c'était sa soirée Caffé e Cucina : de quoi boire, puis le meilleur calamar de toute la ville et des pâtes dans un restaurant étroit et animé, un véritable morceau d'Italie dans Chapel Street, juste à côté de Toorak. Chaque jeudi, il passait la soirée avec Florina, une Italienne avec qui il avait commencé à sortir huit mois plus tôt. Contrairement à Stolly, qui avait été célibataire toute sa vie, Florina avait récemment divorcé et ne cherchait pas une nouvelle relation, surtout pas avec un flic de la criminelle dont les horaires de travail étaient probablement les moins fiables qu'on puisse imaginer. Elle était agent immobilier et menait une vie agréable et indépendante ; de même que Stolly, ou du moins le croyait-il, jusqu'à ce qu'il la rencontre et qu'ils mettent en place ce rituel frivole et sans engagement du repas du jeudi soir au restaurant italien à côté de chez elle.

Il s'était imaginé qu'un jour il la demanderait en mariage. Il avait attendu qu'une familiarité naisse, une complicité bâtie avec le temps, au fil des jeudis soir et parfois des week-ends.

Ce soir-là, cependant, tandis qu'il roulait vers le restaurant, tout commençait à s'effondrer, et il se demandait s'il ne ferait pas mieux d'annuler. Mais leur relation était fragile. Il faisait attention, se comportait du mieux possible, était sur ses gardes avec elle.

Il avait été terrifié à l'idée qu'elle découvre la vérité sur son passé. Maintenant il était encore plus terrifié qu'elle découvre la vérité sur son implication dans les événements qui s'enchaînaient à une allure effrayante. Le passé, c'était facile : on pouvait mentir et le dissimuler en espérant que personne ne viendrait mettre le mensonge en pièces. Mais le présent... putain, Dominic Stone apparaissait aux infos du soir, et combien de temps faudrait-il pour que le nom de Stolly lui-même soit traîné dans la boue ?

Et Monahan ? Bordel... tuer Stone ? Faire passer ça pour un accident de baignade ? Ça virait au chaos dangereux. Stolly se sentait couler, s'enfoncer dans un bourbier, et c'était pire qu'autrefois, quand il était né dans un bourbier et s'en était sorti, tel un gamin en colère qui s'arrache à un marécage.

Voici ce qu'il avait dit à Florina, la femme qu'il espérait épouser :

Je suis né dans une famille difficile à Richmond. Mon père me frappait et ma mère n'était jamais là. Je n'étais pas trop bon à l'école. Dès que j'ai pu me sortir de la rue, chérie, je l'ai fait. Je suis devenu flic. J'ai trouvé une vraie famille. J'ai gravi les échelons depuis le bas, comme mon père – que son âme soit damnée – disait qu'il fallait toujours le faire.

Et elle l'avait cru et avait saisi sa main, fermement, dans le restaurant, puis, plus tard, elle l'avait emmené chez elle, où il avait passé la nuit.

Ce qu'il n'avait pas dit à Florina, la première femme qu'il rencontrait pour autre chose que pour baiser, c'était ceci :

J'ai grandi à la dure à Richmond, allant à l'école dans des Monaro volées et sans permis, frappant les enseignants et les élèves s'ils se mettaient en travers de mon chemin, surtout sur le terrain de football. Je jouais dans les réserves du Richmond Football Club, et je buvais avec mes copains dans les pubs de Swan Street, les derniers repaires où l'homme blanc pouvait boire dans ce qui était devenu, à la fin des années 1970, un petit Viêt Nam suite à l'arrivée massive des boat people.

Je n'avais rien contre démolir quelques faces de citron le vendredi soir, et ça ne me gênait pas non plus de me taper des nanas bridées. Elles ne parlaient pas anglais et elles avaient toutes peur des flics, à cause de l'endroit d'où elles venaient – elles n'auraient jamais signalé le moindre délit aux autorités, de toute manière. Une période géniale, Florina.

Après avoir quasiment battu à mort un bridé dans une des allées près de la brasserie Foster's, j'ai décidé de devenir flic. Quand je suis rentré chez mes parents, une petite maison ouvrière en briques dans une ruelle étroite, et suis allé me coucher après m'être douché, j'ai pris le temps de réfléchir à ma vie. Il me semblait que j'étais destiné à une vie de violence. Foot le week-end, baston et baise la semaine. Je n'étais pas un abruti et je savais que si je continuais comme ça, je finirais en taule, comme nombre de mes amis. Et je ne deviendrais jamais un footballeur de premier rang, ça aussi, je le savais.

Alors, le lendemain matin, j'ai marché jusqu'au commissariat, qui ressemblait à une forteresse, je suis entré et j'ai demandé au flic à l'accueil comment je pourrais m'enrôler.

Et ensuite, trente ans plus tard, je t'ai rencontrée.

Et maintenant on dirait que tout tombe en poussière. Et je dois régler ça.

Je dois parler à Darian Richards et tout lui dire. Pour moi. Pour toi. Pour nous, chérie.

Mais ça, il faudrait qu'il le fasse discrètement, car il ne faisait aucun doute dans son esprit que Monahan le buterait également.

L'arrangement

« C'est vous, Nick ?

– C'est moi, patron. Je peux entrer ? »

Les lumières de la ville, la nuit, s'étiraient dans toutes les directions, comme un tapis étincelant, neuf étages plus bas. Les journaux du matin, qui étaient livrés chaque jour, étaient soigneusement empilés sur le bureau de Copeland, de même que des dizaines de dossiers. Aux murs étaient accrochées des photos encadrées qui attestaient une longue et brillante carrière dans la police.

« Vous vouliez me voir ? demanda Racine en s'asseyant près du bureau du commissaire.

– Avons-nous une idée de qui a commandité l'agression de l'agent principal Chastain ? demanda Copeland.

– L'agresseur est un ressortissant de Vanuatu né en Bolivie. Il a eu des liens avec le gang de Brunswick dans les années 1990.

– En tant que ?

– En tant qu'extorqueur. Mais il a disparu des radars depuis au moins une décennie.

– Qui l'a fait revenir ?

– Nous ne sommes pas sûrs, patron, mais il est possible que l'agression de Chastain soit liée à son petit ami. Un certain Casey Lack.

– Comment ça ?

– Il a possédé des boîtes de nuit et des bordels en ville, à Fitzroy et à Collingwood, de la fin des années 1980 jusqu'à il y a sept ou huit ans, quand il a déménagé, ou fui, d'après ce que j'ai entendu dire, dans le Queensland. Il tenait la vieille boîte de strip-tease qui est partie en fumée il y a environ dix ans ; toutes les filles ont été tuées.

– L'incendie fomenté par un groupe de femmes jalouses ? Je m'en souviens. Qui pourrait oublier ? Il tenait cet endroit ?

– Oui, du coup on se dit que, comme elle a débarqué ici pour une enquête importante, l'agression pourrait être une sorte de vengeance à l'encontre du petit ami pour quelque chose qui remonterait à avant qu'il aille vivre dans le Nord.

– Quel drôle de choix de compagnon pour cette policière.

– Elle traîne elle-même une certaine réputation, patron.

– Vraiment ?

– Son commandant, Adam Cross – vous vous souvenez de lui ? Il travaillait à Frankston. Enfin bref, il a appelé, et il nous a dit de ne pas lui faire confiance, qu'elle... »

Il marqua une pause.

« Vous ne voulez pas entendre ça, patron.

– Continuez, Nick.

– Il nous a dit qu'elle écartait les jambes avec les criminels aussi bien qu'avec les flics influents. Il a dit qu'elle se tapait des types de la criminelle à Brisbane pour essayer d'avoir de l'avancement, de monter en grade, qu'elle se tape Darian depuis qu'elle est arrivée ici, que c'est une psychopathe ambitieuse.

– Son commandant a dit ça ?

– Mot pour mot.

– Et moi, je crois qu'Adam Cross est un butor paresseux, envieux et sexiste. »

Copeland se pencha en arrière et sourit. C'était exactement ce qu'il pensait. Il remarqua que Racine regardait la photo encadrée de Jan qui était posée sur son bureau.

« Vous avez été marié, n'est-ce pas, Nick ?

– Oui, répondit Racine.

– Mais vous avez divorcé ?

– Oui. Ça fait déjà quelques années. »

Copeland regarda la photo de Jan.

« C'était une femme merveilleuse, ma Jan. Le socle de mon code moral, mon plus grand supporter. Elle me manque beaucoup. »

Il resta un moment silencieux, puis reprit :

« Nous avons arrêté une personne très en vue cet après-midi.

– Oui. En effet », répondit Racine tout en pensant : *C'est pour ça qu'il voulait me voir. A-t-il parlé à Darian ? Sait-il que Boris a parlé ? Que sait-il ?*

Copeland se leva et fit le tour de son bureau pour venir s'asseoir à côté de lui.

« Qu'est-ce que vous en pensez, Nick ?

– D'après ce que j'ai entendu, Dominic Stone était à l'aéroport, et il a refusé d'être interrogé par Darian. Il était sur le point d'embarquer, je crois. Darian a estimé qu'il n'avait pas d'autre solution que de l'arrêter.

– Mais que pensez-vous de cette affaire, Nick ?

– Je crois... »

Il marchait sur des œufs. Ce qu'il pensait vraiment, c'était que plus Stone serait mort rapidement, mieux ce serait.

« Je crois que Stone a été idiot de tenter de fuir. Si c'est bien ce qu'il faisait.

– Fuir le pays ?

– Oui. Ça y ressemblait.

– Pourquoi aurait-il fui ? Je comprends qu'une personne tente de fuir la justice, d'échapper à sa capture. Bon Dieu, vous et moi avons poursuivi en voiture de nombreux criminels qui essayaient de semer les sirènes et les gyrophares. Mais j'aurais cru, dans ce cas, que l'enquête sur la mort de cette fille serait très discrète. Pas le genre de chose dont un homme d'affaires en retraite qui s'occupe de ses petits-enfants entendrait parler. »

Racine haussa les épaules. Mieux valait ne pas donner de réponse verbale à ça.

« Est-ce qu'il aurait pu être informé ?

– Je ne saurais dire, patron.

– Nick, laissez-moi vous poser une question : où croyez-vous que tout ça nous mènera ? »

Il était penché vers Racine, adoptant une pose bienveillante, tel un père attentionné.

« Je pense que ça mènera à un blanchissement total et définitif de mon nom en relation avec la mort de cette fille. Une exonéra-tion, si vous préférez, patron.

– Oui, Nick, je sais que vous n'avez rien à voir avec la mort de cette fille, mais s'il y avait des dommages collatéraux ? C'est depuis le début une possibilité, et le comportement stupide de Dominic Stone aujourd'hui rend ça encore plus plausible. »

Il se pencha encore plus près.

« Nick, nous sommes dans cette situation parce que vous avez agressivement fait pression sur le gouvernement, sans parler du syndicat et des hommes, pour obtenir le poste de commissaire – et vous avez bien fait, vous avez bien fait, vraiment. Mais, en retour, le ministre m'a forcé à rouvrir une vieille enquête pour s'assurer que votre nomination et l'annonce qui la suivra ne seront pas enta-chées : cette enquête sur la mort d'Isobel Vine. Aucun de nous n'a vraiment prêté attention à ces rumeurs qui affirmaient que vous et trois autres agents travaillaient pour Dominic Stone. J'entends ce genre de ragots, et pire, bien pire encore, à propos de tant de policiers, quotidiennement. Enfin quoi, regardez, nous venons de discuter du même genre de rumeur calomnieuse à propos de l'agent principal Chastain. Mais, Nick, je me demande si nous ne serions pas un peu dans le pétrin, maintenant que Dominic Stone a été arrêté et qu'il est peut-être mêlé à la mort de cette pauvre jeune femme. Et je me demande, juste entre nous, si vous accepteriez de reconsidérer vos aspirations. Si vous accepteriez de revoir votre ambition de devenir commissaire. Si vous accep-teriez de retirer votre candidature, en informant le gouvernement que le poste n'est pas vraiment fait pour vous. Aucune honte, évidemment. Si vous deviez adopter cette position, mon vieux, alors j'annulerais l'enquête de Darian, je la fermerais, puisqu'il serait inutile de continuer, sa raison première – à savoir, votre candidature – n'en étant plus le facteur déclenchant.

– Est-ce qu'il accepterait ?

– Darian fera ce que je lui dirai de faire. »

Ce n'était pas ce à quoi Racine s'attendait de cet entretien. Il devait réfléchir vite. Le vieux était roublard et avait toujours dix longueurs d'avance sur vous. Nick avait appris à le manœuvrer – tout juste –, mais il devait être parfaitement précis dans sa réponse.

« Je n'ai pas fait de mal à cette fille. Et c'est à sa mort que Darian s'intéresse. Ou bien sa mission a-t-elle changé, patron ? Pour inclure, comme vous dites, des dommages collatéraux ? Parce que, comme vous dites, tout le monde dans le département de police a dû subir des rumeurs calomnieuses et sans fondement, surtout quand on atteint le poste de commissaire assistant.

– La mission n'a pas changé, Nick. Le boulot de Darian est de déterminer qui, s'il s'agit d'une personne autre qu'elle-même, est responsable de la mort d'Isobel Vine. Je profite juste de l'occasion pour faire le point, en quelque sorte, sur la situation présente et ses possibles conséquences.

– Comme j'ai dit, comme j'ai toujours dit, je n'ai *pas* fait de mal à cette fille. Sa mort ne peut pas être un obstacle à ma nomination au poste de commissaire. Pourvu, naturellement, que je puisse toujours compter sur votre soutien et sur celui du gouvernement et des syndicats.

– Évidemment, Nick. Nous voulons tous que vous preniez ce poste. Vous ferez un bon commissaire.

– Alors, patron, je pourrais peut-être faire une suggestion ?

– Allez-y.

– Peut-être que Darian devrait se concentrer sur la mort de la fille au lieu de s'égarer et de traquer des barons de la drogue imaginaires.

– Je ne manquerai pas de lui faire savoir, Nick. »

La Volkswagen d'Hailé Sélassié (3)

La maison était déserte lorsqu'il rentra chez lui. La catastrophe arrivait en une succession de minuscules développements.

Tout d'abord il y avait eu le coup de fil de Racine, qui l'avait informé qu'une enquête sur la mort d'Isobel avait été demandée par le commissaire, sur ordre du ministre de la Justice en personne. Après tant d'années. C'était tellement injuste.

Et pourquoi? Parce que Racine voulait être le nouveau commissaire. Ego et vanité; Dominic ne l'avait jamais apprécié. Racine parlait même comme si l'enquête lui faisait plaisir. Si ça ce n'était pas de l'arrogance et de l'orgueil. Il affirmait qu'il n'avait rien à cacher et qu'ils n'avaient rien à craindre; si ça ce n'était pas se fourrer le doigt dans l'œil. Maintenant ils avaient tout à craindre.

Après quoi ils avaient appris que l'enquête serait menée par cet ancien as de la criminelle, un type avec un taux de résolution plus élevé que n'importe quel autre dans le pays.

Ensuite il y avait eu sa décision idiote – oui, il se l'admettait à lui-même, c'était stupide, mais qui pouvait lui en vouloir? – d'engager Vasquez, qu'il avait connu autrefois, et d'utiliser le téléphone de sa petite-fille pour passer le coup de fil.

Puis la découverte par sa petite-fille qu'il avait pris son téléphone et que celui-ci avait disparu avec toutes ses données. *Perdu? Comment?* avait-elle demandé, de plus en plus furieuse, puis soupçonneuse.

Puis l'agression ratée de la policière par Vasquez. Pourquoi était-il entouré d'incompétents?

La situation pouvait-elle empirer? Évidemment : Boris, le flic silencieux, était allé vider son sac.

Puis une nouvelle visite nocturne et un nouveau message : va-t'en, pars tout de suite. Ils se rapprochent et tu seras plus en sécurité à l'étranger. Oui, abandonne tout et prends la fuite. Mais qu'est-ce que je vais dire à ma femme? À mes enfants? Comment je vais expliquer un soudain séjour d'une durée indéterminée dans la maison de vacances en Croatie? Et le fait que je vais rater les fiançailles de ma plus jeune fille dans un mois, et aussi les divers cocktails qu'organise ma femme en hiver?

Sa famille était furieuse. Aucune compassion, rien. Ils ne pensaient qu'à eux. Et maintenant il s'était fait prendre à l'aéroport, menotter et arrêter, son passeport avait été broyé, il avait été traîné au tribunal comme un vulgaire criminel, il avait dû entendre toutes ces allégations à son sujet, et sa femme et ses filles, après avoir subi les coups de fil et le harcèlement de ces charognards de la presse, avaient disparu. Maison vide. Sa famille était partie. Pas même un mot.

Voilà où il en était, Dominic Stone, seul tel un paria errant, dans une demeure déserte.

Pas un appel de soutien.

Il avait été abandonné.

Tandis qu'il déambulait à travers la maison vide, allumant toutes les lumières dans chaque pièce pour se donner le réconfort de l'illumination par opposition à la noirceur de la peur, il se rappela Haïlé Sélassié, le dernier empereur d'Éthiopie, dont il avait lu l'histoire avec fascination bien des années auparavant. Dominic adorait les biographies d'empereurs. La lignée d'Haïlé Sélassié remontait au roi Salomon et à la reine de Saba. Il avait lui aussi été victime d'une catastrophe qui était arrivée progressivement. Retranché dans son vaste palais d'Addis-Abeba, il avait été détruit par un tourbillon de changements et de revers. Chaque jour un de ses ministres disparaissait, délaissant son maître, jusqu'à ce qu'il n'en reste aucun, et alors, lentement, jour après jour, tous les autres étaient partis, les cuisiniers, les serviteurs, les jardiniers, l'empereur se retrouvant finalement seul, totalement abandonné. Il n'était plus resté que les rebelles marxistes qui hurlaient aux portes. Jusqu'à ce que finalement le chef de ceux-ci vienne le voir et lui dise : *Le moment est venu.*

Il avait mené le grand homme, qui portait en lui le sang de la reine de Saba et du roi Salomon, hors du palais, vers un véhicule qui devait l'emmener hors de la ville, loin des vestiges de pouvoir auxquels il aurait pu se raccrocher.

Mais la voiture qui l'attendait au pied des marches était une Volkswagen.

L'humiliation ultime.

« Non, s'il vous plaît, pas ça », avait imploré l'empereur, plus soucieux des apparences que du fait qu'il avait perdu son empire. Le leader marxiste l'avait tout de même poussé à l'intérieur, et ils l'avaient emmené. Quelques semaines plus tard, il était exécuté et son corps était balancé dans un fossé.

C'était ainsi que se sentait Dominic Stone : un homme sans personne, abandonné de tous. La catastrophe progressive.

Tout ça à cause de cette fille stupide. Comme Hailé Sélassié, Dominic savait que c'était plus qu'une simple désertion. Il était coincé. S'il parlait au flic, il irait en prison, il en était certain. Et s'il ne disait rien, ils le tueraient tout de même. Ces quatre hommes qu'il avait jadis eus sous sa coupe étaient impitoyables, et ils avaient beaucoup à perdre. Des flics, des flics de haut niveau, aller en prison ? Plutôt mourir. Donc ils le tueraient d'abord. Sa mort serait la garantie de son silence.

Il sortit brusquement de sa rêverie lorsqu'il entendit le grondement d'une Harley dans la rue. Ce bruit lui rappela les fois où Brian Dunn arrivait et garait sa moto entre les Mercedes et les BMW des voisins. L'un d'eux s'était plaint, et Stone avait dit à Dunn de la garer dans l'allée. La rue était une avenue typique, paisible, bordée d'arbres, avec de grandes maisons qui appartenaient à de vieilles fortunes et à des types de l'establishment de Melbourne qui vivaient leur vie de rêve à l'abri de haies et de portails en métal. Il y avait investi peu après la mort de son père, quand il avait hérité de tout l'argent, et avant de se lancer dans des investissements encore plus tape-à-l'œil que tout ce qu'aurait pu imaginer Julius. Il avait organisé des cocktails sur la pelouse le jour, et des dîners le soir, invitant les citoyens les plus en vue et toutes les personnes importantes et influentes de la ville qu'il pouvait côtoyer. Ça avait fonctionné. Au bout de dix ans, il avait atteint le niveau dans la société qu'il avait ardemment désiré.

Il entendit des pas dans l'allée de gravier. Instinctivement, Stone recula vivement et regretta d'avoir allumé toutes les lumières, annonçant par là même sa présence.

On sonna à la porte.

L'orage approche

Casey ne nous avait pas dit qu'il venait, et même si son arrivée ne semblait pas réjouir Maria, je ne pouvais pas lui en vouloir de chercher à réaffirmer sa place dans sa vie, alors qu'elle était occupée à enquêter dans une autre ville. Il a débarqué vers onze heures ce soir-là, le moteur de sa Harley recouvrant le vacarme des voitures et des trams dans Toorak Road.

« Salut, chérie, a-t-il dit après avoir sonné à l'interphone du rez-de-chaussée. Ton homme est là. »

Maria, Isosceles et moi étions occupés à noter sur le tableau blanc les dernières informations, faisant le point sur notre situation actuelle et préparant notre plan d'action pour les vingt-quatre heures à venir. Grâce à Isosceles, nous savions désormais que Ruby, qui avait repris son véritable nom, Holly, vivait à Albert Park, une banlieue très chic près de la plage, non loin de St Kilda, pleine de parcs et de vieilles églises, de mobylettes et de cafés en extérieur. Ruby était morte depuis longtemps, apparemment. Maria avait appelé Holly avant que je regagne l'appartement après avoir quitté le tribunal. Elle avait répondu et dit que oui, elle serait heureuse de parler de ces années et de cette période précise, mais seulement entre dix heures du matin, lorsque son mari, un banquier, était parti au travail et qu'elle avait déposé les enfants à leur école privée, et trois heures de l'après-midi, quand elle reprenait ses devoirs de mère. Ruby ne pouvait être évoquée qu'en l'absence de sa famille, qui ne savait rien de son passé dissolu et illégal.

J'avais reçu un SMS de l'avocate de Stone, qui m'informait que son client était disposé à parler, dans sa maison de Toorak, le lendemain matin à neuf heures. Elle demandait l'immunité et une protection pour lui. J'avais répondu que l'immunité était hors de question s'il s'agissait d'un meurtre, mais que le faire poursuivre pour un trafic de drogue vieux de vingt-cinq ans ne m'intéressait pas particulièrement – tout dépendait donc de l'implication de son client dans la mort d'Isobel. Quant à la protection, c'était différent. Stone était dans la ligne de feu. Des flics avaient beaucoup à perdre, et c'était lui qui en ferait les frais.

Sur le coup, j'ignorais que son client était déjà mort.

Maria irait donc questionner Holly sur Ruby pendant que je parlerais à Dominic dans sa maison de Toorak – du moins, tel était le plan –, après quoi nous rendrions visite à Brian Dunn dans sa prestigieuse école pour filles. Hormis Racine, Pappas et Monahan, Dunn était la dernière personne essentielle qu'il nous restait à interroger ; la dernière sur notre liste d'assassins potentiels.

Isosceles n'arrivait pas à mettre la main sur les relevés téléphoniques vieux de vingt-cinq ans, de la même manière qu'il avait du mal à localiser les témoins de cette soirée, y compris les voisins de l'époque d'Isobel et de Tyrone. Mes techniciens continuaient de travailler sur le verre et, de manière plus prometteuse, sur l'étiquette de la bouteille qui avait été abandonnée sur le bar dans la maison d'Isobel. Ils essayaient de prélever des empreintes et de trouver des traces d'ADN, ces dernières pouvant résister, ainsi que nous l'avions appris, pendant vingt ou vingt-cinq ans. La science criminelle, sur laquelle les enquêteurs se reposent tant de nos jours et qu'ils tiennent totalement pour acquise, est une chose merveilleuse.

Nous venions de finir nos pizzas à emporter, achetées juste à côté chez Pinnochio's, une institution fondée en 1971, et préparées par le même type depuis plus de quarante ans, quand nous avons entendu l'interphone. Puis nous avons distingué la voix d'un homme sûr de lui qui venait de rouler pendant vingt et une heures sur l'autoroute pour réaffirmer son amour.

« Oh, merde, a marmonné Maria. C'est la dernière chose dont j'ai besoin. »

À vrai dire, l'arrivée de Casey pouvait nous être utile. Il s'assurerait à coup sûr qu'elle soit à l'abri d'une nouvelle attaque nocturne, et on pouvait toujours compter sur lui pour donner un coup de main ou jouer des muscles, sans parler des informations qu'il pouvait glaner dans la rue au besoin. Si quelqu'un connaissait Melbourne dans ses moindres recoins, c'était bien lui.

« Tu n'aurais pas dû venir, déclara Maria une fois Darian et Isosceles partis.

– Ouais, je savais que tu dirais ça, et c'est pour ça que je t'ai pas prévenue à l'avance. Mais, chérie, c'est pas naturel quand deux amoureux ne sont pas ensemble. Je serai pas dans tes pattes, et je peux te filer des coups de main au besoin, et l'autre truc, c'est que si quelqu'un s'en prend encore à toi, c'est à moi qu'il aura affaire.

– Qu'est-ce que tu vas faire ici pendant que je serai au boulot ? » demanda-t-elle.

Elle s'aperçut qu'elle aurait tout aussi bien pu lui poser cette question à la maison, parce qu'il ne faisait pas grand-chose à part rester assis dans son fauteuil – un siège de Chevrolet de 1954 greffé sur un rocking-chair en bois brut – sur leur grande véranda, à regarder au-delà de la vallée les eaux azur de la mer de Corail. Il tenait le magasin Casey's Antique and Second-Hand Emporium, un lieu de mystère et de trésors, un débarras pour une quantité croissante d'objets hétéroclites étalés à travers leur propriété, dont son amant prétendait qu'ils étaient à la fois précieux et utiles.

Avant qu'il ait une chance de répondre, elle le fit à sa place :

« Ne va pas traîner dans les clubs de strip-tease et les boîtes de nuit comme tu le faisais avant.

– Parole de scout, chérie, dit-il en portant deux doigts à son front, geste qui était censé être un symbole d'honnêteté.

– Pas de jeux illégaux dans les cafés grecs de l'autre côté de la ville non plus.

– Comment tu es au courant ?

– Tu me l'as dit, Case. Tu m'as tout raconté sur Melbourne la pécheresse et sur ta vie dissolue avant que tu me rencontres. »

Tout, sauf le fait que tu as couché avec une strip-teaseuse mineure nommée Ruby peu après ma naissance. Une femme que je dois rencontrer demain. Ce qui sera encore plus bizarre maintenant que tu es ici.

« Et ne va pas arpenter les clubs pour faire rembourser de force leurs dettes à des types.

– Pas de remboursement de dettes, chérie. Promis. Je suis juste ici pour toi. »

Elle sourit – oui, il était ici pour elle, et ça lui faisait plaisir. Elle tendit une main, qu'il saisit, et elle l'entraîna dans la chambre, éteignant les lumières.

Dehors, le vent se levait et une pluie légère commençait à tomber, faisant se hâter sur les trottoirs de Toorak Road les clients qui quittaient les clubs.

Homme mort

Bien sûr, j'avais su que la vie de Stone était en danger dès l'instant où je l'avais traîné hors du salon première classe d'Emirates et l'avait exhibé devant le département de police, le tribunal, puis les médias. Le lendemain matin, tandis que je franchissais la colline, quittant South Yarra pour pénétrer dans Toorak, je me suis imaginé Eli regardant les infos la veille au soir, voyant son ennemi juré comparaître devant la cour, se demandant si la mort d'Isobel était sur le point d'être vengée. Je me suis aussi imaginé quatre flics devant leur télé, et me suis demandé s'ils avaient des femmes ou des petites amies, des enfants peut-être, qui avaient vaguement conscience de ce passé qui était en train de les rattraper à toute vitesse. Boris, nous l'avions déjà vu, mais comment Racine, Pappas et Monahan avaient-ils réagi à la nouvelle? À en croire Isosceles, c'était silence radio sur les ondes; pas le moindre signal de leur part dans le monde des télécommunications numériques. Peut-être qu'ils avaient eu recours aux pigeons voyageurs pour se contacter; car se contacter, je le savais, était ce qu'ils feraient, de plus en plus.

Tandis que je traversais Toorak Village, ainsi que s'appelait le quartier, avec ses bâtiments kitsch de style faux Tudor qui semblaient sortis tout droit d'un conte de Grimm, j'ai reçu un coup de fil d'un inconnu.

« Allô?

– Darian?

– Oui, Darian Richards. Qui est à l'appareil?

– Stolly. »

Il avait l'air soûl, crevé et abattu. Ça me faisait plaisir.

J'ai attendu.

« J'ai besoin de parler.

– OK. Bien. C'est *très* bien, Stolly. »

Affirmation. Stolly était un connard et il voulait se décharger de quelque chose qui me ferait le détester encore plus, mais c'était un jeu, et mon rôle à cet instant était de jouer le type sympa et encourageant.

« Je suis vraiment content d'entendre ça. Vous êtes où, mon vieux ?

– Chez moi.

– OK. Génial. C'est où ? Vous pouvez me donner une adresse ?

– Oui. Je vis dans Duke Street, quartier de Windsor, perpendiculaire à Chapel Street.

– Oui, je connais, Stolly. »

Un gamin vietnamien avait pété les plombs et poignardé toute sa famille, dont trois enfants, dans Duke Street à la fin des années 1990. Le tueur, le gamin, était furieux à cause d'amendes que son oncle avait refusé de payer. Quelques années plus tard, une jeune femme défoncée à la meth avait coupé la tête d'un retraité qui sortait d'un pub proche et rentrait chez lui. Et encore quelques années après ça, les gangs soudanais avaient décidé qu'ils avaient un problème avec une maison remplie d'étudiants, et ils les avaient tous brûlés vifs, tout en tirant sur les murs avec leurs AK-47 – Dieu sait où ils se les étaient procurés – pour empêcher toute tentative de fuite.

« Je connais bien Duke Street. Stolly ?

– Oui ?

– Vous êtes de service aujourd'hui ?

– Oui.

– Faites-vous porter pâle, hein ? J'arrive dans quelques heures, vers midi. Ne bougez pas et attendez-moi. OK ?

– Oui. Je ne vais pas au boulot.

– Il vaut mieux pas, Stolly. Vous voyez ce que je veux dire ?

– Oui. Darian ?

– Oui.

– C'est la merde.

– Je sais.

– C'est le problème. Je sais que vous savez.

– On se voit à midi. Restez chez vous. Et, Stolly ?

– Oui ?

– Après cet appel, éteignez votre téléphone et enlevez la batterie, OK ?

– Pigé.

– Restez cool.

– Je le suis. »

La maison de Stone était une bâtisse en briques de deux étages, probablement construite au XIXe siècle, élégante et, contrairement à la plupart des autres maisons de la rue, pas du tout ostentatoire. Un haut mur de briques recouvert de lierre courait le long du trottoir, et une allée circulaire se frayait un chemin sous un portique. Les moineaux voletaient autour des jasmins et des magnolias.

J'ai frappé à la porte, un panneau de bois décoré qui avait dû être importé de la forêt tropicale d'Indonésie. Pas de réponse. J'ai appuyé sur la sonnette, qui a émis une version numérique du *Bohemian Rhapsody* de Queen.

Rien.

Et alors j'ai entendu le bruit d'un moteur de voiture qui ronronnait doucement. Comme un bourdonnement monotone. En provenance du garage.

C'est là que je l'ai trouvé, relié à un tuyau qui était lui-même relié au pot d'échappement.

Il avait l'air calme. Aucun signe de lutte. Aucun signe de meurtre. La paix dans la mort.

J'ai appelé les flics, puis j'ai foncé vers Duke Street. À mon arrivée, Stolly avait disparu.

Ruby

« C omment m'avez-vous retrouvée ? » demanda Holly. Elle avait fait entrer Maria dans la maison et l'avait guidée dans le spacieux couloir lambrissé, passant devant trois chambres douillettes et ensoleillées, jusqu'à une grande pièce qui comportait une cuisine ouverte, un coin salle à manger et un coin salon, avec de grands tableaux pop art comme une explosion d'années 1960 sur les murs. Elle avait préparé une théière d'infusion, puis ouvert la baie vitrée et invité Maria à s'asseoir au soleil sur la terrasse. La clôture de derrière était recouverte d'un rosier grimpant constellé de minuscules fleurs blanches. Comme chez Isobel.

Grâce à une vieille connaissance , répondit Maria.

Elle vit les yeux de Holly se plisser tandis qu'elle remontait les années pour essayer de faire le lien. Holly avait une petite quarantaine d'années et ressemblait à une version majestueuse de la sauvage Ruby. Ses cheveux, qui avaient été roses et blonds vingt-cinq ans plus tôt, étaient désormais platine, tirés en arrière et noués en queue-de-cheval pour mettre en valeur ses yeux d'un bleu intense et ses pommettes hautes. La rébellion du milieu des années 1980 avait laissé place à une élégance posée durant la deuxième décennie du nouveau siècle. Elle lui faisait penser à Grace Kelly, ou à Beyoncé quand celle-ci était une épouse et une mère et non une icône de la pop.

Maria, qui était distraite depuis qu'elle avait posé les yeux sur cette beauté quand elle avait ouvert la porte, s'en tint aux questions qu'elle avait préparées.

« Vous étiez l'amie d'Isobel Vine ?

– Oui. On allait au même lycée, mais on a été amies qu'au cours de la dernière année. Je la trouvais trop coincée et collet monté, complètement Laura Ashley, et elle me trouvait incontrôlable et dangereuse. »

Holly lâcha un éclat de rire et tira une cigarette, qu'elle alluma.

« Je l'étais, ajouta-t-elle en inhalant.

– Vous vous faisiez appeler Ruby ?

– Ruby Jazz. C'est Brian qui m'avait donné ce nom.

– Brian ?

– Brian Dunn.

– Parlez-moi de lui. »

Holly se pencha en arrière et fixa le ciel. De gros nuages se formaient sur une voûte qui était autrement d'un bleu parfait.

« À l'époque, il était génial. Il vous faisait monter à l'arrière de sa Harley, il vous emmenait en boîte, il sniffait de la coke avec vous, il buvait avec vous, il couchait avec vous. Tout ce qu'une gamine rebelle attendait d'un prof. »

Elle reposa son regard sur Maria.

« Maintenant que je suis mère, je repense à lui – et à moi, quelle idiote j'étais –, et je me demande : comment a-t-il pu s'en tirer à si bon compte ? Où étaient les parents et les autres enseignants ? Dunn est un sinistre pédophile qui aime impressionner les lycéennes et coucher avec elles. L'avez-vous interrogé ?

– Quand Isobel et vous êtes-vous devenues amies ?

– Brian et moi, on couchait ensemble durant ma dernière année de lycée. J'avais seize ans – c'est l'année où Ruby est née. Je me suis mise à prendre de la coke, un peu d'héro, un peu de tout. J'ai commencé à faire des strip-teases et… d'autres choses. Comme j'ai dit, je faisais peur à Isobel, mais alors elle et Brian se sont rapprochés. Ça devait être avant qu'elle aille en Bolivie. Elle a commencé à traîner avec lui. Je crois qu'il l'a aidée pour sa candidature. D'ailleurs, je crois que c'est grâce à lui qu'elle a été acceptée dans le programme d'échange. Enfin bref, elle faisait soudain partie de la scène. Mlle Boucle d'Or en Laura Ashley commençait à se dévergonder sous les projecteurs. »

Holly se pencha en avant et regarda attentivement Maria.

« C'était génial sur le coup, mais les types avec qui nous traînions étaient dangereux. Des criminels et des flics véreux. On ne le savait pas vraiment à l'époque. On adorait ça, Isobel et moi, on s'amusait simplement. Mais on savait au fond de nous, même si on ne l'a jamais dit, que ces types ne plaisantaient pas. Donc, on restait ensemble. Pour se soutenir. Quand elle est allée en Bolivie, on était proches, et quand elle est revenue et que les choses sont devenues vraiment sérieuses, on a été encore plus proches. Dans un sens.

– Dans un sens ?

– Elle avait besoin de parler à quelqu'un qui comprenait le monde. Son père ? Laissez tomber. Son petit ami ? Laissez tomber. Et la plupart de ses autres amis confondaient coke et Coca-Cola. »

Elle alluma une autre cigarette. Maria attendit.

« Donc, je pouvais compatir parce que je comprenais. En même temps, ces enfoirés me mettaient la pression pour s'assurer qu'elle n'irait pas parler aux fédés, donc c'était, genre... j'étais tiraillée.

– Quels enfoirés ?

– Stone. Enfoiré numéro un. Dunn, enfoiré numéro deux. Il y avait ces Italiens glauques de Lygon Street. Tous des enfoirés. Puis il y avait les flics que Stone aimait avoir autour de lui. Il les exhibait... »

Elle s'interrompit comme si une pensée effrayante lui était soudain venue.

« Est-ce que je vais devoir témoigner ? On ne fait que discuter, n'est-ce pas ? Je ne vais pas devoir aller au tribunal ? Parce que je n'irai pas.

– Juste quelques questions, répondit Maria pour la rassurer, mais pas vraiment sincère. Isobel et Dunn avaient-ils des rapports sexuels ?

– Oui. Elle m'a remplacée, ce qui m'a foutue en rogne au début, mais pas longtemps, parce que alors j'ai rencontré mon homme.

– Mario Brugnano.

– Le meilleur protecteur qu'une fille puisse désirer. Un jour, il m'a emmenée à Los Angeles pour un week-end de shopping. Mes parents croyaient que j'étais allée à Torquay pour une sortie scolaire.

– Combien de temps Isobel et Dunn ont-ils eu cette liaison ?

– Quelques mois avant qu'elle parte en Bolivie, et quand elle est revenue, c'est là qu'ils sont devenus vraiment proches. Comme si elle croyait qu'il la sauverait et qu'ils resteraient ensemble pour toujours.

– Dunn a-t-il jamais été violent ?

– Non. Tout le contraire. Il était faible. Dans sa tête, dans son esprit, au lit. Il compensait en montant sa Harley.

– Le petit ami d'Isobel était-il au courant pour Dunn ? Je veux dire, de la relation entre Dunn et Isobel ?

– Oui.

– Connaissiez-vous Tyrone ?

– Oui.

– Est-ce qu'il lui arrivait de parler d'Isobel et de Dunn ?

– Oui. »

Maria sentit son cœur battre un peu plus fort. Ces trois réponses laconiques lui donnaient l'impression qu'elle était sur une piste et sur le point de toucher au but.

« Qu'est-ce qu'il disait ? »

Holly fixa Maria. Depuis le premier *oui*, elle n'avait pas bougé et avait gardé les yeux rivés sur la policière, comme si elle savait où tout ça mènerait.

« Il disait que s'il ne pouvait pas avoir Isobel, alors personne ne l'aurait. Je lui ai demandé ce que ça voulait dire, et il a répondu qu'il la tuerait à moins qu'elle cesse de voir Dunn.

– Il avait dix-huit ans. Vous le croyiez ?

– J'étais défoncée sur le coup, mais je ne l'ai jamais oublié. J'ai oublié beaucoup de choses de l'époque Ruby, mais pas ça.

– Quand a-t-il dit ça ?

– Le soir de la fête.

– Vous y êtes allée ?

– Les flics m'ont forcée.

– Comment ?

– J'étais dans une boîte en ville, et Racine m'a abordée. Il a dit qu'ils devaient aller voir Isobel et lui parler, parce qu'elle n'écoutait pas. Et il m'a dit de les accompagner.

– Pourquoi ?

– Je ne sais pas. Peut-être pour les aider à franchir la porte. Peut-être qu'ils voulaient que je lui parle également. Donc, on y est allés, entassés à l'arrière d'une Porsche, et quand on est arrivés là-bas, Racine a attrapé Isobel et l'a emmenée dans sa chambre. Plus tard, après notre départ, il a dit qu'il lui avait donné son dernier avertissement. Que si elle parlait, elle mourrait.

– Est-ce qu'il a ajouté autre chose ?

– Non. Ils se sont arrêtés dans Toorak Road et ils m'ont balancée de la voiture sur le trottoir. Les connards. Trop tard pour le tram, et il n'y avait pas de taxis. J'ai dû rentrer à pied.

– Vous avez encore entendu parler d'eux après ça ?

– Environ deux ou trois semaines plus tard, après qu'Isobel a été retrouvée morte. Racine a téléphoné et m'a dit que je devais faire une déposition.

– À quel sujet ?

– Pour dire que je les avais emmenés à la fête. Que je les avais invités chez mon amie. Que c'était mon idée, pas la leur. Que c'était anodin et que ça n'avait rien à voir avec Isobel et les fédés et Dominic Stone. Jusqu'à ce moment, j'avais cru que c'était Tyrone.

– Comment ça ?

– Quand j'ai appris qu'Isobel était morte, j'ai pensé que Tyrone l'avait tuée.

– Et l'éventualité d'un suicide ? »

Holly haussa les épaules.

« Peut-être. Mais Isobel était plutôt solide. Qui sait? Quelques-uns de mes amis s'étaient suicidés, et ça m'avait fait un énorme choc. Mais la façon dont Racine était après moi pour que je les couvre lui et les autres... ça m'a fait flipper. J'ai fait la déposition. Je suis allée au commissariat de Prahan, j'ai dit à la police que c'était mon idée, j'ai répété tout ce que Racine m'avait dit de dire, puis j'ai sauté dans un avion et j'ai voyagé en Europe pendant deux ans.

– La police vous a-t-elle interrogée sur Tyrone?

– Non.

– Vous n'avez pas songé à vous présenter de vous-même pour leur répéter ce qu'il vous avait dit ce soir-là?

– Non. »

Maria laissa passer. Sa mission était de découvrir les faits, pas de se plonger dans la morale et le sens des responsabilités des autres.

« Tyrone vous a-t-il reparlé après la mort d'Isobel?

– Oui. Il a appelé quelques jours plus tard. Il était désemparé.

– Qu'est-ce qu'il a dit?

– Rien. Il a juste pleuré. »

Deux heures quarante-cinq

21 DÉCEMBRE 1990

« Je t'aime. Dis-moi que tu m'aimes aussi.

– Mais oui. C'est juste que...

– Quoi ? C'est juste que Dunn, pas vrai ? Tout tourne toujours autour de lui.

– Je suis vraiment fatiguée. Est-ce qu'on peut parler de ça une autre fois ? »

La fête était finie, les invités partis, et la vaisselle faite. Isobel et Tyrone étaient allongés sur le lit, tout habillés, épuisés, ivres et défoncés.

« Est-ce que tu l'aimes ?

– Je ne sais pas. »

Il prit ça pour un oui.

« Je vais le dénoncer.

– Ne fais pas ça, Tyrone. Ne fais pas ça.

– Je ne comprends pas. Enfin quoi, c'est lui qui t'a embarquée dans ce cauchemar. Tu crois qu'il va t'en sortir ?

– Je ne veux pas en parler. Je veux dormir. »

Il s'appuya sur son coude, la fixa du regard. Elle avait les yeux clos. Elle voulait dormir. Elle sentit les doigts de Tyrone tirer sur les boutons de son chemisier.

Il était pris entre amour et haine. Comment était-ce possible ? Comment pouvait-il à la fois l'aimer et la détester ? Peut-être que tout ça n'existait pas ; peut-être que les émotions qu'on appelait *amour* et *haine* n'existaient pas. Peut-être que c'était juste l'intensité de ce qu'on ressentait pour une personne. Peut-être que l'amour était une illusion. Et la haine aussi. Sinon, comment aurait-il pu éprouver ces sentiments contradictoires ?

« Non », dit-elle, mais il ne s'arrêta pas.

Il déboutonna son chemisier et s'étendit sur elle, l'embrassa.

« Tyrone », fit-elle, ce qu'il choisit de prendre pour une invitation.

Je veux juste dormir, songeait-elle, tandis que son petit ami du passé – elle tenait vraiment à lui, elle l'avait aimé, dans un sens, elle l'aimait encore, mais pas comme ça, pas comme avant – enfonçait la main dans la poche arrière de son pantalon, qui était désormais à ses chevilles, et en tirait un préservatif, qu'il enfila.

« Tu dois rentrer chez toi et il faut que je dorme », dit-elle tandis qu'il la pénétrait.

Elle le laissa faire, le tint entre ses bras, ne lui demanda pas d'arrêter ; elle était désolée pour lui, consciente qu'il était malheureux à cause de Brian. C'était mieux comme ça. Pas de cris ni de hurlements et, avec un peu de chance, pas de menaces à l'encontre de Brian.

Après coup, il se leva et quitta la pièce sans un mot. Tandis qu'elle enfilait son pyjama, elle l'entendit jeter le préservatif dans les toilettes et tirer la chasse, puis elle crut l'entendre pleurer. Elle se roula sur le côté et serra fermement la couette autour d'elle.

Elle entendit la porte d'entrée se refermer doucement et crut entendre le portail. Tandis qu'elle sombrait dans le sommeil, elle tenta d'oublier les moments horribles de la soirée : Racine ici dans sa chambre, sa dispute avec Tyrone. Elle songea à appeler Brian et à lui demander de venir, mais après ce qui venait de se passer, ça lui sembla grossier et irrespectueux. Envers Brian. Demain, quand elle se réveillerait, elle l'appellerait.

Elle entendit alors ce qui ressemblait à quelqu'un escaladant la clôture dans la cour, atterrissant dans les buissons, puis retombant sur le sol en briques.

Une nuée de filles

É tait-ce un suicide ? Je me suis interrogé pendant environ dix secondes tandis que j'allais chercher Maria avant d'aller interroger Dunn. J'étais pressé. Parce que si ce n'était pas un suicide, il n'y avait aucune raison pour qu'ils ne tuent pas l'autre type qui en savait trop sur les quatre flics véreux.

Si c'étaient bien les flics qui avaient tué Stone.

Les policiers qui étaient arrivés sur place et, par la suite, le coroner déclareraient que c'était un suicide. Stone venait d'être publiquement humilié. On parlerait d'un homme qui avait préféré en finir plutôt que se battre pour laver son nom. Naturellement, le suicide impliquait de la culpabilité. Mais pourquoi ? Rien de spécifique n'avait été mentionné lors de la brève audience au tribunal la veille ; on évoquerait peut-être un trafic de drogue, mais rien ne pouvait être prouvé. Quand l'accusé meurt, on abandonne les charges. Stone avait échappé à la justice.

En revanche, si c'était un meurtre, j'étais quasiment certain que ce n'était pas Stolly qui l'avait commis. Il avait dû penser que Stone était sur le point de tout me dire, mais maintenant que ce dernier était mort, il ne voulait plus entendre parler de moi, se croyant de nouveau en sécurité. Tout ce que nous avions, c'était la déposition de Boris – et ils s'en prendraient à lui, ils le discréditeraient, ils le feraient passer pour un flic corrompu et le détruiraient.

Et Dunn.

Si Racine et les trois autres étaient impliqués dans la mort d'Isobel, je devais mettre au jour un mobile clair, et Dunn était notre meilleure chance. Mais, d'un autre côté, Dunn ferait également un bon assassin ; il avait autant à perdre que Stone et les flics.

Maria comprit.

Au fond d'elle-même. Immédiatement. Dès que Darian lui dit pour Stone.

Casey l'avait tué.

Le premier qui touche à ma nana, il est mort – c'était ce qu'il avait dû penser dès qu'il avait appris qu'elle avait été agressée. Il était venu à Melbourne pour la venger, puis pour rester auprès d'elle et la protéger. C'était comme ça que son esprit fonctionnait. Son réseau d'informateurs à Melbourne était aussi efficace qu'Isosceles quand il s'agissait d'extraire des informations du *cloud*.

Casey, assassin.

Elle avait toujours craint que la vie de criminel de Casey n'entre en collision avec sa vie de flic, et maintenant c'était fait. Un Meurtre.

Elle regarda par la fenêtre les chênes et les ormes sereins de chaque côté de la rue.

St Josephine est l'une des plus prestigieuses écoles pour filles de Melbourne, nichée au pied d'une colline au bout d'une avenue bordée d'arbres à Toorak, entourée de grandes demeures avec des pelouses, des saules, des magnolias et des chênes, des roseraies et des haies. Les voitures murmurent en passant dans la rue. Les sons sont absorbés par des couches de jardin et de clôtures de protection, et à l'intérieur des maisons, par des couches de pièces : entrées, salons, salles à manger, vérandas. Stone vivait juste à côté, à quelques rues. C'est un monde d'argent qui s'étire le long des avenues qui descendent de Toorak Road à la rivière.

Nous sommes passés devant une bâtisse construite dans le style tape-à-l'œil à la *Autant en emporte le vent* qui était prisé des nouveaux riches qui avaient emménagé dans le quartier dans les années 1980 et 1990, un monstre de deux étages où, en 2008, je m'étais occupé d'un cambriolage qui avait mal tourné et s'était terminé en meurtre. Deux adultes et trois enfants avaient été assassinés à la machette par un fêlé défoncé à la meth qui entendait des voix dans sa tête. Je n'ai pas pris la peine d'en parler à Maria, pas parce qu'elle en avait sa dose des sales souvenirs qui me revenaient à mesure que nous parcourions Melbourne, mais parce qu'elle avait un autre meurtre, plus proche d'elle, à l'esprit. Après avoir passé dix secondes à me demander si Stone, malgré son arrogance et sa vanité, s'était suicidé ou si nos flics véreux étaient responsables, j'étais parvenu, à la onzième seconde, à la conclusion que Casey était notre homme. Je voyais bien que Maria l'avait également compris.

Où tout cela nous mènerait, je n'en savais rien.

Je m'étais attendu à devoir chercher Dunn, à affronter d'innombrables gardiens et secrétaires lors de notre visite impromptue dans l'une des écoles les plus prestigieuses de la ville, mais il était là, entouré d'une nuée d'adolescentes, dans une cour carrée dégagée, plastronnant comme un prince. Nous nous sommes dirigés vers lui.

Le type était vif. Il nous a vus arriver, a plissé un peu les yeux, et j'ai senti les rouages tourner dans son esprit tandis qu'il poursuivait sa conversation avec environ dix filles, toutes âgées de quinze ou seize ans.

Alors que nous nous approchions, il s'est détaché du cercle d'adolescentes et a marché vers nous. Il avait environ cinquante ans, mais il portait bien et avait une tignasse de cheveux blonds ondulés, un bronzage naturel, le torse musclé, les épaules toniques et la tête droite. Il avançait à grandes enjambées avec un grand sourire. Je l'ai immédiatement détesté. Bien trop beau. Mais je l'aurais détesté de toute manière, beau ou non.

« Bonjour, je peux vous aider ?

– Brian Dunn ? a demandé Maria.

– Êtes-vous M. et Mme Preece ? Vous êtes venus pour parler de Michaela ?

– Non, ce n'est pas nous, ai-je répondu avec un sourire comparable au sien. Nous sommes de la police, et nous sommes venus vous parler de votre rôle dans la mort d'Isobel Vine. »

Il a répondu du tac au tac :

« Bien sûr. Mais là, ce n'est pas le bon moment. D'accord ? »

Il s'est retourné et a commencé à s'éloigner, croyant clairement qu'il pourrait s'en tirer à si bon compte.

« Hé ! » a lancé Maria qui était, depuis la semaine précédente, prête à l'éviscérer.

Il s'est arrêté.

« Je n'ai rien à voir avec la mort d'Isobel », a-t-il déclaré en se tournant vers nous.

« Monsieur Dunn ! »

Nous nous sommes tous retournés et avons vu une fille courir vers lui depuis l'un des bâtiments en briques.

« Vicki…

– Monsieur Dunn, vous m'avez dit que vous me montreriez la scène à l'heure du déjeuner. Vous savez, la scène de *Citizen Kane*, ce vieux film que vous trouvez génial.

– Oh, oui, désolé, Vick. Allons-y. »

Et, à notre grande stupéfaction, il a commencé à s'éloigner avec elle. Pour lui montrer une scène du *Citizen Kane* d'Orson Welles pendant la pause du déjeuner, parce que c'est ce que font les profs cools comme lui.

Maria s'est tournée vers moi avec sur le visage une expression qui semblait demander : *Il se fout de nous ?*

Peut-être qu'il s'imaginait que dans cet environnement de jeunes filles il était protégé par de la poussière de fée. Je l'ai rejoint et attrapé par le bras.

« Vicki, ai-je dit, tu ne regarderas pas de film avec M. Dunn aujourd'hui. Ce sera pour une autre fois. »

Il y a eu un moment de flottement tandis que Dunn me regardait d'un air de défi et que Vicki semblait totalement confuse. Maria a alors agrippé le prof par l'autre bras.

« Vous nous suivez maintenant, a-t-elle dit.

– Monsieur Dunn ? a demandé la fille, inquiète.

– Vous ne pouvez pas faire ça, nous a-t-il lancé d'une voix sifflante. Je suis au travail. C'est scandaleux.

– Brian ? » a appelé une autre voix.

Quoi encore ? ai-je songé. La chef du harem ?

Maria et moi nous sommes retournés pour voir une femme d'une cinquantaine d'années qui approchait, suivie par un gang de filles, apparemment furieuses que leur M. Dunn soit ainsi malmené dans l'enceinte de l'école par deux inconnus.

« Qui êtes-vous ? a demandé la femme.

– Des agents de police, ai-je répondu.

– Vous n'avez pas l'air d'agents de police. »

Elle me rappelait tous les horribles directeurs et directrices d'école que j'avais connus gamin.

« Que voulez-vous à M. Dunn ?

– Lui poser quelques questions, a répondu Maria.

– Gloria, je ne sais pas ce qu'ils me veulent, a déclaré Dunn. C'est ridicule. »

Le gang de filles entourait ladite Gloria, et pendant un moment je me suis dit que si ça avait été un film de série B en noir et blanc, Maria et moi nous serions peut-être fait sauter dessus avant d'être enchaînés dans des oubliettes pour avoir mis en cause la vertu du gentil M. Dunn.

« Je crois que vous feriez mieux de partir », nous a dit Gloria.

Maria s'est avancée, sortant sa plaque.

« Je suis agent de police. Lui aussi. Et nous arrêtons cet homme. »

Les filles ont toutes poussé une exclamation stupéfaite.

« Pourquoi ? a demandé Dunn d'une voix rageuse.

– Relation sexuelle avec une mineure, pour commencer. Les charges seront nombreuses. »

Gloria a fait un pas en arrière, comme si elle venait soudain de prendre conscience que le monde de son école avait changé à jamais, et pas d'une manière qui donnerait une bonne image d'elle. Dunn s'est un peu affaissé, et les filles avaient une expression horrifiée, même si je jure sur ma vie que certaines d'entre elles l'ont regardé d'un air de dire : *Je savais que vous étiez un sale pervers.*

Le silence

« Hé, où vous m'emmenez ? » a demandé un Dunn paniqué depuis la banquette arrière tandis que je quittais Toorak et m'engageais dans Osborne Street. Nous ne lui avons pas répondu. J'ai continué de remonter la rue et me suis garé devant chez Isobel.

« Vous vous souvenez de cette maison ? » a demandé Maria.

Il est resté silencieux.

« Quand êtes-vous venu ici pour la dernière fois ? » ai-je insisté.

Il fixait le portail et la petite maison derrière. Je suis descendu de voiture, ai ouvert la portière arrière et ordonné : « Sortez. »

On aurait dit un homme qui marchait vers son peloton d'exécution, mais il a fait ce que je lui demandais. Nous l'avons mené à l'intérieur.

Un rai de lumière vive transperçait les fenêtres du côté du salon. Un million de particules de poussière illuminées flottaient à travers la pièce, telles des étoiles dans le cosmos. La maison était silencieuse, principalement plongée dans la pénombre, et il régnait un lointain relent de moisissure. Des toiles d'araignées pendouillaient aux angles des murs et au plafond.

« Asseyez-vous », ai-je intimé à Dunn, qui n'avait toujours pas prononcé un mot.

Il s'est assis sur le divan, a joint les mains et posé son regard sur moi, puis sur Maria, puis de nouveau sur moi. Nous nous tenions au-dessus de lui.

« Pourquoi m'avez-vous amené ici ?

– Commençons par certains faits de base, ai-je dit. Certaines vérités élémentaires sur lesquelles nous nous accorderons tous.

– Comme ?

– Fait numéro un : vous étiez le professeur d'Isobel Vine ?

– Oui.

– Fait numéro deux : vous l'avez aidée à partir en Bolivie dans le cadre d'un programme scolaire officiel.

– Exact.

– Fait numéro trois : pendant qu'elle était là-bas, vous l'avez contactée un certain nombre de fois. »

Il a hésité un moment avant d'en convenir.

« Oui.

– Fait numéro quatre : durant l'une de ces conversations, vous lui avez demandé de rapporter une petite quantité de cocaïne en Australie.

– OK, je saisis maintenant, a-t-il répondu, semblant soudain soulagé et confiant. Cette histoire d'arrestation à cause de relations sexuelles avec une mineure que vous m'avez débitée sur mon lieu de travail, c'était juste un stratagème pour me faire peur. Et puis, je n'ai pas couché avec elle, de toute manière. Pas avant qu'elle ait dix-huit ans. C'est la vérité. Vous êtes des stups, pas vrai ? Vous ressemblez à des agents des stups. Et vous voulez que je balance Dominic Stone. C'est pour ça qu'on est ici, et non dans un commissariat où je serais officiellement mis en examen. Hé, cette histoire de mineure ? C'est une allégation, OK ? On doit rétablir la vérité avec l'école. Vous voulez que je parle de Stone et de sa drogue ? Parfait, à condition que vous reveniez par écrit sur ces allégations de relations sexuelles avec une mineure. OK ?

– Fait numéro quatre : vous avez parlé à Isobel pendant qu'elle était en Bolivie et lui avez demandé de rapporter de la cocaïne. Exact ?

– Peut-être que j'ai besoin d'un avocat, a-t-il observé, sa confiance et son soulagement ayant soudain disparu.

– Oubliez. Vous n'en aurez pas. Vous avez demandé à Isobel de rapporter de la cocaïne, n'est-ce pas ?

– Vous êtes qui ? Êtes-vous même vraiment des flics ? Montrez-moi vos plaques.

– Oui, nous sommes des flics, et nous enquêtons sur la mort d'Isobel, a répondu Maria.

– C'est un peu tard. Le coroner s'en est déjà chargé il y a plus de vingt ans. Lisez son rapport. »

Maria s'est agenouillée et l'a fixé, les yeux dans les yeux.

« Nous vous inculperons pour relations sexuelles avec une mineure, et nous en avons la preuve, peut-être pas avec Isobel, mais avec une autre fille, si vous continuez de jouer au malin au lieu de coopérer.

– OK. Message reçu. Cinq sur cinq. Je coopère. La mort d'Isobel. »

Il a alors tiré son téléphone portable et commencé à rédiger un SMS.

« Qu'est-ce que vous faites ? a demandé Maria.

– Oh, désolé. J'en ai pour une seconde. J'écris juste à Gloria à l'école pour lui dire que cette histoire de relation avec une mineure était une erreur et qu'elle n'a pas besoin de s'inquiéter. »

Je détestais ce type. Maria lui a arraché le téléphone des mains.

« Ne changez pas de sujet, a-t-elle lancé d'une voix assassine.

– D'accord. »

Il s'est enfoncé dans le divan, puis, se tournant vers moi, il a déclaré :

« Je faisais passer un message. À Isobel, à propos de la coke. Je facilitais la communication.

– Pour qu'elle la rapporte dans le pays.

– Exact.

– Fait numéro cinq : vous étiez, à l'époque de la mort d'Isobel, ami avec Dominic Stone.

– En effet.

– Et c'est Stone qui vous a demandé de, pour reprendre vos termes, faciliter l'importation de la cocaïne.

– Oui. Il était entré en contact avec un nouveau dealer. Il voulait qu'Isobel rapporte un échantillon pour en tester la qualité.

– OK. Nous avons presque terminé notre vérification des faits, et ensuite nous vous poserons quelques questions, et vous nous direz tout ce que vous savez.

– Ce serait vraiment bien si je pouvais juste envoyer un SMS à Gloria à l'école.

– Non ! » a répliqué Maria.

Il lui a lancé un regard que j'ai interprété comme voulant dire : *T'es canon et j'adorerais te voir nue, mais t'es effrayante et je sais que tu me détestes, alors je vais faire comme si tu n'existais pas.*

« Fait numéro six : vous et Isobel aviez des relations sexuelles à l'époque de sa mort.

– Écoutez, vous devez vous en souvenir, a-t-il dit en pointant le doigt vers moi, à l'époque, ce n'était pas grand-chose. Pour ce qui me concernait, Isobel était adulte, et vous savez, je crois qu'elle avait dix-huit ans – non, elle *avait* dix-huit ans – quand nous avons commencé à sortir ensemble. C'était une relation consentante. Nous étions très proches. Elle m'admirait. »

S'il espérait le moindre signe de compassion ou de compréhension de notre part, il ne l'a pas eu.

« Elle vous considérait comme son petit ami ?

– Oui, peut-être, j'en sais rien. Pour elle, j'étais juste Brian. Je ne sais pas ce qu'elle disait à ses amis.

– Où étiez-vous le soir de sa mort ?

– Chez moi. Je vis à Beverley Hills, près de la rivière. »

Quiconque à Melbourne vous dit qu'il vit dans le complexe Beverley Hills – deux tours alambiquées avec de grands appartements Art déco anciens et hors de prix donnant sur un petit parc et une portion de la rivière Yarra bordée d'arbres – cherche à vous en mettre plein la vue, parce que l'adresse a une image super-cool auprès des branchés et des *beautiful people* depuis les années 1970.

« Il y avait quelqu'un avec vous ? Qui pourrait confirmer que vous étiez là ?

– Non. J'étais seul. Je crois que je corrigeais des copies. Je ne me souviens plus.

– Est-ce qu'Isobel vous a appelé ce soir-là ?

– Non. »

Il s'est agité. Tout est dans le langage corporel.

« Nous avons vos relevés téléphoniques, ai-je menti.

– Oui, OK, donc elle m'a appelé. Après que des types se sont incrustés à sa fête.

– Quels types ? Qui étaient-ils ? »

J'avais fait un pari en lui mentant sur les relevés téléphoniques et en lui demandant si Isobel l'avait appelé. Ce n'était pas génial comme façon de procéder. Nous savions qu'Isobel avait dit qu'elle lui téléphonerait une fois que Tyrone, le petit ami, serait parti, mais nous ne savions pas si elle l'avait vraiment fait. Comme les avocats, les policiers n'aiment pas poser des questions dont ils ne connaissent pas la réponse, mais, comme les avocats et tout le monde sur la planète, parfois il faut juste faire le grand saut à l'aveugle, retenir son souffle et espérer le meilleur et non un retour de bâton.

« Je ne sais pas. Elle ne me l'a pas dit.

– Qu'est-ce qu'ils voulaient, ces types ? Pourquoi se sont-ils incrustés à la fête ?

– Je ne sais pas. Elle ne me l'a pas dit.

– Alors pourquoi vous a-t-elle appelé à ce sujet ? À leur sujet ?

– Je ne sais pas.

– Brian, ai-je dit, j'ai beaucoup d'expérience avec les gens qui croient qu'en gardant le silence ils se rendent service, qu'en ne parlant pas, surtout des autres, ils se protègent eux-mêmes. C'est cette idée que le silence engendre la loyauté, qu'en ne disant rien on est à l'abri. Mais en fait, c'est l'exact opposé. Les gens comme moi, et ça fait des dizaines d'années que je suis flic, le comprennent. Les gens comme vous, qui écoutent les menaces creuses de types effrayés, qui regardent trop la télé et en viennent à croire que le monde de la fiction pourrait être la réalité, ne le comprennent pas. Mais c'est simple. Vous êtes enseignant. C'est un peu comme deux et deux font quatre. Le silence est dangereux. Le silence signera votre arrêt de mort. Parce que, voyez-vous, les gens que vous protégez en ne répondant pas à nos questions savent que, au bout du compte, vous parlerez. Tout le monde finit par le faire. Ils le savent. Maria le sait. Et vous le savez aussi. Donc, plus vous garderez le silence, plus vous représenterez une menace pour eux, et plus ils s'empresseront de vous faire taire une bonne fois pour toutes. Pour eux, c'est une assurance. Une bonne pratique. Donc, paradoxalement, à l'instant où vous vous mettez à table et brisez le silence, vous êtes en sécurité. Inutile de descendre un type pour le faire taire s'il a déjà parlé. Certes, il y a la question des représailles et de la vengeance – je suis sûr que c'est ce que vous avez à l'esprit. Mais laissez-moi vous assurer d'une chose, Brian, ces types qui d'après vous méritent le silence, ils ne peuvent plus rien contre vous à la seconde où vous parlez. C'est trop public. Ils sont sur le radar, sous surveillance. Des gens comme Maria et moi observent chacun de leurs faits et gestes. Et vraiment, l'autre chose, c'est que seuls les membres de la mafia italienne et les bikers se vengent. La vengeance n'est un problème que quand vous avez des générations de criminels derrière et devant vous. Parlez-nous, Brian, et vous serez à l'abri. Gardez le silence, et vous êtes un homme mort. »

Il m'a fixé en écarquillant de grands yeux, comme si je venais de le balancer au beau milieu d'une partie d'un jeu vidéo en ligne et qu'il était la cible à abattre.

« Je ne sais pas si vous avez vu les infos à la télé hier soir, mais Dominic Stone a été arrêté. Par nous. On n'a pas eu l'occasion de lui parler, mais on devait le faire ce matin. À neuf heures, dans sa maison de Toorak. Mais il a été assassiné hier soir avant qu'on puisse le voir. »

Je voyais que Maria me regardait, comprenant que j'en étais arrivé à la même conclusion qu'elle à propos de Stone.

« Vous voyez ? Voilà ce que le silence vous rapportera », ai-je ajouté.

Dunn a exhalé très lentement, il a pris une profonde inspiration et s'est mis à opiner du chef, comme s'il essayait de se rassurer. Puis, après quelques instants, il a souri comme si on était secrètement amis. Il me faisait penser au genre de prof de tennis qu'on peut voir à Los Angeles ou dans *La Croisière s'amuse*.

« Compris. »

Il a regardé Maria et acquiescé sérieusement.

« Compris, a-t-il répété à son intention.

– Fait numéro sept : les types à propos desquels Isobel vous a appelé étaient des flics.

– Oui.

– Et leur nom ?

– Pappas, Monahan, un minable nommé Boris, je ne me souviens pas de son nom de famille, et Racine. Nick Racine.

– Revenons à la conversation de ce soir-là. Qu'est-ce qu'elle a dit ?

– OK, ils ont fait irruption chez elle. C'était leur truc. Tout arrogants et à jouer les gros bras, surtout Racine. Dom... Stone était constamment sur leur dos pour qu'ils fassent taire Izzy. C'était affreux. Je me sentais vraiment mal pour elle. Stone m'avait forcé à l'appeler. C'était ma faute si elle était dans cet effroyable merdier. Je faisais ce que je pouvais. Vraiment. »

Il observait Maria comme si elle était sur le point de lui accorder son absolution. « Je lui ai dit de m'appeler à n'importe quel moment s'ils lui faisaient peur. J'ai aussi demandé à Stone de lui foutre la paix. Je lui ai dit : "Arrête, tu veux bien ? Isobel ne parlera pas. Elle ne balancera rien aux fédés." »

Il s'est tourné vers moi.

« Cette chose que vous venez de me dire, à propos du danger du silence ? C'est tellement vrai, mec. Pendant que vous me parliez, juste à l'instant, je repensais à Izzy. Mais qu'est-ce qu'elle aurait pu faire ? Parler aux fédés ? Et après ? Enfin quoi, Stone était juste un type de Toorak fêlé et plein aux as qui avait décidé que ce serait marrant d'importer de la cocaïne. Il n'était pas de la mafia, il n'était pas né dans ce monde-là. Pour lui, c'était comme acheter des œuvres d'art. Cette semaine, je suis branché peinture africaine moderne. La suivante, je donne dans les vins argentins rares, celle d'après, ce sera une boîte de nuit, ou alors j'investirai dans le cinéma, ou bien pourquoi pas se lâcher et devenir dealer ? C'était un abruti. Je suis content qu'il soit mort. Il l'a fait tuer. J'en suis certain. »

Il s'est laissé retomber sur le divan et a fermé les yeux.

« Écoutez, a-t-il repris après un moment, il y a quelque chose que je dois vous dire. »

Nous avons attendu.

« Ça fait du bien, a-t-il déclaré. Ça me soulage d'un poids.

– Hmm, hmm », a fait Maria.

Il n'a pas remarqué le sarcasme. Nous l'avons tous deux laissé poursuivre.

« Après le coup de fil d'Isobel – je ne sais plus quelle heure il était, mais il était tard –, j'ai reçu un autre appel. »

Il a pris une brève inspiration, comme s'il faisait du yoga, tout concentré sur sa position du lotus et sa respiration.

« De Stone. Là, il était très tard. J'étais au lit. Je dormais. Dom… Stone appelait pour me dire que les types, les quatre flics, étaient allés la voir, ce que je savais naturellement puisque Iz m'avait déjà parlé d'eux, et il m'a dit que je devais aller la voir.

– Pourquoi ? ai-je demandé.

– Pour lui dire de ne pas parler.

– Mais ils l'avaient déjà fait.

– Ouaaais… mais il voulait, genre, il voulait enfoncer le clou. »

Il s'est de nouveau agité. Il nous disait la vérité, mais il mentait également. Je pouvais soit lui arracher les vers du nez, soit le laisser finir son histoire puis revenir sur la question plus tard.

« Est-ce que vous y êtes allé ? La voir ? » a demandé Maria, résolvant mon dilemme.

D'ordinaire, je déteste qu'un collègue interrompe le fil de ma pensée lors d'un interrogatoire, surtout quand je suis en train de me demander quelle direction prendre. Mais dans ce cas, ça ne me gênait pas. Maria et moi étions plutôt au diapason cette fois-ci, pour la première fois, et j'étais heureux de la laisser prendre les choses en main quand j'aurais normalement été en colère. Si Stone avait demandé à Dunn d'aller voir Isobel, si tard, après que les flics étaient déjà passés chez elle, ce n'était pas pour qu'il répète ce qu'ils avaient déjà dit, je le savais. Il avait un mobile plus sinistre...

Laissons-le poursuivre.

« Oui. J'y suis allé. »

Il parlait lentement, l'anxiété s'insinuant désormais dans sa voix.

« J'ai pris ma voiture. Je suis arrivé chez elle vers trois heures, ou plus tard, peut-être quatre heures. Il faisait toujours nuit.

– Et ? a insisté Maria.

– Je suis entré. J'avais un jeu de clés. J'ai franchi la porte d'entrée. Là. »

Il a désigné la porte derrière lui. Vingt-cinq ans auparavant, il avait pénétré dans la pièce où nous nous trouvions désormais.

« Et j'ai appelé... »

« Hé ! Chérie ? Y a quelqu'un ? » a-t-il lancé en entrant.

La maison empestait la bière, le vin et la fumée, aussi bien de cigarettes que de joints. Tandis qu'il refermait doucement derrière lui, il a remarqué qu'Izzy, comme il avait commencé à l'appeler, avait fait le ménage. La vaisselle était faite. Tout était rangé, empilé à côté de l'évier. Hormis une bouteille de bourbon et un verre vide.

« Iz ? Izzy ? »

Rien. Tout était silencieux. Dehors, un vent violent et froid battait les flancs de la maison en bois et le toit en zinc. La pluie avait commencé à tomber.

« J'ai longé le couloir. »

Il a longé le couloir.

« Je l'ai de nouveau appelée. "Iz ! Izzy ! Chérie, tu es là ?" »

Il a atteint la porte de sa chambre.

« Elle était fermée, ce qui était un peu bizarre vu qu'elle ne la fermait jamais. Isobel était un peu claustrophobe. »

Il a tourné la poignée et commencé à ouvrir la porte.

« Mais elle ne s'ouvrait pas correctement. »

Alors il a poussé.

« Alors j'ai poussé. »

Et tandis qu'elle cédait sous son poids et qu'il commençait à entrer dans la chambre, remarquant que la pièce était vide, il s'est aperçu que la porte était trop lourde, que quelque chose la bloquait.

« Comme si un poids y était accroché. Alors je l'ai refermée en entrant dans la pièce, et elle était là. »

Isobel était pendue derrière. Ses cheveux coupés au carré lui recouvraient le visage, sa tête était retombée en avant, et tout son corps était affaissé, ses bras pendant mollement. Autour de son cou puis enroulée autour du solide crochet en métal derrière la porte, il y avait une cravate d'homme. Une longue marque rouge commençait à apparaître sur sa peau à l'endroit où elle avait pénétré dans la chair.

C'était une fille dont le corps l'avait fait rêver, en tant que professeur, quand elle entrait dans la salle de classe, une fille qu'il avait désirée et séduite, une fille dont il avait finalement conquis le corps, un corps qu'il avait couvert de baisers et léché, au cœur duquel il avait pénétré, dans lequel il avait joui, un corps qu'il avait conquis encore et encore, tombant amoureux d'elle à chaque victoire, de plus en plus profondément, car vaincre était ce qu'il voulait, ce dont il avait besoin, ce qu'il avait obtenu. Ce corps suspendu comme une marionnette lui appartenait.

Il a pleuré ; c'est ce qu'il nous a dit.

« Y avait-il des signes d'effraction ? ai-je demandé.

– Pas vraiment. Je ne me souviens pas. Je suis parti, après l'avoir vue.

– Quelle heure était-il ? a demandé Maria d'un ton professionnel.

– Je ne sais pas. C'était avant l'aube.

– C'est la bouteille de bourbon », ai-je déclaré en désignant la bouteille vide qui était posée sur le bar entre la cuisine et le salon.

En fait, c'était un mensonge. La bouteille et le verre que Maria avait découverts la première fois que nous étions venus chez Isobel avaient été envoyés pour être analysés à la recherche d'empreintes et d'ADN. Nous les avions remplacés par une bouteille achetée récemment et par un verre récupéré dans le placard d'Isobel, pour conserver la scène de crime telle qu'elle avait été à l'époque. Les analyses s'avéraient compliquées, l'ADN laissé par les lèvres d'une personne lorsqu'elle boit étant extrêmement difficile à détecter.

« Cet endroit est resté fermé depuis cette nuit-là ? La vache. C'est flippant. Ça doit être son paternel qui a fait ça, pas vrai ?

– Vous n'avez pas bu de bourbon ? Vous n'avez pas ouvert la bouteille ? Elle était là quand vous êtes arrivé ?

– Oui. Je me souviens que j'ai été un peu inquiet en la voyant quand je suis entré.

– Pourquoi ?

– Le bourbon, c'était ce que son petit ami buvait. Je me suis dit qu'il était peut-être là… c'est pour ça que j'ai été si prudent quand j'ai marché jusqu'à sa chambre.

– Comment saviez-vous qu'il buvait du bourbon ? a demandé Maria.

– C'est Isobel qui me l'avait dit.

– Et pourquoi Stone vous a-t-il demandé d'aller la voir ?

– Il me l'a juste demandé.

– Oui, mais pourquoi ?

– Il flippait.

– C'est pour ça qu'il avait envoyé quatre flics pour lui mettre la pression. Mais après ça, il vous a appelé *vous*. Il vous a demandé de venir la voir. À, quoi, quatre heures du matin ? Pourquoi ? Qu'est-ce que vous pouviez faire que les flics ne pouvaient pas faire ? »

Il a balancé son poids d'un côté et de l'autre, ses mains se sont mises à gesticuler comme s'il préparait en silence une explication. Il souriait mais semblait en même temps dévasté. Je connaissais la réponse, et Maria aussi.

« Il vous a dit de la tuer, a-t-elle déclaré calmement.

– Elle était morte quand je suis arrivé, a-t-il répliqué pour se disculper.

– Je crois que vous vous foutez de notre gueule, Brian », a-t-elle ajouté, toujours calme.

Quand vous vous rapprochez de la vérité, vous temporisez et vous vous concentrez.

« Je crois que vous êtes arrivé ici, à trois heures trente ou quatre heures, et que vous l'avez tuée. Que vous l'avez accrochée à la porte, comme une fille qu'il fallait vaincre, et que vous l'avez étranglée. Peut-être que vous avez également eu un rapport sexuel avec elle. Peut-être que vous lui avez dit qu'elle était votre Vénus, votre maîtresse, votre muse, ou peut-être que vous lui avez juste collé un oreiller sur le visage et que vous l'avez accrochée à la porte et regardée mourir. Puis vous avez bu un petit verre de bourbon et vous êtes ressorti dans la nuit. J'ai raison, Brian ?

– Non. Je ne l'ai pas tuée. Je l'aimais. »

Il fixa Maria du regard.

« Je sais que vous me prenez pour un pervers, à sortir avec une fille de son âge, mais notre relation était spéciale. »

Maria n'a rien répondu.

« Je dis la vérité. Faites-moi passer au détecteur de mensonge. Je m'en fous. Je n'ai rien à voir avec sa mort.

– Allons dans sa chambre », ai-je dit.

Effacer l'historique

Le cinquantième anniversaire de Nick était passé sans un murmure, sans une carte ni un coup de téléphone, sans la moindre forme d'attention – et c'était exactement ce qu'il voulait. Son ex-femme, où qu'elle soit désormais, morte ou vivante, il s'en foutait, serait tombée en chute libre dans l'angoisse et la dépression à l'idée de prendre un an de plus. Comme tant de personnes, elle considérait les anniversaires comme des moments d'échec, des moments de regret. D'autres les considéraient comme des moments de célébration. Pour Nick, c'étaient des moments à ignorer. Son ex-femme s'appelait Amanda, et ils avaient tenu trois ans ensemble, il y avait plus de vingt ans de ça. Elle avait du mal à accepter le fait qu'il se consacre autant à son travail, et il l'avait finalement abandonnée comme une bête écrasée au bord de la route. La seule raison pour laquelle il l'avait épousée était qu'il la désirait. La passion ardente avait duré quelques mois après le mariage, puis, comme tout dans la vie de Nick, elle avait été remplacée par le boulot. Il aimait son boulot. Elle, il ne l'aimait pas. Il aimait arriver au travail en uniforme, et il appréhendait de rentrer chez lui. Un soir, alors qu'il était sur le point d'avoir trente ans et qu'elle venait de les avoir, il avait passé la porte et lui avait annoncé que c'était fini. Fais tes valises et je te ramène chez tes parents. Je te laisse la voiture et tout ce qu'on a à la banque, mais je garde la maison. Il aimait la maison bien plus qu'il ne l'aimait, elle.

Mais c'était Nick. Un type qui pouvait adorer un objet plus qu'une personne. Son père avait été junkie et sa mère était pire encore. Ils avaient abandonné toute tentative de se comporter en parents avant même qu'il soit né, n'avaient jamais songé qu'un gamin avait besoin d'attention, et l'idée même d'amour leur était étrangère, ce que Nick savait sans toutefois pouvoir leur pardonner.

Après s'être débarrassé d'une Amanda paralysée et sidérée qu'il ne reverrait jamais, Nick avait regagné sa maison édouardienne en briques rouges dans Chaucer Street, à St Kilda, une large rue située à un pâté de maisons de la plage et face à un parc derrière lequel il distinguait les manèges de Luna Park, un vieux parc d'attractions construit à la fin du XIXe siècle avec une montagne russe dont la structure branlante en bois blanc s'élevait au-dessus des murs et depuis laquelle les clients pouvaient voir les eaux paisibles de la baie. Peu après, il avait acheté un oiseau qu'il avait mis dans une cage. Ce n'était pas un oiseau qui parlait. Il ne disait rien, et Nick ne lui avait jamais adressé la parole. Il l'observait et se demandait combien de temps il faudrait pour lui broyer le cœur. Au fil des années, tandis qu'il avait continué de vivre dans la même maison et que les cris des gamins sur la montagne russe avaient continué d'être portés par le vent à travers le parc, Nick avait eu une succession d'oiseaux. Il ne leur donnait jamais de nom, ne leur parlait jamais, se contentait de les nourrir et de les observer. Il se demandait s'ils avaient peur de lui.

La plupart des gens le craignaient, et il aimait ça. La peur entraînait autant la loyauté que la gentillesse, la compassion et la considération. Ces derniers traits ne lui venaient pas facilement, mais il comprenait leur valeur. Dans l'optique de devenir le premier flic d'un État qui comportait près de six millions d'habitants, il avait travaillé dur pour rester en forme, alerte, en harmonie avec les gens qui l'entouraient, pour écouter leurs inquiétudes et y répondre en leur offrant non seulement l'émotion appropriée, mais également un plan d'action.

Nick, qui avait traversé avec rage une enfance de négligence et de colère, qui avait compris à un jeune âge qu'il n'y avait rien et que tout était pourri, qui arrachait les yeux à quiconque s'approchait de lui, qui faisait la fête à grand renfort de coke, d'herbe, de clopes, d'alcool, de sexe et de speed, avait, comme Jekyll, adopté le manteau de la respectabilité et de la bonté, laissant son Hyde s'enfoncer dans les brumes des ténèbres quand approchait l'aube, quand le flic revenait. Vers l'âge de trente ans, peut-être quand il avait balancé Amanda dans la décharge des choses inutiles, il avait décidé avec une détermination d'acier de se purifier, d'effacer le passé, de se remettre en forme, de vivre sainement, de se concentrer, de devenir ambitieux, d'oublier et de laisser derrière lui les geignards et les fêtards, les camés en tout genre et les Ritals, les putes et les parasites, les crapules et la faune de Toorak avec son extravagance et son ennui, ses grandes demeures, ses filles et ses fêtes à Portsea, les sans-but, les sans-espoir, les vides, les canons et les bombes sexuelles, les garçons au champ de courses et les filles dans l'ombre, les sourires dangereux et le boum-boum de la piste de danse à deux heures du matin, les néons du néant aperçus dans une brume de défonce depuis la banquette arrière de quelque voiture dans les rues de South Yarra ou dans le quartier rouge de la ville, près de la rivière.

Clic. Supprimer. Effacer l'historique. Je suis un nouvel homme maintenant.

Le SMS arriva à trois heures treize du matin. Il était éveillé. Il attendait la confirmation du décès, et il la reçut, mais pas de la manière qu'il avait attendue : *Stone déjà mort ressemble à un suicide.*

Nick fixa l'écran de son téléphone, puis ôta le cache à l'arrière et la batterie avant de casser l'appareil en deux. Il traversa le parc où, au loin, il voyait les minarets exotiques du parc d'attractions illuminés par des guirlandes lumineuses et battus par les vents en provenance de la baie de Port Phillip, à moins de cent mètres de là. Les prostituées étaient de sortie, en minijupes moulantes ridicules, même à trois heures trente du matin au plus profond de l'hiver, lui proposant des fellations en le regardant d'un air lascif, à moitié dissimulées derrière les arbres.

Il s'est suicidé ? se demandait Nick. Vraiment ? Le plus grand égocentrique du monde ? Il a décidé de se foutre en l'air ?

Ça semblait peu probable, mais, franchement, Nick était sacrément soulagé que Stone soit mort. Les morts ne parlent pas. Ils gardent le silence. Une autre vie – clic, supprimer, effacer l'historique – s'était achevée.

Il balança le téléphone bon marché dans une poubelle. Il entendait le son de l'eau qui déferlait sur le sable, dans la baie. C'était une baie fermée, sûre, pas comme les eaux noires et démontées de Portsea où, vingt-cinq ans plus tôt, l'autre Nick – clic, supprimer, effacer l'historique – avait tourbillonné tel un derviche tourneur sous l'effet des explosions acides du sexe et des drogues. Ce Nick-là n'existait plus. Le nouveau Nick était ascétique. Il prenait une douche froide tous les matins. Il observait des oiseaux en cage sans rien dire. Il ne succombait jamais aux émotions. Ni aux sentiments. Ces derniers étaient dangereux, même si, en tant que futur roi, en tant qu'homme au service de six millions d'hommes, de femmes et d'enfants, il ne pouvait se passer des sentiments. Il devait se les approprier.

Ce nouveau Nick n'allait pas beaucoup au cinéma, mais il avait vu Alain Delon dans *Le Samouraï*, un film sur un tueur à gages qui ne parlait pas, qui n'avait pas d'émotions, qui vivait dans un appartement austère à Paris avec un oiseau en cage. C'était Nick. C'était son appropriation. Un tueur à gages fictif dans un film des années 1960 dans lequel nihilisme et existentialisme – je suis et il n'y a rien d'autre – se combinaient au meurtre.

Tandis qu'il retournait vers chez lui, la grande maison en briques rouges bâtie plus de cent ans auparavant, avec sa roseraie et ses daphnés, une femme surgit de derrière l'un des énormes arbres.

« Salut », lança-t-elle.

Elle avait dans les vingt ou trente ans – difficile à dire. Pourtant, elle était mince, ses seins étaient gros et fermes sous un épais haut en laine, et ses jambes étaient fines et totalement exposées, de longues tiges sexy recouvertes d'un lustre de soie noire. Ses cheveux étaient incroyablement blonds, ses dents, larges, et ses lèvres, rouges. Elle semblait avoir besoin d'un peu de sommeil ou d'un bain, mais elle était jolie, ce fut du moins ce qu'il sembla à Nick, qui couchait uniquement avec des prostituées, mais jamais avec des prostituées rencontrées dans des parcs ou dans la rue, uniquement des *escorts* qu'il louait sur un site Internet à pas moins de cinq cents dollars l'heure.

« Je me sens seule », dit-elle.

En temps normal, Nick aurait poursuivi son chemin, mais cette nuit-là, avec le soulagement énorme et magnifique que lui procurait la mort de Stone, il se sentait gai. La dernière fois qu'il avait couché avec une fille remontait à dix semaines, quand il avait démoli une prostituée vietnamienne qui devait avoir dix-huit ans dans un bordel du sud de Melbourne. Il l'avait baisée dans tous les sens puis l'avait bien étranglée. Fort. La salope s'était mise à flipper, mais il contrôlait la situation. Il avait lâché sa gorge avant qu'elle vire au bleu, tant qu'elle comprenait encore ce qu'il disait.

Dis un putain de mot, salope, et t'es morte.

Évidemment, elle n'avait rien dit. Elle était malléable, elle était restée silencieuse et avait fait mine d'avoir l'orgasme du siècle avant de dire à l'homme accroupi au-dessus d'elle telle une mante religieuse avec son sexe en elle qu'il était son maître, son sauveur, l'homme qu'elle avait tant désiré. Et, au grand soulagement de la fille, tandis qu'elle s'écartait de lui, il l'avait crue.

« Je me sens seule », répéta la femme sous l'arbre.

Oui, songea Nick, soudain étrangement pressé, moi aussi.

Peut-être que c'était l'intensité des derniers jours, avec Darian et Maria qui resserraient de plus en plus leur étau sur lui, qui étaient de plus en plus proches de comprendre la vérité sur son passé, tandis que son avenir – la couronne de commissaire – commençait à s'estomper tel un arc-en-ciel précaire sur le point de disparaître. Était-il en train de perdre le contrôle ? Il n'était pas sûr. Parfois, comme à cet instant, il avait l'impression qu'il avait besoin de se ressaisir. Il n'arrêtait pas de se voir en train de tomber. Il y avait un trou sous lui. Il avait toujours été là, mais il l'avait toujours enjambé, facilement. Mais plus maintenant. Maintenant il devait marcher les yeux baissés, de crainte de tomber dans les profondeurs de la terre. Il regarda la fille, la prostituée sous l'arbre, et se sentit une fois de plus incertain, comme s'il risquait de vaciller. Elle tendit la main vers lui et l'aida à rester debout.

« Ça va ? » demanda-t-elle.

Il ne répondit pas.

« Vous habitez juste là, n'est-ce pas ? Je vous ai vu sortir. Je vais vous ramener. »

Et il la laissa faire, chose qu'il n'aurait en temps normal jamais envisagée. Mais les temps normaux avaient disparu. Ils étaient tombés dans le trou dans le sol.

« Stoll, j'ai entendu dire que tu t'étais fait porter pâle ce matin.

– Oui, Nick, je me sentais pas dans mon assiette.

– C'est pas bon.

– Ça va mieux maintenant.

– Ça ne te ressemble pas, si, Stoll ?

– Comment ça, Nick ?

– Toi. Être malade. J'ai vérifié, mon vieux : tu as été malade, ou, mieux, tu t'es fait porter pâle une seule fois en trente ans, ce qui constitue un record assez impressionnant. Du coup, quand j'ai entendu que tu t'étais fait porter pâle ce matin, j'ai été plutôt surpris. Troublé, pourrait-on dire. »

Ils marchaient – Nick, Stolly et Monahan – le long du rivage de St Kilda, où la baie attirait les vagues douces, où les mouettes planaient comme de la vermine, où les promeneurs serraient leur manteau tandis qu'ils étaient fouettés par le vent froid.

Ils étaient en sécurité. Personne ne pouvait les entendre.

« Oui, comme j'ai dit, juste un petit coup de mou. Mais ça va mieux.

– Un coup de mou, mon pote ? Un *coup de mou* ?

– Oui, Nick. Oui. Alors, qui a tué Stone ? Ou est-ce qu'il s'est fait ça tout seul ?

– Stoll ?

– Oui, Nick ?

– Je suis un peu inquiet. »

Ils cessèrent de marcher. Monahan regardait à travers la baie le point où le ciel gris rencontrait l'eau grise, le point où une ligne indiquait une démarcation vague. Il semblait détaché. Stolly ne dit rien mais banda son biceps, comme il le faisait chaque fois qu'il se sentait en danger.

« Je crois que tu pourrais être un maillon faible, mon pote. Qu'est-ce que tu dis de ça ? » demanda Nick.

Nick était d'ordinaire aussi concentré qu'un laser. Mais il ne pouvait s'empêcher de repenser à la femme qui avait surgi de derrière l'arbre, dans le parc, avant le lever du soleil, la prostituée qui avait dit qu'elle se sentait seule. Il l'avait ramenée chez lui. Il avait, à vrai dire, pris sa main, chaude et douce, et c'était elle qui l'avait guidé à travers l'herbe glaciale jusqu'à sa maison, puis à l'intérieur jusqu'à sa chambre. Il avait pleinement conscience qu'il était sur le point de devenir le prochain commissaire, pleinement conscience que le moindre faux pas ou scandale entraînerait sa perte avant même qu'il soit couronné.

Il avait été doux avec elle et lui avait demandé son nom.

Bree, avait-elle répondu.

« Moi, c'est Nick.

– Salut, Nick. »

Comment Stone était-il mort, se demandait-il tandis qu'il se glissait sur Bree, tandis qu'il songeait au passé et à l'avenir. Et ses collègues ? Pappas et Monahan ? Pouvait-il leur faire confiance ?

« Nick, absolument pas. Mec, absolument pas. Je suis solide. Crois-moi. »

Racine n'eut pas besoin de regarder Monahan, qui était celui qui avait suggéré qu'ils ne pouvaient pas faire confiance à Stolly, pour savoir ce qu'il pensait de cette réponse…

Stoll ment.

« Viens ici », dit Racine, les bras tendus vers Stolly, un sourire sur le visage.

On est tous embarqués dans cette galère ensemble, le Club des cinq, le Clan des sept, les gars, venez ici.

Bree se replia dans l'obscurité. Elle lui saisit la main et il ne dit rien.

« Viens », chuchota-t-elle dans la nuit.

Pourquoi est-ce que je me sens seul ? se demanda-t-il tandis qu'il s'approchait d'elle, tandis qu'il la laissait le prendre dans ses bras et se laissait envelopper par son corps, tandis qu'il s'autorisait à respirer doucement. Quelque part non loin les vagues déferlaient sur la plage, des jeunes criaient sur les manèges du parc d'attractions, et des couples étaient assis et dansaient dans les cafés et les clubs de St Kilda, dans Acland Street et au-delà, où, quelque part, un junkie gisait dans une tombe et un autre avait brûlé, où les mots d'amour de ces chimères avaient été perdus, dans le vent peut-être, le vent qui faisait bruisser les arbres du parc en face de sa maison, cette maison où il avait vécu avec une femme qu'il avait aimée brièvement en tant qu'épouse avant de la mettre dehors de colère, cette maison dans laquelle il avait adopté un mode de vie inflexible, où chaque matin à son réveil il se rappelait qu'il allait devenir l'homme le plus puissant de l'État, où à son réveil ce matin-là il trouva la fille nommée Bree étendue nue dans son lit, et il l'observa en songeant : qu'est-ce que j'ai fait, est-ce que je la fous dehors tout de suite ou est-ce que je lui prépare un petit déjeuner ?

Et que fit-il, le futur roi ? Il se pencha vers elle, écarta doucement les mèches de cheveux de son front, il se rappela sa chaleur et dit : « Salut. »

Elle se réveilla.

Et il ajouta : « Je dois aller au travail. »

Et elle demanda : « Quelle heure il est ? »

Il répondit : « Six heures. »

Et il hésita, ce samouraï, il hésita, ne sachant que faire.

« Tu veux que je parte ? » demanda-t-elle.

Non. Reste. Elle veut de l'argent, c'est une prostituée, mais… Reste.

Il la regarda. Intensément.

« Bon, heu, écoute… », bafouilla-t-il, pour une rare fois à la dérive.

Bree avait besoin d'un endroit où loger. Elle se déploya, tout en poitrine et en jambes, sortit de sous la couette et tendit la main vers lui. Doucement. Attention. N'y va pas trop fort, songea-t-elle.

« Je peux être ici pour toi. Quand tu rentreras à la maison. Mais ne laisse pas une idiote comme moi se mettre en travers de ton chemin. »

Tout en poitrine et en jambes, sortie de sous la couette, les cheveux ébouriffés, tout en émotions et en chagrin, tandis qu'il répondait :

« Super.

– Super.

– Je serai rentré vers dix-huit heures.

– Vraiment ? Génial. »

Lorsqu'il se dégagea d'elle et s'en alla, il songea : comment je peux être aussi stupide ? Je laisse ma maison à une prostituée. À cause de quelque désir perdu.

Il se retourna, regagna la chambre. Bree était de nouveau sous la couette, cherchant quelques heures supplémentaires de néant.

« Tu sais qui je suis ? demanda-t-il.

– Non.

– Je suis un sale type. Ne fais pas la conne avec moi. »

Elle soutint son regard et saisit le message. Puis il se pencha et l'embrassa sur la joue.

« Ne parle à personne de moi. Ne dis rien à personne. Tu es dans un cocon. OK ? »

Un frisson de peur, pas le premier avec lui, la parcourut.

« Oui, d'accord, évidemment. À ce soir. »

« Je veux que tu t'en ailles, Stoll. Peut-être que tout va bien et que je suis parano, mais je veux que tu quittes la ville. Prends le prochain avion. Va-t'en loin. Va à Bali, à Bangkok, va à Zanzibar, mais pars, et quand tout sera fini, quand je serai commissaire, tu pourras revenir. Fais-moi plaisir.

– Nick, je ne peux pas. J'ai deux homicides sur les bras, Reeve ne me laissera jamais partir. On est déjà en sous-effectif. »

Racine se tourna vers Monahan, qui continuait de fixer les eaux de la baie, tel un enfant se concentrant sur un insecte qu'il serait sur le point de disséquer.

« Jake ? »

Monahan se retourna.

« Tragédie familiale, Stoll. Congé pour raisons personnelles. Ton père est en train de mourir. Tumeur au cerveau. Comme ce bon vieux Doc Neeson. Je ne sais pas combien de temps je serai absent. Ma pauvre vieille mère est au bord du gouffre. Faut que je m'occupe d'elle, que je fasse le nécessaire, je dois faire passer la famille avant le boulot. Désolé, Zach, mais tu comprends, pas vrai, vu que tu as des problèmes avec ton père à la maison de retraite et qu'on vient de diagnostiquer un alzheimer à ta mère. »

Ça aurait pu être une balle, pensa Stolly tandis que son regard passait d'un sale type à l'autre : comment en suis-je arrivé là ? Et…

… suis-je vraiment un sale type ?

Les araignées de Mars

« D ites-nous ce que vous avez vu », ai-je dit à Dunn. Nous étions dans la chambre, porte close, regardant l'endroit où Isobel avait été pendue. Dunn était pâle et ses mains tremblaient.

« Elle était penchée en avant. Ses pieds touchaient le sol. Elle avait la tête baissée. Et ses bras, vous savez, pendouillaient... On est forcés de faire ça ? On ne peut pas retourner dans le salon ?

– Continuez, a ordonné Maria.

– OK, répondit-il, résigné. Elle était, eh bien... nue. La cravate était enroulée autour de son cou, puis autour du crochet en métal sur la porte.

– Parlez-nous de la cravate », ai-je demandé.

La cravate, un indice crucial, n'avait pas survécu à l'épreuve du temps ; en d'autres termes, elle avait disparu du carton de pièces à conviction. Comme la première impression avait été qu'il s'agissait d'un suicide ou d'un acte sexuel bizarre, la récolte d'indices avait été sommaire et peu de photos de la scène de crime avaient été prises.

Dunn avait les mains dans le dos, comme s'il se prenait pour le prince Charles, et il fixait la moquette blanche, qui était couverte de poussière et dégageait une odeur qui me rappelait les réfrigérateurs hors d'usage.

« Elle était bleue, répondit-il sans lever les yeux.

– Vous pouvez être plus spécifique ?

– Elle était bleu foncé, dit-il en direction du sol. Sans motifs, et en polyester. »

Il a relevé la tête et s'est tourné vers Maria. « Je déteste le poly-ester », a-t-il ajouté.

Elle n'a rien répondu.

Maria et moi avons échangé un regard. Les cravates réglemen-taires de la police étaient bleu foncé et en polyester. Pourtant, si c'était un flic qui avait tué Isobel, ça semblait bizarre qu'il ait utilisé celle de son uniforme. Seul un blaireau comme Dunn avait pu remarquer la matière, mais j'étais content qu'il l'ait fait.

J'ai quitté la pièce et passé un coup de fil.

« Buff ?

– Faites vite, a-t-il répondu. Je suis sur le point d'en venir aux mains avec le gouvernement à propos de l'indemnisation des congés.

– Vous pouvez décrire la cravate qu'elle avait autour du cou ? »

Je l'ai entendu prendre une inspiration.

« Vous savez que c'était il y a plus de vingt ans, Darian.

– Pas un problème pour un homme à la mémoire d'éléphant.

– Bleue.

– Était-elle familière ?

– Comment ça ? a-t-il demandé, louvoyant.

– Est-ce que c'était une cravate de flic, Buff ?

– Je suis en retard pour ma réunion, Darian. Faut que je file. Bonne chance pour votre enquête. »

Tyrone faisait la planche. Il était immobile, laissant l'eau ondoyer sous lui. Il pensait à Isobel, la fille dont il était tombé éperdument amoureux tant d'années auparavant. Son prénom était synonyme de pouvoir. C'était pour ça que ses parents l'avaient affublé de ce nom ridicule, en hommage à Tyrone Power, une star du cinéma qu'il n'avait jamais vue. Mais autrefois, à l'époque d'Isobel, il l'avait aimé. Plus maintenant.

Monahan avait entraînement de foot avec ses filles.

Nick rentra chez lui retrouver sa prostituée. Bree avait passé la matinée au lit, puis décidé d'y rester un peu plus longtemps, jusqu'au milieu de l'après-midi, avant de songer à préparer à l'homme – qui deviendrait roi – des nouilles thaïes. Mais elle s'était alors rappelé que la dernière fois qu'elle en avait fait, elles avaient été immangeables. Comme tout le reste dans sa vie, elle les avait foirées. Un simple plat de putains de nouilles.

Tyrone rêvait de la fille qu'il avait autrefois aimée et pensa à la femme à qui il était désormais marié, et, de façon assez injuste, il les compara. Isobel, évidemment, remporta la bataille.

Dunn se tenait dans la chambre de la fille qu'il avait séduite et regardait la porte à laquelle on l'avait retrouvée accrochée.

Maria songeait à son amant, l'assassin.

À côté de Monahan se trouvait un autre père, qui gueulait comme un abruti après l'entraîneur. « Laissez-le faire son boulot. » L'autre type l'ignora et continua de brailler.

Tyrone se rappela qu'il allait demander à Isobel de l'épouser, même si, à dix-neuf ans, il ne comprenait pas le mariage. Maintenant, à une petite quarantaine d'années, il le comprenait, et il pensait que c'était un concept voué à l'échec. Certes ses gosses étaient géniaux, mais il détestait sa femme. L'eau sous lui, dans la piscine Harold Holt, était froide, et il pissa dedans.

« Salut, lança Bree, tandis que cet homme avec qui elle avait établi une relation afin de prendre son argent et tout le reste malgré le danger entrait dans la maison à travers laquelle elle avait déambulé toute la journée.

– Salut », répondit Nick.

Casey préparait à sa maîtresse un plat de spaghettis aux courgettes et aux olives. Il versa du vin rouge dans la casserole et fredonna *Too Much of Nothing* de Bob Dylan.

Je pensais à Rose, la femme que j'avais aimée et que j'avais abandonnée à Byron Bay, près d'un phare dont le faisceau balayait le ciel nocturne tandis que je m'éloignais en me demandant si je la reverrais. Il avait brièvement illuminé le vide des ténèbres, de la nuit, de l'horreur, projetant son espoir sur la beauté et le miracle de la femme. Serions-nous de nouveau un jour ensemble ?

Je pensais au Tueur du Train, le monstre que j'avais laissé échapper. Est-ce que je le retrouverais ? Est-ce que j'arriverais à le tuer ?

Je pensais aux nombreuses personnes que j'avais éliminées. Des ordures, toutes autant qu'elles étaient. Des exécutions. Je pensais à un père en Thaïlande, dans une pièce délabrée avec des prostituées qui en avaient après son argent, et à une mère que je n'avais pas vue depuis trop d'années.

Je pensais à Isobel, et à la cravate bleue, et à Brian Dunn, le pervers, me demandant comme on pourrait serrer ce connard juste parce que c'était un connard – mais était-il l'assassin ? Et je pensais à Racine, l'homme élancé, doucereux et cool, tout en costumes italiens et en après-rasage.

Tyrone sortit de la piscine et s'essuya avec une serviette. Il devait rentrer chez lui, retrouver ses gosses et sa femme, faire comme si c'était réel.

Nick regardait Bree. Elle portait les mêmes vêtements que pendant la nuit, mais ils avaient été, songea-t-il, lavés et repassés. Ils sentaient le frais. Le propre. Elle s'était douchée. L'oiseau était dans sa cage. Il les observait.

« Salut, dit-elle. Je t'ai préparé à manger. »

Pendant la journée, entre deux réunions, Nick avait songé qu'il avait été fou d'inviter une prostituée à rester chez lui. Je suis le prochain commissaire, se disait-il. Mais après chaque moment de colère, il se replongeait dans le souvenir de sa chair et de sa chaleur, et se souvenait qu'il avait le pouvoir sur elle ; il pouvait faire ce qu'il voulait.

« Génial, répondit-il. Quoi ?

– Spaghettis à la Bree.

– Viens », dit-il.

Et elle obéit. Elle fit ce qu'on lui demandait, comme elle le faisait depuis son enfance.

Il écarta les bras et la serra en pensant : c'est agréable.

Et elle pensait : c'est agréable.

Et Tyrone pensait : pourquoi les flics sont-ils après moi ? Est-ce qu'ils croient que je l'ai tuée ? Et il se rappela le moment où il avait vu Isobel, son Isobel, pendue derrière la porte.

« Bon, alors... Maria ? Est-ce qu'on peut quitter cette pièce maintenant ? demanda Dunn. Je vous ai dit tout ce que je pouvais.

– Qu'avez-vous vu d'autre ? » insista-t-elle.

Stolly prit l'avion. Mais avant :

« Florina ? Salut, c'est Stoll.

– Salut. Tu as l'air un peu stressé.

– Non... Hé, écoute, je dois partir quelque temps. Le boulot. Je dois aller à Auckland pour un homicide. Je serai absent un moment. »

Florina ne le crut pas.

« OK », répondit-elle.

Tyrone quitta la piscine en colère, avec l'envie de cogner sa femme.

Monahan se tourna vers le râleur sur le terrain de foot et dit : « Fermez-la. » Et le type, le père d'une certaine Naomi, regarda dans les yeux de cet homme et décida de ne pas broncher.

Casey n'était pas un imbécile ; il savait qu'il était dans la merde. Mais s'excuserait-il d'avoir tué Stone ? Non. Absolument hors de question.

Des araignées rampaient sur le corps de Tyrone. Il ne les voyait pas, mais il les sentait, les araignées du doute, de la colère, du remords, les araignées d'un autre monde, de Mars.

« Qu'avez-vous vu d'autre ? a redemandé Maria.

– Oh ! » a fait Dunn, comme si un souvenir lui était soudain revenu.

Maria et moi avons échangé un coup d'œil en nous demandant si ce serait intéressant ou si ce serait juste une autre de ses agaçantes banalités.

« Elle portait une bague.

– C'était inhabituel ?

– Oui. Elle n'en avait jamais porté jusqu'alors. Je me suis dit que son père avait dû la lui donner, ou que Tyrone, son amoureux transi, la lui avait offerte. Enfin bref, ça m'a vraiment fait chier, pour être honnête. »

Il n'était fait mention d'aucune bague dans les rapports. Elle avait été soit enlevée, soit, plus probablement, ignorée, considérée comme un détail sans importance.

« C'était quel genre de bague ? ai-je demandé.

– Je ne sais pas. En or, je crois. Elle avait l'air ancienne.

– Et vous ne l'aviez jamais vue avant ?

– C'était la première fois. Comme j'ai dit, ça m'a fait chier. Si quelqu'un avait dû lui offrir une bague, c'était moi. »

Le séducteur incarné.

« À quel doigt était-elle ?

– À celui où on met les alliances. »

Crash

L a bague me turlupinait.

Nous avons appelé Eli, et non, il n'avait pas fabriqué de bague pour sa fille, elle n'en portait pas, et il ne pouvait expliquer comment il se faisait qu'elle en avait une.

« Pourquoi me questionnez-vous sur une bague ? » avait-il demandé.

Je n'avais pas répondu.

Nous avons appelé un Tyrone belliqueux, et non, il n'avait pas offert de bague à Isobel non plus, il n'était, comme il nous l'a sèchement rappelé, qu'un gamin qui gagnait des queues de cerise dans un McDonald's.

« Je n'avais pas les moyens d'acheter une bague », avait-il ajouté avant de nous raccrocher au nez.

Ce n'était pas le fait qu'il n'y ait eu aucune mention antérieure de la bague qui me tracassait. L'enquête avait été bâclée, peu de détails avaient été notés et de questions posées jusqu'à ce qu'il soit trop tard, une fois que le corps avait été incinéré, quand le coroner avait commencé à se demander si l'hypothèse du suicide, ou de la mort accidentelle, pouvait être remplacée par une autre plus sinistre.

L'assassin avait-il pu mettre la bague au doigt d'Isobel ? C'était ce que Maria et moi nous demandions en silence, ce qui nous dérangeait tous les deux tandis que nous tournions à l'angle d'Osborne Street et longions la plus étroite et plus densément arborée Davis Avenue.

Nous avions laissé Dunn sur le trottoir d'Osborne, se plaignant du mauvais traitement que nous lui avions fait subir, demandant qu'on le ramène à son appartement de Beverley Hills, et reluquant une fois de plus d'un air lubrique Maria, qui semblait prête à lui cogner dessus jusqu'à ce que mort s'ensuive.

« La bague, a dit cette dernière.

– Oui, la bague, ai-je répondu.

– Est-ce que Racine ferait ça ? Ou un des autres flics ? Mettre une bague à son doigt ? Si c'est eux qui l'ont tuée ?

– Les gens font des trucs bizarres », ai-je gentiment déclaré.

Je m'étais alors garé devant nos appartements. Maria fixait le balcon du sien, pensant sans doute à Casey et aux trucs bizarres qu'il avait faits au cours des dernières vingt-quatre heures. La mort de Stone était un revers monumental, nous avions été privés d'une voix essentielle. La vengeance irréfléchie de Casey, sans nul doute un acte valeureux et honorable à ses yeux, représentait une grande perte pour nous. Stone aurait parlé, non-stop. Si Isobel avait été assassinée, ça avait été, supposions-nous, sur ses ordres. Si c'était une mort accidentelle, il pouvait s'agir de Dunn ou de Tyrone. Nous avions quasiment exclu le suicide.

Mais ce nouveau détail, le fait qu'elle portait une bague, signifiait que nous avions désormais une nouvelle possibilité inattendue et encore plus troublante à envisager.

Celle que l'assassin d'Isobel ne soit aucun des hommes auxquels nous nous étions intéressés.

SECONDE PARTIE

LE TUEUR

« J'étais comme une personne qui, dans un chemin solitaire, marche escortée de la peur et de l'effroi, et qui, ayant regardé une fois autour d'elle, continue son chemin sans plus retourner la tête, parce qu'elle croit qu'un être terrible lui ferme la route par-derrière. »

Samuel Taylor Coleridge, *La Complainte du vieux marin*

Le règlement de comptes

Je savais qu'il y avait quelqu'un chez moi tandis que je marchais vers la porte. Quelqu'un était entré par effraction en crochetant la serrure et m'attendait. Chaque fois que je suis sur une enquête, je laisse un minuscule bout de carte de restaurant – dans ce cas-ci, France-Soir – coincé entre la porte et le montant quand je la ferme le matin. C'est une vieille habitude paranoïaque. Je ne le fais pas chez moi à Noosa, mais, contrairement aux autres dans ce Monde Chaleureux de Soleil et de Sourires, je ferme ma porte à clé ; comme Maria et moi venions de le noter, les gens peuvent faire des trucs bizarres.

Étant donné que Stone avait, avant de mourir, placé un contrat sur la tête de Maria et qu'il avait pu, avant de mourir, en placer un autre, soit sur elle, soit sur moi, j'ai tiré le Glock que Casey m'avait gentiment prêté la veille au soir, à l'insu de Maria, m'assurant que ce n'était pas un problème, mon frère, parce qu'il se procurerait une autre arme le lendemain, un autre Glock, auprès des Libanais de Lygon Street.

On ne peut pas ouvrir silencieusement l'épaisse porte en bois d'un appartement moderne, aussi je n'ai même pas pris la peine d'essayer. J'ai ouvert, le doigt sur la détente, prêt à faire feu, m'assurant de ne pas être une cible vivante.

J'ai entendu une voix familière : « Darian, ce n'est que moi. »

Je suis entré et ai découvert Nick Racine assis à ma table, à côté du coin cuisine. Tiré à quatre épingles comme à son habitude, il portait un costume hors de prix, et ses cheveux étaient gominés et peignés en arrière. Il avait les traits aquilins et une expression confiante, ou satisfaite – je n'avais jamais trop pu déterminer laquelle.

« Je croyais que vous étiez adepte des Beretta, a-t-il déclaré.

– Les temps sont durs, ai-je répliqué en renfonçant l'arme sous ma ceinture.

– Je cherchais quelque chose à boire, mais je me suis souvenu que vous étiez alcoolique. J'allais me faire un café, mais je me suis dit, merde, je vais attendre de rentrer chez moi, et alors je me ferai quelques traits de coke. Comment avance l'enquête ? Quand la fille et vous comptez-vous me rencontrer ? Vous savez que j'ai un emploi du temps très, très chargé. Évidemment, je mettrai de côté tout le reste pour travailler avec vous deux, pour me plier à vos besoins, mais j'apprécierais que vous me préveniez un peu à l'avance. Jeudi, ce serait pas mal.

– Et maintenant ?

– Sans la fille ?

– Sans la fille. »

Il a déployé le bras et ostensiblement consulté sa montre. Une Rolex.

« Pas possible. J'ai rendez-vous. Et puis, je veux le faire avec la fille. Je l'aime bien. D'ailleurs, c'est à son sujet que je suis venu ici. »

Je n'ai rien répondu et ai attendu.

« J'ai entendu, dans la rue, où j'ai d'excellentes sources, que son petit ami, Casey Lack, ancien propriétaire de boîte de nuit et gangster de second ordre, est arrivé en ville. Qu'il est venu à moto de la Sunshine Coast, c'est ce que m'ont dit mes sources. Armé jusqu'aux dents. »

Il a désigné ma ceinture, où se trouvait le Glock.

« Mes sources m'ont également dit que M. Lack, un de vos amis, je crois, Darian, avait une sorte de mission. Une vengeance. Dominic Stone était l'homme le plus égocentrique que j'aie rencontré. Je ne l'aimais pas du tout. Même s'il organisait de sacrées fêtes, où il y avait une quantité infinie de filles. Je vous y ai déjà invité ? Je suis sûr que oui. Je suis certain qu'à la fin des années 1980 je vous ai dit de venir avec moi dans sa maison de Portsea. Comme vous étiez un type solitaire qui ne se tapait que des prostituées, un peu comme moi, vraiment, vous auriez adoré les fêtes de Dom. Et puis c'était l'époque où vous donniez dans la vodka. Merde, pourquoi n'êtes-vous pas venu, Darian ? C'est trop tard, maintenant, mon vieux. Maintenant, nous sommes des hommes respectables. »

Il a lâché un petit ricanement.

« Enfin bref, revenons au problème : Casey Lack, amant de la fille qui habite de l'autre côté de la rue dans son joli appartement payé par la police, comme le vôtre, mon vieil ami. Je crois que M. Lack, avec tous ses tatouages et son arrogance, a pu être celui qui a tué Dominic Stone, car, malgré ce que pensent les abrutis qui étaient sur place, Stone n'était pas du genre à se foutre en l'air. Une putain de mauviette. Il n'aurait jamais eu le cran. Vous avez couché avec elle ? »

Je n'ai rien dit, me suis contenté de le laisser parler.

« J'espère. Elle est plus que canon. Les plus beaux nibards que j'aie vus depuis des années. Et vous, vieil homme sage que vous êtes, vous devez bien la faire mouiller. Mais ça doit être difficile quand Casey Lack est un vieux pote. Encore un problème. Moi, je laisserais tomber le bon vieux Case et je baiserais Maria Chastain bien profond. Quand vous le ferez, parce que je sais que vous le ferez, dites-le-moi, OK ? Envoyez-moi un SMS. Je veux savoir comment elle était. À l'intérieur. Sa chatte bien chaude et tout. »

J'avais vraiment envie d'étrangler ce connard, mais quand on a affaire à un monstre, on se met à son niveau et on joue le jeu.

« Vous serez le premier informé, Nick.

— C'est un peu comme Isobel, a-t-il ajouté. Je ne l'ai pas baisée, et je ne l'ai certainement pas tuée, et plus on l'aura établi vite, mon vieux, mieux ce sera. Mais j'en avais envie. De la baiser, s'entend. Ha ! Vous avez vu les photos ? Pas d'elle morte. Non. D'elle avant sa mort. Mon vieux, a-t-il dit en se penchant vers moi au-dessus de la table, vous avez vu les photos que Dunn a prises d'elle en bikini, chez Stone à Portsea, au bord de la piscine.

Victoria's Secret rencontre Pornhub. J'aurais adoré me la taper. Hé, je suis juste honnête ; un assassin ne parle pas comme ça, pas vrai ? Mais, mon vieux, revenons à la question de M. Lack. Qu'est-ce qu'on fait ? Parce que si je devais ouvrir une enquête, ce que je suis tenté de faire, M. Lack pourrait se retrouver accusé de meurtre. Le délit *numero uno*. Foutu. Ses empreintes seront sur place. Personne ne peut commettre un meurtre comme celui de Stone sans laisser de traces, surtout pas un abruti de biker couvert de tatouages. Et alors, mince, Maria, avec ses nibards et son ambition, qu'est-ce qui va lui arriver ? Ça vous intéresse ? Moi, ça m'intéresserait. J'aurais envie de la protéger. Peut-être pas vous. Mais vous savez quoi ? »

Il s'est de nouveau penché vers moi. J'avais toujours envie de l'étrangler, et peut-être que je le ferais, une fois l'enquête terminée. J'avais déjà tué un certain nombre de flics, des flics pourris, et il me semblait que Racine pourrait faire partie des nominés.

« Je crois que c'est ce que vous allez faire. Je crois que vous êtes amoureux d'elle, et je crois que vous ferez n'importe quoi pour la protéger. Si Casey tombait pour meurtre, ça la détruirait, et je crois, corrigez-moi si je me trompe, que vous ferez tout pour empêcher ça. C'est une fille magnifique – vraiment, je suis sincère, appelez-moi ou envoyez-moi un e-mail ou un SMS quand vous aurez couché ensemble ; je veux savoir comment sont ses tétons, et si sa chatte est étroite... »

C'est à ce moment que j'ai porté la main à ma ceinture, sorti mon Glock et le lui ai abattu sur le front.

Il s'est affalé comme un sac de patates.

Je l'aurais volontiers jeté par le balcon, mais nous étions au troisième étage et ça l'aurait tué, alors je l'ai traîné sur les marches de béton jusqu'à Davis Avenue, où je l'ai balancé sur le trottoir.

Oui, je lui ai aussi collé un coup de pompe à la tête.

J'ai regardé de l'autre côté de la rue, en direction de l'appartement de Maria. Les lumières étaient allumées et je me suis demandé comment elle allait.

Orphelin

Casey le vit dans ses yeux, dans sa façon d'être, dans ses mouvements, lorsqu'elle entra. Il vit de la colère et du stress contenus, alors il décida d'aller droit au but.

« Je l'ai tué, OK ? J'ai roulé direct jusque chez lui et je l'ai tué. »

Il ne put s'empêcher d'ajouter :

« Je l'ai fait pour toi, chérie.

– Putain, je te déteste ! hurla-t-elle, et elle se jeta sur lui, le frappant rageusement des poings. Tu as tué notre principal et plus important témoin. Je te déteste. »

Case n'avait jamais été très doué pour les relations. Il s'attendait à cette attaque, mais, comme les généraux de la Première Guerre mondiale, il ne savait pas comment la gérer, même s'il y avait songé toute la journée.

« Chérie, implora-t-il, désespéré.

– Ne m'appelle pas *chérie* !

– Je l'ai fait pour toi.

– Non, espèce de connard, tu l'as fait pour *toi*. »

Il était perdu. Qu'est-ce que je fais maintenant ? Tout ce que je fais, je le fais pour toi. Tu es la seule chose qui compte pour moi dans ce putain de monde pourri. Je sais que tu es flic, et je sais que je suis allé trop loin et que je t'ai compromise. Mais je t'aime. Il ne pouvait rien formuler de tout ça. Il l'a regardait fixement tel un orphelin.

« Fous le camp d'ici », ordonna Maria.

Sa mère, quand il avait huit ans, lui avait dit : *Fous le camp d'ici*, et il l'avait fait, le visage couvert de larmes, se demandant où il irait et pourquoi – pourquoi ma mère me dit-elle de me tirer ? Et son père, défoncé à l'héro, lui avait dit le lendemain : *Viens, gamin, viens rencontrer ton oncle Bruce*, et Casey avait reculé, conscient que l'oncle Bruce n'était pas son oncle et qu'il n'avait rien de bon à faire ou à dire. Enfuis-toi.

Alors il s'était enfui. Putain, ce qu'il avait couru.

« Tire-toi ! Tire-toi, tire-toi, tire-toi ! Maintenant ! Putain, je te hais ! » hurlait Maria.

Et c'est ce qu'il fit.

Il s'en alla.

Mais avant de partir, il lui sourit et déclara, malgré le bruit et la fureur : « Je t'aime. »

« Arrange-toi pour que ça fasse mal », avait-il dit au tatoueur. Et ça avait fait mal.

J'ai entendu le grondement d'une Harley et j'ai su que c'était celle de Case et que Maria venait de lui exploser à la gueule. Je suppose qu'à sa place j'aurais fait la même chose. J'ai envoyé un SMS à Casey : *Il y a un lit ici, mon frère*, et il a répondu : *Je me tire mais appelle-moi si tu as besoin de quoi que ce soit et protège ma nana.*

Maria tombait de son nuage. Elle n'en avait pas eu l'intention. Elle s'était agrippée à ses bords, ses ongles s'enfonçant dans les replis.

Où elle tombait, elle n'en savait rien. Était-ce un endroit accueillant ou une zone de guerre ? Elle se retournait dans son lit et pleurait la perte d'un grand amour en se demandant si elle ferait bien de lui envoyer un SMS ou de l'appeler pour qu'il revienne, maintenant que sa colère était retombée et qu'elle commençait à se dire : *Je comprends d'où il vient.* Elle réfléchissait à l'adoration et à la dévotion. Casey était de la vieille école, un abruti de chevalier servant qui la vénérait – *Et chérie, tu vas m'adorer en retour.*

Il avait dit ça avec un sourire. Et c'était ce qu'elle avait fait.

Il y avait un problème : elle n'avait personne à qui parler. Deb, sa plus vieille amie, ne comprendrait pas ; Jackie, sa deuxième plus vieille amie, lui dirait de méditer et de prendre un peu le soleil sur la plage ; quant à Billie, sa troisième amie la plus proche, elle était toujours scandalisée que Maria se soit entichée d'un déchet tel qu'un biker couvert de tatouages. Elle pourrait aller voir Darian et tenter de lui arracher quelques paroles sages, mais la dernière fois qu'elle avait abordé avec lui le sujet de sa relation avec Casey, il s'était défilé vite fait bien fait. C'était peut-être la personne la plus émotionnellement nulle qu'elle ait jamais rencontrée, même si c'était un inspecteur brillant.

Les hommes sont tordus, avait-elle conclu tandis qu'elle se retournait et tentait, encore une fois sans succès, de ne pas se sentir coupable et de trouver le sommeil.

Mais le sommeil ne vint jamais.

En chute libre

Mon téléphone a sonné à trois heures cinquante-sept du matin. J'ai répondu tout en me roulant hors de mon lit et ai saisi la télécommande pour faire passer la température de la pièce d'un froid islandais à une chaleur de Kalahari.

« Salut. Du neuf ?

– Oui, a répondu Buff. Je me suis finalement souvenu. Elle portait bien une bague. Vous aviez raison.

– Vous vous rappelez de quel genre ?

– Pas vraiment. Mais je crois m'être dit qu'elle devait coûter cher. Je crois, mais je n'y mettrais pas ma main à couper, qu'elle était en or, très vieille, avec deux petits diamants, et un saphir au milieu. En fait, maintenant que j'en parle, je crois qu'elle ressemblait à celle de ma grand-mère. Pourquoi c'est important ? »

Parce que celui qui la lui a mise au doigt était peut-être son assassin.

« Merci, Buff. À bientôt.

– À très bientôt », a-t-il répondu.

Il y a, naturellement, de nombreux types de tueurs, mais quand vous mettez de côté les spécificités de chaque meurtre, vous vous retrouvez avec peu de profils différents. La personne qui tue pour un gain financier. Celle qui tue dans un accès de fureur aveugle, spontanée ou trop longtemps contenue. Celle qui tue parce qu'on lui a ordonné de le faire, de façon professionnelle. Celle qui tue pour se venger.

Il est généralement question d'amour ou d'argent.

Et puis il y a la personne qui tue pour le plaisir, ou peut-être pour satisfaire un besoin tordu.

Et quand un tueur laisse sa victime, il s'enfuit, horrifié par ce qu'il vient de faire, ou alors il se retire calmement, satisfait de son acte, ou bien il panique, effrayé par les conséquences de son geste, ou parfois il éprouve du remords et de la honte.

Mais l'assassin qui a tué pour le plaisir, pour satisfaire un sombre besoin, s'en ira en regrettant que le jeu soit fini. Ça peut être comme rompre un magnifique baiser, un baiser si sensuel et lumineux, si chargé d'érotisme qu'on voudrait qu'il dure toujours tout en sachant que c'est impossible. Et quand ce baiser est rompu, quand il arrive à sa fin, on tend généralement la main pour toucher l'autre – peut-être une main sur la sienne, ou sur sa joue, ou sur son bras, comme une coda ou une affirmation de ce moment splendide qui vient de s'achever. C'est alors que le tueur prendra quelque chose sur le corps dont il sait qu'il doit se séparer. Un trophée – une mèche de cheveux, ou un bijou, ou un vêtement. Ou, dans d'autres cas, ça peut être le tueur qui laisse quelque chose qui lui appartient sur le corps qu'il va devoir laisser derrière lui. Comme un souvenir. Quelque chose qui symbolisera ce baiser échangé, ce moment où il a pris la vie de sa victime, où cette dernière l'a regardé dans les yeux, consciente que son assassin serait la dernière chose qu'elle verrait. C'est cependant dangereux, car les cadeaux précieux laissés sur un cadavre, quels qu'ils soient, sont des indices évidents pour les personnes qui vous rechercheront. Qui les examineront minutieusement pour tenter de vous identifier. Toute chose abandonnée sur la scène doit être anonyme, un secret entre vous et la personne que vous venez de tuer.

Elle vous a honoré, cette personne. Elle a donné sa vie pour vous. Elle a assouvi votre besoin désespéré. Elle vous a abandonné son corps. Elle vous a autorisé à la détruire.

Alors récompensez-la. Honorez-la en retour. Montrez-lui votre gratitude.

Passez-lui une bague au doigt.

L'abysse

Il y a quelqu'un chez moi, pensa Isobel en se réveillant et en se redressant sur son lit.

« Ty ? » appela-t-elle.

Pas de réponse.

Pourquoi y aurait-il quelqu'un dans la maison ? se demanda-t-elle. Qu'est-ce que j'ai entendu ? Ou est-ce juste une sensation, comme quand j'étais enfant et que j'avais peur du noir, des chats, des vagues à la mer, mais trouvais du réconfort dans les bras de mon père ?

« Brian ? »

Pas de réponse. Pas de bruits de pas sur la moquette, ni de grincements du plancher, ni de portes s'ouvrant. Juste le vent et une bruine continue dehors qui éclaboussait la fenêtre de sa chambre.

« Y a quelqu'un ? » lança-t-elle.

Rien, juste un grand silence noir, qu'elle emplissait rapidement de peur.

Avait-elle entendu quelqu'un escalader la clôture de derrière et retomber sur les briques ? Ou bien était-ce un rêve ? Elle était endormie, non ? Depuis le départ de Tyrone. Quand était-il parti ? Elle avait l'impression que ça faisait une heure, mais ça pouvait aussi ne faire que dix ou vingt minutes. Elle tendit la main vers sa montre sur sa table de chevet.

Et alors elle entendit un murmure, derrière sa porte partiellement ouverte, dans le couloir.

« Bonsoir, Isobel. »

Une voix d'homme. Elle se figea et contint une envie soudaine de vomir. Elle ne dit rien, ne bougea pas. Son regard était rivé sur l'entrée.

« Es-tu prête pour moi ? » demanda l'homme, une fois encore en murmurant depuis l'autre côté de la porte.

Elle se mit à pleurer.

« Tout le monde est parti, il n'y a plus que nous. »

La porte commença à s'ouvrir. Il entrait dans sa chambre. Qui était-ce ? Sa voix était vaguement familière, mais elle n'arrivait pas à la replacer, et dans sa panique désespérée, la seule chose qui lui venait à l'esprit, c'était le souvenir de son père la tirant hors de l'eau en riant et la portant dans ses bras bien au-dessus de la surface. Il était toujours là quand les vagues s'abattaient sur elle.

« J'ai un cadeau pour toi », ajouta-t-il tandis que la porte s'ouvrait, et dans l'obscurité, elle vit un homme tout de noir vêtu pénétrer dans la pièce.

Et elle comprit que cette fois son père ne serait pas là pour la tirer hors de l'eau. Elle comprit qu'elle était morte.

Le livre de comptes

Comme l'enquête avait été rouverte afin d'innocenter Racine, tout avait tourné autour de son lien avec Isobel et de la possibilité inévitable qu'un amant soit impliqué. Personne n'avait envisagé qu'elle ait pu être tuée par quelqu'un qu'elle ne connaissait pas. Non seulement la nature de sa mort était inhabituelle, mais il n'y avait pas d'autre cas similaire, ce qui me déconcertait, car j'envisageais désormais un inconnu qui voyait son meurtre comme une œuvre d'art. Et les artistes de la mort ont le don de reproduire leurs actes. Mais, pour autant que nous sachions – et un meurtre semblable au sien ne serait pas passé inaperçu –, la mort d'Isobel était unique en son genre.

« Est-ce que ça signifie que tous ceux sur qui on travaillait sont rayés de la liste ? » a demandé Isosceles.

Nous nous étions tous les trois réunis dans mon appartement tôt le lendemain matin. Mon visiteur nocturne et le départ de Casey n'avaient pas été évoqués.

« Non, ai-je répondu. Ils sont tous encore suspects. Nous ouvrons juste une nouvelle piste, sur laquelle il va falloir se pencher instamment.

– Oserais-je dire que cette affaire semble de plus en plus loin d'être résolue ?

– Tes commentaires à la con, tu te les gardes », a répliqué sèchement Maria.

Isosceles semblait sur le point de pleurer.

« Désolée, s'est-elle vivement excusée. J'ai passé une sale nuit.

– Je peux faire quelque chose pour t'aider ? a-t-il demandé.

– Non. Mais merci. »

La paix était rétablie.

« Nous devons examiner tous les autres aspects de sa vie. Il y a un lien entre une chose qu'elle faisait et son assassin. Il la connaissait. Ou tout du moins il l'avait vue et suivie. Le type qu'on cherche désormais a observé ses faits et gestes, il connaissait ses habitudes, peut-être même qu'il la maintenait sous surveillance. Et c'est ce que nous devons faire désormais : l'observer, retracer chacun de ses mouvements au cours des sept semaines qui ont précédé sa mort. »

L'ampleur de cette tâche – découvrir les menus détails de la vie d'une personne à une ère préInternet – n'a pas échappé à Isosceles.

« Qu'est-ce que je fais ?

– Tu continues d'essayer de localiser les voisins. N'importe quel témoin oculaire des événements de cette nuit-là, même vingt-cinq ans après, sera utile. »

Il a retrouvé le sourire.

Eli semblait soupçonneux.

« Pourquoi me posez-vous ces questions ? » a-t-il demandé.

Pendant de nombreuses années, il avait entretenu une haine farouche de l'homme qu'il croyait responsable de la mort d'Isobel. De son point de vue, nous étions entrés dans sa vie quelques jours plus tôt pour confirmer sa théorie, pas pour la remettre en question.

« Pourquoi me demander comment elle allait au travail ? À pied ou en voiture ? Qu'est-ce que c'est que cette question ?

– Nous devons examiner chaque facette de sa vie, a doucement répondu Maria.

– Est-ce que c'est parce que Stone est mort ? Il s'est suicidé. Je l'ai vu aux infos. J'étais heureux, mais maintenant j'ai l'impression que vous ne prouverez jamais que c'était lui. Alors à la place vous venez ici me poser des questions sur le chemin que prenait Isobel pour venir à ma boutique quand elle y travaillait.

– Vous pouvez considérer la mort de Stone comme une *sorte* de résolution, ai-je dit. On fait juste un peu de ménage. »

Il ne comprenait pas ce que je voulais dire, et je n'allais pas m'étendre sur le sujet.

« Et les agents de police qui travaillaient pour lui ? a-t-il insisté.

– Nous nous intéressons de près à eux. Mais nous avons besoin de votre aide. Vous devez nous dire tout ce dont vous vous souvenez sur Isobel durant les mois qui ont précédé sa mort. Mais inutile de nous parler de la pression qu'elle recevait de la part de la police fédérale ou des hommes de Stone – nous sommes au courant, nous avons beaucoup travaillé là-dessus –, dites-nous plutôt dans le détail ce qu'elle faisait et où elle allait, quelles étaient ses habitudes, et si quelque chose sortait de l'ordinaire. Qui elle allait voir, à qui elle parlait ici dans la boutique, où elle allait déjeuner, si elle se rendait toujours au même endroit. Je sais que c'était il y a longtemps, et je sais que je vous demande de vous souvenir de détails très banals, de trucs que la plupart d'entre nous oublions en quelques semaines ou quelques mois, mais vous devez essayer de vous rappeler autant de choses que possible.

– Je n'ai rien oublié », a-t-il simplement répondu.

De fait, il l'avait maintenue en vie en la commémorant, en entretenant tout ce qu'elle avait touché, depuis les choses les plus triviales jusqu'aux plus importantes. De la même manière qu'il avait préservé la maison dans laquelle elle avait brièvement vécu, il avait conservé telle quelle sa chambre d'enfance. Nous avons feuilleté ses cahiers d'école et le journal qu'elle avait tenu quand elle était en Bolivie, mais n'avons trouvé aucune mention ni de Dunn ni de sa demande de rapporter l'échantillon de cocaïne.

La présence d'Isobel résonnait également dans la bijouterie d'Eli. Comme c'était un type vieux jeu qui appartenait toujours au siècle précédent, il n'avait pas pris la peine d'informatiser son commerce. Isosceles ne l'en aurait aimé que plus. Il notait toutes les ventes dans des livres de comptes à l'ancienne. Je n'en avais pas vu depuis des années, mais dans son bureau à l'arrière de la boutique, un petit espace étroit et défraîchi réchauffé par un radiateur en fonte, un mur était couvert de rangées de vieux livres. Il en a fièrement attrapé un et l'a ouvert, nous montrant l'écriture d'Isobel aux endroits où elle avait consigné une vente et le nom de l'acheteur.

« Jusqu'à quand ils remontent ? ai-je demandé.

– Jusqu'au jour où j'ai ouvert cette boutique.

– Où se trouve décembre 1990, le mois de sa mort ? » est intervenue Maria.

Puis elle s'est reprise : « En fait, pourriez-vous nous donner les livres pour l'année entière ? »

La justice peut être cruelle.

J'aurais préféré qu'il balance ces livres de comptes et se raccroche uniquement à ses souvenirs. Maria et moi avons vu le nom en même temps. C'était comme s'il nous avait sauté aux yeux. Comme une blague, un sarcasme, un jeu diabolique. Un nom que nous avons tous deux instantanément reconnu. Et, à côté du nom, dans la deuxième colonne, se trouvait la nature de l'objet acheté.

Une bague.

Qui es-tu ?

« C'est vous, Darian ? »

J'avais pris l'ascenseur jusqu'au neuvième étage. Je me trouvais de nouveau dans le royaume des puissants.

Copeland se tenait près de la fenêtre, admirant la baie au loin. C'était une journée étonnamment ensoleillée et douce. J'avais laissé Maria à l'appartement.

« C'est moi, patron. »

J'ai refermé la porte. Il s'est tourné pour me faire face.

« J'ai vu Nick, ce matin. Il a dit des choses terribles à votre sujet. Il prétend que vous l'avez frappé avec un pistolet. Et il a un méchant bleu.

– Vous ne m'aviez pas dit que vous aviez rencontré Isobel.

– Non, en effet. »

Aucune hésitation, pas un battement de cils, pas le moindre signe de surprise.

« Comment ça se fait ?

– Ça ne m'a pas semblé important. »

Hmm, hmm.

« Pourquoi ne pas m'en parler maintenant ? »

Il m'a lancé un regard vide. On aurait tout aussi bien pu discuter de la recette de la parfaite ratatouille.

« Est-ce que vous enquêtez sur moi ?

– Je couvre toutes les possibilités. Exactement comme vous m'avez appris.

– C'est bien. »

Il n'avait toujours pas bougé, pas cligné des yeux, son expression demeurait la même.

Bon, après avoir coupé en cubes la courgette et le poivron et salé l'aubergine...

« Vous êtes allé dans la bijouterie de son père. »

Il a acquiescé. C'est bien, Darian, continue. Je sais que tu finiras par y arriver, comme toujours, comme je t'ai formé à le faire, en tant que mentor. Tu es le meilleur. Il n'y a que toi, Darian, pour résoudre l'énigme. Et tu y parviens à chaque fois, n'est-ce pas ?

« Vous vouliez acheter une bague pour Jan. Je me souviens que vous m'avez dit, le jour de son enterrement, que votre mariage avait battu de l'aile à la fin des années 1980. Vous pensiez qu'un bijou arrangerait les choses, qu'une bague serait le cadeau idéal. »

Il a de nouveau acquiescé.

Puis vous les cuisez à feu vif avant d'ajouter les tomates en morceaux.

« Et derrière le comptoir, il y avait une belle jeune fille.

– Isobel », a-t-il dit.

Son regard ne s'était pas détaché du mien. Il me regardait droit dans les yeux. Continue, fiston, et voyons où tout ça nous mènera. Je te mets au défi.

« Parlez-moi des problèmes que Jan et vous avez rencontrés.

– Aucune importance », a-t-il répliqué.

N'oubliez pas d'ajouter le basilic – frais, un bouquet entier. Et nous avons mis l'ail, n'est-ce pas ? Faites mijoter lentement, pendant au moins six heures.

« OK. Cette partie de l'histoire, la manière dont vous avez rencontré Isobel, est assez claire. Aidez-moi avec le reste.

– Il n'y a pas de reste. C'est tout. Je l'ai rencontrée et elle était très belle, je l'admets. Mais ça s'arrête là, Darian. C'est pour ça que ça ne m'a pas semblé important, que je n'ai pas pris la peine de vous en parler. »

Assurez-vous d'avoir du parmesan, Reggiano si possible, et du poivre noir concassé. Delizioso!

« OK », ai-je dit.

Pendant un moment, nous nous sommes simplement fixés du regard sans dire un mot. La vie est une succession de choix, et quel va être le tien maintenant, fiston ?

Le choix du monstre

« C'est de la folie. Ça n'a aucun sens. Pourquoi il te demanderait d'enquêter sur un meurtre si c'est lui l'assassin ? avait déclaré Maria tandis que nous quittions la boutique d'Eli. Et, avait-elle poursuivi, le simple fait qu'il ne t'ait pas dit qu'il l'avait rencontrée n'est pas une preuve de culpabilité. »

Je n'avais rien répondu. J'écoutais, cependant. Elle avait raison. Mais pourquoi négliger de le mentionner ? La tête me tournait, j'avais du mal à rester concentré.

« Peut-être qu'il a oublié, avait-elle repris. Peut-être qu'il ne savait même pas que la fille qui l'avait servi était celle qui s'était fait assassiner par la suite. »

À travers la brume qui voilait mon esprit, j'avais l'impression qu'elle ne croyait pas un mot de ce qu'elle disait.

Copeland avait acheté la bague deux semaines avant qu'Isobel soit retrouvée morte. Reste concentré.

Bien sûr qu'il savait que c'était la même personne. Sa mort avait fait les gros titres. Sa photo était parue dans les journaux. Et Copeland n'était pas du genre à laisser passer quoi que ce soit, ni à oublier un visage.

Mais le fait qu'il a acheté une bague à Isobel et que cette dernière a été retrouvée morte avec au doigt une bague qu'aucun des hommes de sa vie ne lui avait offerte ne signifiait pas nécessairement que c'était lui le tueur.

Pourtant...

L'omission d'une information cruciale est un mensonge.

Et...

Les coïncidences n'existent pas dans les enquêtes criminelles.

Après ma brève rencontre avec Copeland, tandis que je m'éloignais du QG en direction de Davis Avenue, tentant de retrouver ma concentration et une réflexion rationnelle, la question essentielle de Maria – *pourquoi?* – commençait à trouver des réponses.

À l'époque de la mort d'Isobel, le mariage de Copeland battait de l'aile. Jan était malade. Le cancer l'emporterait deux ans plus tard. C'est bien joli de croire qu'on sera un mari bon et fort et qu'on s'occupera de sa femme en toute circonstance, quand la maladie arrive – et ne s'en va pas – la pression peut devenir paralysante. Et, sans vouloir être grossier, votre vie sexuelle s'évapore. Vingt-cinq ans plus tôt, Copeland était un type coriace et viril qui approchait de la cinquantaine, et s'il était trop poli pour discuter de choses comme la sexualité, le contact de la chair féminine avait dû, au bout d'un moment, lui manquer terriblement.

Alors peut-être qu'une jeune fille à l'air innocent avait croisé son chemin, et peut-être que son sourire l'avait ébloui, et peut-être – ça arrive – qu'il avait fait une fixation sur elle. Qu'il avait commencé à la suivre. Qu'il s'était mis à fantasmer sur elle. Sexuellement. Que ça l'avait poussé à s'introduire chez elle ce soir-là – après le départ de Tyrone vers deux heures trente du matin, avant que Dunn n'arrive deux heures plus tard, avant que Tyrone lui-même ne revienne encore plus tard au lieu d'aller au travail et ne découvre Isobel – déclenchant la succession d'événements qui faisaient que j'étais là, à cet instant précis, à essayer de comprendre ce qui s'était passé.

Comment pouvais-je prouver quoi que ce soit ? Et je gardais à l'esprit que tout cela n'était que pure spéculation.

À l'époque de la mort d'Isobel, Copeland était un agent de haut rang très respecté. Il était, aurait-on correctement pu penser, au-delà de tout soupçon.

Quand il était venu me voir dans ma petite cabane au bord du lac, juste deux semaines plus tôt, ça faisait longtemps qu'il était l'homme le plus puissant de l'État. Les commissaires de police peuvent mettre les gouvernements dans l'embarras et faire tomber les Premiers ministres. Chaque électeur veut que sa rue soit sûre, que sa maison soit sûre, que ses enfants soient en sécurité. Il comprend qu'il y a des flics véreux, corrompus ; ça fait partie du jeu. C'est condamnable, mais on peut aussi fermer les yeux, parce que quand la nuit tombe, quand les rues deviennent sombres, quand les enfants sont au lit, on veut être sûrs que les gentils nous protégeront. Sans eux, qu'est-ce qu'on a ? Si vous ne le savez pas, retournez en 1923, quand les gentils se sont mis en grève et que les trams ont été retournés dans les rues, les boutiques pillées, et des gens abattus – le chaos au cœur de la ville.

En tant que commissaire, Copeland était insoupçonnable.

Mais si l'enquête sur la mort d'Isobel, ordonnée par le gouvernement, ordre auquel il ne pouvait pas raisonnablement s'opposer – *Pourquoi et dans quel but, monsieur le commissaire ?* –, devait avoir lieu, qui pouvait s'en charger ? Qui parmi les différents grades et services du QG ?

Pourquoi pas les affaires classées ? Pourquoi pas les affaires internes ?

Parce qu'il y avait quelqu'un d'autre, un fils talentueux, un ancien inspecteur qui vous avait non seulement tenu dans ses bras pendant que vous pleuriez aux obsèques de votre femme sur le parking derrière l'église, mais un homme qui vous devait sa carrière.

Je l'entendais dire : *Mais attendez, Darian, ce n'est pas tout.*

Ce n'est pas tout.

Comme le Beretta qu'il m'avait pris dans la cour de chez Isobel et qu'il avait placé à l'abri. Le patron connaissait mon penchant pour la justice sommaire. Les exécutions de flics pourris et de criminels qui auraient continué de tuer à moins que quelqu'un ne leur colle une balle dans le crâne et ne balance leur cadavre dans un ravin désert ou un puits de mine. Ces exécutions étaient nombreuses, et si nous n'en avions jamais parlé, nous avions convenu de façon tacite qu'on n'enquêterait pas sur moi et que je ne serais pas inculpé pour la disparition de ces salopards.

« Vous ferez ça pour moi », avait dit le patron le lendemain matin, après que nous avions pris le petit déjeuner dans la cabane. Le brouillard avait commencé à se lever, et j'avais entendu de loin le gémissement d'un 4 x 4 qui gravissait la montagne, son moteur diesel ahanant alors que Copeland se préparait à partir, un vieil homme prenant soin de ne pas glisser tandis qu'il descendait les marches glaciales puis traversait la pelouse blanche et givrée en direction de sa voiture. Je lui avais dit que j'acceptais la mission.

Pour lui.

Parce qu'il était plus un père pour moi que mon père ne l'avait jamais été, ça, c'était sûr.

Et, de la même manière qu'il avait pleuré la perte de sa femme, Jan, je lui avais raconté ma propre histoire amère, un soir, chez lui, après trop de vodka. Je lui avais parlé de ce père qui avait punaisé à mon oreiller un message, griffonné à la main, avant de quitter furtivement notre maison au beau milieu de la nuit – message qui disait : *Je t'aime, fiston* – et qui, peut-être un ou deux ans plus tard, m'avait envoyé un exemplaire de *Dark Side of the Moon* de Pink Floyd – l'album – par courrier, accompagné d'un mot plein d'amour et de regrets.

Qui suis-je ?

Ce matin-là, je me sentais droit et fort. J'avais assommé Racine, tel le héros à l'ancienne d'un roman d'Erskine Childers, pour défendre l'honneur de ma collègue. J'étais, depuis presque trente ans, un flic qui cherchait essentiellement à faire le bien. J'avais été formé et éduqué. J'avais été guidé, distingué, affaire après affaire, le désir de justice des victimes avait été assouvi. Je les avais regardées dans les yeux, après que leur assassin avait pris la fuite, après que lui aussi les avait regardées dans les yeux, y laissant une empreinte que je devais découvrir, faire ressortir, empreinte qu'il croyait invisible, de la même manière qu'il croyait pouvoir s'enfuir et ne jamais être rattrapé – *Ha, regardez-moi, je suis invincible.* Ce moment me rappelait souvent les vieux négatifs qu'on développait dans une chambre noire. Tous les détails étaient là, dans l'image en noir et blanc sur la pellicule, mais ce n'était que quand le noir et le blanc s'inversaient, quand le négatif devenait positif, que l'image devenait claire et réelle.

Oui, c'était moi. Le type bien. Le héros. Juste toi, Darian, juste toi. Et que les trompettes retentissent, fiston, car il ira de l'avant. Moi, ton mentor, je t'ai formé pour que tu deviennes le meilleur enquêteur criminel. Le taux de résolution ? Quatre-vingt-dix-huit pour cent ?

Impressionnant.

Tous ces appels de politiciens d'autres États implorant ta venue, par-delà les frontières, pour résoudre quelque meurtre embarrassant ?

Impressionnant.

Qui es-tu, Darian ?

Facile : tu es l'homme que j'ai fait de toi.

Alors, fiston, où on va maintenant ?

C'est la fin

L'homme entra dans la chambre.
« Qui êtes-vous ? demanda Isobel.
– Je suis la mort », répondit-il en allumant la lumière.

Il lui sourit et elle se figea. Sa mort. Un homme d'une quarantaine d'années, un homme qui lui avait souri dans la boutique quand il avait acheté la bague pour sa femme et demandé :

« Comment t'appelles-tu ?

– Isobel. C'est la boutique de mon père, avait-elle répondu.

– Je passe tous les jours devant en voiture, et je ne me serais jamais douté qu'il y avait à l'intérieur non seulement les plus belles bagues, mais également la plus belle fille. »

Beurk, avait-elle pensé, mais elle avait souri, parce que son père lui avait appris à être polie et accommodante avec les clients.

« Tu travailles tout le temps ici ?

– Non, à temps partiel. J'espère aller à l'université de Melbourne l'année prochaine.

– Félicitations.

– Merci. Avez-vous besoin d'autre chose, monsieur Walsh ?

– Ma femme – c'est pour elle que j'achète cette bague – te ressemblait quand je l'ai demandée en mariage. »

Beurk, avait-elle songé une fois de plus tout en souriant et en faisant mine d'être impressionnée.

« C'était quoi, ce regard, Isobel ?

– Pardon ?

– Tu m'as regardé d'un air inquiet. C'était ça ? Me trouves-tu inconvenant ?

– Non, bien sûr que non. Pas du tout. »

« Je t'ai suivie, ma belle enfant, dit-il en faisant un pas vers le lit. Je t'ai observée. Tu es très, très belle, et je veux t'anéantir. »

Isobel n'était plus figée. Elle paniquait. Je vais mourir. M. Walsh va me tuer. Ici. Maintenant. Ty... Brian...

Papa.

Il était désormais au-dessus d'elle, au bord du lit. Elle n'avait nulle part où aller, était acculée contre le mur. Elle pleurait et suppliait.

« Pitié. Pitié. Pitié. Ne faites pas ça. S'il vous plaît. Je ferai tout ce que vous voulez. Par pitié. »

Elle eut l'impression que, dans un moment furtif de lucidité, ses paroles lui avaient fait l'effet d'un baume.

« Repousse ta couette, ma belle », dit-il.

Et elle obéit.

Pitié.

« Enlève ton pyjama. »

Et elle obéit.

Pitié.

« Touche-toi le clitoris, ma belle. »

Et elle obéit.

Il s'assit sur le lit et la regarda.

Un homme vêtu de noir et... merde ! Elle se rappela qu'il lui avait dit être policier.

« Arrête », ordonna-t-il après quelques instants, sans détacher son regard d'elle.

Et elle obéit.

« J'ai un cadeau pour toi. »

Il enfonça la main dans sa poche arrière et en tira son portefeuille. Il fouilla dedans, tout en gardant les yeux rivés sur elle.

« Tiens. »

Il tendait la bague qu'elle lui avait vendue.

« Mets-la. »

Et elle obéit.

« Je l'ai achetée pour toi. »

Non, non, vous m'avez dit que vous l'achetiez pour votre femme qui était en train de mourir d'un cancer. Elle était censée lui donner de la force. La rendre heureuse. Vous m'avez dit qu'elle avait besoin qu'on lui rappelle la splendeur de la vie, et je me souviens que pendant un instant j'ai aimé cette expression.

La splendeur de la vie.

Vous m'avez dit que c'était encore mieux de l'acheter à une superbe jeune fille comme moi – beurk –, et je vous ai une fois de plus souri, comme mon père m'a appris à le faire.

« Elle te va bien, non ?

– Oui.

– Tu te souviens de ce que tu as dit avant que je l'achète ?

– Non.

– Tu as dit : "Les diamants sont les meilleurs amis des femmes." Ce n'est pas très original, ma belle, mais une jeune fille comme toi, va comprendre... »

Peut-être qu'il ne va pas me tuer. Peut-être que si je le touche, si je couche avec lui, il s'en ira, cet homme qui affirme être la mort.

« Recommence, dit-il.

– Quoi ?

– Touche-toi. Je veux ma bague à l'intérieur de toi. »

Elle fit ce qu'il lui demandait.

Et il regarda.

« As-tu déjà été étouffée ? Pendant l'acte sexuel ? »

Étouffée ? Pendant l'acte sexuel ? Était-ce possible ? Probablement pas. De quoi parlait-il ? Soudain elle s'aperçut que ses intestins étaient pleins. Une idée ridicule lui traversa l'esprit : elle voulait lui demander si elle pouvait aller aux toilettes, pour éviter un terrible accident dans son lit. Elle perdait le contrôle de son corps. C'était la peur, elle le savait.

« Non. Clairement pas. Laisse-moi te montrer. Arrête de te toucher, ma superbe. »

Et elle obéit.

Il se leva.

« Lève-toi », dit-il.

Et elle obéit.

Il tira de sa poche arrière une cravate, bleu foncé et large.

« Viens ici », dit-il en désignant la porte.

Elle avait fait tout ce qu'il avait demandé. Avait reculé contre la porte et l'avait laissé enrouler la cravate autour de son cou, puis la serrer. Elle était suspendue, tentant de poser fermement la pointe de ses pieds sur le sol tandis qu'elle le regardait s'éloigner, sans jamais la quitter des yeux. Il ôta sa chemise, qu'il laissa tomber par terre. Il lui sourit, comme si son strip-tease était amusant. Il défit sa ceinture, puis les boutons de son jean, qu'il enleva. Il ôta son caleçon. Il était nu devant elle. Il inhala et banda les muscles de ses bras, tel un culturiste. Elle regarda horrifiée son pénis devenir dur tandis qu'il se caressait, toujours sans la quitter des yeux.

Il enfonça la main dans une poche de son pantalon et sortit un préservatif. Il le déchira, replaça l'emballage vide dans sa poche et, tout en lui caressant la joue d'une main, il glissa le préservatif sur son érection.

Il s'approcha d'elle, frotta son pénis entre ses jambes et, sans prévenir, la pénétra, fléchissant les genoux tandis qu'il s'enfonçait en elle.

Il gémit et elle sentit son haleine.

Puis il agrippa la cravate au-dessus d'elle et se mit à tirer dessus.

Il la baisa tandis qu'elle était coincée contre la porte, tirant de plus en plus fort sur la cravate, puis il sourit lorsqu'il jouit en elle et dit, finalement, juste un instant avant qu'elle ne sombre dans l'obscurité : « Bien. »

Comme si elle l'avait apaisé.

Et c'était ce qu'elle avait fait.

Tandis qu'elle s'enfonçait dans cette obscurité, un mot lui vint, un désir, un moment, une vie, une série de rêves, le chaos, le repos, la joie et le désespoir. Des mots.

Papa.

La mer.

Je t'aime. Tu m'as soulevée quand les vagues s'abattaient sur moi.

Je t'aime tellement, papa.

Puis elle sombra définitivement.

Hors-la-loi

J e hais les feux de signalisation. Ou, pour être plus précis, je déteste être forcé d'attendre à un feu rouge quand tout ce que je veux faire, c'est avancer. J'étais au croisement de Punt et de Toorak, scrutant le boulevard. France-Soir était sur ma gauche, et j'étais assis au milieu d'une cacophonie de voitures, de trams, de piétons, au milieu du fracas strident des rues encombrées où les voitures étaient collées les unes aux autres et où les gens détalaient dans tous les sens. Quand le feu est repassé au rouge, alors que j'avais réussi à avancer de trois mètres vers l'intersection, j'ai remarqué une tribu d'écolières en uniforme massées près du feu le plus proche de moi. Elles faisaient ce que toutes les adolescentes faisaient : elles traînaient en groupe, envoyant des SMS et des messages, parcourant les posts sur Facebook, appuyant sur «like» sans réfléchir et se rapprochant les unes des autres pour discuter à voix basse. Le feu pour les piétons est passé au vert, et elles se sont mises à avancer comme un seul homme, passant à côté de moi. La connexion était trop facile, mais j'avais besoin d'une connexion trop facile : Isobel avait été l'une de ces filles, et chaque adolescente a le droit d'être libre et tranquille, de vivre sans se faire emmerder par un prof pervers et par un millionnaire arrogant et vaniteux; chaque adolescente mérite de pouvoir se coucher le soir sans qu'un homme entre dans sa chambre et lui prenne sa vie, ses rêves.

Copeland avait peut-être compté sur mon instinct de préservation comme ultime moyen de se protéger, mais il avait oublié mes sentiments envers les victimes et le fait que je cédais inconsciemment à leurs supplications et à leurs cris. Je n'avais pas encore fait de cauchemar d'une Isobel spectrale flottant au-dessus et autour de moi, m'implorant de trouver l'homme qui l'avait tuée – je n'avais pas eu de rêve de ce genre depuis quelque temps –, mais je n'avais pas besoin qu'elle revienne et me rappelle ma mission. Le fait de savoir qu'Isobel avait vécu dans la maison désormais vide toute proche de l'endroit où nous logions faisait que Maria, Isosceles et moi étions bien déterminés à lui rendre son repos.

Ce n'est pas facile de faire tomber le flic le plus puissant de l'État. Il dispose de nombreuses ressources et a beaucoup de lois qu'il peut mettre en application pour empêcher que l'ennemi ne se rapproche. Copeland comptait, naturellement, sur sa position et sur le fait qu'il était au-delà de tout soupçon. Mais même les empereurs peuvent être renversés. Il s'agit juste de trouver le moyen d'y parvenir. Je n'étais cependant pas tout à fait sûr que trois justiciers solitaires puissent rivaliser avec la puissance de la police.

Car c'était ce que nous étions : trois justiciers solitaires. Je ne pouvais me tourner vers aucun autre inspecteur de la criminelle, pas même ceux en qui j'avais confiance. Ils étaient dans une forteresse, et nous étions à l'extérieur. Copeland veillerait à ce que les choses restent ainsi. Il devait déjà s'y employer.

J'ai roulé jusqu'à l'appartement et me suis garé devant. Quand je suis descendu de voiture, une Ford bleue banalisée de modèle récent est passée lentement. Je l'avais repérée tandis que je ruminais au feu rouge au croisement de Toorak et de Punt, puis je l'avais vue dans mon rétroviseur qui me suivait dans Davis. Elle ne s'est pas arrêtée, mais c'était clairement un message.

Une Maria et un Isosceles quelque peu anxieux m'attendaient.

« Qu'est-ce qu'il a dit ? a-t-elle demandé.

– Il a dit que sa rencontre avec Isobel n'avait aucune importance pour notre enquête.

– Aucune *importance* ? » a-t-elle répété.

Isosceles a commencé à se balancer d'avant en arrière.

« Ça craint, a-t-il déclaré.

– Darian, on est foutus. Qu'est-ce qu'on fait ? » a demandé Maria.

Je regardais le tableau blanc, notre liste de suspects. Dunn, Tyrone, les quatre flics, surtout Racine – les pistes que nous avions suivies. Maintenant nous en avions une nouvelle, et un suspect numéro un qui battait tous les autres. Nous devions ajouter la photo de Copeland Walsh au tableau.

« Pour commencer, nous prouvons que la bague qu'il a achetée était celle qu'elle avait au doigt. Même si le labo trouve sur la bouteille de bourbon une empreinte qui correspond à la sienne, ça ne suffira pas. Nous devons nous intéresser à la bague. »

Le labo a trouvé une empreinte sur l'étiquette de la bouteille de bourbon. C'était celle de l'homme qui était alors commandant de division, Copeland Walsh.

Ça ne suffisait pas.

Envoyez des avocats, des armes et de l'argent

« Ça ne nous aide pas. C'est un flic. Il devait y avoir des dizaines d'empreintes de flics sur la scène de crime », ai-je dit à Maria et à Isosceles quand le résultat de l'analyse nous est parvenu.

La procédure voulait que les empreintes digitales de chaque flic soient prélevées pour éviter les confusions. Quand les techniciens du labo passaient en revue toutes les empreintes, ils les recoupaient avec celles des policiers qui s'étaient rendus sur la scène de crime, qui avaient signé le registre en arrivant et en repartant, et ils les éliminaient simplement. L'hypothèse de départ – correcte dans 99,9 % des cas – était qu'un flic n'était pas responsable du crime.

« Si l'empreinte avait appartenu à Dunn ou à Tyrone, ça aurait été une autre histoire, vu que tous deux ont nié avoir touché la bouteille et avoir bu.

– Mais il était commandant de division dans une banlieue à des kilomètres de là. Il n'avait aucune raison d'être présent sur la scène de crime, et je parie qu'il n'a même pas signé le registre. C'est une preuve, Darian, a déclaré Maria.

– Oui, ça nous confirme que c'est lui l'assassin, mais ça ne suffit pas. Tu as raison : il n'aura pas signé le registre, parce qu'il n'avait aucune raison de se rendre sur cette scène de crime, mais et après ? Il dira qu'il y est tout de même allé et, comme nous le savons tous, le dossier est une accumulation de travail bâclé. Combien de fois suis-je allé sur une scène de crime et l'agent censé nous faire signer le registre était introuvable ? Ça ne suffit pas. Pas encore.

– Mais c'est scandaleux ! a tonné Isosceles. Il nous nargue. C'est de l'arrogance pure. »

Et il avait raison. Bientôt nous recréerions la nuit du meurtre d'Isobel, du point de vue de l'assassin qui l'avait harcelée et assassinée pour sa satisfaction sexuelle. Nous remonterions jusqu'au moment de la rencontre entre Isobel et Copeland, dans la boutique, quand il avait acheté la bague. Mais en attendant, nous étions confrontés à ce qu'Isosceles avait qualifié d'arrogance pure. Nous ne pouvions que supposer que Copeland avait attaché Isobel et eu un rapport sexuel avec elle tout en l'étouffant, sachant qu'il allait la tuer, puis qu'il s'était tranquillement rendu dans la cuisine et s'était servi un verre de bourbon, savourant à coup sûr le goût de l'alcool et se sentant plutôt content de lui. C'était un acte délibéré accompli sans précipitation. Nous avions affaire à un meurtrier qui, après avoir tué quelqu'un, prenait son temps et laissait ses empreintes sur une bouteille et sur un verre, assurément pleinement conscient que si celles-ci étaient découvertes, personne ne ferait rien. Il était intouchable.

« Nous devons établir un lien entre lui et Isobel, et tant que de nouvelles pistes ne se seront pas présentées, nous devrons le faire grâce à la bague qu'elle avait au doigt, ai-je déclaré.

– Comment ? » a demandé Maria.

Bonne question. Où était la bague ? Après avoir été emmené hors de la maison d'Osborne Street, le cadavre avait été confié au coroner qui, après son enquête, l'avait remis à la disposition d'Eli. Il avait été envoyé directement à une société de pompes funèbres, et Eli avait promptement organisé la crémation de sa fille. Tous les bijoux qui se trouvent sur un cadavre que reçoit le coroner sont ensuite rendus à la famille. Mais Eli nous avait dit qu'il n'y avait pas de bague. Pas de bijoux. Juste sa fille. Son corps, qui commençait déjà à se décomposer.

Entre le moment où le cadavre s'était trouvé dans la maison d'Osborne Street et celui où il avait fini aux pompes funèbres, la bague avait disparu.

Où bien était-elle encore quelque part ?

Mais avant que je puisse poursuivre ma réflexion, avant que nous puissions établir un plan pour suivre de toute urgence cette nouvelle piste, il a été temps de partir.

Une enquête officielle est une enquête au cours de laquelle les portes s'ouvrent et les gens coopèrent. Mais une enquête privée est une tout autre histoire. Le pouvoir que vous confère une plaque de policier est extrêmement utile ; les gens se sentent, à juste titre, obligés de vous parler. Abandonner cette plaque, travailler en solitaire, ne pas opérer en tant qu'agent des forces de l'ordre est compliqué. Quand vous suivez cette ligne de conduite, vous vous heurtez souvent aux flics, et ils n'aiment pas qu'on empiète sur leurs platebandes.

Copeland m'avait dit de plier le dossier, d'en finir. Dites que c'était un suicide, ou un accident, accusez le petit ami si vous voulez, mais faites-le, Darian, et faites-le vite. Innocentez Racine et passons à autre chose. Vendredi en fin de journée au plus tard, fiston. Je suis fatigué, et il est temps que je laisse quelqu'un de plus jeune prendre ma place. Peut-être que je partirai en croisière, après tout. J'ai toujours voulu visiter les îles du Pacifique Sud.

Je suppose qu'il s'attendait à ce que j'obéisse.

Mais je ne l'ai pas fait.

Maria et moi nous sommes débarrassés de nos plaques, puis nous avons fait nos valises, quitté nos appartements, et nous avons grimpé dans la Studebaker, laissant la voiture de fonction garée dans la rue. Nous avons roulé jusqu'à un repaire, une maison victorienne de deux étages qui avait l'air abandonnée, située en retrait de Grey Street, dans St Kilda, non loin de South Yarra, mais inconnue de la police. Je m'en étais servi quand je travaillais à la criminelle pour cacher les témoins qui étaient en danger. Elle appartenait à l'Algérien qui m'avait offert la Studebaker après que j'avais secouru son fils bien des années auparavant. Les loyautés sont indéfectibles avec les types comme ça, et il m'avait suffi d'un coup de fil pour avoir la clé. Même si j'avais décliné sa proposition, deux jeunes Algériens très costauds attendaient dans une voiture, jouant les gardes du corps en esquissant des sourires assassins tandis que nous garions la Studebaker dans une allée qui courait le long de la maison puis marchions en direction de la porte, après avoir refermé le portail derrière nous. Isosceles était retourné direct dans sa grotte, nous assurant qu'elle était, comme la grotte de Batman, hors des écrans radars de la police, uniquement connue des livreurs de pizzas et des femmes occasionnelles avec lesquelles il devait coucher une fois par an.

Contrairement au tombeau d'Isobel, la maison était propre, chaude et bien équipée. Nous aurions pu être à Alger : épais tapis, vieux meubles coloniaux de style ottoman, une énorme cheminée, et aux murs des tableaux représentant des cheikhs depuis longtemps oubliés.

« Ouah ! s'est exclamée Maria quand nous sommes entrés, puis, tandis qu'elle s'asseyait dans l'un des divans : Qu'est-ce qu'on fait maintenant ? On peut manger ? Je crève de faim et j'ai vu un petit restaurant indien juste à côté. »

Nous avions jusqu'à vendredi. Trois jours. Après quoi, si je n'avais pas décrété qu'il s'agissait d'un suicide ou d'un accident, ou alors que Tyrone était responsable, si nous étions toujours en train d'enquêter, ils nous traqueraient. Ou peut-être qu'ils n'attendraient pas si longtemps. Peut-être qu'ils nous cherchaient déjà. Je suscitais la colère, et j'entraînais Maria dans cette galère.

« Tu devrais peut-être songer à appeler Casey ? ai-je suggéré tandis qu'elle fouillait dans le réfrigérateur de l'incroyablement grande cuisine qui donnait sur un petit jardin muré encombré de grenadiers et de rosiers.

– Il est rentré à la maison, a-t-elle répliqué d'un ton maussade.

– Non. Il est juste à côté, à Elwood, il attend dans l'hôtel d'un ami. »

Elle s'est retournée et m'a regardé d'un air de dire : *Comment ça se fait que tu en saches autant sur mon mec ?*

« Chéri ? »

– Chérie ! C'est toi ? Je suis là.

– Darian m'a dit que tu étais à Elwood.

– Oui, je n'ai pas pu me résoudre à partir. Je ne pouvais pas te laisser. Hé, écoute, je suis vraiment désolé, chérie, j'ai juste... »

Sa voix se perdit dans le silence. Les excuses n'étaient pas son fort. Il n'en faisait qu'à une seule personne, et c'était elle.

« Ça va ? reprit-il.

– Oui. »

Mais ça voulait dire non.

« Je peux venir... »

Il laissa sa phrase en suspens. Ne la bouscule pas, Case.

« Oui. »

Long silence.

Ne la bouscule pas, Case, mais ça n'a pas l'air d'aller. Tout en attendant, il attrapa l'un de ses trois autres téléphones portables et commença à rédiger un SMS.

pourrais avoir besoin d'aide

Puis il ajouta, pour clarifier :

de muscles

« L'enquête a connu un rebondissement et... ça craint. »

appelle tout le monde

« Comment ça ?

– On a dû s'installer dans un repaire à St Kilda. Il y a un restaurant indien qui a l'air cool juste à côté... »

on va à St Kilda

« Tu es avec Darian ?

– Oui.

– Comment ça, ça craint ? »

Il y eut un long silence. Casey attendit, son doigt flottant au-dessus de l'écran tactile de son autre téléphone.

« Notre principal suspect est le commissaire. »

explosifs kalach la totale

« Donne-moi ton adresse, dit-il doucement. Je vais venir. Je vais te protéger, chérie.

– OK. »

Et elle lui donna l'adresse. Puis, quelques instants après avoir raccroché, elle sortit et marcha jusqu'à la voiture où attendaient les Algériens.

« Mon mec arrive, leur dit-elle. Il sera en Harley. Il a les cheveux longs et il a l'air dangereux. Mais il est cool. »

Et ils répondirent : « Pas de problème, frangine. »

Ils lui proposèrent quelques-uns des falafels qu'ils étaient en train de manger, et elle les accepta de gaieté de cœur.

Le Queensland avait récemment promulgué une loi qui interdisait aux bikers de se rassembler en groupes de plus de trois, un peu comme au temps des pionniers, quand le gouvernement avait interdit les rassemblements publics de plus de trois personnes, peu importait qui elles étaient, de crainte qu'elles ne fomentent une révolution. L'État de Victoria, cependant, ne disposait pas de loi semblable pour les bikers.

J'ai entendu le grondement des Harley qui arrivaient à plein gaz vers midi, alors que je me remémorais l'époque où Copeland était inspecteur principal, à la fin des années 1980, tentant de me souvenir de l'homme que j'avais connu, tentant de faire la lumière sur celui que je ne connaissais pas ; y avait-il des pistes que je pouvais suivre ?

Quatorze Harley, menées par Casey, ont déboulé dans l'allée qui longeait la maison.

Treize méchants couverts d'environ huit mètres carrés de tatouages l'ont suivi dans la maison, chacun avec un pistolet coincé sous sa ceinture et un fusil à canon scié, ou, dans le cas de deux des types, un fusil semi-automatique encore plus illégal, enfoncé dans un holster d'épaule sous son blouson. Miraculeusement, ils n'avaient pas attiré l'attention des flics.

« On a pris les petites rues », a déclaré Casey en guise d'explication.

J'étais dans *Le Bon, la Brute et le Truand*.

« On est là », a-t-il ajouté, de façon assez inutile.

Recherche

Personne ne savait où il se trouvait. Il était à l'abri. Dans sa grotte.

Comme Batman.

Il verrouilla les portes et regarda à travers les vitres qui entouraient son appartement au dernier étage de l'un des immeubles les plus hauts de la ville. Tout Melbourne s'étirait devant lui, depuis l'enchevêtrement urbain à proximité jusqu'aux étendues plates des banlieues au-delà, puis, au loin, les montagnes aux teintes d'un bleu-gris brumeux. Il alluma le Cœur, son énorme unité centrale reliée au mur d'écrans sur son bureau. Elle était également reliée au *cloud* et, secrètement, à des milliers d'autres ordinateurs, des services de stockage en ligne, des bases de données, et aussi à la NSA, même s'ils ne le savaient pas. Il tapa deux mots : *Copeland Walsh*.

Puis il appuya sur « Entrée ».

Recherche.

Les bikers, qui étaient tous affublés de noms imaginatifs comme Enclume ou Boucan, conclurent que nous ne courions aucun danger immédiat, que notre forteresse ne serait pas prise d'assaut. Ils commandèrent donc des pizzas – vingt-six, grandes –, puis se massèrent sur le sol du salon autour de l'écran plat et regardèrent *La Revanche d'une blonde*.

Allez comprendre.

Je les laissais regarder leur film et suis sorti dans le jardin. Je me suis allongé dans l'herbe et ai fixé le ciel bleu en me demandant si j'étais vraiment au Maghreb. Les murs qui entouraient la propriété étaient couverts de jasmin, et le sol parsemé de grenades dégageait un parfum dont je percevais les effluves. J'étais dans *The Book of the Thousand Nights and a Night* de Richard Burton, j'étais le cheikh d'Arabie, et des dunes ondoyantes, plus d'un million, je le jure, s'étiraient vers un coucher de soleil crépusculaire d'Afrique de l'Ouest. Je flottais.

Une voix a appelé : « Darian. »

Je l'ai ignorée. C'était celle de Maria, et elle semblait avoir quelque chose d'important à dire, mais je m'autorisais, pour la première fois depuis que j'avais découvert que Copeland était l'assassin d'Isobel, un petit moment de répit. Je m'étais retiré au bord de la rivière Noosa pour une vie à me balancer dans un hamac et pas grand-chose d'autre, et je maudissais profondément la faiblesse qui m'avait fait accepter la proposition d'élucider un décès qui remontait à vingt-cinq ans dans ma vieille ville natale.

« Darian », a de nouveau appelé Maria.

La première fois que j'ai bu de la vodka à cinq heures du matin – une bouteille entière –, c'était après m'être rendu sur une scène de crime à Mornington, au sud de Melbourne, sur la baie, où je m'étais tenu au-dessus d'un garçon de quatre ans nommé Tim dont le corps avait été découpé en huit. Les huit morceaux avaient été assemblés comme des Lego sur la table de la salle à manger. J'avais déjà vu pire, de nombreux meurtres, de nombreuses mutilations, et j'avais essayé, essayé, j'avais vraiment essayé, mais le corps de Tom avait été celui de trop. Il avait les yeux verts, les cheveux d'un châtain doux et des fossettes au menton. Je m'étais penché sur cette statue grotesque, l'avais regardée dans les yeux, et j'avais promis : *J'attraperai la personne qui t'a fait ça, et si elle ne passe pas le restant de ses jours dans une cellule, je la tuerai et l'enverrai moi-même en enfer*, et ensuite, cette nuit-là, après m'être assuré que oui, j'allais bien, parfaitement bien, que tout roulait, pas de problèmes, pas de tourments, j'étais rentré chez moi à Collingwood, mais m'étais arrêté en chemin à l'une des rares boutiques d'alcool ouvertes vingt-quatre heures sur vingt-quatre où j'achetais occasionnellement du vin, ou peut-être une bouteille de Campari, et j'avais désigné une grande bouteille de vodka derrière le comptoir. Je l'avais ramenée chez moi et descendue en vingt minutes. À la tienne, Tim. À la tienne, Darian.

Je ne fais plus ce genre de chose, et tandis que j'étais étendu dans l'herbe, ce n'était pas le besoin de boire qui me faisait me sentir vulnérable, c'était le fait que mon monde venait de s'écrouler.

«Darian?» a de nouveau appelé Maria, cette fois un peu plus fort.

J'aurais voulu lui dire : *Fous-moi la paix, laisse-moi réfléchir dix minutes de plus, dix minutes pour essayer de comprendre cette trahison.* Mais je ne l'ai pas fait.

«Oui?»

Elle s'est agenouillée dans l'herbe, à côté de moi.

«Cette bague. Si Dunn dit vrai et que c'est Copeland qui l'a mise à son doigt au moment où il l'a tuée, alors...

– Ouais, allons-y.»

Je me suis redressé sur mon séant. J'avais repoussé l'échéance, perdu dans mes réflexions sur le fait qu'un homme que je croyais connaître était en fait une personne totalement différente.

Maria était arrivée exactement à la même conclusion que moi.

«Buff?

– Salut, Darian, j'ai entendu dire que vous aviez quasiment fini.»

Il était sur haut-parleur. Maria et moi écoutions à l'autre bout du fil, dans un bureau à l'étage, pendant que les garçons étaient dans le salon en train de se foutre de Reese Witherspoon et de faire des commentaires classés X sur toutes les blondes qu'ils connaissaient.

«Il paraît que Racine a été innocenté et que vous allez dire que c'était un suicide», a poursuivi Buff.

Je n'ai pas répondu. À la place, j'ai posé une question.

« Le petit ami, Tyrone, vous m'avez dit qu'il était dans le salon pendant qu'Al et vous étiez allés dans la chambre ?

– Exact.

– Vous m'avez aussi dit que vous étiez désolé pour lui.

– C'est vrai, oui. Sur le coup. Comme j'ai dit, je ne pensais pas qu'il avait quoi que ce soit à voir avec ce qui s'était passé. Sur le coup.

– Une fois que vous êtes ressortis de la chambre, combien de temps s'est écoulé avant que les autres flics arrivent ?

– Environ dix ou quinze minutes.

– Vous êtes restés seuls dans la maison avec Tyrone pendant ce temps-là ?

– Oui. »

Il commençait à avoir l'air méfiant.

« Je me souviens de vous comme d'un homme plein de compassion, Buff. Et je suis sûr que vous l'êtes toujours. »

Il n'a pas répondu.

« Alors je me demande si par hasard vous auriez autorisé Tyrone à retourner dans la chambre. Vu que vous étiez désolé pour lui. Pour lui faire ses adieux. Même si ça pouvait sembler un peu atroce. S'il était innocent, comme vous le pensiez, ça vous est peut-être apparu sur le coup comme un acte de compassion. »

Il n'a pas répondu.

« On nous enseigne à ne pas nous soucier des personnes en deuil, on nous dit que les sentiments des parents des victimes sont sans importance. Mais les bons flics, ceux qui font attention aux autres, écoutent toutes ces leçons et, le moment venu, quand ils sont confrontés à un chagrin extrême, ils prennent leurs propres décisions. Je l'ai assurément fait. À de nombreuses reprises. »

Il n'a pas répondu. J'ai attendu. Et au bout d'un moment, il a déclaré :

« Oui, il voulait lui dire au revoir. Il m'a dit qu'il voulait lui tenir la main une dernière fois. Al s'en foutait ; elle irait directement en enfer de toute manière, pour ce qui le concernait. Tyrone est resté dans la chambre environ deux minutes. Seul. Je me rappelle avoir entendu les sirènes approcher, et je lui ai crié de sortir. »

Ce qu'Al et Buff avaient fait était, évidemment, une violation sérieuse de la procédure, mais c'était le genre de choses que faisaient les flics. Nous n'avons rien contre le fait d'enfreindre quelques règles quand nous estimons que c'est la bonne chose à faire.

J'ai vu du coin de l'œil qu'Isosceles était arrivé et venait d'entrer dans la pièce où Maria et moi étions penchés au-dessus de mon téléphone portable. Il était agité. Nous avons mis un terme à la conversation avec Buff.

« Nous sommes, a-t-il commencé avec excitation, dans une situation curieuse et, me semble-t-il, explosive : tandis que je suivais par GPS tous nos suspects, j'ai remarqué que Tyrone venait d'arriver au domicile de Brian Dunn. »

Vengeance

La dernière fois qu'il s'était trouvé devant l'appartement de Brian Dunn, dans le putain de complexe super-chic de Beverley Hills qui dominait la rivière, c'était vingt-cinq ans plus tôt. Quelques jours après qu'Isobel était rentrée de Bolivie. Ses doutes s'étaient transformés en soupçons quand, après qu'elle avait semblé plus distante avec lui et avait annulé deux rendez-vous, il l'avait surprise au téléphone en train de murmurer, de glousser, de dire à Brian ceci et cela. Était-il possible qu'elle sorte avec ce prof mielleux ?

Il avait surveillé l'immeuble, restant assis là à observer. Il se sentait idiot, avait l'impression d'être un crétin dans un film policier de série Z, se demandant constamment : suis-je parano ?

Mais non, il ne l'était pas.

Il les avait vus sortir tranquillement du bâtiment, main dans la main, riant tandis qu'ils marchaient vers sa Harley, grimpaient dessus, puis s'éloignaient dans un rugissement de moteur, sa petite amie agrippant fermement la taille de Dunn.

Une vague de dégoût l'avait submergé. Il avait failli vomir. Et il avait décidé à cet instant précis qu'il tuerait Brian Dunn. Parce qu'il avait honte et se sentait trahi, parce que l'autre lui avait piqué sa copine et avait foutu sa vie en l'air...

Ce qu'il avait éprouvé allait au-delà de la colère, il n'avait jamais rien ressenti de tel.

Assis devant l'appartement de Dunn, vingt-cinq ans plus tard, Tyrone se rappelait cette rage. Ce type s'était servi d'Isobel. Il lui avait demandé de rapporter de la drogue et, naïve et belle comme elle était, elle avait obéi, sans se rendre compte de ce qu'elle faisait. Dunn l'avait mise en danger, il avait failli la détruire, et pourtant, pourtant, elle riait et passait ses bras autour de lui.

Avaient-ils couché ensemble ? s'était-il demandé à l'époque.

Bien sûr que oui.

Il avait fermé les yeux et tenté de repousser l'image de sa copine étendue sur un lit, nue, avec cet homme plus âgé, lui aussi nu, au-dessus d'elle. Mais plus il essayait de la repousser, plus elle lui revenait : Isobel nue sur Dunn, Isobel lui suçant la bite, Isobel l'embrassant sur les lèvres pendant qu'il jouissait en elle. Plus il essayait de bloquer ces images, plus elles s'accéléraient. Isobel l'embrassant sur les lèvres pendant qu'il jouissait en elle s'était rapidement transformée en Dunn lui éjaculant dans la bouche pendant qu'elle le regardait dans les yeux, pleine d'amour et d'adoration – une série d'images, toutes plus horribles les unes que les autres, qui ne faisaient qu'empirer, sans limites et incontrôlables. La rage et la jalousie qui le dévastaient comme un tsunami lui avaient fait perdre toute raison, tout sang-froid. Il n'y avait plus de logique. Les émotions irrépressibles qui se télescopaient dans sa tête avaient fait naître des visions de sa petite amie enveloppant le corps d'un autre homme.

Le fait que Dunn s'était emparé d'Isobel l'avait fait se sentir minuscule. Il avait eu l'impression d'être le personnage de *L'Homme qui rétrécit*. Vingt-cinq ans plus tôt, après avoir eu la confirmation qu'ils sortaient ensemble, après s'être promis de tuer Dunn, il était reparti la queue entre les jambes. Et pendant six semaines et demie, il avait souffert, conscient qu'Isobel était amoureuse d'un autre type, un sale type. Il se sentait impuissant. Pas sexuellement, mais au plus profond de son être. Isobel avait été tout pour lui, et maintenant il avait été remplacé. Par un autre homme. Un homme qui s'était servi d'elle. C'était tellement injuste.

Et alors…

Isobel morte. Isobel nue. Isobel pendue derrière la porte, dans sa maison. Isobel couchant avec quelqu'un. Avec Dunn. Ça ne pouvait être que lui. Quand Tyrone l'avait vue derrière la porte, nue, morte, son monde s'était écroulé. Il avait perdu son amour.

Il ne le savait pas à l'époque, mais il venait également de perdre sa vie. Rien n'avait plus jamais été pareil après ça, juste une série de pertes, de déceptions, de chagrins, tous accompagnés d'une colère et d'un cynisme croissants.

Après qu'il avait appelé les secours, après l'arrivée des premiers flics en uniforme, tandis qu'il se tenait tremblant dans le salon avec une nouvelle image d'Isobel dans sa tête, une image qui resterait à jamais gravée dans son esprit, comme un plan fixe dans un film, une idée l'avait obsédé : c'est Dunn qui a fait ça.

Dunn est venu ici après mon départ, il a couché avec elle et il l'a tuée. Pas délibérément, c'était un accident, au cours d'un acte sexuel tordu. Mais il l'a tuée.

C'est Dunn.

Et qu'avait-il fait, à l'époque, après que le corps avait été emmené hors de la maison, quand l'enquête du coroner avait été ouverte, quand il avait assisté aux audiences à la cour ?

Rien. Une fois encore sa lâcheté avait pris le dessus.

Tous ces sentiments depuis longtemps enterrés avaient brusquement ressurgi quand les flics étaient venus le voir à la piscine pour le questionner sur le décès d'Isobel. Soudain, ça avait été comme si sa mort remontait à la veille.

Alors il avait décidé de faire ce qu'il avait été trop lâche pour faire à l'époque. Il ne tuerait pas Dunn. Ce serait stupide. Mais il le ferait souffrir.

L'heure de la vengeance avait sonné.

Tyrone descendit de voiture, son arme coincée sous sa ceinture. Que ferait-il ? Il n'en savait rien. Mais il lui ferait très mal.

Le tour d'écrou

Secourir Brian Dunn avant qu'il ne se fasse poignarder par un Tyrone brandissant un tournevis n'était probablement pas une priorité pour Maria. Ça n'en était certainement pas une pour moi. Mais nous avons roulé à vive allure, conscients qu'une confrontation entre ces deux-là ne finirait bien ni pour l'un ni pour l'autre. La police de prévention est toujours une bonne chose, mais si Maria et moi n'avions pas eu la même certitude à propos de Tyrone et de la bague, nous aurions plus que probablement demandé à Isosceles de passer un coup de fil anonyme au commissariat le plus proche et de signaler la possibilité d'un acte violent dans le complexe Beverley Hills.

Nous nous sommes garés sur un emplacement non autorisé devant le bâtiment et avons couru vers la porte ouverte. Les deux tours sont impressionnantes. Construites dans les années trente dans un style Art déco, elles sont uniques dans la ville et évoquent immanquablement Los Angeles.

L'appartement de Dunn était au rez-de-chaussée, ce qui était pratique. Tandis que nous approchions, nous avons entendu des cris et le bruit d'une bagarre à l'intérieur.

Dunn était au sol, avançant à quatre pattes tel un crabe, hurlant et tentant de s'écarter de Tyrone, qui semblait figé dans l'incertitude, un tournevis brandi au-dessus de sa tête comme s'il était sur le point de le planter dans son rival. J'ai marché jusqu'à lui et me suis contenté de le lui prendre des mains. Il semblait hébété et n'a opposé aucune résistance.

« Je veux que vous l'inculpiez ! a hurlé Dunn en se relevant péniblement. Je veux que vous l'inculpiez pour tentative de meurtre ! Introduction par effraction ! C'est un scandale et il ne va pas s'en tirer comme ça ! »

Maria a marché jusqu'à lui et l'a poussé en arrière.

« Qu'est-ce que… ? a-t-il bafouillé tandis qu'il perdait l'équilibre et tombait à la renverse sur le canapé.

– Je vous suggère de fermer votre gueule, a-t-elle répliqué. Ça vous va ? »

Il l'a dévisagée en ravalant sa salive. Ça semblait lui aller parfaitement.

Nous avons escorté le pire assassin du monde hors de l'immeuble et l'avons balancé à l'arrière de la Studebaker.

« Je veux rentrer chez moi, tels furent les premiers mots qu'il prononça tandis que je m'asseyais à la place du conducteur et me retournais pour lui faire face.

– Nous devons d'abord vous parler, a répondu Maria.

– Je suis désolé. Je ne voulais pas faire ça. Je ne sais pas, je voulais juste lui faire mal. Il l'a tuée, n'est-ce pas ? Je savais qu'ils étaient amants, mais je n'ai rien fait à l'époque. J'aurais pu empêcher Isobel de le revoir. J'allais le dénoncer à la police, et c'est ce que j'aurais dû faire. Elle serait toujours en vie. C'est ma faute si elle est morte.

– Ce n'est pas votre faute. Vous n'avez aucune raison de vous sentir coupable », ai-je déclaré.

Il n'a pas répondu. Je ne crois pas qu'il m'ait même entendu. J'avais besoin qu'il se concentre.

« Tyrone. La nuit de sa mort.

– Oui ?

– Quand vous êtes parti, vous rappelez-vous avoir vu quelqu'un dans la rue ? Des voitures garées, ce genre de choses ? »

Cette nuit-là remontait à longtemps, mais elle était gravée dans son esprit comme nulle autre. Il avait dû se repasser mille fois les événements de la soirée et du lendemain matin.

« Non. Rien, a-t-il répondu.

– OK. Et le matin où vous l'avez découverte.

– Oui ?

– Vous vous souvenez des deux flics qui sont arrivés les premiers ?

– Oui. »

Il parlait comme un zombie, comme s'il était en pilotage automatique.

« Ils vous ont laissé retourner dans la chambre. Pour être avec Isobel. Pour lui faire un dernier adieu.

– Il m'a dit qu'il aurait des ennuis si quelqu'un l'apprenait. Mais il a été gentil avec moi. »

Il continuait de parler comme s'il était un automate. Pas le moindre soupçon d'émotion.

« Isobel avait une bague au doigt. Est-ce que vous l'avez prise ? »

La bague le rendait fou de rage. C'était le symbole du fait qu'un autre homme la voulait. Dunn. C'était lui qui avait dû la lui offrir. Quand ? Peut-être qu'il l'a lui avait donnée depuis des lustres. Avant même qu'elle aille en Bolivie. Peut-être que c'était un secret entre eux. Peut-être qu'elle la sortait et la mettait à son doigt uniquement quand elle était avec lui. Puis qu'elle l'enlevait et la cachait quand elle était avec Tyrone. Quoi qu'il en soit, tandis qu'il se tenait dans le salon, essayant de contenir les vagues de dégoût et de chagrin, d'assimiler le fait que sa petite amie avait connu cette mort effroyable, pendue derrière la porte de sa chambre, il n'avait qu'une chose en tête : la bague à son doigt. Une bague qu'il ne lui avait pas offerte. À mesure que la douleur et la confusion laissaient par intermittence place à la colère, Tyrone parvint à reprendre un peu ses esprits.

Il devait lui ôter cette bague. C'était sa petite amie, elle lui appartenait. Ils avaient prononcé des serments. Dunn avait gâché tout ce qu'ils avaient, tout ce dont ils avaient parlé. Leur avenir ensemble. Dunn l'avait empoisonnée et avait fait voler leurs rêves en éclats.

Il l'avait tuée. Tyrone ne savait pas comment c'était arrivé, mais il savait que Dunn était responsable. Il avait tué Isobel.

Et maintenant elle portait sa bague.

Il fallait s'en débarrasser. Elle était comme un cancer qui s'était immiscé en eux et qui les détruisait.

Il se tourna vers les flics.

« Est-ce que je peux retourner dans la chambre pour lui dire adieu ? Une dernière fois ? S'il vous plaît ? »

« Qu'est-ce que vous en avez fait ? ai-je demandé.

– Je la lui ai ôtée.

– Oui, et après, qu'est-ce que vous en avez fait ?

– Vous l'avez toujours ? » a demandé Maria.

Il a levé les yeux vers nous depuis la banquette arrière, puis a regardé par la vitre, en direction de l'appartement de Dunn, comme s'il essayait de se rappeler où il était.

« Pourquoi est-ce que je l'aurais gardée ? C'était un poison. »

Il avait essayé de l'écraser entre ses doigts, mais la bague n'avait pas cédé, l'or était trop résistant. Elle était plus solide que sa force brute.

Alors il l'avait jetée.

« Elle a heurté le mur. Je ne sais pas où. Je l'ai juste jetée. Je n'ai pas regardé où elle atterrissait. »

Maria et moi sommes entrés dans la chambre d'Isobel pour la troisième fois, et ce coup-ci avec l'intention claire de retrouver, avec un peu de chance, une précieuse bague achetée vingt-cinq ans plus tôt par un assassin, puis ôtée et jetée par un Tyrone jaloux et confus. Il y avait de la moquette dans la chambre. Jusqu'à présent, quand nous avions marché à travers la maison, nous avions fait attention aux endroits où nous posions les pieds, de crainte de soulever des murs de poussière. Désormais, nous devions la passer au crible.

Nous portions des salopettes et des masques. Non seulement ce serait un travail méticuleux, mais ce serait également un travail salissant. Après que Tyrone était descendu de voiture en promettant de rentrer directement chez lui sans plus tenter de se venger de Dunn, nous avions roulé vers la maison d'Isobel en nous demandant si nous ferions bien de nous procurer un aspirateur en chemin. Au début, ça nous avait semblé une meilleure alternative que ramper à quatre pattes sur le sol de la chambre. Mais nous nous étions alors souvenus de l'épaisseur de la couche de poussière sur la moquette. Un sac d'aspirateur aurait été plein en vingt secondes, et nous aurions à peine progressé à travers la pièce.

« Le glamour des enquêtes criminelles, avais-je observé.

– C'est toujours mieux qu'être dans une voiture de patrouille à regarder un chantier », avait répliqué Maria.

Nous avancions lentement, enfonçant les mains dans deux décennies de poussière épaisse et dense vers la surface de la moquette, puis étirant les doigts dans toutes les directions, telles deux personnes devenues soudain aveugles qui traverseraient une pièce sombre, bras tendus, en tentant de ne pas trébucher.

Le temps ne jouait pas en notre faveur.

Qui était cet homme, cet homme d'un autre temps, ce flic brillant et extrêmement respecté âgé d'une quarantaine d'années ? Certainement pas l'homme que je pensais connaître. Qui était Copeland Walsh à l'époque de la mort d'Isobel ?

Après avoir acheté la bague, il avait dû la suivre jusque chez elle. Peut-être l'avait-il fait le jour même, attendant qu'elle quitte le travail pour la filer dans Chapel Street, puis tourner à gauche dans Commercial Road, passer devant le marché de Prahran avant de longer Osborne. Il n'avait pas dû mettre longtemps à découvrir où elle habitait. Ou peut-être qu'il avait fait ce truc idiot et cherché son adresse dans la base de données des flics – Isosceles vérifiait –, même s'il était très peu probable qu'il ait laissé une empreinte aussi flagrante. Ensuite, quand il avait su où elle logeait, il s'était juste agi de connaître ses habitudes. Vivait-elle seule ? Il avait dû découvrir très vite que oui. Il n'avait eu qu'à surveiller la maison pendant quelques jours pour se rendre compte que oui, elle vivait bien seule, même s'il y avait pas mal d'allées et venues. Tyrone le petit ami et Dunn le petit ami plus âgé.

Il avait dû reconstituer une routine. La vie d'Isobel. Il avait dû apprendre tous les détails de l'existence de cette jeune femme, comme je le faisais désormais, marchant dans ses pas.

Tout ça avait dû être long. En tant que commandant de division, il devait passer toutes ses journées au bureau. Il avait pu parfois prendre sur son temps de travail pour l'espionner, mais il avait dû le faire pour l'essentiel sur son temps libre, quand il était libéré des contraintes du boulot. C'était à ces moments que je devais m'intéresser.

Isosceles cherchait de son côté, mais il y avait selon moi une personne – avec un peu de chance toujours vivante – qui saurait m'éclairer sur les moments d'intimité de notre insaisissable tueur.

La bague serait-elle encore là ? Tyrone n'avait pas été la dernière personne à sortir de la chambre. Après lui, il y avait eu des tribus de flics et les gens du coroner, mais, par chance, personne des équipes scientifiques. Le fait que l'enquête avait été bâclée était, pour la première fois, un avantage significatif pour nous.

Nous avions bon espoir.

Isobel avait vécu dans la maison pendant très peu de temps. Son père la lui avait achetée pour la récompenser d'avoir terminé le lycée et, en particulier, d'avoir été choisie pour aller en Bolivie (un cadeau plutôt généreux, me semblait-il). Nous avons donc été surpris de trouver tant de choses par terre : une quantité infinie d'épingles à cheveux, de breloques et de bracelets jonchait la surface de la moquette.

Après ce qui nous avait semblé aussi long qu'une visite de quinze jours dans un camp d'internement, Maria s'est écriée : « J'ai quelque chose ! »

Elle était dans une position curieuse qui faisait penser à une araignée, à moitié entortillée autour d'un des pieds du lit près du mur, sa salopette, comme la mienne, recouverte d'une épaisse pellicule de poussière brune.

J'ai traversé la pièce jusqu'à elle et observé pendant qu'elle expliquait qu'elle avait senti un objet circulaire en métal. Elle l'a alors extrait de l'épaisse couche de crasse.

Il était couvert de poussière.

Elle a soufflé dessus, et cent mille minuscules particules ont tourbillonné dans l'air autour de nous. C'était une bague en argent, de style ancien, avec un saphir serti entre deux petits diamants.

Eli a immédiatement reconnu la bague. Comme toutes celles qu'il fabriquait ou restaurait, elle portait un minuscule poinçon à l'intérieur de l'anneau.

« Qu'est-ce que c'est ? a-t-il demandé. Vous m'appelez, vous me questionnez sur une bague, maintenant vous me montrez celle-ci. Qu'est-ce que ça veut dire ? »

Nous ne lui avons pas répondu.

La bague était une confirmation, mais il nous en fallait plus. Notre tueur pouvait facilement prétendre qu'elle lui avait été volée, ou alors qu'il l'avait rapportée à la boutique pour la faire ajuster et avait oublié de revenir la chercher, qu'Isobel l'avait gardée pour elle. Ce qu'il nous fallait, c'était une preuve incontestable, ou une montagne de preuves indirectes.

Tandis que nous nous éloignions de la boutique d'Eli, mon téléphone a sonné.

Je l'ai mis sur haut-parleur. C'était un appareil flambant neuf. Casey nous en avait fourni deux, un pour Maria et un pour moi, quelques heures plus tôt.

« C'est vous, Darian ? a demandé Copeland.

– Oui, c'est moi.

– Je suis ici avec Nick et nous nous demandions où vous en étiez, si vous pourriez nous donner vos conclusions ce soir, peut-être. »

La rapidité avec laquelle il s'était procuré mon nouveau numéro n'a pas échappé à Maria, qui semblait décidément soucieuse.

« Je vous les donnerai vendredi.

– Il y a eu du neuf. Aucune raison de s'inquiéter, mais les nouveaux développements font que votre rapport final est assez urgent. Je suis sûr que vous en êtes à corriger les fautes d'orthographe et la syntaxe, mais ne vous en faites pas pour ça. Tout ce qu'il nous faut, ce sont vos conclusions. Comme nous en avons discuté.

– Je vérifie juste quelques derniers détails. Nous ne voudrions pas qu'il y ait de malentendu, n'est-ce pas ?

– Parfait. Au fait, étiez-vous mécontents de vos logements dans Davis Avenue ?

– Pas du tout. Nous voulions juste travailler dans un espace plus grand.

– Super. Magnifique idée. J'aime beaucoup Grey Street – vous êtes à quelques minutes à pied de chez Nick. Il dit que vous pouvez passer lui donner ce rapport ce soir.

– Si on a fini.

– Tout à fait. Ça m'a fait plaisir de vous parler, Darian. Mes amitiés à l'adorable miss Chastain. »

Et, sur ce, il a raccroché.

J'ai enclenché la vitesse et me suis remis à rouler. C'était un jeu dangereux. Je sentais la peur de Maria tandis que je songeais en silence à la rapidité avec laquelle un immense respect, peut-être même de l'amour, pouvait se transformer en son contraire. Désormais, tout ce que j'éprouvais, c'était de la colère et de la haine.

Mon sentiment de trahison, pas vraiment la meilleure motivation lors d'une enquête, avait été remplacé par quelque chose de pire.

Jusqu'à ce que la mort nous sépare

Avec un dernier coup de reins, il jouit en elle.

À ce stade, elle était déjà morte. Elle avait tenté de se débattre tandis qu'il tirait sur la cravate autour de son cou, mais elle n'était pas assez forte. Il s'était simplement contenté de tirer encore plus, l'étouffant tandis qu'il continuait de faire ce qu'il rêvait de faire depuis plus de deux semaines.

Il rouvrit les yeux et regarda dans ceux d'Isobel. Ses yeux morts. Pendant un moment, il se sentit de nouveau excité, mais un sentiment accablant de dégoût et de honte s'empara alors de lui. Il se retira soigneusement, prenant soin que le préservatif ne goutte pas par terre, puis il l'ôta et l'enveloppa dans un mouchoir en papier qu'il avait apporté spécifiquement à cet effet. Il plaça le mouchoir avec sa preuve extrêmement compromettante dans sa poche lorsqu'il remonta son pantalon, puis il se rhabilla à la hâte.

J'ai besoin de boire un verre, songea-t-il. Il avait apporté le bourbon parce qu'il savait qu'il aurait besoin d'un bon coup de fouet après coup. La bouteille l'attendait de l'autre côté de la porte de la chambre.

Il sentit la brûlure réconfortante de l'alcool tandis qu'il se tenait dans la cuisine, regardant la vaisselle lavée et soigneusement empilée. Vraiment? Qui fait ça après une fête? Sa petite chérie, pendue derrière la porte de la chambre, était certainement une fée du logis. Il se sentait bien. La honte et le dégoût avaient disparu. Le bourbon y avait veillé. C'était bon, se dit-il. Je pourrais recommencer.

Mais je ne le ferai pas. Isobel, ma magnifique enfant à fossettes, Isobel, tu étais comme une étoile éclatante placée sur mon orbite, et maintenant tu es partie et je vais, je dois, retourner à ma vie monotone avec cette femme cancéreuse... que j'aime sincèrement.

Oh, ma Jan, je suis désolé, mon amour, mais ton mari a des besoins. Et même si nous ne pouvons pas parler de ces choses, je suis sûr que tu comprends.

J'avais besoin de toi, Isobel, et je te remercie, ma chérie. Ma douce enfant. Tu as rendu heureux un homme d'âge mûr.

Savait-elle ? me demandais-je tandis que Maria et moi franchissions le portail ouvert de la maison qui se trouvait devant nous, perchée sur une petite colline qui dominait un océan déchaîné. Jan savait-elle avant de mourir ce qu'était devenu son mari ? Avait-elle perçu un changement en lui après le meurtre ? Alors que son corps la lâchait et qu'elle faisait face à la mort, avait-elle pu savoir que Copeland l'avait rejointe une nuit de 1990 après avoir ôté la vie à une jeune femme, après l'avoir déshabillée et pendue à la porte de sa chambre ?

Nous voyagions en toute discrétion. Pas de téléphones portables avec leurs mouchards GPS, pas de connexions avec le monde extérieur. Nous avions roulé jusqu'à Queenscliff, une élégante ville en bord de mer située à l'ouest de Melbourne. J'avais tourné à gauche en quittant le centre, et nous ne nous étions pas perdus.

La baie de Port Phillip, autour de laquelle Melbourne s'était développée, enserrant son rivage puis s'étirant dans toutes les directions, a une forme de tête de canard. Pensez à Donald et vous y êtes.

L'entrée de la baie, où l'océan s'apaise tandis que les deux langues de terre arrivent de l'est ou de l'ouest – ou, dans la langue de Darian, de la droite ou de la gauche –, canalise la houle. C'est là que Harold Holt a été pris dans le contre-courant. L'embouchure est flanquée de deux villes : Queenscliff d'un côté, et Portsea de l'autre. Peut-être Isobel s'était-elle tenue au sommet de la falaise à Portsea, au-dessus de la maison de Dominic, et avait-elle regardé Melbourne au loin. Ou peut-être qu'elle s'était tournée dans l'autre direction et avait vu la petite ville à quelques kilomètres seulement, de l'autre côté de l'eau, ville où, près de trois décennies plus tard, des enquêteurs viendraient chercher la preuve qui permettrait de coincer l'homme qui avait projeté, à cette époque-là, de la tuer.

« Je me souviens de vous. Vous êtes l'ami de Copeland, m'a lancé la femme d'un ton accusateur.

– C'était mon patron. Nous étions proches, mais ça remonte à il y a longtemps.

– Nous enquêtons sur la mort d'une jeune femme il y a vingt-cinq ans, a expliqué Maria. Si vous craignez une loyauté mal placée, ne vous en faites pas ; la seule loyauté que Darian et moi avons est envers la jeune femme morte. »

Nous nous tenions à la porte de la maison. Patricia avait trois ans de moins que sa sœur Jan. J'avais demandé à Isosceles de la localiser pour nous car je savais que les deux sœurs avaient été proches, et j'espérais qu'elles s'étaient confiées l'une à l'autre. C'était tiré par les cheveux et, en chemin, Maria avait eu une brève crise de panique, affirmant que nous étions idiots d'aller jusqu'à Queenscliff pour perdre notre temps à parler à la belle-sœur d'un assassin dont la femme était morte depuis plus de vingt ans. *Enfin, quoi, Darian, on devrait être en train de chercher des putains de preuves.*

Elle avait raison, mais nous étions à court de pistes et, même si nous risquions d'obtenir absolument *nada* auprès de la sœur, c'était une conversation que nous devions avoir.

OK, OK, je saisis, lui avais-je répondu. *Il s'agit juste de mettre les putains de points sur les « i ».*

Et nous avions continué de rouler.

Patricia approchait des soixante-dix ans, mais elle nous a dit qu'elle en avait cinquante-quatre. Peut-être que quand elle avait atteint les soixante ans, elle s'était mise à compter à rebours à chaque nouvelle année qui passait. Elle était grande, vêtue d'un tailleur en laine, elle avait les cheveux d'un blond argenté et ressemblait à une Emma Thompson version golfeuse à la campagne. Il n'y avait personne dans sa vie à part trois chats qui se frottaient à ses chevilles tandis qu'elle se tenait à l'entrée de sa maison et nous jaugeait calmement.

« Qu'est-ce que je pourrais apporter à une enquête sur un meurtre qui s'est produit il y a plus de vingt ans ? a-t-elle demandé.

– Nous aimerions vous poser quelques questions sur Copeland », ai-je répondu.

Voilà. C'était dit. J'avais mentionné son nom en réponse à une question sur un meurtre. Je savais que Patricia et Copeland s'étaient brouillés à propos des obsèques de Jan, et j'espérais – même si ça remontait à des décennies et si, pour la plupart des gens, de telles brouilles se résolvent au fil des ans – que si les sœurs avaient été proches et s'étaient confiées l'une à l'autre, nous pourrions nous faire une idée de ce que Jan pensait à l'époque où son mari avait tué Isobel.

Ses yeux se sont plissés et elle m'a fixé du regard, puis Maria. Après quoi elle a fait un pas en arrière et nous a tenu la porte pour que nous entrions.

« Ma sœur travaillait pour la police. Vous le saviez ?

– Non, je l'ignorais », ai-je répondu.

Nous étions dans une véranda, des parois de verre avec une vue sur l'océan au bas de la falaise. J'avais l'impression d'être au pays de Galles. Le soleil brillait et il faisait chaud. Mais bientôt, vu les caprices du climat local, les vents soufflant de l'Antarctique provoqueraient probablement une tempête. Nous étions assis sur un grand divan à motif fleuri, devant une tasse de thé. Je ne suis pas habitué à l'ambiance anglaise, toute cette retenue et cette formalité. Et, curieusement, je ne me rappelais pas avoir jamais enquêté sur un meurtre ici, à Queenscliff.

« Au labo de la police scientifique, en ville. Elle a étudié à l'université Monash. Elle avait un master de biochimie. »

Patricia semblait fière et, en songeant à ce que ça avait dû représenter pour une femme à l'époque, dans ces domaines de la science et de la criminologie, je pouvais comprendre pourquoi. Le labo de la police scientifique avait été fondé en 1965. Avant la découverte de l'ADN, il n'avait été question que de groupes sanguins, d'empreintes digitales, de fibres et de cheveux. « Tout contact laisse une trace », comme l'avait notoirement affirmé le Dr Edmond Locard, qui avait créé le premier laboratoire de police scientifique du monde à Lyon.

« Elle a rencontré Copeland Walsh lors d'une enquête. Elle trouvait qu'il était beau et qu'il avait de l'allure. Moi aussi. De fait, pendant de nombreuses années, j'ai été jalouse. »

Elle a repoussé sèchement ses cheveux et bu une gorgée de thé.

« Ils se sont mariés et Jan a arrêté de travailler. Elle m'a dit qu'il voulait qu'elle reste à la maison. Je lui ai demandé pourquoi. Elle n'a jamais répondu. Mais elle l'a fait. Elle a abandonné sa carrière. C'était il y a longtemps. Elle avait dans les vingt-cinq ans. Lui aussi.

– Est-ce que vous vous rappelez le début des années 1990 ?

– Jan était alors très malade.

– Est-ce qu'elle vous parlait de lui à l'époque ? Avait-elle, par exemple, remarqué un changement en lui ?

– C'est une question très vague, monsieur Richards. Qui a trait à une époque très lointaine. Peut-être pourriez-vous être plus précis.

– OK. D'accord. »

On ne pose d'ordinaire pas de questions spécifiques. Ça s'appelle orienter le témoin.

« Jan a-t-elle exprimé la moindre inquiétude quant au fait que son mari aurait pu franchir quelque barrière morale ? Flirter avec l'illégalité, peut-être ?

– Elle a trouvé un préservatif usagé. Dans la poche d'un pantalon qu'il avait mis dans le panier à linge. C'est la réponse, au fait. »

Maria et moi avons été déconcertés par ce commentaire. En voyant notre expression, elle a expliqué :

« Il voulait qu'elle reste à la maison pour faire sa lessive et le lit, pour lui préparer son petit déjeuner et pour qu'un repas l'attende quand il rentrait le soir. Si elle a refusé de répondre à ma question, c'est parce qu'elle était embarrassée. Enfin bref, elle a trouvé un préservatif. Usagé. Croyez-vous ça ? Au début, elle a cru que c'était la preuve d'une trahison conjugale. Mais ensuite, elle s'est demandé : pourquoi est-ce qu'il le garderait ? Il était enveloppé dans un mouchoir en papier. Quand un homme vous trompe, il fera tout ce qui est en son pouvoir pour que ça reste secret. Personne ne veut se faire prendre. Alors pourquoi ne pas l'avoir, comme tous les hommes adultères de la planète, jeté dans les toilettes ? Pourquoi l'envelopper dans un mouchoir en papier et le mettre dans sa poche ? Eh bien, elle m'a dit qu'il ne pouvait y avoir qu'une seule réponse. Ça devait représenter plus qu'une simple infidélité.

– Quand était-ce ? Vous vous en souvenez ? l'a interrompue Maria.

– Non. Pas précisément. Mais elle savait déjà qu'elle avait un cancer, et les premiers téléphones portables venaient d'arriver sur le marché.

– A-t-elle jamais mentionné le nom Isobel Vine ? ai-je demandé.

– Non. Qui est-ce ?

– La jeune femme qui est morte. Vers cette époque.

– C'est sur sa mort que vous enquêtez ? »

J'ai acquiescé.

« Quel âge avait-elle ?

– Elle était jeune. Elle venait de finir le lycée », a répondu Maria.

Patricia a fermé les yeux et s'est enfoncée dans son fauteuil, comme si elle essayait de se rappeler quelque chose.

« C'est étrange », a-t-elle dit, les yeux toujours clos.

Puis, au bout d'un moment, elle s'est redressée.

« Jan est allée aux obsèques d'une jeune femme. Je me souviens qu'elle est passée me voir le même jour. C'était il y a des années. Je lui ai demandé où elle était allée, et elle m'a répondu qu'elle avait assisté à des obsèques. Je lui ai demandé qui était mort. Une jeune femme, a-t-elle répondu, qui venait de terminer le lycée. Je lui ai demandé si elle la connaissait. Et elle a répondu que non. Puis elle s'est mise à pleurer. C'était très bizarre. Et nous n'en avons jamais reparlé.

– Qu'est-ce qu'elle a fait du préservatif ? ai-je demandé.

– L'ADN venait d'être découvert. Jan avait lu beaucoup de choses sur le sujet, et elle savait que ça deviendrait l'outil le plus important pour élucider les crimes. Elle était triste de savoir que quand il serait régulièrement utilisé devant les tribunaux pour prouver que quelqu'un était coupable, elle serait morte. Son cancer était très agressif. Alors elle l'a congelé.

– Pardon ? »

Aussi bien Maria que moi étions confus.

« Elle a congelé… ?

– Le préservatif. Elle l'a laissé dans le mouchoir en papier, qu'elle a placé dans un Tupperware, l'un de ces tout petits modèles, et elle l'a mis au congélateur. »

Elle est restée un moment silencieuse, puis : « Je vis dans cette maison depuis que j'ai dix-huit ans. »

Elle n'arrêtait pas de passer du coq à l'âne. Maria m'a lancé un coup d'œil, et je l'ai regardée d'un air de dire : *Laissons-la continuer.*

« C'est mon mari et moi qui l'avons achetée. Il est mort très jeune. Un homme adorable. Il construisait des tracteurs. J'ai promis de ne jamais quitter cette maison. Et pourquoi le ferais-je ? Elle est posée ici sur ce promontoire avec cette magnifique vue sur l'océan. J'ai dit à Jan : "Je mourrai dans cette maison", et elle a répondu : "Oui, je le sais." C'est pour ça qu'elle me l'a donné. Elle avait besoin d'un endroit où il serait à l'abri, pendant longtemps, juste au cas où, comme elle m'a dit. Juste au cas où quelqu'un en aurait besoin un jour. "On ne peut pas en faire grand-chose pour le moment, qu'elle a ajouté. Mais dans le futur, dans peut-être cinq ou dix ans, il permettra peut-être d'élucider quelque chose. Quelque chose qui aura *besoin* d'être élucidé." Croyez-vous qu'elle parlait de cette jeune femme? Celle qui venait de terminer le lycée? »

Elle s'est levée. Maria et moi étions abasourdis d'apprendre que, peut-être moins de douze heures après le meurtre d'Isobel, il y avait vingt-cinq ans de cela, Jan avait mis de côté une preuve cruciale et accablante qui, si quelqu'un prenait la peine d'enquêter, accuserait son mari.

« Je vais aller vous le chercher. Il est tout au fond de mon congélateur. »

Et, sur ce, Patricia a quitté la véranda. Comme d'habitude, un vent du sud se levait, et à travers les vitres, nous voyions les nuages bleu cobalt commencer à filer à l'horizon.

Chaque meurtre, chaque viol, chaque acte de violence gratuite est un point précis dans le temps, mais ces incidents ne viennent pas de nulle part. Il y a toujours une chronologie : la personne qui commet le crime entame son périple et, pour une raison ou pour une autre, elle croise le chemin de sa victime, et après la violence et le chaos, des stigmates demeurent. Culpabilité, honte, remords, colère, sentiment de justice ou désespoir. Et des preuves, aussi, les traces du contact. Ces stigmates, aussi bien physiques que psychologiques, ne disparaissent jamais, me semble-t-il. Nous étions là, vingt-cinq ans plus tard, et une preuve datant du lendemain du meurtre était sur le point de mettre un terme à tout ça.

À moins, naturellement, que Copeland n'ait décidé de rendre coup pour coup.

Esprits des morts

Je n'ai jamais été du genre à me marier. Je trouve mon réconfort dans le jeu auquel je joue avec les prostituées – tu fais semblant de m'aimer et je fais comme si tu m'aimais – et dans la rivière qui coule à travers la mangrove de Noosa. C'est assez pathétique, mais je n'en ai plus rien à foutre. On m'a demandé une fois en mariage, et j'ai dit non, même si je voulais dire le contraire. J'avais peur. De quoi, je ne savais pas trop, mais j'avais vu le mariage de mes parents, et ça avait été un horrible voyage dans un train fantôme. Je comprends le mariage, vraiment; j'admire les gens qui tiennent le coup. Ils ont des gosses, ils ont une maison, ils ont, comme l'a écrit Anthony Burgess, une culture. Et c'est chouette, parce qu'à mon âge, la quarantaine bien sonnée, j'ai une culture de la solitude, et après quelques jours, c'est lassant de se parler à soi-même. J'avais espéré faire en sorte que ça fonctionnerait avec Rose, mais plus nous étions éloignés l'un de l'autre, plus j'avais le sentiment que c'était fini. Complètement fini. Jusqu'au jour où elle m'a dit : « Reviens quand tu t'en seras totalement sorti. » Elle parlait de mon addiction, du fait que le meurtre était ma raison d'être. Mais je ne m'en sortirais jamais totalement et, au fond, nous le savions l'un comme l'autre.

J'admirais Copeland et son mariage avec Jan. C'était une de ces histoires à l'ancienne : ils s'étaient rencontrés très jeunes et s'étaient promis un amour éternel, ou du moins est-ce ce que j'imaginais. Et ils avaient toujours vécu dans la même rue, la même maison, dormi dans le même lit. Jusqu'à ce qu'elle meure.

Mais maintenant, je comprenais mieux.

Sa tombe, dans l'un des plus anciens cimetières de Melbourne, était devenue un monument à la mémoire de Jan, mais également un monument qui honorait les principes et les croyances de Copeland. Comme c'était un type à l'ancienne, il avait même acheté l'emplacement d'à côté, pour que, le jour où son heure viendrait, ils puissent reposer corps contre corps, terre contre terre, l'un auprès de l'autre.

Je longeais une allée, passant devant des pierres tombales décorées qui dataient du XIXᵉ siècle, des anges ailés et des sonnets qui parlaient d'amour éternel.

Il l'avait trahie. Le sexe et le meurtre. Et elle s'était vengée par une autre trahison : la justice.

Il était un peu plus de six heures du matin, et une aube sinistre commençait à poindre. Le ciel était gris avec des volutes noires. Pas de vent. Comme le cimetière était ancien, il y avait des rangées d'arbres centenaires et j'entendais au-dessus de moi le gazouillis des moineaux qui voletaient dans les branches inférieures dénuées de feuilles en cette saison.

Mes pas produisaient des échos brefs et secs, brisant le silence tandis que je longeais l'allée de béton lézardée, des touffes d'herbe perçant à travers les fissures.

Je l'ai vu devant moi. Je me suis arrêté et l'ai observé. Tous les jeudis matin à six heures, il faisait un détour par sa tombe en se rendant au QG et passait une demi-heure avec elle. C'était un rituel que peu de gens connaissaient. Son chauffeur attendait au portail de l'autre côté du cimetière.

Il a dû m'entendre approcher, mais il n'a pas levé les yeux et a fait comme si je n'étais pas là. Je me tenais à proximité et l'observais.

Qu'est-ce que tu lui dis ? me demandais-je. Qu'est-ce qu'on dit aux morts ?

« Vous avez été négligent », ai-je déclaré.

Il n'a pas répondu. Peut-être qu'il priait quand il venait sur sa tombe. Peut-être qu'il faisait semblant de lui parler, comme dans les films. Ou peut-être qu'il lui demandait, ou se demandait à lui-même, le pardon.

« Ou peut-être qu'il serait plus juste de dire que vous avez été trop arrogant. Sur la scène de crime, avec la bague et le verre de bourbon, mais surtout quand vous êtes rentré chez vous et avez laissé le préservatif usagé dans votre poche de pantalon. Je suppose que quand vous avez voulu le récupérer pour le jeter, vous avez découvert qu'il avait disparu, et vous vous êtes dit : oh, Jan a dû le trouver. Mais aucune raison de s'en faire. Elle ne dira rien. C'est une femme obéissante. C'est cette arrogance qui vous a perdu. »

Il a continué de ne pas répondre. Il se tenait devant la tombe, les mains jointes dans le dos.

« Je peux vous relier à la bague, mais nous savons l'un comme l'autre que ça ne suffit pas. Je peux vous relier à la bouteille de bourbon, mais nous savons également que ça ne nous est pas d'une grande utilité. Ce qui vous vaudra finalement de vous faire inculper, c'est le préservatif. »

Il s'est presque retourné pour me regarder. Presque. Il est parvenu à résister à la tentation, qu'il aurait considérée comme une faiblesse.

« Jan l'a conservé. À l'intérieur, il y a votre ADN. À l'extérieur, celui d'Isobel. Et ça, patron, c'est la preuve indiscutable. »

Il a continué de me tourner le dos et a commencé à s'éloigner.

« J'aurai les résultats demain matin. »

Il ne s'est pas arrêté de marcher, mais j'ai cru le voir vaciller, pendant un infime moment. Puis il a tourné à l'angle, s'engageant dans une autre allée bordée de bouleaux et disparaissant.

Je suis resté là quelques minutes, immobile, songeant à la faiblesse humaine. J'ai entendu des pas derrière moi. Une vieille Grecque enveloppée de noir traînait des pieds dans l'allée, la tête baissée comme si elle priait, marchant, ai-je supposé, vers la tombe de son mari.

Qu'allait faire Copeland ?

Il avait plusieurs options. Il pouvait laisser tomber et mordre la poussière. Ou bien s'enfuir. Ou encore rendre coup pour coup. Nous étions prêts pour chacune de ces possibilités, mais comme c'était lui qui m'avait formé, je savais laquelle était la plus probable.

Tandis que j'approchais du portail, passant devant une rangée d'anges sculptés dans du marbre, leurs ailes et leurs bras tendus pour étreindre les morts et peut-être aussi les vivants, j'ai vu, dans la rue, les cercles rouges et bleus familiers de gyrophares. Beaucoup de gyrophares. En franchissant le portail, j'ai compté cinq voitures de police et douze agents en uniforme, chacun avec son arme braquée sur moi.

Deux équipes de la criminelle menées par Zach Reeve, le chef de la brigade, étaient en train de les rejoindre.

C'était donc l'alternative numéro trois : rendre coup pour coup.

Zach a lancé :

« Darian Richards, vous êtes en état d'arrestation pour meurtre. Si vous avez une arme, sortez-la lentement et posez-la par terre. Puis allongez-vous au sol, face contre terre, mains dans le dos.

– Qui j'ai tué, Zach ? »

Il semblait mal à l'aise. Il avait reçu un ordre de mission d'un vieil homme qui était peut-être sur le point de quitter la police, et cet ordre avait dû être particulièrement imprécis. Les agents en uniforme s'en foutaient. Ils faisaient aveuglement ce qu'on leur disait et, tant qu'ils obéissaient aux consignes, on ne pouvait rien contre eux. Mais Zach, le chef de la criminelle, l'un des postes les plus délicats et les plus observés de la police, devait rendre compte de chacune de ses décisions. Et quelque chose le gênait clairement.

« On y viendra plus tard, a-t-il répondu.

– Victime ? Preuves ? Les trucs élémentaires que même les gamins de huit ans comprennent en regardant *Les Experts*. C'est la base, Zach. Je n'ai pas besoin de vous dire que l'arrestation doit être irréprochable, que tout doit être parfaitement en place, pour que personne ne soit embarrassé lorsque le procureur prendra les choses en main. Je peux peut-être vous aider ? »

Il m'a fixé pendant quelques secondes, puis a répété :

« Si vous avez une arme, sortez-la lentement et posez-la par terre. Puis allongez-vous au sol, face contre terre, mains dans le dos. »

L'attente

On m'a conduit au QG et mené directement du parking souterrain au huitième étage, où j'ai été placé dans une salle d'interrogatoire. Ils avaient choisi de ne pas me menotter.

Personne ne parlait. Il n'y avait, évidemment, rien à dire. Ils attendaient les ordres, et chaque seconde qui passait disait de plus en plus fort : ce n'est pas la procédure, ce n'est pas bon, nous sommes au milieu d'un jeu de pouvoir.

Alors que je n'étais pas assis depuis plus de cinq minutes, la porte s'est ouverte et Racine, portant un pansement à la tempe, est entré.

« Qu'est-ce qui se passe ? a-t-il demandé.

– Votre patron n'a pas aimé la direction qu'a prise mon enquête.

– Qu'est-ce que ça veut dire ?

– Ça veut dire que c'est lui l'assassin. »

Il m'a dévisagé comme si je lui avais annoncé qu'on venait de découvrir une vie extraterrestre au troisième étage.

« L'assassin d'Isobel ? a-t-il demandé, incrédule.

– Oui.

– C'est des conneries. Vous êtes fou.

– J'ai une preuve, Nick. Une preuve ADN. »

De telles accusations ne sont pas proférées à la légère par un ancien chef de la criminelle. Il semblait un peu ébranlé et a rapidement quitté la pièce.

Sans preuves, votre dossier est aussi mort que votre victime. Vous pouvez essayer de compenser, de monter un dossier en vous fondant sur des suggestions et un mobile, et parfois, ça passe.

Mais les confessions sont la panacée. Les flics les adorent et les tribunaux tombent en pâmoison quand elles sont diffusées à fort volume et en Dolby Surround pour que tout le monde puisse les entendre. Sans confession, vous devez vous reposer sur ce qu'il y a de mieux après, à savoir les preuves, et plus vous en avez, plus vous êtes fort.

La personne qui manigançait pour que je comparaisse devant un juge de cour criminelle était occupée ailleurs, s'échinant à trouver des preuves qu'ils pourraient utiliser contre moi, ou à en fabriquer qui tiendraient devant un tribunal – ce qui n'était plus, dans cette deuxième décennie du XXIe siècle, aussi facile que ça l'avait été par le passé.

Et si un côté compte sur les preuves pour démontrer ce qu'il affirme, l'autre compte sur leur destruction.

Et de quelque côté que vous vous trouviez, il n'y avait qu'une seule approche, comme me l'avait enseigné l'homme qui avait été mon mentor : y aller à fond et ne pas faire de quartier.

Il n'y avait pas de sirènes, juste les lumières qui clignotaient à l'avant des voitures. Quatre véhicules de police qui roulaient à toute allure, se faufilant à travers la circulation du petit matin, puis freinant brusquement devant le repaire de Grey Street.

Huit policiers armés en bondirent. Derrière eux, deux véhicules supplémentaires et trois motos s'immobilisèrent.

Les jeunes Algériens tentèrent en vain de retenir les flics tandis que ces derniers marchaient vers le portail, puis pénétraient dans la cour murée avec ses fleurs et ses magnolias.

Une armée de bikers, Casey en première ligne, apparut sur le porche. Leurs armes étaient dissimulées, mais la menace était claire.

« On ne veut pas de problèmes, déclara l'agent en charge de l'opération.

– Bien. Alors foutez le camp, répondit Casey.

– Nous devons parler à Maria Chastain.

– Je lui transmettrai le message.

– Mec, ne jouez pas au con », répliqua le flic d'un ton menaçant.

Sur ce, les treize acolytes de Casey firent un pas dans sa direction. Les bikers sont les seules personnes sur terre à ne pas être intimidées par des flics furieux. Et ces derniers le savent. L'agent recula d'un pas. Le jardin était rempli de policiers et de bikers, et les deux Algériens observaient, à la fois perplexes et excités. L'un d'eux tira son Samsung et s'apprêta à filmer la scène, mais l'autre, son cousin, replaça doucement et judicieusement l'appareil dans la poche de son blouson.

Pendant que la confrontation se poursuivait, Maria était assise à l'étage avec Isosceles, examinant le tableau blanc tout en se demandant si cette enquête mettrait un terme soudain et à coup sûr déshonorant à sa carrière.

Isosceles avait tenté de la rassurer en disant : « Ne t'en fais pas, Darian réussit toujours. »

Ce qui était gentil, jusqu'à ce qu'il ajoute : « Sauf avec le Tueur du Train, évidemment. »

Darian leur avait exposé les grandes lignes du plan, bien avant l'aube, ainsi qu'à Casey et à ses treize bikers. « Voici comment ça va se passer, avait-il dit. Quand je me serai confronté à Copeland, il y aura trois issues possibles, et la plus probable est que je serai arrêté et que vous n'entendrez plus parler de moi jusqu'à ce que tout soit fini. Et alors, ils s'en prendront à toi », avait-il ajouté en regardant Maria. Les tatoués la regardaient également, bien déterminés à la protéger quoi qu'il arrive. Elle était flic, certes, mais c'était la nana de Casey, et dans leur esprit primitif, ça ne signifiait qu'une chose : la protéger à tout prix. La loyauté était profonde, et Casey, même s'il n'était plus un des acteurs de leur monde, demeurait un des leurs. À la vie, à la mort.

Enclume, ou peut-être Boucan, fit un pas en avant et déclara :
« Qu'ils essaient. »

À quoi les autres acquiescèrent et exprimèrent leur approbation.

Maintenant que les flics étaient là, Casey et ses gars semblaient parfaitement parvenir à les maintenir à distance. Pourtant, il ne faisait aucun doute que Maria et Isosceles étaient nerveux.

Était-ce la fin de leur carrière ? se demandait-elle.

Souvenez-vous de mon nom

Les fondations du pouvoir sont fragiles, et les empires s'effondrent facilement. Le 17 décembre 2010, un jeune Tunisien qui vendait des oranges à un stand ambulant s'était immolé par le feu pour protester contre les hausses d'impôts et leur effet sur ses revenus. Moins de quatre semaines plus tard, le président, Zine el-Abidine Ben Ali, qui était au pouvoir depuis 1987, avait fui le pays, qui s'était soulevé de colère suite aux protestations du jeune homme.

J'avais mis les pieds sur la table de la salle d'interrogatoire, incliné ma chaise contre le mur, fermé les yeux, et fredonné la mélodie de la plupart des chansons de Bob Dylan que je connaissais. J'en étais à l'album *Oh Mercy* quand la porte s'est ouverte, et Reeve est entré. Il avait le teint blême. Il m'a observé un moment sans rien dire.

« Où est Chastain ? a-t-il finalement demandé.

– Elle est peut-être en train de faire du shopping. Elle avait l'air impressionnée par les boutiques de mode de Chapel Street.

– Levez-vous. »

Ça faisait environ trois heures que j'étais détenu, et depuis le bref interlude Racine qui avait suivi mon arrivée ici, il ne s'était rien passé.

« Vous avez trouvé une victime à me coller sur le dos ? ai-je demandé.

– On pourrait dire ça », a-t-il répondu.

« Vas-y, prouve-le-moi.

– Je ne peux pas, papa.

– Si, tu peux. Tu viens de me dire que Dieu n'existe pas parce que tu as appris des choses sur Darwin. Alors, prouve-le-moi.

– Eh bien, Darwin a étudié toutes ces espèces…

– Lesquelles ? a-t-il aboyé.

– Ah…

– T'en sais rien, pas vrai ?

– Non. Non, papa, je n'en sais rien.

– Tu sais pas de quoi tu parles, hein ? »

Je ne le pensais pas, papa. Je suis désolé. Je ne savais pas de quoi je parlais. C'était juste une chose que le professeur a dite en classe aujourd'hui et, tu sais, ça m'a fait un déclic, j'ai cru que ça avait du sens.

« Quoi, qu'on descend de putains de grands singes ? »

Bon sang, papa, c'est toi qui m'as dit que Dieu était un mensonge et que tu étais athée depuis 1967.

Où es-tu maintenant, papa ?

Tu peux me le dire ?

Es-tu vraiment mort dans un bordel thaïlandais au sud de Bangkok, à Pattaya ? On ne nous a jamais montré de photo de ton corps. Où es-tu, papa ? Peut-être que tu es toujours sur la surface de l'océan, comme dans *Le Vieil Homme et la Mer*, tentant à jamais de ferrer ta prise et de la tuer.

J'avais onze ans, et M. Pankridge, un enseignant génial, m'avait fait découvrir Darwin et la création, un méli-mélo de religion et d'argumentation. Mais il avait affirmé que tout se résumait à un mot, une pensée, une action.

La survie.

Reeve n'a pas dit un mot pendant que nous roulions. J'étais assis à l'avant de sa voiture banalisée. Un progrès par rapport à la dernière fois quand, plus tôt dans la matinée, j'avais été balancé sur la banquette arrière et transporté d'un endroit à un autre par un agent en uniforme.

Nous nous sommes arrêtés devant la maison de Copeland. J'étais venu ici à de nombreuses reprises. J'y avais été pendant un moment – un long moment, à vrai dire – comme chez moi. Jan n'était pas une mère, mais lui était un père. Trois voitures de police étaient garées dans l'allée.

Quand nous sommes entrés, j'ai compté huit flics qui se tenaient sur le trottoir, dans l'allée et dans le jardin.

« Expliquez-moi ça », a dit Reeve.

Il désignait mon Beretta, le pistolet que Copeland m'avait pris quelques jours plus tôt dans le jardin d'Isobel, après que j'avais descendu un tueur à gages has been sud-américain employé par feu Dominic Stone.

Le Beretta, que Casey m'avait fourni deux ans plus tôt, au risque d'une lourde condamnation pour nous deux, était désormais dans la main de Copeland.

Le vieux s'était suicidé. Canon dans la bouche, balle à travers la cervelle, bouillie sur le mur derrière, corps avachi sur une chaise dans son salon, qui était décoré de photos de Jan et, à ma grande surprise, d'un cliché de lui et moi portant un énorme poisson que nous avions – qu'il avait – attrapé lors d'un périple à Mount Buller seize ans plus tôt.

« Expliquer quoi ?

– Le pistolet.

– On dirait un Beretta.

– C'est le vôtre.

– Vraiment ?

– Jouez pas au con avec moi, Richards. Vous l'avez tué. C'est votre arme.

– Zach, je crois que vous allez avoir un mal de chien à prouver que c'est moi qui l'ai tué.

– Vous affirmez que c'est un suicide ?

– Je ne suis plus policier, je ne voudrais pas émettre d'hypothèses. »

Il savait que c'était un suicide – quiconque avait vu le corps le savait –, mais face à un tel événement, un choc aussi profond, il fallait quelqu'un pour porter le chapeau. C'est une abrogation, le suicide, une trahison de trop de choses pour trop de personnes. Je serais à jamais le type responsable de sa mort.

Mais je m'en foutais. Si j'avais éprouvé du chagrin et du remords, ça avait été la veille. Le chagrin et le remords étaient réservés à Isobel. Pas à son assassin.

Vraiment, tout est une question de choix. De ce qu'on décide de faire.

Il a donc fait le choix auquel je m'attendais. Quand la survie n'est plus une option, on opte pour la gloire.

Bien sûr, il y a ceux à qui on refuse la possibilité de choisir. Dans cette ville du meurtre, ce sont les victimes, les innocents, qui se font massacrer à cause du choix ignoble d'un assassin. Je parle en leur nom après coup, après la prise de conscience soudaine et atroce lorsqu'ils regardent dans les yeux de leur tueur et comprennent qu'ils sont impuissants et que tout ce qui les attend, c'est l'abîme.

Peut-être que Reeve a lu dans mes pensées. Après un moment, il a haussé les épaules et est sorti, me laissant libre de partir.

La chute de Copeland avait été rapide. Dans son esprit, le pire scénario avait dû être que je découvre qu'il avait tué Isobel. Et il avait été prêt à m'affronter sur ce terrain-là. Mais la preuve indiscutable de l'ADN, dont il n'avait pu s'imaginer que Jan nous la fournirait depuis sa tombe, avait été la fin de l'histoire. Et sa fin à lui.

« Darian Richards ? » a demandé la voix à l'autre bout du fil.

C'était encore un nouveau téléphone ; les seules personnes à en avoir le numéro étaient Maria, Casey et Isosceles.

« Qui est à l'appareil ? »

– Le bureau du ministre de la Justice. Ne quittez pas. »

Nous étions de nouveau dans le repaire de Grey Street, en train de faire nos valises, nous préparant à foutre le camp de St Kilda, de Melbourne, ma ville du meurtre, et à retourner... où ? Ça, je ne le savais pas encore.

« Richards ? a aboyé une voix stridente et guindée.

– Qui est-ce ?

– Le ministre de la Justice – on ne vous l'a pas dit ? »

Le type manquait de patience. Tous les politiciens en manquent. D'ailleurs, ils manquent de tout.

« Non. Je croyais que c'était la pizzéria pour confirmer ma commande.

– Racine », a-t-il dit.

Et j'ai attendu.

« Racine, a-t-il répété, cette fois comme s'il parlait à un sourd-muet.

– Quoi, Racine ?

– Est-ce qu'il est innocent ? »

Je suis resté silencieux. Il y avait une réponse compliquée à sa question étriquée.

« Vous avez été engagé pour laver son nom. Le commissaire est mort et nous avons besoin d'annoncer son remplacement. Aujourd'hui. Racine est-il innocent ? Oui ou non ?

– Définissez l'innocence, ai-je répliqué.

– Oh, Seigneur Dieu. On m'avait prévenu que vous étiez un problème. Est-ce qu'il a tué cette fille ? Cette fille, je ne sais plus son nom. »

Cette fille, je ne sais plus son nom. Je détestais ce type. Son nom était Isobel, espèce de connard.

« Oui ou non ? Vous devez avoir la réponse, et j'espère de tout cœur que ça n'a rien à voir avec la mort du commissaire ce matin. On m'a dit qu'il avait un cancer avancé. Alors, Racine. Oui ou non ?

– Non, ai-je répondu. Il ne l'a pas tuée. »

Il a raccroché sans ajouter un mot. Et à trois heures cet après-midi-là, Nick Racine serait couronné nouvel empereur du royaume des puissants.

Il était deux heures de l'après-midi, mais Eli avait accroché la pancarte « Fermé » à la porte de sa boutique. J'ai regardé à l'intérieur et l'ai vu assis sur le banc contre le mur du fond, me retournant mon regard. J'ai frappé. Il a continué de me fixer. J'ai de nouveau frappé.

« Il va bien ? a demandé Maria.

– Non. Il sait qu'on connaît la vérité et il a peur. »

J'ai frappé une fois de plus, et il est finalement venu à la porte, l'a déverrouillée et nous a regardés en plissant les yeux.

« On peut entrer ? » ai-je demandé.

Il a maintenu la porte ouverte sans répondre et nous a regardés passer devant lui.

Nous nous sommes postés au milieu du magasin. Je ne l'avais jamais remarqué jusqu'alors, mais il flottait ici une forte odeur de renfermé.

« Isobel a été assassinée », ai-je déclaré.

Il n'est jamais facile d'annoncer ça, même des années après les faits, alors vous vous en tenez au minimum.

« Son assassin l'a espionnée puis agressée, chez elle, à environ quatre heures du matin le 21 décembre 1990. Elle ne le connaissait pas.

– C'était Stone, a-t-il dit.

– L'assassin d'Isobel s'est suicidé. Il n'y aura pas de poursuites, pas de procès. C'est fini.

– C'était Stone, a-t-il insisté. Et Dunn.

– C'est fini », ai-je répété.

Il m'a toisé, a tourné son regard vers Maria, puis, après un moment de tension, il a regagné son banc. Vingt-cinq années de certitudes ne pouvaient pas être ébranlées par la vérité, et je ne savais pas si c'était une bonne chose ou non.

Maria et Casey ont fait leurs adieux à Isosceles. Elle a grimpé à l'arrière de la Harley de Casey tandis que notre as de l'informatique promettait de lui expédier ses bagages. Elle m'a lancé un dernier coup d'œil alors que je resserrais mon manteau pour me protéger d'une bourrasque glaciale chargée de neige fondue, puis je les ai regardés s'éloigner dans un rugissement de moteur dans Grey Street, passant devant le restaurant indien où elle n'avait jamais eu l'occasion de manger.

Tard ce soir-là, j'ai vu le nouveau commissaire de l'État de Victoria aux infos alors que je me trouvais dans un petit restaurant en bordure d'autoroute, buvant du café noir et mangeant de la soupe au poulet, levant le nez vers l'écran de télé qui diffusait le bulletin sans le son.

Racine prononçait un discours à l'intention de la foule réunie. Monahan se tenait à côté de lui. J'ai cru apercevoir Stolly dans l'assistance. Puis il y eut un flash avec feu le commissaire Copeland, suivie de deux clichés d'un corps recouvert d'un drap sur un lit roulant, en train d'être poussé hors de sa maison.

Il était près de minuit et je n'avais aucune destination. Le restaurant était rempli de familles et de camionneurs. J'entendais jaillir de derrière le comptoir *Only the Lonely* de Roy Orbison. Après un succès énorme dans les années 1950 et 1960, il avait sombré dans l'oubli réservé aux artistes qui ne comptent pas, les types de la vieille école qui n'ont plus aucune pertinence et dont la musique appartient à une époque révolue. Puis, à la fin des années 1980, il avait effectué un come-back énorme et inattendu, grâce à Bono de U2 et aux Traveling Wilburys. Soudain, le vieux bonhomme aux lunettes bizarres, le crooner d'un autre temps, était de nouveau à la mode. C'était excitant de connaître ce genre de retour – ça se voyait à son visage tandis qu'il jouait avec les nouveaux rockeurs cools. Il avait sorti un disque, le premier depuis des lustres, qui s'était vendu comme des petits pains. Il était de nouveau là.

Et alors, aussi vite qu'il était revenu, il était mort d'une attaque cardiaque. Il avait eu, je suppose, une ou deux années au cours desquelles il avait su que sa vie comptait, qu'il ne finirait pas dans la décharge de l'obscurité, à jamais oublié.

Les gens se souviendraient de son nom.

J'ai terminé mon café et suis sorti, la voix de Roy Orbison me suivant dans une nuit de naufrage et d'inconnu.

REMERCIEMENTS

J'ai une merveilleuse rédactrice, Claire De Medici, qui prend mes manuscrits et les élève considérablement. En outre, Vanessa Radnige, mon éditrice, et Kate Stevens, de Hachette Australie, ont apporté une contribution énorme et inestimable au processus d'écriture. De même qu'Elizabeth Conwell, qui s'est chargée de la relecture et des ultimes révisions. Toutes les incohérences et les bizarreries du texte sont entièrement de mon fait.

Nous autres auteurs ne travaillons certainement pas seuls.

Merci à toutes les personnes de Hachette Australie pour leur soutien et le marketing inspiré de la série de romans centrés sur le personnage de Darian Richards.

Lucio Rovis m'a donné des conseils sages et réfléchis sur la façon dont se déroulerait une enquête telle que celle décrite dans le livre.

Claude Minisini m'a également donné des conseils sages et réfléchis.

Puisant dans leurs nombreuses années d'expérience du monde brutal dans lequel évolue Darian Richards, les deux hommes ont été extrêmement généreux avec leur temps. Toutes les erreurs dans ma description du monde criminel sont entièrement de mon fait.

Le Dr Simon Lewis m'a été d'une aide considérable pour tout ce qui relève de la science, particulièrement avec la maison recouverte de poussière d'Isobel, qui est restée telle quelle pendant vingt-cinq ans. Encore une fois, toutes les erreurs scientifiques sont entièrement de mon fait.

Jasin Boland et Ross Macrae m'ont offert de merveilleux commentaires sur mes premiers jets. Aussi bien Jasin que Ross ont énormément influencé l'issue du récit. Merci aussi à Dean Barker pour ses commentaires.

Daniel Binks et Shelleyrae Cusbert ont fait d'excellentes remarques critiques sur les personnages de Maria et de Rose, et j'ai vraiment apprécié leur opinion.

Merci à Bill Waterson et à Michael Preece, les méchants garçons de l'Ararat West Primary School (il y a longtemps de cela), de m'avoir permis d'utiliser leur nom. Merci à Iona Mackenzie pour les vieux souvenirs. Merci à David Franken et à Rachael McGuirk, ainsi qu'à Jan Soh.

Un merci particulier à mes merveilleux enfants, Charlie, Delaware et Scarlett, et enfin, surtout, comme toujours, merci à toi, lecteur, de donner vie aux mots.

Ouvrage réalisé par Cursives à Paris.
Achevé d'imprimer sur Roto-Page
par l'Imprimerie Floch à Mayenne en février 2017
Dépôt légal : avril 2017
N° d'édition : 603 – N° d'impression : 90783
ISBN 978-2-35584-603-8
Imprimé en France